古典文學研究輯刊

十九編

曾永義 主編

第20冊

杜貴晨文集（第一卷）：文學數理批評

杜貴晨 著

國家圖書館出版品預行編目資料

杜貴晨文集（第一卷）：文學數理批評／杜貴晨 著 — 初版 —
新北市：花木蘭文化事業有限公司，2019〔民 108〕
序 2+ 目 2+290 面；19×26 公分
（古典文學研究輯刊 十九編；第 20 冊）
ISBN 978-986-485-653-4（精裝）
1. 中國文學 2. 文學評論
820.8 108000786

ISBN-978-986-485-653-4
9 789864 856534

古典文學研究輯刊
十九編 第二十冊 ISBN：978-986-485-653-4

杜貴晨文集（第一卷）：文學數理批評

作　者　杜貴晨
主　編　曾永義
總編輯　杜潔祥
副總編輯　楊嘉樂
編　輯　許郁翎、王筑　美術編輯　陳逸婷
出　版　花木蘭文化事業有限公司
發行人　高小娟
聯絡地址　235 新北市中和區中安街七二號十三樓
電話：02-2923-1455／傳眞：02-2923-1452
網　址　http://www.huamulan.tw 信箱 hml 810518@gmail.com
印　刷　普羅文化出版廣告事業
初　版　2019 年 3 月
全書字數　245373 字
定　價　十九編 33 冊（精裝）新台幣 64,000 元

杜貴晨文集（第一卷）：
文學數理批評

杜貴晨 著

作者簡介

杜貴晨，字慕之。山東省寧陽縣人。1950 年 3 月 25（農曆庚寅年二月初八）日生於寧陽縣堽城鄉（今鎮）堽城南村。六歲入本村小學，從仲偉林先生受業初小四年；十歲入堽城屯小學讀高小二年；十一歲慈母見背；十二歲入寧陽縣第三中學（初中，駐堽城屯）；十五歲入寧陽縣第一中學（駐縣城）高中部；文革中 1968 年畢業，回鄉務農。歷任村及管理區幹部。1978 年高考以全縣第一名考入中國人民大學中文系；1979 年 10 月作爲學生代表列席全國第四次文代會開幕式；1980 年開始發表文章，1981 年參加《文學遺產》編輯部舉辦的青年作者座談會；1982 年七月大學畢業，畢業論文《〈歧路燈〉簡論》發表於《文學遺產》（1983 年第 1 期）。

1982 至 1983 年短暫在全國人大常委會法制工作委員會辦公室工作。1983 年 3 月調入曲阜師範學院中文系（今曲阜師範大學文學院），先後任講師、副教授、教授、碩士生導師，教研室主任；2000 年 10 月調河北大學人文學院，任教授、博士生導師、教研室主任；2002 年 7 月調山東師範大學文學院，任教授，古代文學、文藝學博士生導師、博士後合作導師，學科負責人。2015 年 4 月退休。

兼任中國《三國演義》學會副會長，《歧路燈》研究會副會長，羅貫中學會副會長，中國水滸學會、中國《儒林外史》學會（籌）常務理事，中國《金瓶梅》學會理事等；創立山東省水滸研究會並擔任會長；擔任山東省古典文學學會副會長兼秘書長。

先後出版各類著作 19 部；在《中國社會科學》《文學評論》《文學遺產》《北京大學學報》《中國人民大學學報》《復旦學報》《清華大學學報》《明清小說研究》《河北學刊》《學術研究》《齊魯學刊》《山東師範大學學報》《南都學壇》等刊，以及《人民日報》（海外版）、《光明日報》等報發表學術論文、隨筆等約 200 篇。多種學術觀點在學界以至社會有一定影響。

提　要

「文學數理批評」是作者獨立研究提出的一種文學批評理論。這種理論認爲，文學乃至文獻的編撰，大至全書、叢書、文集、章回，小至人物、時空、情節、節奏甚至字句，凡屬精心製作，無論中外，莫不有意無意遵循某種數理，成一種貫串始終、彌漫全體的數理機制。這種機制既是文本形象（內容）的聯絡，又一定程度上是文本形象（內容）意義的顯現。在中國，數理與形象的關係基於《周易》之「象」與「數」即「象數」觀念，爲一體之兩面，共生共存，非數理無以成形象，非形象無以存數理。故文學研究必從形象與數理兩面入手，在二者的結合上達至全面深入的認識。具體說，文學數理必藉形象之研究以見其用，文學形象必藉數理之研究以見其道。數理與形象在文學創作與研究上均如車之兩輪、鳥之雙翼，各不可或缺。但文學數理批評主要透視形象體系的邏輯存在，形象批評主要關照數理的意義顯現，二者不可互相代替，也缺一不可。本卷包括上、下兩編。上編側重理論探討，下編主要是具體作品的文學數理批評。兩編共同涉及有「數理批評」「三復情節」「三極建構」「三事話語」「七子模式」「七復」「二八定律」「五世（而斬）敘事」「敘事中點」等獨創性概念，和明代「四大奇書」、《儒林外史》《紅樓夢》、魯迅小說、《全唐詩》以及西班牙小說《小癩子》等古今中外名著。

自　序

「文學數理批評」是本人十幾年前杜撰的一個概念，或說一種理論。這種理論認爲，文學乃至文獻的編撰，大至全書、叢書、文集、章回，小至人物、時空、情節、節奏甚至字句，凡屬精心製作，無論中外，莫不有意無意遵循某種數理，成一種貫串全部的數理機制。對於同一部作品來說，這種機制既是文本形象（內容）的聯絡，又一定程度上是文本形象（內容）意義的顯現。在中國，數理與形象的關係基於《周易》之「象」與「數」即「象數」觀念，爲一體之兩面，共生共存，非數理無以成形象，非形象無以存數理。故文學研究必從形象與數理兩面入手，在二者的結合上達至全面深入的認識。具體說，文學數理必藉形象之研究以見其用，文學形象必藉數理之研究以見其道。數理與形象在文學創作與研究上均如車之兩輪、鳥之雙翼，各不可或缺。但文學數理批評主要透視形象體系的邏輯存在，形象批評主要關照數理的意義顯現，二者不可互相代替，也缺一不可。

但是，我國自宋代理學研《易》，重象輕數，近世文學研究輸入西方理論，重形象而輕數理，文學數理批評雖在某些「神秘數字」在文學中應用的考察中有實際的存在，也受到學界一定的注意，但是從來沒有被看作是一種獨立的文學批評方法，更未能認識這種批評所蘊含的理論意義，從而不可能有從「數理」研究文學（形象）的進一步發展。有鑑於此，本人在從《三國演義》研究發現「三復情節」「三極建構」「三事話語」等規律性現象並嘗試解讀爲「三而一成」敘事藝術之後，於 2002 年在《中國社會科學》發表《中國古代文學中的重數傳統與數理美——兼及中國古代文學的數理批評》一文，杜撰並提出了我所謂「文學數理批評」理論。

此後本人陸續發表有關文學數理批評文章，在致力此一理論探討的基礎上，側重從《西遊記》《水滸傳》《儒林外史》、魯迅小說乃至個別外國小說等作個案批評研究，以試驗證明這一理論的應用價值與可能性。但是，眞能使我增加信心的是有不少中國大陸和臺灣的學者開始引用這一理論或理論的某個方面進行研究，對象涉及古今中外文學作品。其中最感意外的是有蘇文清、熊英二教授撰《「三生萬物」與〈哈利・波特・三兄弟的傳說〉——兼論杜貴晨先生的文學數理批評》（《廣州大學學報》2012 年第 2 期）等文章予以肯定。雖然至今我還不認識這兩位作者，但文字之交，已使我能謬託知音，何況拜讀二位教授的文章也給了我不少啓發。

中國歷史上文學數理批評的實踐雖起步甚早，但是作爲一種理論概念提出不過才十餘年，而且十餘年來我本人的研究並未專心於此，於文學數理批評的推廣應用更不甚得力，故此理論知者尚少，用者極稀。但我並不感到失望。學說有自己的命運，而我願意相信馬克思所說：「一門科學只有當它達到了能夠運用數學時，才算眞正發展了。」文學研究中數理批評受到重視和被廣泛應用的一天總會到來。

收錄於本卷的文章包括上、下兩編。上編側重理論的探討，下編主要是具體作品的文學數理批評。按說下編的文章也可以分散到其他有關作家作品研究的各卷中去，但是爲了成全有關此一理論研究內容的完整性，就有選擇地收錄在本卷了。讀者倘有興趣關注本人有關某一部作品的全部論述，可以此與他卷相關內容並觀，或可稍補不能兩全之憾。

本卷曾經山東財經大學文學與新聞傳播學院教授劉召明博士文字校正，特此致謝！

杜貴晨

二〇一八年四月六日星期五

目次

上編　理論思考

中國古代文學中的重數傳統與數理美
——兼及中國古代文學的數理批評

人類認識起源於對外部事物的感知。這個過程的起點今已無可考見，但以情理而論，初民當因次第感知事物作爲個體之狀貌及作爲類存在物之多少，而產生關於事物形象與數量的觀念，並有最初計數的實踐。這一過程中，數量的觀念因形象而產生在後，但是，計數中形象卻在數量的統攝之下。大約因此，早在公元前 6 世紀末，古希臘的畢達哥拉斯學派略過形象而直認「『數』乃萬物之原。在自然諸原理中第一是『數』理，……萬物皆可以數來說明」。〔註 1〕

與古希臘人富於幻想的意識不同，中國古代以農耕爲本，先民「重實際而黜玄想」〔註 2〕，未至於把「整個天體」歸結爲「一種數」；但是，《老子》「道生一，一生二，二生三，三生萬物」的話，至少表明其思想中數是萬物化生的途徑。至於《周易・繫辭上》說：「參伍以變，錯綜其數。通其變，遂成天下之文；極其數，遂定天下之象。」又《周易・說卦傳》「參天兩地而倚數，觀變於陰陽而立卦」云云，雖就筮占而言，而實際是先民人文創造「倚數」成文、「極數」定象的觀念。可知中國先民重數有自己的傳統，即主要從「通其變」著眼，以數爲宇宙化生的關鍵與萬象聯絡的樞紐。

這一傳統與中國人識數、用數的歷史同樣悠久。《周禮》已載保氏以六藝教國子，「六曰九數」。《論語・述而》：「子曰：『志於道，據於德，依於仁，

〔註 1〕〔古希臘〕亞里士多德《形而上學》，吳壽彭譯，商務印書館 1959 年版，第 12 頁。

〔註 2〕魯迅《中國小說史略》，人民文學出版社 1973 年版，第 12 頁。

游於藝。』」「藝」即《周禮》「六藝」，可見孔子教學也有「數」之一科。孟子對「五百年必有王者興，其間必有名世者」（《孟子・公孫丑下》）的話曾表懷疑，也正是由於他對「五百年」之「數」一向信之太深的緣故。甚至有癡於數者。《說苑・正諫》載：「（秦始）皇帝曰：『走，往告之，若不見闕下積死人邪？』使者問茅焦，茅焦曰：『臣聞之天有二十八宿，今死者已有二十七人矣，臣所以來者，欲滿其數耳。臣非畏死人也。』」雖未必實事，卻有實情。無獨有偶，《明史・選舉二》載，永樂二年詔命解縉就翰林院選取才姿英敏者二十八人就學文淵閣，「以應二十八宿之數」。可知有史數千年，如《呂氏春秋・論人》所說「舉措以數」，是中國人生活的一個原則，從而也是中國人文的一個原則〔註 3〕。

這一原則在古代早期文獻編撰以至後世文學中形成數的傳統與數理美。這裡，數指帶有神秘性的規律和神秘數字，即《周易・繫辭傳》之「天數」「地數」，或如《孟子・公孫丑下》所說「以其數則過矣」之「數」，《莊子・天道》輪扁所謂「得之於手而應之於心，口不能言，有數存焉於其間」之「數」，〔補說：即「道數」，《莊子・知北遊》：「於是泰清問乎無窮曰：『子知道乎？』無窮曰：『吾不知。』又問乎無爲，無爲曰：『吾知道。』曰：『子之知道，亦有數乎？』曰：『有。』曰：『其數若何？』，曰：『吾知道之可以貴，可以賤，可以約，可以散，此吾所以知道之數也。』」成玄英釋以「名數」，爲「非名而名，非數而數也。」〕《管子・制分》所說「富國有事，強國有數」之「數」。這種「數」因其從原始數學分化而來不免用數學符號表示，實質卻是各具獨立意義的神秘語言，而如《周易》所說「此所以成變化而行鬼神也」。〔補說：德國思想家、詩人海涅在《論德國宗教和哲學的歷史》一文中，對發明「用數來表示事物原理的畢達哥拉斯」有極高的評價，並對數的意義有精闢的分析。他說：「這是一個天才的思想。在一個數中，一切感性的和有限的東西都被捨棄了，然而這個數仍舊還是表示著某種確定的東西以及它和另外某種確定的東西的關係，而這後一種確定的東西如果同樣用一個數來表示的話，就會取得非感性事物和無限事物的那種性格。在這點上，數是類似觀念的，觀念在相互之間也有著同樣的性格和同樣的關係。人們可以按照觀念出現在我們精神中和自然中的樣子，把它們非常確切地用數來加以表示；但數始終還

〔註 3〕參見杜貴晨《天道與人文》，載《曲靖師範學院學報》2001 年第 1 期。收入本卷。

是觀念的符號，不是觀念本身。老師畢達哥拉斯還意識著這個區別，但他的學生們卻忘記了這個區別，從而僅僅給他們的後學者留傳下一個數的象形文字，一些單純的碼子。它們活生生的意義雖已不再被人知曉，但人們仍以學派的驕傲在那裡反覆空談著它們。」〔註4〕這段話對理解中國古代「數」的觀念具有參考價值〕另為溯本討源的需要，本文所指文學包括先秦兩漢全部文獻與後世各體文學作品。中國古代生活中數的原則滲透為文獻——文學的因素，我們可以看到後者始終貫穿以數為化生關鍵與聯絡樞紐的傳統，表現為作品編撰的綱領、框架結構及敘事模式、描寫技巧等等。其無可替代的作用與看來恰到好處的表現，使我們想到畢達哥拉斯學派重要人物之一波里克勒特所說：「（藝術作品的）成功要依靠許多數的關係，而任何一個細節都是有意義的。』」〔註5〕進而以為古代文學的研究應該而且可能有以重數傳統的表現為對象的數理批評。

當然，這裡所說「數理」是就其古代神學與科學雜糅的意義而言，卻是任何眞正文學數理批評的必然起點。而眞正科學的文學數理批評有明顯優越性。亞里士多德認為：「美的主要形式『秩序、勻稱與明確』，這些唯有數理諸學優於為之作證。又因為這些（例如秩序與明確）顯然是許多事物的原因，數理諸學自然也必須研究到以美為因的這一類因果原理。」〔註6〕但是，無論中外，對文學的數理批評和對數理諸學的藝術批評都還少見，因而本文首要建立討論的基礎，即對古代文學重數傳統的歷史作簡略回顧，然後重點討論其在作品各層面的表現，並概括其所形成古代文學數理美的特點。

一、重數傳統的源流及其顯晦之故

中國古代文獻——文學中數的傳統源於先民發明和使用數字的實踐。以情理論，先民日常計數應當是文獻——文學中數傳統的生活之源，如因天文的觀察而生曆數，因祭祀、朝覲等而生禮數，因歌舞宴樂而生（樂）律數，等等。這些數進入文獻記載，就是我們從《周易》《尚書》《周禮》等書中看

〔註4〕參見張玉書編選《海涅選集》，人民文學出版社1983年版，第296頁。

〔註5〕〔古羅馬〕斐羅《機械學》卷四第一章，朱光潛譯稿。轉引自《西方美學家論美和美感》，北京大學哲學系美學教研室編，商務印書館1980年版，第14頁。

〔註6〕〔德〕黑格爾《形而上學》，吳壽彭譯，商務印書館1959年版，第265～266頁。

到最多應用數字的情況。這些程度不同近乎記帳簿式的作品，卻合乎邏輯地成爲後世文學用數傳統的濫觴。由此流衍推暨，與時興衰，大致經六次變遷，而貫穿古代文學始終。

第一，商周之際文獻中數傳統初始。上古數之多元發生形成文獻的進程不一。從《尚書・堯典》有「乃命羲和……曆象日月星辰，敬授人時」的話看，曆法當最早形成文獻，惜今已不可得而論。可論者先民因敬信鬼神而最重溝通天人的巫之卜筮，考古發現之契數卜骨〔註7〕應是我國最早以數標示卦義的文獻；而作爲卜筮的記錄，《易經》本體八卦由三畫（以象天、地、人）錯綜而成，實乃「倚數」成文，故《漢書・律曆志》云：「自伏羲畫八卦，由數起。」換言之《周易》因素成卦進而成書。楊向奎說：「因有信仰而祭神……求神示乃有貞卜；貞卜有術，在商則爲龜甲獸骨之卜，西周逐漸由貞卜而轉於筮占，於是易卦興而有《周易》，遂爲群經之首，由卜筮書轉爲哲理古籍。」〔註8〕一般認爲《易經》產生於商周之際。換句話說，以《易經》爲代表，商周之際是中國古代文獻——文學中數傳統初始時期。其時文獻因素而生，數的傳統自在其中。從而《易經》作爲一部以神秘數字演算爲基礎的卜筮——哲理古籍，奠定中國古代文獻——文學用數的傳統。〔補說：董仲舒《春秋繁露・玉杯》：「《易》本天地，故長於數。」又，《漢書・律曆志》：「伏犧作八卦，由數起。」都揭明《易經》「倚數」成文的根本性質。故馮友蘭認爲，《周易》哲學「可以稱爲宇宙代數學。」〕

第二，春秋中葉至戰國末學者擬天數編纂。《易經》之後《易傳》發生，使《易經》思想包括數的觀念得以闡揚；並且《易傳》十篇，稱《十翼》，本身就是依據天數畢於十的安排。此期《墨子・貴義》所稱「（尙）書百篇」，取十的十倍爲篇卷之數，其原本也是十爲全備之數。這種編纂原則，後世董仲舒《春秋繁露》總結爲「書者，以十爲終」（《天地陰陽》），顯示《尙書》《易傳》編撰者已有一定自覺「倚數」編纂的意識。〔補說：按《易傳》傳自戰國，原本應爲七種，猶《孟子》七篇。至《易緯・乾鑿度》始有「十翼」之稱，應是漢人分《易傳》七種而爲「十翼」。但無論其原本七種或後來析成「十翼」，均爲「倚數」意識的體現。〕另外，此期成書的《周禮》，述周官以天地四時爲序，《春秋》《呂氏春秋》等以月令命名並爲書之篇序，各取曆數爲編纂依

〔註7〕楊向奎《宗周社會與禮樂文明》，人民出版社1992年版，第206頁。
〔註8〕《宗周社會與禮樂文明》，第204頁。

據，也是有意爲之。而最典型當推《孟子》一書。《孟子正義・題辭解》:「正義曰……然而篇所以七者，蓋天以七紀璇璣運度，七政分離，聖以布曜，故法之也。章所以二百六十一者，三時之日數也。不敢比《易》當期之數，故取於三時。三時者，成歲之要時，故法之也。三萬四千六百八十五字者，可以行五常之道，施七政之紀，故法五七之數而不敢盈也已。」此說未必不有穿鑿的成份，但至少表明漢、唐學者對《孟子》作爲「法度之言」倚數編撰的理解，而「七篇」之「數」或另有可說（詳後）。至於《九歌》《九辨》等名傳自夏代，卻也只在此期楚辭中有仿作問世留傳。這都是我國文獻——文學數傳統的典型，標誌我國古代「天書」體制的形成，

但是，大約數的原則一旦成爲生活的教條，習慣如自然也就容易失其本義；又因春秋「禮崩樂壞」的影響，《禮記・郊特牲》已述周禮「其數可陳也，其義難知也。」《馬王堆帛書・要》載孔子也說:「贊而不達於數，則其爲巫，數而不達於德，則其爲史，……吾於史巫同途而殊歸者也。」可知此期文獻用數編撰雖爲自覺的行爲，卻多是機械的套用，從而數傳統作爲文獻——文學內部化生之關鍵、聯絡之樞紐的作用還未盡顯示出來。

第三，秦至漢武之世以迄東漢數傳統的復興。秦始皇「焚書坑儒」以及秦末的戰亂使先秦以來文化傳統幾近於斷裂，文獻——文學中數的傳統也在若存若亡之間。秦漢之際，雖然有《燕丹子》敘燕丹復仇事，先求於鞠武，後求於田光，三求而後得荊軻，而燕丹厚遇荊軻，以「黃金投蛙」「千里馬肝」「姬人好手，盛以玉盤」三事而動其心，許爲入秦行刺，明顯遵循「三而一成」（董仲舒《春秋繁露・官制象天》）的舊法，但漢初很長時間內，這一傳統未見發揚。《史記・龜策列傳》載：

> 太史公曰:「自古聖王將建國受命，興動事業，何嘗不寶卜筮以助善！唐虞以上，不可記已。自三代之興，各據禎祥……王者決定諸疑，參以卜筮，斷以蓍龜，不易之道也。蠻夷氐羌雖無君臣之序，亦有決疑之卜。……至高祖時，因秦太卜官。天下始定，兵革未息。及孝惠享國日少，呂后女主，孝文、孝景因襲掌故，未遑講試，雖父子疇官，世世相傳，其精微深妙，多所遺失。至今上即位，博開藝能之路，悉延百端之學……數年之間，太卜大集。會上欲擊匈奴，西攘大宛，南收百越，卜筮至預見表象，先圖其利。及猛將推鋒執節，獲勝於彼，而蓍龜時日亦有力於此。上尤加意，賞賜至或數千

萬。如丘子明之屬，富溢貴寵，傾於朝廷。

由上引可知，至「今上」即漢武帝之世，卜筮古法又得大行其道；此時又正獨尊儒術，董仲舒以《春秋》災異附會爲說，倡天人感應、人副天數等論，後有孟喜、京房等爲象數之學大行於世，數之傳統遂墜而復振，也更多具有了神秘性質。董仲舒《春秋繁露》說「數者至十而止，書者以十爲終」（《天地陰陽》），已明言篇籍有取天數爲編撰之法的原則。而經師說經之餘，重新發現「經傳篇數，皆有所法」（《論衡・正說篇》），以師道尊嚴爲文獻——文學編撰指示法門。董仲舒、司馬遷、揚雄等既是此一傳統的提倡者，又身體力行，如法炮製，「倚數」編撰成一時之盛。今人楊希枚有《古籍神秘性編纂型式補證》一文，舉《春秋繁露》《淮南子》《史記》《太玄經》諸書之例，論「其篇卷或句數符合神秘數字之數，因而成爲象徵天地的一種神秘性的編撰型式」〔註9〕，又舉例《史記・田儋傳》載「蒯通者，善爲長短說，論戰國之權變，爲八十一首」，《史記・扁鵲傳》張守節《正義》提及《黃帝八十一難序》，劉向《列仙傳》當爲七十二傳，等等，足證西漢武帝之世爲文獻——文學中數傳統復興的關鍵時期，持續至東漢未改。其波及辭賦與詩，最明顯有「七體」、《四愁詩》《五噫歌》等，也許還可以提到相傳爲蔡琰所作《胡笳十八拍》。

第四，魏晉南北朝隋唐文學中數傳統的泛化與內化。漢儒復興古法，變本加厲至於「俗傳蔽惑，僞書放流」（《論衡・對作篇》），招致王充等人的反對。至三國魏王弼以老莊注《易》，掃象數以倡玄論，文士放誕，蔑棄禮法，社會生活進而詩文中見經傳古法而或生厭，西漢以來仿經傳搭建「天書」框架的編纂之風漸以衰微，但是，仍有劉勰依《易經》「大衍之數五十，其用四十有九」編定《文心雕龍》篇次；而文學中數傳統的主流卻由文獻的編纂轉向文學的創作，由主要用爲編纂的框架轉向爲文本內部化生之關鍵，聯絡之樞紐，並由詩文加速向小說等文體滲透，使這一傳統泛化而且內化。如王羲之《蘭亭集序》、陶淵明《閒情賦》、劉義慶《幽明錄・新鬼覓食》、吳均《續齊續記・陽羨書生》等篇，都暗以用數爲篇章內部結撰的根據，甚至小說中出現嗜談「命數」「定數」的傾向。隋唐特別是唐代思想較爲開放，錯綜數字成爲詩文創作的重要表現形式，唐詩一篇之中少有不用數字者。據《全唐詩》，李白詩 1166 首，用一至十及百、千、萬各數總計 2238 次，篇均約 1.92 次；

〔註 9〕楊希枚《先秦文化史論集》，中國社會科學出版社 1995 年版，第 726 頁。

杜甫詩 1482 首，用以上各數 1875 次，篇均約 1.27 次。縱然這個統計未必非常精確與合理，也已足表明唐詩用數字的量大與頻繁的程度。至於小說如《鶯鶯傳》寫張生三次情挑，才與鶯鶯成一夕之歡；全篇寫鶯鶯與張生再見再別而終不復見等等，也自有度數，表明數傳統內化已到很深入的程度。

第五，宋元重數傳統在通俗文學中模式化。宋元承唐之後，正統詩文中重數傳統雖不廢流轉，至明清不改，但僅以慣性，較少新的發展，下不具論。值得注意是宋元通俗小說、戲曲漸次興起，又逢邵雍等倡象數——數術之學，江湖之士紛紛竊爲遊食之技藝，興起於勾欄瓦舍的說話——話本以及院本、雜劇中便多「數」論及其應用。《水滸傳》開篇即著邵雍、陳摶兩位象數學家，引起金聖歎的注意，更引申評曰：「《易》窮則變，變出一部《水滸傳》來。」這個話會使人摸門不著，卻道出當時小說自覺引入數傳統的實際。由宋代「說三分」衍出之元代刊行的《三國志平話》，最早使「三顧茅廬」等三復情節成爲後世小說敘事運用頻繁的模式之一；而元雜劇一本必四折，極少例外，也應該有劇情演出以外的原因。總之，這是數傳統在通俗文學中迅速模式化的時期，至元末《三國志通俗演義》《水滸傳》出來，各種「倚數」編撰與敘事的模式和描寫技巧蔚爲大觀，形成通體聯絡的數理機制，中國古代文學數傳統的作用得以充分顯示出來。

第六，明清文學中數傳統的深化與僵化。明清是中國古代文學最後成熟與總結的時代。此間數的傳統在詩文中僅能存續，而在民歌小調中卻有明顯的發揚。小說、戲曲中數的傳統承宋元模式化的趨勢，更注重通過各種天上人間的照應作爲全部故事的框架，體現作家「戲場小天地」等以天數把握文學虛構世界的創作觀念，其中不乏對宇宙人生意義深入的思考，這在《金瓶梅》《西遊記》《長生殿》《桃花扇》《儒林外史》《紅樓夢》等作品中均有傑出的表現。但是，群起而傚仿的結果便不免陳陳相因，也就走上了僵化沒落之途。到了清末，以宋元形成各種「倚數」的模式爲代表的文學數傳統大致消歇，但其流風餘韻，至魯迅小說仍有不少「三而一成」的表現〔註 10〕。

以上六度變遷說可能只是大致接近於歷史眞實，但是，已可確認有這樣一個傳統的存在，顯示其與時興衰嬗變之序，是由先民生活到最初的文獻—

〔註 10〕著者撰有《「三而一成」與魯迅小說的敘事藝術》，於 2001 年 11 月在復旦大學中國古代文學研究中心與浙江師大聯合舉辦的「古今文學演變國際學術研討會」上宣讀，後刊於《清華大學學報》2003 年第 2 期，已收入本卷。

一文學，由詩文到小說，由筆記、傳奇到話本、章回和戲曲，從「天書」式編撰模式到成爲內部化生的關鍵和聯絡的樞紐，由不自覺的運用到形成多樣的模式，乃至細節文句之間紋理刻畫，數的傳統隨文學的演進而演進，直至古典的終結。這是一個日漸昭顯的過程，卻在近兩千年中被忽略而歸於隱晦了。

其隱晦之故主要有二：一是商周以降，隨著社會的發展，文學數傳統的神秘性越來越顯得不合理，即使有西漢中世的復興，後來遭王充的批評，王弼注《易》對象數的掃蕩，進一步引起了正統儒者、文士對此一傳統的懷疑乃至有意的放棄，導致其在正統文學中的發展失去了主流意識形態從外部的支持而僅表現爲慣性；二是這一傳統從未得到文學批評認眞的關注。我國第一部系統文論著作劉勰《文心雕龍》雖然自身就是擬「大衍之數」編纂的書，但其論文卻重象不重數，對數的傳統避而不談。這可能是受了王充等人的影響，也與他「正緯」的思想有關，卻忽略事實，多少是一個偏頗。後世批評家受其影響，唯重詩文批評，又絕不言數；明清小說評點家大多也不免是用其舊學詩文的眼光看小說。所以，魏晉以後，文學中數的傳統基本上爲學者所遺忘，只有明末金聖歎評點《水滸》偶有三數語觸及，卻止於數「春雲三十展」「二十二寫腰刀」的層面，未能深入。近世西方文學思潮湧入，「形象」成爲文學批評的中心，致使古代文學研究更遠離了「數」與「數理」。即使當今古代文論研究很有成績，卻極少有從作品的探討概括新理論者，所以也還沒有產生我們所謂數理批評，從而古代文學的「倚數」傳統至今仍在隱晦之中。

二、「倚數」稱名和「倚數」謀篇

中國古代文學數傳統最外在的表現是「倚數」稱名，最具關鍵意義的是「倚數」謀篇。

首先，古籍分類和叢書、選集以及個人撰作「倚數」稱名。爲群書分類編目出於書籍保管流通的需要，理論上當始於《周禮・保氏》「六藝」。但「六藝」不載其書，所以，我國眞正目錄學乃始於漢代劉歆承其父劉向《別錄》分群書之類目著爲《七略》，《漢書・藝文志》據以刪存；晉荀勖《中經新簿》創爲四部分類法，與七分法並行；後世南朝宋王儉著有《七志》，梁阮孝緒著爲《七錄》，至《隋書・經籍志》確定經、史、子、集四部之名稱次序，「七」

分法爲「四部」分法所替代，並最後由於《四庫全書》的編纂，「四部」「四庫」幾乎成了全部古籍的總名。若從「六藝」算起至《四庫全書》，中國古籍分類目名幾經變化，卻無論如何，其總稱始終都要有一個「數」。這種事，不往深處想也罷，但若「每事問」，溯源就應該是古代「倚數」編撰的傳統。〔補說：七分法有當時文獻實際的根據，但其一定是「七」分，應當如《孟子》七篇，因北斗七星崇拜而以「七」爲編纂體式的法則；四分法的產生可能主要是從對當時古文獻狀況審量而來，但是，也不排除對「四」之爲數神秘意義的考慮。待考。〕其他古籍叢書、選集之名以數稱者更不勝枚舉，如三墳、五典、八索、九丘、五經、六經、十三經、十七史、二十四史、千家詩、萬首唐人絕句、漢魏六朝百三名家集、六十種曲、六十家小說……等等。這流衍百代大小不等之「數」的書籍群體，縱然未達古代文學作品的全部，數量也足以驚人。其中個別地看，如「十七史」「百三名家」等絕無深意。但在總體考量之下，如《三墳》《五典》一類假託之書，也各因「三皇」「五帝」之數而以「數」稱，豈不是從來就有意爲之。這固然由於量必有數，但編纂者首要在量數上打主意，也應該是「倚數」傳統使然。

個人之作「倚數」稱名者，書籍如《一峰集》《二希堂文集》《三魚堂文集》《四溟集》《五柳先生文集》《六研齋筆記》《七如題畫小品》《九靈山房集》《十駕齋養心錄》《六一詩話》《二十七松堂集》等等，多爲以數稱之別號、齋名等移作集名；篇章如《一枝花》《二京賦》《三都賦》《四愁詩》《五噫歌》《七發》《八哀詩》《九歌》《十離詩》，等等，乃至有著名的楚辭「九」體，漢賦「七」體等，多見於唐前詩文。但是，這種情況即使在明清小說戲曲中也不少見，如《三遂平妖傳》、「三言二拍」、《七俠五義》《四嬋娟》《一百二十行販揚州》等等。而以戲曲中爲多，筆者據《曲海總目提要》和邵曾祺編《元明北雜劇總目考略》所收劇目統計，得劇名含有數字者 228 種，其中僅含「三」字的就有 58 種。民歌中如《子夜四時歌》《五更調》《九張機》《十八相送》之類，也不乏其例。

其次，古籍撰作「倚數」謀篇。上古以創作爲聖人之事，以致孔子「述而不作」，不敢自比於「作者」。而後人有所述作，必意在筆先，構思「舉措以數」。《周易》近乎數字的魔方，而《周禮》更像周官階級名數的帳簿；《呂氏春秋》用「數」字 112 次，用「其數」22 次。這些，顯示作者著書不得已而用「數」和用「數」之熱忱。最突出是以「天數」「命數」等爲一篇布局的根據。上舉楊希枚先生文已論及「戰國末季到西漢中世」古籍「倚數」編撰的情況。其實歷代典籍大都具「倚數」編撰的特點，如其篇卷數除少量作一、三、五、七、九各奇數者外，無論篇幅長短，基本上都以偶數結卷（則、回、折等）。

十數以內一至九各奇數爲《周易》所說的「天數」，因屬陽主生而神聖。所以，小說中如《漢武帝內傳》載仙書爲「一卷」，《史記・留侯世家》載黃石公授張良書爲「一編」，《水滸傳》中九天玄女授宋江天書爲「三卷」，《太平廣記》卷 60《女幾》載仙人授女幾素書「五卷」，卷 61《成公智瓊》載女仙智瓊著《易》「七卷」，《尚書・益稷》載「簫韶九成（即九章）」。總之，凡上天神仙之書，篇卷數大概不出這五個「天數」，而以「一卷」「三卷」者爲多，換句話說沒有以偶數結卷者；而世俗作者所著，十以內卷數往往奇、偶不論。十數以上則大都以偶數結卷。並且從《隋書・經籍志》以下各史藝文著錄看，愈往後世卷爲奇數者越少，至《清史稿・藝文志》所載就成了極個別的情況，以致清代金和跋吳敬梓《儒林外史》曾感慨「先生著書皆奇數」云云。可見到了清代，學者文人著作以偶數結卷已約定俗成。這直接本於「二主偶」（《淮南子・墜形訓》）和「數始於一奇，象成於二偶」（《宋史・蔡元定傳》），而源於《周易》「一陰一陽之爲道」之說。

但是，數對古代文學謀篇的更深刻影響還在於其對確定文學抒情體式或敘事框架的作用。前者突出表現於近體五、七言律絕體式的形成。熊篤先生認爲，近體詩律起源於南齊永明間沈約「四聲八病」說的發明，至初唐沈佺期、宋之問形成五、七言律絕的定式是一個漸進的過程，其初直接受到了《周易》四象八卦觀念的影響，而實踐中能廣爲文壇大眾所接受，「也正與集體無意識中對於『八』、『四』這些數象所包含的歷史文化意蘊的長久積澱有關」〔註 11〕。後者從敘事文學常用宿命故事框架可見一斑。《三國演義》中僅「天數」一詞在各種不同場合出現就有 17 次，如「漢室傾危天數終」（第三回）、「兩朝旺氣皆天數」（第五十四回）、「紛紛世事無窮盡，天數茫茫不可逃」（第一百二十回）等，「天數」多關乎作者對全部故事走向或主要人物命運的裁斷，從而是全書總體構思的關鍵。「劉玄德三顧草廬」借崔州平之口論漢朝之「數」與「命」一段話，與諸葛亮在火燒司馬懿不成之後感歎說「『謀事在人，成事在天』，不可強也」等語相照應，可以看出《三國演義》以「天數」與「人心」

〔註 11〕熊篤《詩詞曲藝術通論》，中州古籍出版社 2000 年版，第 63 頁。

對立和歸結於「天命難違」設定全書框架的預想。〔補說：詩歌中也有以數爲全篇布局結構者，如《文選》卷三十鮑明遠（照）《數詩》：「一身仕關西，家族滿山東。二年從車駕，齋祭甘泉宮。三朝國慶畢，休沐還舊邦。四牡曜長路，輕蓋若飛鴻。五侯相餞送，高會集新豐。六樂陳廣坐，組帳揚春風。七盤起長袖，庭下列歌鍾。八珍盈雕俎，綺肴紛錯重。九族共瞻遲，賓友仰徽容。十載學無就，善宦一朝通。」又見本書《〈西遊記〉的「倚數」意圖及其與邵雍之學的關係》一文引《西遊記》第二十三、三十六回中「倚數」詩各一首。〕

這種以「天數」爲全書總體構思原則的做法，也體現於《水滸傳》《紅樓夢》。兩書主要人物分別爲「妖魔」出世和神仙謫世，而《水滸傳》中九天玄女和《紅樓夢》中警幻仙子及一僧一道就分別爲指導宋江、賈寶玉等完成「天數」的輪迴而設。其作用如同《西遊記》中觀世音菩薩，專以照管下界「歷劫」者走好回歸天界之路。《水滸傳》第四十二回寫九天玄女教訓宋江說：「玉帝因爲星主魔心未斷，道行未完，暫罰下方，不久重登紫府。」由此可知《水滸傳》故事布局根本上是以所謂玉帝早有安排的「天數」爲依據。書中也有 11 次明言及「天數」，如第一回說：「卻有四個眞字大書，鑿著：『遇洪而開』……豈不是天數！」第七十一回寫道：「聚弟兄於梁山……一百八人，上符天數，下合人心。」結末梁山英雄死亡相繼，便屢屢有「天數將盡」的話頭。可知《水滸傳》作者構思，從「洪太尉誤走妖魔」到「梁山泊英雄大聚義」，到英雄們漸次折損的敘述，無不照應九天玄女的旨諭，是根據於「天數」的安排。《紅樓夢》寫石頭、神瑛侍者、絳珠仙子及「一干風流冤孽」造幻歷劫故事，似以釋家之說爲本，實際卻是建立在「數」的傳統之上。書中「數」字用爲「天數」「命數」「定數」義者有 12 處，如第一回：「這石凡心已熾……二仙知不可強制，乃歎道：『此亦靜極思動，無中生有之數也。』」第五回：「這是塵寰中消長數應當。」第一百二十回：「寶釵……有這個事，想人生在世眞有一定數的。」等等，表明《紅樓夢》也由「數」起，由「數」終，其中「家運」「人生」「功名」等等，莫不由於「定數」。至於《西遊記》開篇即稱「天地之數」，「八十一難」爲「九九行滿道歸眞」；《封神演義》以全部故事起於「天意已定，氣數使然」；《儒林外史》開篇有「百十個小星」的降世而結末有「幽榜」，等等，都是數傳統在作品布局謀篇中的表現。

古代戲曲多取材於小說，其布局謀篇也多「倚數」。但是，大約由於戲曲的表演性質，不便像小說那樣可以隨意布置，所以戲曲文學以「天數」「命數」「定數」安排故事的底蘊往往難以目測。但是，像元雜劇《看錢奴買冤家債主》借「二十年福力」的故事，《薦福碑》「三封書謁揚州牧，半夜雷轟薦書碑」的故事，所據之觀念也還明顯是「定數」。而孔尚任《桃花扇綱領》自敘劇作人物安排的根據，也「實一陰一陽之爲道也」。如上論及，「一陰一陽」即「二偶」之數。

總之，從先秦到明清，各體各類文學都貫穿有「倚數」稱名和布局謀篇的原則，而且從經史詩文到小說、戲曲等俗文學，日漸深入，見出古人以數理總攬群書或一部書爲文獻——文學編撰普遍的觀念。

三、「倚數」行文的模式與技巧

在敘述與描寫的層面，我們可以看到古代文學有種種「倚數」行文的模式與技巧。

敘述「倚數」行文所用主要是十以內各數，尤以用「三」「七」「九」「十」各數形跡最爲顯著。這四個陽數各有「極數」之義。董仲舒《春秋繁露·官制象天》云：「天以三成之。」又說：「三而一成，天之大經也。」《後漢書·袁紹傳》李賢注稱「三」爲「數之小終」；又《史記·律書》：「七星者，陽數成於七，故曰七星。」又《左傳·文公十四年》：「有星孛入於北斗，周內史叔服曰：『不出七年，宋、齊、晉之君皆將死亂。』」對此，《漢書·五行志》引「劉歆以爲……斗七星，故曰不出七年。」而《周易·復卦》云：「反復其道，七日來復。」還兩次說到失人或物「勿逐，七日得」，則「七」不僅因「七星」運轉，而且因易占卦爻位移爲陰陽交互變化一週期之數；又，「九」爲「三三」，《公羊傳注疏·莊公卷八》何休注曰：「九者，極陽數也。」又引鄭氏云：「九者，陽數之極也。」又，《易·屯》：「十年乃字。」孔穎達疏曰：「十者，數之極。數極則復，故云十年也。」《史記·律書》：「數始於一，終於十，成於三。」等等。總之，這四個數各具「極數」之義，最便於作爲文學敘事的度數。

敘述以「三」爲度數即「三而一成」者，大致有「三事話語」型，如《太平廣記》卷六十四《太陰夫人》寫太陰夫人謂盧杞：「君合得三事……上留此宮……次爲地仙……下爲中國宰相。」《三國演義》有「關雲長土山約三事」；「三物贈予」型，如《三國演義》寫諸葛亮給趙雲「三個錦囊」，元雜劇《薦福碑》中范仲淹給張浩「三封書」;「三復情節」型，如《三國演義》「三顧草廬」,《西遊記》「三調芭蕉扇」之類;「三變節律」型，如吳均《續齊諧記・陽羨書生》寫三次吐人;「三極建構」型，如元曲所寫商人、士子、妓女間三角戀愛關係〔註 12〕，後世演爲才子佳人小說中才子、佳人及從中撥亂小人的格局,《紅樓夢》寶、釵、黛三者的關係也有似於此。其中三復情節運用最廣，筆者據歐陽健、蕭相愷主編《中國通俗小說總目提要》等統計，書名或回目標明者有 116 部 162 次使用「三復情節」，部數恰當《中國通俗小說總目提要》著錄 1160 種的十分之一。戲曲中僅以《曲海總目提要》和邵曾祺編《元明北雜劇總目考略》所收劇目統計，劇名標明劇情運用「三復情節」的就達 36 種之多。

以「七」爲度數者早見於《尚書・牧誓》「不愆於四伐、五伐、六伐、七伐，乃止齊焉」等語，後世流爲《古今小說》「張道陵七試趙升」,〔補說：這個故事最早見於葛洪《神仙傳》，但未以「七試」標題，故取《古今小說》。〕《三國演義》「七擒孟獲」等。我們看《三國演義》寫諸葛亮「六出祁山」不能成功,〔補說：按據《三國志・蜀書・後主傳》及《諸葛亮傳》，諸葛亮在世時蜀魏共有六次戰爭，其中一次防禦，五次北伐。北伐中只有兩次出祁山。因此,「六出祁山」總體上屬於虛構。其所以虛構爲「六」次，當因《易》卦陽爻稱「九」,「九」爲老陽，爲陽兼陰，故主成功；而陰爻稱「六」，爲老陰，陰不得兼陽，故主敗績。「六」的這一意義與今俗「六六大順」義根本相反。〕而「七擒孟獲」就成功了，可知這「七試」「七擒」模式根源於《周易・復卦》「七日來復」之義。〔補說：又《易》數「七」爲少陽，如「九」之義，主成功，故能「來復」。〕我們也有理由懷疑講究「七年之艾」又講究「五百年」之數的孟子著書「七篇」，和同樣講究「五百年」之數的《西遊記》開篇寫孫悟空出世至被如來佛壓在五行山下，不多不少也用了七回，除義窮理竟的需要外，都有可能是「七日來復」與「七日得」之義在謀篇上的表現。但《論語》稱「作者七人」，歷代詩人多稱「七子」、神話有「七仙女」、《水滸傳》寫「七星聚義」之類文學現象卻是直接取象於「七星」。

以「九」爲度數者，著名的當推《三國志通俗演義》有小字標注的姜維「九犯中原」，還有《寶文堂書目》載已佚雜劇《呂洞賓九度國一禪師》等。

〔註 12〕鄭振鐸《論元人所寫士子商人妓女間的三角戀愛劇》,《文學季刊》第 1 卷第 4 期。

但「九」數於敘事的作用更突出表現爲「九九」（八十一）之數的應用，即《西遊記》八十一難的故事，大約從《黃帝八十一難序》之「八十一難」啓發而來。

以「十」爲度數者，從《易傳》又名《十翼》，《戰國策》述蘇秦說秦「書十上而說不成」，到宋元話本《刎頸鴛鴦會》敘花柳叢中「十要」之術，《水滸傳》寫王婆的「十分挨光計」等，也頗多見。但最突出是小說章回的設定，如《水滸傳》的說話中有「林（沖）十回」「宋（江）十回」「武（松）十回」的段子，而美國學者浦安迪《中國敘事學》甚至認爲「四大奇書」有「慣用的『百回』的總輪廓劃分爲十個十回」的「特殊節奏律動」。另外小說稱「十面埋伏」「十絕陣」，戲曲有《十義記》《十大快》之類，漢譯佛經中這種「以十進的」〔註13〕情況也很不少。

「倚數」爲敘事模式又進一步表現爲用各「天地之數」的自乘或相乘結構度數，如 3×4＝12、3×12＝36、8×9＝72、9×9＝81、10×10＝100、10×12＝120，等等。於是，我們可以看到「十二金釵」，「三十六路伐西岐」，「三十六天罡，七十二地煞」，「百花仙子」，以及上述「八十一難」，多種小說以百回、百二十回結卷等各種敘事模式絡繹不絕。其末流乃至出現戲筆，如《詩經》又稱《詩三百》，而《神仙感遇傳》稱「符凡三百言：一百言演道，一百言演術，一百言演法。」可以看出作家對「倚數」行文模式的興趣。楊希枚先生認爲這與《周易・泰卦、彖傳》「天地交而萬物通」等思想有關，是正確的。

描寫上「倚數」行文，首先表現爲遣詞造句大量使用數字。詩如《詩經・采葛》之重複用「一」與「三」，《詩經・七月》之錯綜言月日，漢樂府《陌上桑》羅敷答使君「東方千餘騎」等語，以及《焦仲卿妻》「十三能織素」及以下四句。最典型的如杜甫《絕句》四首之三「兩個黃鸝鳴翠柳」篇，陸游《秋夜將曉，出籬門迎涼有感二首》其一「三萬里河東入海」篇，龔自珍《己亥雜詩》「萬綠無人嘒一蟬」及「九州生氣恃風雷」等篇，〔補說：還可以舉出唐王建《古謠》：「一東一西壟頭水，一聚一散天邊霞。一來一去道上客，一顛一倒池中麻。」〕又曲如徐再思《水仙子・春情》「九分愛九分憂」一首，都句句用數。文如《論語・爲政》：「吾十有五而志於學，三十而立，四十而不惑，五十而知天命，六十而耳順，七十而從心所欲，不逾矩。」嵇康《與

〔註13〕胡適《白話文學史》，上海古籍出版社1999年版，第121頁。

山巨源絕交書》論官場「必不堪者七，甚不可者二」，劉峻《廣絕交論》論「五交三釁」，等等。

小說如《漢武帝內傳》載西王母授武帝「六甲靈飛致神之方十二事」；百回本《水滸傳》「引首」敘事幾乎句句用「數」，還特別搬出陳摶、邵堯夫兩位數術家。以致金聖歎改本於邵堯夫名下評曰：「一個算數先生。」又詩云「都來十五帝，播亂五十秋」下評曰：「十五、五十，顛倒大衍河圖中宮二數，便妙。」《西遊記》第一回寫仙石尺寸，第五回寫齊天大聖平揖諸仙；《紅樓夢》第一回敘補天石尺寸，第七回寶釵說冷香丸配方錢兩數皆以十二爲度，甲戌本脂評說：「凡用十二字樣，皆照應十二釵。」蒙府本脂評曰：「周歲十二月之象。」《紅樓夢》作者對數蓋極敏感，第三十一回寫林黛玉將兩個指頭一伸，抿嘴笑道：「作了兩個和尚了。我從今以後都記著你作和尚的遭數兒。」第三十七回擬菊花詩題，湘雲笑道：「十個還不成幅，越性湊成十二個便全了，也如人家的字畫冊頁一樣。」

戲曲如《西廂記》第二本第一折旦唱〔後庭花〕曲歷數五項原因，《琵琶記》第 6 齣「〔丑白〕:『……一筆掃盡三萬三千三百三十單三張紙』」，又第十六齣淨白「借得兩樌三石七斗四升八合零二百一十五粒在這裡」，《桃花扇》第十四齣《阻奸》史可法數福王「三大罪」「五不可立」，等等，皆此之類。

其次，形成了某些特殊筆法。大致有數字串、數字對兩種。數字串指用數累累如貫珠的樣式。有拾級而上者，如上引《論語》「吾十有五而志於學」數語；《漢武帝內傳》載王母稱修道「一年易氣，二年易血，三年易精……九年易形，形易則變化，變化則成道」；《列子・仲尼篇》稱「子列子學也，三年之後……五年之後……七年之後……九年之後……」如何如何，以及古詩《焦仲卿妻》起首數句。也有錯雜而出者，如《陌上桑》:「東方千餘騎，夫婿居上頭。……腰中鹿盧劍，可值千萬餘。十五府小吏，二十朝大夫，三十侍中郎，四十專城居。……坐中千餘人，皆言夫婿殊。」《洞冥記》載黃眉翁自稱「三千年一洗髓，二千年一伐毛。吾生來已三洗髓，五伐毛矣。」

數字對有以結構全篇者，如上舉杜甫、龔自珍詩。而古代詩歌名聯更多數字對，如岑參《白雪歌送武判官歸京》「忽如一夜春風來，千樹萬樹梨花開」，李白《望廬山瀑布》「飛流直下三千尺，疑是銀河落九天」之類。數字對其實是詩歌中多與少的對立統一。「多」往往是「千」「萬」「三千」「十萬」「三百萬」「千萬」等等，也可以是無限、全部或不確定之數，如高適《薊門行》:「羌胡無盡日，征戰幾人歸。」張若虛《春江花月夜》：「不知乘月幾人歸，落月搖情滿江樹。」「少」往往是「一」，也可以是不確定之數，如姚合《賞春》：「顛倒醉眠三數日，人間百事不思量。」崔敏童《宴城東莊》：「能向花間幾回醉，十千沽酒莫辭貧。」甚至是「無」，如陸游《遊山西村》：「山重水複疑無路，柳暗花明又一村。」也可以「多」與「少」皆不確定，如唐太宗《秋日二首》：「將秋數行雁，離夏幾林蟬。」杜甫《存沒口號》：「玉局當年無限笑，白楊今日幾人悲。」等等。

數字對也有用於駢體、散文甚至小說、戲曲者，如王勃《滕王閣序》：「勃三尺微命，一介書生。」「捨簪笏於百齡，奉晨昏於萬里。」「一言均賦，四韻俱成。」李白《春夜宴從弟桃花園序》：「夫天地者，萬物之逆旅也；光陰者，百代之過客也。」韓愈《祭十二郎文》：「兩世一身，形單影隻。」范仲淹《岳陽樓記》：「長煙一空，皓月千里。」等等。《水滸傳》第七十六回回目「吳加亮布四斗五方旗，宋公明排九宮八卦陣」，第七十八回入回賦云：「寨名水滸，泊號梁山。周回港汊數千餘，四方周圍八百里。」《竇娥冤》第四折竇天章白：「我竇家三世無犯法之男，五世無再婚之女。」等等。總之，作品凡作對偶語處，都可能有數字對。即並無對偶處也可能有數字對，如《水滸傳》「三碗不過崗」與「無三不過望」，及上舉《紅樓夢》之「凡用十二字樣，皆照應十二釵」。〔補說：本文論文學而未及於藝術，其實藝術如書法、繪畫、演劇中，也有「倚數」爲技法的傳統，如偶翻《俗語典》「用」字條引《古今印史用印法》云：「諺曰：『用一不用二，用三不用四。』此取奇數也，其扶陽抑陰之意乎？」又，據云中國戲曲表演，小姐上、下樓的臺步都是七步，等等。〕

在「倚數」稱名和布局的總體構思之下，「倚數」行文的敘述模式與描寫技巧加強了具象描寫的情趣與感情表達的力度，使古代文學「數」的觀念深入滲透於形象體系之中，強化了作品的數理美。

四、由外到內的數理美

上述各種明標以數的「倚數」編撰之例，只是古代文學數傳統表現如冰山浮出水面的部分，各體文學暗以用數的手法技巧更爲普遍，只是由於其已與形象化合無間而更不引人注意。

這方面的表現，先秦古籍中有些作品題無數字，卻實際是用數的，如上已言及《春秋》《呂氏春秋》等是倚曆數名篇。又屈原《離騷》寫抒情主人公三次求女，《左傳·隱公元年》寫鄭莊公三驕其弟；《論語》用「三」字多達 56 次，即不用「三」字處，如《學而》首章三句並列，二章「有子曰」三句正、反、合，三章僅一句不論，四章說「吾日三省吾身」以下三句並列屬明用不論，五章「道千乘之國」也講三事，等等，比較明用「三」數者，暗中更多地體現了「三而一成」的行文法則。而漢賦東方朔《非有先生論》「先生對曰」三稱「談何容易」，《列子·黃帝篇》述「紀渻子爲周宣王養鬥雞」接連四次「十日而問」，陶淵明《閒情賦》十說「願」如何如何等，各有數度。其他如律詩之對偶，散文寫景以四時；而且早在甲骨卜辭中已有「今日雨，其自西來雨？其自東來雨？其自北來雨？其自南來雨？」至漢樂府有「魚戲蓮葉東，魚戲蓮葉西，魚戲蓮葉南，魚戲蓮葉北」等古辭，《木蘭詩》乃有「東市買駿馬」以下四句，都不曾標明而實際有四方之數存爲內在的聯絡。另外，駢、散、詩、詞、曲的差別，除是否用韻外，實際也只是句式字數的不同。換句話說字數的多寡實是決定文學句式進而體裁的內部關鍵之一，這是易見而難明的道理，卻未嘗不是一個道理。

古代小說暗以「倚數」敘述，較早即上已述及之《燕丹子》；最大量是章回說部雙句回目就所表示出的對偶，如《金瓶梅》第十五回《佳人笑賞玩燈樓，狎客幫嫖麗春院》之意象對，《紅樓夢》第十六回《賈元春才選鳳藻宮，秦鯨卿夭逝黃泉路》之冷熱對，等等。最內在爲《金瓶梅》《紅樓夢》中都有以四時節令變換爲序的敘事結構。而最突出還是三復情節的運用。如《神仙傳·壺公》寫壺公先後以虎噬、蛇齧、啖屎考驗費長房；《水滸傳》寫朝廷三次降詔梁山英雄方受招安，《紅樓夢》第一百二十回寫賈政歸結寶玉的出家：「便是那和尚、道士……三次送那玉來，坐在前廳，我一轉眼就不見了……」暗用「七復」的則有《神仙傳》寫張道陵七試趙升，《續玄怪錄·杜子春》寫杜子春守丹爐遭尊神等七困之事。

古代戲曲中除了暗以襲用小說的某些「倚數」行文的模式與技巧，還時有創造。如元人石君寶《李亞仙花酒麴江池雜劇》事本唐傳奇《李娃傳》，但《李娃傳》寫滎陽公子爲睹李娃之美「詐墜鞭於地」只有一次，而《曲江池》第一折演爲三次；至於小說中呂洞賓三醉岳陽樓故事，卻是從馬致遠《呂洞賓三醉岳陽樓雜劇》而來，而可溯源於《呂巖集》「三醉岳陽人不識，朗吟飛過洞庭洞」的詩句。阮大鋮《春燈謎》寫「十錯認」故此劇又名《十錯認》，則完全是戲曲家的創造。可知戲曲暗以數爲劇情線索者也不少見。

中國古代文學中數的傳統鑄成作品的數理美。具體表現爲以下幾個方面：

（一）高度圓融的整體美。中國古代文學最重總體構思，往往有提升到「天人合一」的思考。除了楊希枚先生所舉各種「象徵天地的一種神秘性的編撰型式」，我們還可以舉出讀者一般所知之《韓憑妻》《焦仲卿妻》故事，各有一個兩樹合抱、上有鴛鴦交頸而鳴的結尾。其後先因襲，說明這類上升到天意的情節安排爲讀者歡迎，作者習用。而陳子昂《登幽州臺歌》、李白《春夜宴從弟桃花園序》、蘇軾《赤壁賦》……大致各抒作者一己之情，卻也要說到宇宙萬物，以天地悠悠、人生恨短的雄闊悲慨之境打動人心。王羲之《蘭亭集序》在感慨宇宙無窮而人生恨短之後說「每覽昔人興感之由，若合一契」，就總結出了中國抒情文學的這一特點。至於各種輪迴報應、謫世升仙或悲歡離合故事的小說戲曲更是如此。總之，無論作者情趣雅俗、手眼高低，把筆往往有「天人」之想，結果抒情之作每充滿今所謂終極關懷，敘事文本的結構框架則很像一個圓。「文學是人學」爲文論家共識，但筆者每感慨中國古代文學之爲「人學」常常是「天人之學」。

以圓爲美是人類普遍觀念。但中國古代作者因「天道圓」而倚「天數」布局謀篇，敘事求如毛宗崗《讀三國志法》所說「首尾大照應，中間大關鎖……一篇如一句」，李漁《閒情偶寄》所稱「無包括之痕，而有團圓之趣」（卷二《詞典部下・格局第六・大收煞》），又爲迎合讀者、觀眾，常常以輪迴報應、謫世升仙模式爲圓形框架。此即亞里士多德《詩學》所說：「像《奧德賽》那樣包容兩條發展線索，到頭來好人和壞人分別受到賞懲的結構。由於觀眾的軟弱，此類結構才被當成第一等的；而詩人則被觀眾的喜惡所左右，爲迎合後者的意願而寫作。」〔註 14〕今天看來，這樣的結構算不上成功，但相對於中國古代讀者、觀眾的「軟弱」，恰恰有最方便領略的數理美。今人不知，往往以這樣的框架爲完全的糟粕，更進一步把《醒世姻緣傳》《儒林外史》等當成是結構斷裂或沒有結構。而對《紅樓夢》的研究，視之爲「四大家族的興衰史」和「寶黛愛情悲劇」，與如實看它是石頭與「一干風流冤孽」造幻歷劫的故事，在對其文本結構與意義的理解上肯定大不一樣。

這種整體美進一步表現爲作品中各種「數控」模式的錯綜組合。很明顯，

〔註 14〕〔古希臘〕亞里士多德《詩學》，陳中梅譯，商務印書館 1996 年第 1 版第 98 頁。

如《呂氏春秋》以四時十二月令爲序之「十二紀」和「八覽」「六論」的敘議，《史記》的「八書」「十表」「十二本紀」「三十世家」「七十列傳」……，以及小說中「十進位布局法」和百回、百二十回「奇書文體」，以四時節令之「冷熱」爲序的敘事謀略〔註 15〕，「三復」「七復」「九復」「十復」等情節，「三個錦囊」「三十六天罡，七十二地煞」「十二金釵」等等「數控」模式的運用，或爲全書框架，或在各自構成作品單元性整一的同時，又序列或錯綜交織爲各單元的組合，形成情節絡繹不絕如線又縱橫交通如網之狀。如《三國演義》在「分久必合，合久必分」的「天數」框架之內，標在回目的各種以「數」爲統攝的故事，連綿幾乎跨越全書，篇幅上將近全書的一半，更有大量暗用的「倚數」模式與技巧錯綜其間，以其統雜多爲整一的邏輯力量造就了作品「一篇如一句」的整體之美。〔補說：《三國演義》暗用數爲結構素的表現，可以舉出第四十三回寫諸葛亮「舌戰群儒」，先後難倒張昭等東吳名士七人；第六十回寫趙雲、關羽、劉備等遠近三接張松，等等。〕在中國古代文學作品中，這種多個「數控」模式組合爲用的情況並不是個別的。

第二，拾級而上的序列美。英國美學家荷迦茲在《美的分析》中曾經討論過一種逐漸的減少的變化也可以產生美，並舉了金字塔由塔基上升到尖頂形狀等例。同樣的道理，一種逐漸的增多也可以產生拾級而上的序列美，上舉中國詩文中數字串的運用正屬於這種情況。小說、戲曲中各種「三復」「七復」「九復」「十復」等「極數」敘事模式，實際也有情節繁複登峰造極的美學效果，即其回目、折出之次第而上，數十上百，也能於開卷就給人以千里浩蕩之感。〔補說：也有逐級而下者，如吳承恩《西遊記》第三十六回「十里長亭無客走」一首七律即是。〕

第三，錯綜複雜的對稱美。這裡指文學作品修辭與描寫中各種對仗、對偶、對應乃至一部書前後的照應等表現。中國古籍編撰以偶數結卷傳統，章回小說雙句標題的一回書之前後半，戲曲中之上、下本，都屬對稱的安排。而作品中韻文常有的對仗，散文的開闔，本質上也都是這種對稱。這種對稱有時錯綜複雜並具全局意義，如上舉杜甫《絕句》前二句「兩（二）個黃鸝」與「一行白鷺」的多——少，與後二句「千秋雪」與「萬里船」的少——多，錯綜成對稱關係。最常見是上舉「數字對」，卻也有無數字而實際是數字對的，

〔註 15〕參見〔美〕浦安迪講演《中國敘事學》第三章《奇書體的結構諸型》，北京大學出版社 1996 年版。

如「念天地之悠悠，獨愴然而涕下」一聯中時空無限與獨一暫有之對比；而「大漠孤煙直，長河落日圓」一聯中「直」與「圓」圖案的對比等等。敘事模式之圓形框架的首尾，論其效爲照應，以言形式仍屬對稱。此外，文學風格如毛宗崗《讀三國志法》所稱「笙簫夾鼓，琴瑟間鍾之妙」，實乃剛柔相濟之美；情節設計如《金瓶梅》之「冷熱」，《紅樓夢》之「眞假」「盛衰」，也是求對稱的效果。至於具體描寫中人、物、事體的對稱，更比比皆是，如《三國演義》之「（周）瑜、（諸葛）亮」「曹（操）、劉（備）」，《水滸傳》中如金聖歎《讀第五才子書法》所說「以一丈青配王矮虎，王定六跟定郁保四，一長一短，一肥一瘦，天地懸絕，眞堪絕倒」，以及《紅樓夢》中「木石」與「金玉」相對。甚至寶釵有「冷香（丸）」，黛玉也還問寶玉「可有暖香」，其講求對稱，幾至於細膩瑣碎之境。

第四，富於變化的節律美。東西方很早就發現了數與音樂的對應關係，而都未注意數與文學節律的關係。其實這種關係不僅存在，還具相當的普遍與深刻性。上舉毛評《三國演義》的「笙簫夾鼓，琴瑟間鐘」的風格的對稱，實際就有節奏緩急、情節弛張的節律效果。《琵琶記》《長生殿》場次的安排，也具有這一特點。其他如詩歌的四言、五言句，雖然都是兩節句式，但四言二、二頓，句節字數無變化故呆板；五言可作二、三頓等，句節字數奇偶變化故生動。律詩發展爲七字句成二、二、三等樣句式，節律又多一層變化，意思也多一折宛轉。這固然要結合作者運思和措辭的技巧，但字數的適當增加無疑是前提。所以，詩歌形式的發展歸根到底是句節字數以至句式的變化。其他駢、散、詞、曲的區別，除用韻外，其實也只是句式從而行文節律的不同，而句式的基礎也只在字數。由此可知數爲文學節律變化的基礎，進而帶來意義的變化。如「陽羨書生」故事本《舊雜譬喻經》載「梵志吐壺」事。但其本事僅爲梵志吐壺出一女子，女子背著梵志吐壺又出一男子，故文章主旨爲「天下女人不可信」。而「陽羨書生」故事則於男吐女、女吐男之後復加一男吐女，主旨應就是男女皆不可信。該篇由本事之兩吐增加爲三吐，節律多一宛轉而意義大變。至於毛宗崗《讀三國志法》說「《三國》一書……如五關斬將、三顧草廬、七擒孟獲，此文之妙於連者；如三氣周瑜、六出祁山、九伐中原，此文之妙於斷者」，造成或貫穿或「文勢乃錯綜盡變」的效果，實亦決定於事理即數之緩急。還有倚曆數爲敘事節律的標誌，《紅樓夢》第一回說：「好防佳節元宵後，便是煙消火滅時。」而作爲寶玉及賈府命運象徵的甄士隱的破家和悟道正由於元宵節一場大火，可知「元宵節」是原本敘事大轉折處，惜今本描寫已不夠明確。這大概可經由《金瓶梅》溯源於《水滸傳》的影響。《水滸傳》集中寫了四次元宵節，分別在第 33 回、第 66 回、第 72 回、第 90 回，各都爲關鍵處。可知「元宵節」在《水滸傳》敘事中有標誌敘事節律的意義。

中國古代文學的數理美是生活中「舉措以數」落實爲文學中數的傳統，並結合於形象塑造的結果。雖時過境遷，作品數理機制中有些成分已不能給人閱讀的興趣，但所包含古代創作思想的信息尙有歷史的價值。至於其中必有因高於生活而永久的成份，如數字對、三復情節、以四時之序寫景敘事等等，還將成爲當今作家的借鑒。總之，對於古代文學的數傳統與數理美，學者不能不有時代標準的取捨，但同時要以歷史的標準，作實事求是的分析和判斷。

中國古代文學的「倚數」傳統在作品中不是孤立的存在，而是作爲形象體系的數理機制，與形象互相含蘊而相得益彰。從而作品中沒有形象，數理將無從體現；而一般說離開數理，形象的體系也將無從建立，至少會限制形象的意義。前引杜甫《絕句》、龔自珍《己亥雜詩》是如此，而《水滸傳》中「三番招安」、《紅樓夢》中一僧一道三入賈府，不僅大幅度整合故事，還使主要人物性格命運得到合乎邏輯的說明。即使《紅樓夢》之「石歸山下無靈氣」的「荒唐言」，也不僅關乎全書有「團圓之趣」，更是全書「大旨談情」——「天若有情天亦老」（李賀《金銅仙人辭漢歌》）的象徵。「紅學」文本意義的研究，若不聯繫這「靜極思動，無中生有之數」，便不可能有眞切的認識。這也就表明古代文學數的傳統不止於造就作品的形式美，還引導文學意義的實現，達成作品體系內部的和諧，乃至是古人與宇宙溝通的象徵。所以，今天看來《周禮》《呂氏春秋》《史記》等「天書」模式並不顯得特別高明，但其開創性，所顯示作者欲以著作「究天人之際」的抱負與努力，無疑是人類偉大與智慧的表現。

因此，中國古代文學的數理批評不單純是文學形式的探討，而將爲文本的闡釋提供新的可能，有時本身就是這種闡釋。它不排斥任何其他的研究理念與方法，卻不是任何其他理念與方法的附庸或補充，而是相對於傳統象或形象批評的另一翼，與象或形象的批評相得益彰。但在當今古代文學的批評與研究中，形象中心的批評理論多借自西方，能收「他山之石可以攻玉」之效，而結合了象或形象的數理批評，對於中國古代文學卻有「那把鑰匙開那把鎖」的根本之用，所以格外值得重視和提倡。著者相信在古代文學批評中引入數理批評的原則，將有助於建立寫人與敘述並重、形象與數理結合的新的古代文學批評和理論研究模式。

（原載《中國社會科學》2002 年第 4 期，2006 年補說）

「文學數理批評」論綱——以「中國古代文學數理批評」爲中心的思考

一、「文學數理批評」的提出

已故著名文學史家程千帆先生在《古典詩歌描寫與結構中的一與多》一文（以下簡稱「程文」）的結論中說：

> 我們認爲，從理論的角度研究古代文學，應當用兩條腿走路。一是研究「古代的文學理論」，二是研究「古代文學的理論」。前者是今人所著重從事的，其研究對象主要是古代理論家的研究成果；後者則是古人所著重從事的，主要是研究作品，從作品中抽象出文學規律和藝術的方法來。這兩種方法都是需要的。但在今天，古代理論家從過去的及同時代的作家作品中抽象出理論以豐富理論寶庫並指導當時及後來創作的傳統做法，似乎被忽略了。於是，儘管蘊藏在古代作品中的理論原則和藝術方法是無比地豐富，可是我們並沒有想到在古代理論家已經發掘出來的材料以外，再開採新礦。這就使古代文學的研究不免局限於再認識，即從理論到理論，既不能在古人已有的理論之外從古代作品中有所發現，也就不能使今天的文學創作從古代理論、方法中獲得更多的借鑒和營養。這種用一條腿走路的辦法，似乎應當改變；直接從古代文學作品中抽象出理論的傳統方法也似乎應當重新使用，並根據今天的條件和要求，加以發展。〔註 1〕

〔註 1〕程千帆《古典詩歌描寫與結構中的一與多》，《古詩考索》，上海古籍出版社 1984 年版，第 25～26 頁。

他還說，正是「基於這種想法，我作了這樣一次嘗試。對一與多在古典詩歌中存在諸形態」〔註2〕作了探索。

程文寫於 1981 年 10 月，至今已經 20 多年了。應當說，「從理論的角度研究古代文學」，「這種用一條腿走路的辦法」，也還沒有得到根本改變。雖然本人並不想評論「從理論到理論」的研究「局限於一種再認識」的結果，是否一定如程先生所說的那樣前景暗淡，但是，近年來古代文論界一時很熱的「話語轉換」討論所顯示突圍的努力，至少說明這種研究的進一步發展正遭遇「山重水複」的困惑。即使在有些研究者看來並不存在這種困惑，而一直處在「柳暗花明」良好狀態，那也不過「一手硬，一手軟」，「重新使用」「直接從古代文學作品中抽象出理論的傳統方法」，也就是「在古代理論家已經發掘出來的材料以外，再開採新礦」的工作，仍然是當務之急。基於這種認識，近幾年以來，筆者在學習、研究古代文學的過程中，注意發現、概括「古代文學的理論」，希望能有些微的創獲。先是從我國古代數字「三」的觀念與小說的「三復情節」入手，研究古代「數」在文學中的應用，逐漸形成對「中國古代文學重數傳統」的認識，進一步提出並嘗試「中國古代文學數理批評」，並通過對魯迅小說的解讀在現代文學研究中有所應用，因此有對「文學數理批評」的理論思考〔註3〕。雖然這些個案的探索和理論的思考還很不成熟，甚至可能是失敗的嘗試，但是，本人在前輩學者的啓發之下，企圖「再開採新礦」的動機，希望能得到專家學者的理解，也希望本人所謂「文學數理批評」的提法，能夠得到認眞的批評和熱心的賜正。

二、「文學數理批評」試定義

我所謂「文學數理批評」，是指從「數理」角度對文學文本的研究。所謂「數理」是指文學文本中數字作爲應用於計算之「數」同時又作爲哲學的符號所包含的意義。這種意義當然因時代、民族、地域與作家的不同而異，但是都因其作用於文學形象體系的建構，而形成文本建構的數理邏輯。這種邏輯在文本的存在狀態，有隱有顯，或隱或顯，從根本上決定形象體系的意義指向與基本風格，是文學研究中與形象並重不可忽視的另一半。文學數理批評就是從文本所應用「數」的理念與具體「數」度及其相互聯繫出發，考察

〔註2〕《古典詩歌描寫與結構中的一與多》，《古詩考索》，第 26 頁。
〔註3〕原注列舉多篇論文，今均已收入本卷，不贅。

作品的數理機制，分析其在文本建構中的作用，以及對形象意蘊的滲透與制約。

因此，文學數理批評不僅是形式美的批評，也必然達至形象內涵即文本思想意義的探討。我在《中國古代文學的重數傳統與數理美——兼及中國古代文學的數理批評》一文的結尾，曾就中國古代文學數理批評的可能性展望說：

> 中國古代文學的數理批評不單純是文學形式的探討，而將爲文本的闡釋提供新的可能，有時本身就是這種闡釋。它不排斥任何其他的研究理念與方法，卻不是任何其他理念與方法的附庸或補充，而是相對於傳統「象」或「形象」批評的另一翼，與象或形象的批評相得益彰。但在當今古代文學的批評與研究中，形象中心的批評理論多借自西方，能收「他山之石可以攻玉」之效，而結合了象或形象的數理批評，對於中國古代文學卻有「那把鑰匙開那把鎖」的根本之用，所以格外值得重視和提倡。著者相信在古代文學批評中引入數理批評的原則，將有助於建立寫人與敘述並重、形象與數理結合的新的古代文學批評和理論研究模式。〔註4〕

在堅持這樣一種基本認識的前提下，我把「中國古代文學」擴大到「（全部）文學」的理由，及其在東西方文學範圍內「數理」一詞的根據，還需進一步說明如下：

（一）把「中國古代文學」擴大到「（全部）文學」，雖然已經有了對中國古今文學所作初步考察的基礎，但是對外國文學的缺乏研究，仍然使這一提法基本上還只是一個大膽的假設〔補說：儘管如此，筆者還是可以指出，俄羅斯短篇小說大師契訶夫的名作《變色龍》，寫首飾匠赫留金的手指頭「無緣無故」地被「一條白毛的小獵狗」咬了，請求恰巧路過的警官奧楚美洛夫處理這件事。奧楚美洛夫最初是在人與狗之間選擇，還能持同情赫留金鐵的立場，但是在弄清楚狗的主人是否將軍家的過程中，他就不斷地「變色」了：第一次是聽有人說「這好像是席加洛夫將軍家的」，第二次是又有人說「不對，這不是將軍家裏的狗」，第三次是「人群裏有人說」——「沒錯兒，將軍家的！」第四次是將軍家的廚子說「瞎猜！我們那兒從來沒有這樣的狗」，第五次還是

〔註 4〕杜貴晨《中國古代文學的重數傳統與數理美——兼及中國古代文學數理批評》，《中國社會科學》2002 年第 4 期。

廚子說「這不是我們的狗」，「這是將軍哥哥的狗」。在這五度「變色」中，有三次寫到警官奧楚美洛夫的大衣：一次剛聽到有人說「這好像是……」的時候，他大概是很吃驚，爲剛才曾口出狂言表示要處罰狗的主人嚇出一身冷汗，對隨從警察說：「席加洛夫將軍？哦！……葉爾德林，替我把大衣脫下來。……天這麼熱！看樣子多半要下雨了……」第二次是終於又確認貉是將軍家的以後，他說：「哦！……葉爾德林老弟，給我穿上大衣……好像起風了……挺冷……」第三次是最後弄明白貉是將軍的哥哥的，他對赫留金發出威脅以後離去之前，「裹緊大衣，接著穿過市場的廣場，徑自走去」。契訶夫的另一篇名作《萬卡》中萬卡給爺爺寫信的描寫，一是他開始「寫起來」，二是他「歎口氣，拿鋼筆在墨水裏一蘸，繼續寫道」，三是「『來吧，親愛的爺爺，』萬卡接著寫下去」，最後是「寫上地址」。（據汝龍譯《契訶夫小說選·變色龍》，人民文學出版社 1978 年版）都明顯表現爲一定的度數，即五、三之數。〕但是，對於以西方文學爲代表的外國文學來說，早就有學者對數理批評的必要性與可能性作過論證，並得出結論，例如，古希臘畢達哥拉斯學派重要人物之一波里克勒特認爲：

> （藝術作品的）成功要依靠許多數的關係，而任何一個細節都是有意義的。〔註 5〕

又，亞里士多德認爲：

> 美的主要形式「秩序、勻稱與明確」，這些唯有數理諸學優於爲之作證。又因爲這些（例如秩序與明確）顯然是許多事物的原因，數理諸學自然也必須研究到以美爲因的這一類因果原理。〔註 6〕

胡世華曾著文引馬克思也說：

> 一門科學只有當它達到了能夠運用數學時，才算眞正發展了。〔註 7〕

因此，儘管本文「文學數理批評」的提法爲自我作古，但是，在對中國文學的考察和參考西方古近代學者論述的基礎上，筆者相信「文學數理批評」在古今中外文學中都有充分根據，是完全可以成立的一種認識。〔補說：當代捷

〔註 5〕《朱光潛全集》第六卷，安徽教育出版社 1990 年版，第 388 頁。
〔註 6〕〔德〕黑格爾《形而上學》，吳壽彭譯，商務印書館 1959 年版，第 265～266 頁。
〔註 7〕轉引自胡世華《質和量的對立統一和數學》，《哲學研究》1979 年第 1 期。

克和斯洛伐克人現定居法國的世界最偉大的小說家之一米蘭・昆德拉在《小說的藝術》一書中答克里斯蒂安・薩爾蒙問他「幾乎所有小說，除了一部，全是分成七個部分」時說，「（有七個部分）不是出於我對什麼神奇數字的迷信，也不出於理性的計算，而是一種來自深層的、無意識的、無法理解的必然要求，一種形式上的原型，我沒有辦法避免。我的小說是建立在數字七基礎上的同樣結構的不同變異」，他說對於自己作品的這種「數學秩序」或曰「數學結構」，「多虧看了一位捷克文學評論家的文章《論〈玩笑〉的幾何結構》我才發現」（米蘭・昆德拉《小說的藝術》，上海譯文出版社 2004 年版第 106～108 頁）。這一事實說明，至今「數學秩序」或「數學結構」在西方文學創作中仍然是一個突出的存在，並不乏有關的數理批評。〕

（二）從以上引文還大略可知，西方自古就重視自然與人文的「數理」關係。這在波里克勒特是指「數的關係」及其「意義」；在亞里斯多德是指「數理諸學」與「美」的關係，即把美的研究納入以數學、物理爲代表的自然科學的範圍；而從馬克思的論述可以得出文學批評也應該可以「運用數學」，並且「只有當它達到了能夠運用數學時，才算眞正發展了」。換言之，文學數理批評不僅是文學批評題中之義，而且是其「眞正發展」的標誌。三種說法雖因歷史語境的區別有所不同，但是，其實質有後先相承的聯繫即共同性，也就是認爲「數」「數理」或「數學」的研究，是藝術與美與包括藝術與美在內的一切科學研究的一個重要切入之點，甚至是其高級的形態。

由於人類的共同性和民族的差異性，我國作爲哲學概念的「數理」的內涵（詳後）與西方互有異同，並且東西方古今「數理」之義也自有異同，從而形成文學數理批評在世界範圍的普適性與在各國家民族範圍的特殊性，乃至對具體文學現象做具體分析，是文學數理批評的根本原則與靈魂。而作爲一種理論，「文學數理批評」的內容及其實現的方式也當隨在有異，表現爲適合各自不同對象的具體的原則與方法。換言之，「文學數理批評」是一種實踐的理論，它的現實可能性只有在文學批評的實踐中才能得到驗證和體現，特別是在當今初始的階段，我們並不想也不大可能很多地注意其作爲理論體系的特徵。

儘管如此，筆者認爲「文學數理批評」仍有某些共同的基本原則。這些原則可以包括（1）因「文」知「數」，（2）即「數」求「理」，（3）因「理」論「文」。這就是說，文學數理批評的對象是「文」即文本；批評者的任務是從「文」本發現其各種「數」和「數的關係」，經由這各種「數」和「數的關係」進入文本思想與藝術之「理」的探討；因「數」之「理」而對文本做出相應的說明與評價。

已如上述，這種批評必須結合了文學的「象」或「形象」的研究才便於進行；反之，理想的「象」或「形象」中心的批評也需要結合了「數理」的批評才有可能完成。因此，與中國哲學傳統「象數」一體之學的理論相應，「數理」與「形象」的批評對於文學研究而言，正如車之兩輪、鳥之雙翼。而相對於「形象」中心的批評，「數理」批評優越性在於，只有它才能充分說明文本即形象體系的邏輯性及其意義。因此，文學數理批評是通過深入揭示文本的數理機制及其作用、價值與意義，而達至對包括形象在內的全部文本意義的說明，與形象中心的批評殊途而同歸。

「文學數理批評」就形式而言，有似於西方「原型」或「結構主義」的文學批評，但是，它特指從「數理」和「原型」或「結構」角度所作文學的批評。因此，「文學數理批評」不排斥「原型」「結構主義」或社會歷史的、形象的等各種形式的文學批評，卻是一種完全獨立的文學批評。雖然它的理論與方法還有待在文學批評的實踐中進一步確立與完善，但是，筆者相信其是一項大有希望的學術事業。但是，鑒於古今中外文學的多樣性和可以想見的文學數理批評的複雜性，以及目前文學數理批評初創的階段，筆者對此課題的探討又主要是從中國古代文學入手，本文以下將主要說明中國古代文學數理批評的有關問題。

三、「中國古代文學數理批評」釋義

由於中國上古文獻——文學的自然傳承關係，這裡所指「中國文學」包括先秦兩漢所有文獻與後世各體文學作品。而所謂「數理」之「數」與「理」，則是《周易》所稱「天地之數」「萬物之數」和「天下之理」（《繫辭傳上》）、「性命之理」（《說卦傳》），原屬古代哲學的概念。

「天下之理」「性命之理」即「道」，而「天地之數」「萬物之數」又無非「天下之理」、「性命之理」即「道」的體現。《說苑》卷六《復恩》引孔子曰：「物之難矣，小大多少，各有怨惡，數之理也。」這就是說，「數」中有「理」，「理」因「數」見。而「數」因此能有溝通天人的作用。《國語・周語下》說：「凡人神以數合之，以聲昭之。數合聲和，然後可同也。」世人行事則當「舉措以數，取與遵理」(《呂氏春秋・論人》)，「修其數行其理」(《呂氏春秋・君守》)；臨事則當「察數而知理」(《管子・兵法》)，「推數循理」(《史記・平津侯主父列傳》)。因此，「數理」一詞，雖然晚至《三家注史記・楚世家》「陸終生子六人，坼剖而產焉」句下，《集解》引干寶曰「譙允南通才達學，精覈數理者也」，才正式出現，但是，早在上古就已經是先民知行的一大原則，百世不替。《張載集・橫渠易說・繫辭上》：

天渾然一物，終始首尾，其中何數之有？然此言特示有漸爾。理須先數天，又必須先言一，次乃至於十也。

這句話說明爲什麼古人以「數」明天道之理，即今所謂自然數之序正合於人想像中天地自然之序，所以數之理即天地萬物之理。天地萬物之理無可見，則因數見之；無可知，則以數推之。明何孟春《餘冬序錄》卷二記洪武末欽天監博士元統之言說得明白：

蓋天道無端，惟數可以推其機。天道至妙，因數可以明其理。是理因數顯，數從理出。故理數可相倚，而不可相違也。

這也就是說，數是溝通人天，以人知天、合天的憑據，數之理即天理——天道。從而天之道可以用數表示。中國傳統哲學對世界模式的兩種經典表述，一是《老子》曰「道生一，一生二，二生三，三生萬物」，二是《易傳・繫辭上》曰「是故《易》有大極，是生兩儀。兩儀生四象。四象生八卦。八卦定吉凶，吉凶生大業」云云，就都是用數作爲世界生成變化的代式。至今日常生活中「凡事要心中有數」的說法，根本上也是古人這種「惟數可以推其機」思想傳統的曲折體現。但是，這種古代哲學以至體現於當今日常生活的重數傳統，並沒有引起學者更進一步的注意。所以，現代哲學家雖然看到了所謂中國古代「宇宙代數學」的發明，卻沒能更進一步發現「數」在中國古代以至今天作爲哲學地把握世界的工具，有無可忽略、無可替代的作用，從而至今哲學研究中幾乎見不到有關「數理」的論述，是非常遺憾的。

同樣遺憾的是在文學研究中，也幾乎完全忽略了上古在「舉措以數，取與遵理」生活原則影響下形成的我國文獻——文學「倚數」編撰的傳統，而唯有《易傳》是一個例外。《易經》是我國今見最早「倚數」編撰的文獻。《漢書・律曆志》云：「伏犧作八卦，由數起。」《易傳・繫辭上》曰：「參伍以變，錯綜其數。通其變，遂成天下之文；極其數，遂定天下之象。」又說：「……凡天地之數五十有五，此所以成變化而行鬼神也。」而《易傳・說卦》云：「昔者聖人之作《易》也，幽贊於神明而生蓍，參天兩地而倚數，觀變於陰陽而立卦，……」這些論述綜合表明，八卦——《易經》是今見我國最早「倚數」編撰之作，而《易傳》是最早帶有數理批評內容的文學批評論著，是中國文學數理批評的萌芽，實際開啓了中國文學數理批評的先河。

四、「中國古代文學數理批評」的依據

任何一種理論與方法都因其適用的對象而存在，並主要因其自身的積累而發展。因此，「中國古代文學數理批評」的基本依據應當包括以下兩個方面：

（一）批評對象即古代文學文本的依據

如上所述及，以《易經》打頭，中國古代文獻——文學形成「倚數」編撰的傳統，從而其文本能以成爲數理批評的對象。

這是全部問題的關鍵。對此，筆者在《中國古代文學的重數傳統與數理美——兼及中國古代文學的數理批評》一文中已有詳細的說明，基本的看法如該文提要所說：

> 中國上古重數，以數爲宇宙化生的關鍵與萬象聯絡的樞紐。先民由卜筮之數創爲八卦——《易經》，開創我國文獻——文學倚數編撰的傳統。包括《易經》產生的商周之際，文獻——文學中重數用數的傳統經六次變遷而貫穿始終，表現由文獻而文學，由詩文而小說、戲曲，由外及內，由明轉暗，由粗轉精等逐步深入的過程。這一過程久被忽略而顯得隱晦。其隱晦之故有社會、哲學及文學批評諸方面的原因。從作品的不同層面看，這一傳統表現爲編撰「倚數」稱名和布局謀篇，「倚數」行文的模式與技巧等，綜合而成中國古代文學的數理機制，表現出數理美的特點。

此種機制與特點的研究是中國古代文學數理批評的基本內容，也是其成立的根本依據。

但是，由於中國古代文獻——文學「倚數」編撰傳統的久被忽略，當今欲揭示它並使之得到專家學者的承認，以眞正進入學術研究的視野，也還不是一件容易的事。因此，當務之急仍是要引起學術界對中國古代文學數傳統及其所形成文本數理機制與特點的關注，然後才可能有關於文學數理批評的眞正的討論。

（二）古代文學研究的依據

1、古人有關「文學數理」的認識與揭示

古代的文學理論家的研究成果中並非沒有涉及文學數理批評的文字，然而不多；又因其往往有數術的色彩，所以也不大受後人重視。如董仲舒《春秋繁露・天地陰陽》說：

> 天、地、陰、陽、木、火、金、水、土九，與人而十者，天之畢數也。故數者至十而止，書者以十爲終，皆取此也。

這是說古人篇籍有取「天數」特別是以「十」爲編撰之法的原則。又王充《論衡・正說篇》曾經批評的漢代經師之說：

> 《尚書》二十九篇者，法斗四七宿也。四七二十八篇，共一曰斗矣，故二十九。

又：

> 經傳篇數，皆有所法。

王充對這些說法的批評未必不有正確的成份。但是，考之《史記・太史公自序》曰：

> 網羅天下放失舊聞，王跡所興，原始察終，見盛觀衰，論考之行事，略推三代，錄秦漢，上記軒轅，下至於茲，著十二本紀，既科條之矣。並時異世，年差不明，作十表。禮樂損益，律曆改易，兵權山川鬼神，天人之際，承敝通變，作八書。二十八宿環北辰，三十輻共一轂，運行無窮，輔拂股肱之臣配焉，忠信行道，以奉主上，作三十世家。扶義俶儻，不令己失時，立功名於天下，作七十列傳。凡百三十篇，五十二萬六千五百字，爲太史公書。

又考之劉勰《文心雕龍・序志》云：

> 位理定名，彰乎大易之數，其爲文用，四十九篇而已。

司馬遷自道《史記》尚且「倚數」編撰，漢儒「經傳篇數，皆有所法」之說，也就未必全無根據。而晚至蕭梁時代精研文學的劉勰著書尚且標榜倚用「大易之數」，則後世可知。所以，我們對古代篇籍有「倚數」編撰的傳統完全可以抱有信心，作實事求是的探討，恰如其分的估量。又，《孟子注疏・題辭解》「正義」曰：

> 此敘孟子退而著述篇章之數也。……然而篇所以七者，蓋天以七紀璇璣運度，七政分離，聖以布曜，故法之也。章所以二百六十

> 一者，三時之日數也。不敢比《易》當期之數，故取於三時。三時者，成歲之要時，故法之也。三萬四千六百八十五字者，可以行五常之道，施七政之紀，故法五七之數而不敢盈也已。

又，張書紳《新說西遊記總批》說：

> 《西遊記》稱爲四大奇書之一。觀其……西天十萬八千里，觔斗雲亦十萬八千里，往返十四年五千零四十八日，取經即五千零四十八卷，開卷以天地之數起，結尾以經卷之數終，眞奇想也。

《西遊記》第59回黃周星批評說:

> 小説演義，不問何事，動輒以三爲斷，幾成稗官陋格。

陳士斌詮解《繪圖增像西遊記》第一百回批云：

> 三藏歷敘三徒出跡，來往功程，正是傳經之的旨，連去連來恰在八日之內，言只在三五妙道運用之內也。篇中來東已五日，則歸西止三日。來五回三，已分明指示，人自不悟耳。讀者謂此等處，俱不可思擬，奈何三、五、一都三個字，古今明者實然希耶。

這些從不同角度對不同文體作品的批評，也都顯示或揭示了古代文學「倚數」結撰現象的存在，可以視爲「文學數理批評」早期的萌芽。雖然極爲零星而且粗淺，但是，至少證明我國古代早已有人注意到文學「倚數」編撰傳統，而文學數理批評在中國古代的文論中也是有基礎和根據的。

2、今人具有「文學數理批評」實質性內容的研究

近今學者涉及文學數理批評內容或帶有文學數理批評色彩的論著時有問世，然而大都因人類文化學對神秘數字關注而涉及文學，不是眞正的文學數理批評。筆者閱讀所及，近今具文學數理批評實質性內容的研究論著，美國學者浦安迪《中國敘事學》與《明代小說四大奇書》值得特別重視。前者的第二章《中國敘事傳統中的神話與原型》之三《中國傳統的對偶美學》與第三章《奇書體的結構諸型》，後者有關「四大奇書」百回結構的分析，特別是關於《西遊記》「運用數字構思」〔註 8〕特點的揭示具有數理批評的意義。但是，作者似乎不曾注意中國上古即有「倚數」編撰的傳統，加以其西方文化的立場，便很輕易地把這一現象納入到了「原型」批評的視野〔註 9〕，與文學數理批評擦肩而過。

〔註 8〕〔美〕浦安迪《明代小説四大奇書》，中國和平出版社 1993 年版，第 160 頁。
〔註 9〕〔美〕浦安迪講演《中國敘事學》，北京大學出版社 1996 年版，第 48 頁。

除此之外，近今也有一些具文學數理批評實質性內容的論文發表，最值得注意的是楊希枚先生《再論古代某些數字和古籍編撰型式的神秘性》〔註 10〕與《古籍神秘性編撰型式補證》〔註 11〕（以下合併簡稱「楊文」，引楊文主要出後者），以及上引程文等三篇，接近於我們所稱的「文學數理批評」。

楊文揭示先秦及漢代若干古籍「倚數」編撰的特徵，指出：

> 古籍或具神秘編撰型式原是至遲東漢以前的舊說。雖然，王充曾著說駁斥，卻認爲經傳篇數都是據事意而作，決不該有所謂「尚書二十九篇法日斗七宿」之類的「法象之義」的。此外，著者曾推想，如魏劉劭撰的《都官考課》七十二條，仲昌統撰的《昌言》二十四卷，說不定也是具神秘性的編撰型式。……近半年來，著者……發現不唯若干古籍確具神秘性編撰型式，篇卷章句之數都與神秘數字信仰有關，且整個古社會生活的事物幾無一不與神秘數字信仰有關，而實爲一盛行神秘數字的社會了。這就是說，著者前此近乎空想的想法不僅原是先儒的舊說，且實爲前代的史實。〔註 12〕

按作者所謂「前此近乎空想的想法」即：

> 中國古代對於某些數字或有某種神秘的信仰，影響所及，古籍的句數也就常採取了某些固定的數字，從而使得編撰型式也就具有某種神秘意義。〔註 13〕

楊文具體論證了先秦兩漢古籍如《呂氏春秋》《春秋繁露》《淮南子》《史記・秦始皇本紀》所載《泰山刻石銘》、楊雄《太玄經》等，各爲「篇卷或句數符合神秘數字之數，因而成爲象徵天地的一種神秘性的編撰型式」，另有《史記》等「其他可能是神秘編撰型式的古籍」數種。從而說明「一項古代書論編撰的情況，就是古籍除了基於義窮理竟的通則而決定其編撰型式，即其篇卷或句數，甚至音韻的變化以外，也由於神秘數字的信仰……而常採取某些固定的型式，也即使其篇卷或句數符合神秘數字之數，因而成爲象徵天地的一種神秘性的編撰型式」，「古籍具有神秘性編撰型式的無疑是比我們想像的

〔註 10〕楊希枚《再論古代某些數字和古籍編撰型式的神秘性》，《大陸雜誌》第 42 卷第 5 期。

〔註 11〕楊希枚《古籍神秘性編撰型式補證》，《先秦文化史論集》，中國社會科學出版社 1995 年版。

〔註 12〕楊希枚《先秦文化史論集》，第 717～718 頁。

〔註 13〕楊希枚《先秦文化史論集》，第 717 頁。

多得多」。

楊文的探討帶有文學數理批評實踐的性質，對本人提出中國古代文學數理批評有過重要啓發作用。不過作者不曾或者也不想把他的工作說成是「文學數理批評」，而且其所論述限於西漢以前，又主要是就「篇卷」數的考察而未深入到文本敘事與描寫的分析。同時，他考察的目的主要是文獻學的，即認爲有關「神秘性編撰型式」的研究有利於「古籍的鑒定」「解釋和勘正」。所以，楊文作者主觀上完全不涉及我們所謂的文學數理批評，因而在我們看來，也還只能算作文學數理批評的初步的不自覺的實踐。

程文從「一與多」的對立統一論中國「古典詩歌的描寫與結構」，他的結論包括五個方面：即「一多對立（對比、並舉）不僅作爲哲學的範疇而被古典詩人所認識，並且也作爲美學範疇、藝術手段而被他們所認識，所採用」；「一與多的多種形態在作品中的出現，……也是爲了打破已經形成的平衡對稱、整齊之美。在平衡與不平衡對稱與不對稱，整齊與不整齊之間達成一種更巧妙的更新的結合，從而更好地反映生活」；「在一與多這對矛盾中，一往往是主要矛盾面，詩人們往往藉以表達其所要突出的事物」；「一與多雖然僅是數量上的對立，但也每在其中同時包含著其他一對或數對矛盾，因而能夠表現更爲豐富的內容」；「一與多對比或並舉……運用得合適，也能使不相干的事物發生連繫，表達了詩人豐富的聯想，也同樣能給人以藝術的滿足」。

程文雖然只限於「古典詩歌的描寫與結構」中「一與多」現象的研究，但其實質是深刻的文學數理批評之作。其與楊文的不同之處在於：

1、楊文用古代神秘數字說明「古籍編撰型式」，是以古釋古；程文從現代哲學角度討論古典詩歌中的「一與多」，是以今釋古。

2、楊文以古籍「篇卷」「句數」等較爲外在的「編撰」形式爲研究對象，而程文關注的是「古典詩歌描寫與結構」等更爲內在的藝術個性。

3、楊文的研究以「古籍鑒定」等爲目的，程文則是從形式到內容的藝術的批評。

總之，楊文是文獻學的研究而帶有文學數理批評的意義，程文是文學的研究並實際深入到了文學數理的批評。不過，程文是「在古代理論家已經發掘出來的材料以外，再開採新礦」的「一次嘗試」，所以也不曾想到古代文學中尚有更廣泛的數理問題和提出文學的數理批評。但是，程文與楊文互補，加以浦安迪先生的研究，構成近今我國古代文學與古代文論研究中「在古代理論家已經發掘出來的材料以外，再開採新礦」的典範，也構成了我們所說「文學數理批評」事實上的開端。

上述中國古代文獻——文學「倚數」編撰的傳統和古今學者有關這一傳統的揭示，是我們提出並嘗試中國古代文學數理批評的對象基礎和學術背景。筆者正是在這樣的基礎和背景之上開展工作的。〔補說：按今人關於古代文獻——文學中用數現象的研究，還可參考：肖兵《楚辭的文化破譯》（湖北人民出版社 1991 年版），肖兵、葉舒憲《老子的文化解讀》（湖北人民出版社 1994 年版），葉舒憲《莊子的文化解析》（湖北人民出版社 1997 年版），葉舒憲、田大憲《中國古代神秘數字》（社會科學文獻出版社 1998 版），周汝昌《紅樓夢與中國文化》（華藝出版社 1998 年版）等書中有關章節或文章；另有肖兵《中國古典小說的典型群》（《明清小說研究》第 1 輯，中國文聯出版公司 1985 年版），張錦池《〈紅樓夢〉的均衡美及其數理文化論綱》（《紅樓夢學刊》1993 年第 2 輯，後收入張錦池《中國古典小說心解》，黑龍江人民出版社 2000 年版）等論文。以上著作或論神秘數字以及於文學，或就某一文學現象、具體作品的結構論神秘數字的影響和表現，各有程度不同深刻的見解，許多內容實際屬於文學的數理批評。其中肖兵《中國古典小說的典型群》論小說人物組合，葉舒憲《莊子文化解析》論《莊子》的「迴旋結構」「『七』數結構」，張錦池、周汝昌分別論《紅樓夢》的結構等，都可以說是極精彩的文學數理批評。但是，諸作大致分別屬於文化人類學、原型批評或文學中「數理」現象的個案研究。因此，儘管葉舒憲《莊子的文化分析》一書曾使用「數理哲學」的概念，張錦池《〈紅樓夢〉的均衡美及其數理文化論綱》一文則標爲「……及其數理文化」的討論，體現對作品「數理」的關注，重心在「哲學」或「文化」，而不是從文學批評的原則與方法上立論，也就沒有把對文學數理現象的研究提到普遍的文學理論層面看待，但是，這些研究的具體內容和本質傾向實有關文學的數理批評，應當與本文中提到楊希枚、程千帆等的研究一樣，成爲建立文學數理批評理論更切近的參考，有的還是更重要的參考。但是，對於這些著作，本人提出「文學數理批評」包括寫作此文的過程中都未及拜讀，從而未能借鑒和引用以爲提出和論證文學數理批評理論的現實基礎與根據，不能不說是一大疏漏和遺憾。然而，所幸的是，由於研究關注的範圍、中心與目的有異，方法不同，也並未與各位作者的論著有任何眞正意義上的重複，而可以互相比照和補充。今值結集之際，特將近來仍不夠廣泛深入的

閱讀所及，附記於此，自然還會有所掛漏，但已暫可略補本文之闕，以便於讀者參考的同時，對各位作者的研究表示讚賞和敬意。〕

五、「中國古代文學數理批評」的解剖

中國古代文學數理批評大致包括以下幾種類型：

（一）作品命意批評，即「數」作爲天命、天道觀念在文本中作用、意義的研究，如《三國演義》《水滸傳》《紅樓夢》等書中的「天數」「氣數」等往往指「天命」「性命」之數。這種「數」本是對所寫人事生滅興衰宿命的解釋，無可稱道，所以從來爲研究者忽視，卻決定著作品總體構思包括對題材處理的基本價值取向，使作品深蒙神秘氣氛。例如，《三國演義》描寫各種場合中「天數」一詞出現 17 次，「氣數」一詞出現 10 次，多半用於說明漢朝衰亡之象，而終卷詩「紛紛世事無窮盡，天數茫茫不可逃」一聯無疑代表了作者宿命的歷史觀，是《三國演義》總體構思的基本思想依據。《三國演義》研究如果不顧及書中頻繁出現的這種「套語」和「俗套」的意義與作用，必將忽略天命論對作者創作的重要影響，而作品無可奈何的悲劇意味也將不能得到深入的解釋。

（二）編撰體式批評，即古代文獻——文學「倚數」爲篇卷乃至字句之數規律性的探討，如上引楊文所舉證各書，以及詩之連章、律體，賦之「七」體、「九」體，古文、時文章法，小說、傳奇文體所依據數理的研究。這些研究無疑是中國古代文學民族特點的進一步發現和切實深入的探討，其中蘊涵各自特定數理的發掘，必將導致對這些文體性質、意義的新的認識。例如，熊篤《詩詞曲藝術通論》認爲，近體詩律起源因於南齊永明間沈約「四聲八病」說的發明，至初唐沈佺期、宋之問形成五、七言律絕的定式是一個漸進的過程，其初直接受到了《周易》四象八卦觀念的影響，而實踐中能廣爲文壇大眾所接受，「也正與集體無意識中對於『八』、『四』這些數象所包含的歷史文化意蘊的長久積澱有關」〔註 14〕，實際是從數理角度說明「五、七言律絕的定式」形成的原因，顯然是很深刻的看法。〔補說：據葉舒憲《莊子的文化解析》提及，辛世彪先生有《中國詩歌五言與七言模式的起源：人類學的視角》一文，「主張七言詩的形式本身具有象徵宇宙和諧的意義」。（湖北人民

〔註 14〕熊篤《詩詞曲藝術通論》，中州古籍出版社 2000 年版，第 63 頁。

出版社 1997 年版第 298～299 頁）〕

（三）框架結構批評，即對文本總體構思所依據數理的研究，如有關詩文之起結布局、小說戲曲敘事框架等所依據數理的研究，包括詩文運筆之「起承轉合」，小說、戲曲敘事之「謫世升仙」「輪迴報應」以及各種「善報」「惡報」和「大團圓」結局等等。這類研究將深入探討文本內部的框架結構與「天人合一」思想的普遍而深刻的聯繫。筆者在《中國古代文學的重數傳統與數理美——兼及中國古代文學的數理批評》一文中曾經指出：

> 陳子昂《登幽州臺歌》、李白《春夜宴從弟桃花園序》、蘇軾《赤壁賦》……大致各抒作者一己之情，卻也要說到宇宙萬物，以天地悠悠、人生恨短的雄闊悲慨之境打動人心。王羲之《蘭亭集序》在感慨宇宙無窮而人生恨短之後說「每覽昔人興感之由，若合一契」，就總結出了中國抒情文學的這一特點。至於各種輪迴報應、謫世升仙或悲歡離合故事的小說戲曲更是如此。總之，無論作者情趣雅俗、手眼高低，把筆往往有「天人」之想，結果抒情之作每充滿今所謂終極關懷，敘事文本的結構框架則很像一個圓。「文學是人學」爲文論家共識，但筆者每感慨中國古代文學之爲「人學」常常是「天人之學」。

（四）情節及語言模式批評，即對人物設置、情節安排、連章方式、細節描寫以至語言運用等方面依據各種數理形成的敘事、抒情模式的研究。如抒情之「疊韻」「疊章」，敘事之「三復情節」「三事話語」「三極建構」「七復」「九復」以及各種錯綜數字行文的樣式〔註 15〕，基本上都是一些「俗套」或「套語」。其在古代文學中應用的廣泛，遠非一般想像所能測，而幾乎無所不在，無所不至。有關的研究將結合我國古代社會習俗等情況，系統揭示其各自的數理依據和表現特點，深窺華夏民族獨特的文學精神和文化心理。例如以《三國演義》「三顧草廬」爲代表的「三復情節」，實際是至晚從《左傳》就已經開始形成，並累世有廣泛運用的一種「俗套」。它的思想淵源在於先民對數字「三」的認識和「禮以三爲成」即後世「事不過三」的習俗〔註 16〕，

〔註 15〕杜貴晨《論《水滸傳》「三而一成」的敘事藝術》《「三而一成」與魯迅小說的敘事藝術——兼及中國現代文學的數理批評》，均已收入本卷。

〔註 16〕杜貴晨《古代數字「三」的觀念與小說的「三復」情節》《中國古代小說「三復情節」的流變及其美學意義》，均已收入本卷。

等等。

（五）時序批評，即對古代文學文本以季節月令時日等曆數爲結構素或象徵的研究，《中國古代文學的重數傳統與數理美》一文曾經指出：

> 《紅樓夢》第一回說：「好防佳節元宵後，便是煙消火滅時。」而作爲寶玉及賈府命運象徵的甄士隱的破家和悟道正由於元宵節一場大火，可知「元宵節」是原本敘事大轉折處，惜今本描寫已不夠明確。這大概可經由《金瓶梅》溯源於《水滸傳》的影響。《水滸傳》集中寫了四次元宵節，分別在第三十三回、第六十六回、第七十二回、第九十回，各都爲關鍵處。

〔補說：周汝昌先生精闢指出：《紅樓夢》「『三春去後諸芳盡，各自須尋各自門。』秦可卿託夢於鳳姐時，預示警告的兩句詩偈如此。三春者，既指賈氏三姊妹，也指三個『春的標誌』上元佳節。所謂始以『三春』，終以『三秋』，則是指以中秋節爲『秋』的標誌，這又是書中『板定大章法』。質言之，一部《石頭記》，一共寫了三次過元宵節、三次過中秋節的正面特寫的場面。這六節，構成全書的重大關目，也構成了一個奇特的大對稱法。」〔註 17〕〕補充地說，三書中「元宵節」大約還有象徵的意義。這類有關時序在文本中作用、意義的研究，將有助於說明古代文學作歷時性敘述的數理依據及其技巧和特點。

（六）空間批評，即對文本中以「四至」「五方」「八方」等方位之數爲敘述次序的研究，如拙文《中國古代文學的重數傳統與數理美》所指出的：

> 早在甲骨卜辭中已有「今日雨，其自西來雨？其自東來雨？其自北來雨？其自南來雨？」（《卜辭通纂》375）至漢樂府有「魚戲蓮葉東，魚戲蓮葉西，魚戲蓮葉南，魚戲蓮葉北」等古辭，《木蘭詩》乃有「東市買駿馬」以下四句，都不曾標明而實際有四方之數存爲內在的聯絡。

這類敘述模式在描寫戰爭的小說中應用最爲廣泛，《三國演義》所寫「八陣圖」是典型的體現，《水滸傳》第 76 回回目即「吳加亮布四斗五方旗，宋公明排九宮八卦陣」；而在《西遊記》中演爲「東土」「西天」「四大部洲」「四海龍

〔註 17〕周汝昌《曹雪芹獨特的結構學》，《紅樓夢大觀》，香港《百姓》半月刊叢書部 1987 年版，又見周汝昌《紅樓夢與中華文化》，華藝出版社 1998 年，版第 185 頁。

王」等。〔補說:《楚辭·招魂》中巫陽的招魂之辭,敘及「東」「南」「西」「北」「上」「下」、修門等,前六者各爲方位無疑,「修門」一說即「中」,與前六者構成七方,亦以空間位次爲敘述之序的顯例。〕有關的研究將能揭示古代文學的空間與環境描寫的數理依據及其特有的文學意蘊。

(七)比例批評,即對古代文學文本中的各種對偶、對比、序列關係的研究,如詩文辭賦中常見的數字階、數字對、數字串,以及小說、戲曲中常見的人物群類等〔註 18〕。有關的研究將能揭示文本因此呈現的序列美、錯綜美、對稱美等等特點。上引程文「對一與多在古典詩歌中存在諸形態」的研究,可以看作此類批評中「數字對」考察的範例。

(八)節奏批評,即對文本敘事或抒情發展變化所依據數理的研究,如詩詞字節、音節與韻律共同組成的節律變化,小說戲曲情節發展張弛緩急等等,其實都依據並包含一定的數理。前人論文常言之「一唱三歎」「一波三折」,毛宗崗評《三國演義》敘事所謂「笙簫夾鼓,琴瑟間鐘」「寒冰破熱,涼風掃塵」,以及筆者所稱「三變節律」〔註 19〕等,都是文學敘事或抒情節奏中數理的表現。有關的研究將能揭示古代文學敘事抒情節奏變化所依據的數理原則及其形成的特殊美感。

上列有關中國古代文學數理批評的各類研究,肯定還不夠全面。其稱名述義,也未必十分妥貼。但是,筆者相信其基本的方向是正確的。唯是在具體應用中,將因文體文本的不同而隨在有異。但是,一般說來對經典文本全面的數理批評,都可能是多角度的考察,並且還可能有特殊的數理表現進入研究者的視野。

結　語

中國古代文學數理批評是從古代文學重數和「倚數」編撰實際出發的文學研究,因此必須實事求是,即就有處說有,而決不無中生有。但是,比較如「三顧茅廬」「七擒孟獲」等已成爲「俗套」的表現,古代文學的數理機制更多深隱的富於靈性的存在。因此,研究者必須有充分的敏感發現、發明那

〔註 18〕杜貴晨《中國古代文學的重數傳統與數理美——兼及中國古代文學數理批評》,《中國社會科學》2002 年第 4 期。已收入本卷

〔註 19〕杜貴晨《「三而一成」與中國敘事藝術述論》,《南都學壇》2012 年第 1 期。已收入本卷。

些深藏不露的數理現象，例如《儒林外史》寫馬二先生遊西湖的「三復情節」就是典型一例〔註 20〕。

中國古代文學數理批評又是從古代數理哲學入手的文學研究，因此必須尊重古人把握、表現或再現世界與藝術接受的方式與特點，在承認其歷史合理性的前提下論其得失，總結歷史的經驗教訓以古爲今用，而不應僅僅繩以現代思想與藝術的標準對古代文學妄行褒貶。例如以現代的標準，很容易把古代文學的數理表現視爲思想的「糟粕」和藝術的「俗套」而輕視、輕棄之。百年來學者沒能重新發現中國古代文學的重數傳統和自覺開展數理批評，部分的原因也正在於此。

中國古代文學數理批評又必須借鑒吸納現代哲學與文學研究各種有益的經驗，進一步建立和完善自己的理論與方法體系。在這個基礎上發展出（全部）文學數理批評的理論。應當看到，中國古代文學與現當代文學和外國文學的數理機制有很大不同，也許現在還不能肯定中外當代的文學中還有這樣一種普遍的或較爲普遍的機制，但是，至少「三角戀愛」原理是文學的通則，其他更多的東西只有通過進一步研究才可能發現。

然而，即使我們抱有文學數理批評一定成立的信心，它作爲一種批評理論與方法，在目前還只能說是設計與實驗中的事業。因此，本論綱總體上也還只是一個構想，難免淺薄和謬誤。但是，本人從考察古代數字「三」在小說中的應用入手，在多年研究的基礎之上，提出「文學數理批評」，自以爲是一個實踐、認識，再實踐、再認識之認眞的理論概括過程，縱然不免淺薄和謬誤的成份，卻只是識見、能力所限，或不必被責以好爲「體系」之過。而在當今中國古代文論研究還需要大力「開採新礦」，現當代文論又多是「拿來主義」改造之成果的情況下，我國文學理論建設眞正缺少的還是中國人自己的「體系」。所以，本文敢標新立異，以圖千慮之一得，盼專家讀者有以賜正。

原載《山東師範大學學報（人文社會科學版）》2004 年第 1 期，2006 年補說

〔註 20〕杜貴晨《〈儒林外史〉的「三復情節」及其意義》，已收入本卷。

中國文學數理批評的歷史與現狀

「文學數理批評」是筆者於近年提出並有所論證與試應用的一個關乎古今中外文學的文學批評理論。這一尚未得到充分驗證之新理論的基本觀點，由研究中國傳統文學發生，故應從中國人認知傳統中的「象」「數」觀念來給予說明：

1、就從分析的觀點而言，統一的不可分的世界萬物莫不有「象」有「數」。自古以來，人類生活中與以「象」即形象把握世界的方式同時並作，存在一種以「數」即數理把握世界的方式。這兩種方式的同時並作使人類所認識與創造的「象」的世界，同時也是「數」的世界。

2、把對世界的這種認識移諸文學，文學文本的創作即以形象再現與表現世界的製作，也就是「法象」（《周易・繫辭上》）的過程，同時自覺不自覺地是「錯綜其數」的「倚數」（《周易・說卦》）編撰的過程。

3、這一過程的結果就是文本形象體系的構成，總依據一定的數度，從而文本的內部或疏或密，或明或暗，無不存在有某種數理機制。

4、文學文本的數理機制因形象體系的建構而生成並存在，而形象亦因數理機制的維繫而得以建構爲有機的文學「生命體」。

文學文本形成的這一規律性，決定了對文學文本的批評與研究，應該既是形象的，又是數理的。而如果我們把前者稱之爲文學的形象批評〔註 1〕，那麼後者即可以稱之爲文學的數理批評。

〔註 1〕這種批評的主要依據之一，是對黑格爾《美學》所認爲「人的完整的個性，也就是性格」，「性格就是理想藝術表現的眞正中心」（商務印書館 1981 年，版第 1 卷第 300 頁），以及「理想的完整中心是人」（同前第 313 頁）等論述的片面理解。

文學形象批評的研究對象是文本中的「形象」體系，即形象之個別、部分及其成體系的狀態；文學數理批評的研究對象是使「形象」得以成體系的「數理」，即形象體系內部個別、部分與整體之間的聯繫的度數，發現並發明這種度數之理，也就是探討形象之間聯繫的意義，是文學研究的重要內容。

文學研究有數理批評的參與，可以避免單一形象批評往往只見樹木不見森林，只見部分不見整體的偏頗。使文學研究不僅面對形象的個案與細節，更注重形象體系建構的機制，既把個別視爲整體的部分，又把整體視爲個別之依據某種數度的有序的組合。從而比較單一形象的文學研究，數理批評更注重關係或說是結構。卻又不同於一般籠統地關注部分與全體關係的結構主義批評理論，也不同於一般最終往往歸結到某種物象或意象爲標誌的原型批評，而是唯一地把對這種關係的揭示與探討歸結爲數理，就數理的視角與路徑進入文學文本內容與形式探討的一種文學批評。

作爲文本解讀的一種理論與方法，文學研究中的形象批評與數理批評目標同一，操作中也密不可分。此誠如車之兩輪，鳥之雙翼，缺一不可，相輔相成。理想的文學批評應該兼顧二者，同時並作，交互爲用。

但是，長期以來，無論中外的文學批評，概以形象的批評爲中心，而程度不同地忽略了數理批評。其所導致的結果，不僅是「只見樹木，不見森林」，而且因「不見森林」之故，也使「只見樹木」往往是一種孤立靜止內視的判斷，而不能夠從與全體廣泛的參照中考量得出認識與結論。例如，我國《水滸傳》中李逵的濫殺行爲，並不能單純從其情節描寫中性格的形成得到徹底的說明，而還應該看到是作者故意使然，只有結合於他前世在「天數」所定之「一百零八個妖魔」中屬於「天殺星」之故，才可以找到眞正的原因。這在《水滸傳》早已由羅眞人道出：「這人是上界天殺星之數，爲是下土眾生，作業太重，故罰他下來殺戮。」（第 52 回）但是，由於「文學數理批評」的缺位，研究者習慣於只從「性格」這個「中心」看問題，從而對書中作者有意的提示也熟視無睹了。

然而，古今中外，文學批評雖向以形象爲中心，但數理批評也並未中斷，更沒有絕跡，而還大致可以說與形象的批評同生共長。雖無如前者之唯我獨尊，聲勢浩大，但也還能夠不絕如縷，有跡可尋。唯是世界文學汪洋浩瀚，對數理批評全面地追蹤躡跡，非一人一時能力所可及。因此，本文暫就中國古今文學數理批評的歷史與現狀略作回顧與追尋，在盡力爲研究者提供一點線索的同時，也附見本人之立論，非故爲好奇，而實不過困而後學，追隨諸賢，與時俱進，即事爲說而已。

一、中國文學數理批評的歷史

中國「文學」在孔子的時代幾同於今之所謂「文獻」。因此，中國文學數理批評的發生與其早期的發展，其實是對文獻編撰數理的探討與研究。後世「文」「筆」分途，文學自覺，數理批評始得逐漸以今天所謂「文學批評」的意義上獨立發展。但在統一的文獻——文學研究的歷史上，「數理批評」實前後相承，一脈流傳。因此，本文追根溯源，不再作文本古今性質上的區分，而統稱「文學」，以歷敘如下。

（一）先秦文學數理批評的興起

我國文學數理批評的歷史可上溯到先秦戰國時期，今見最早堪稱有這方面內容的著作主要有《易傳》與《呂氏春秋》。前者開我國文學數理批評之先河，後者以「自序」作數理批評啓後世有眾多追隨者，影響甚久。

首先，《易傳》開我國文學數理批評先河。這是與我國上古先民以「數」把握世界的宇宙觀念密切相關的。中國古代的宇宙論主要有道家的「太一」與儒家的「太極」兩種表達，但二者本就相通，並很早就合「二」而一了。《易傳・繫辭上》「是故《易》有太極，是生兩儀」下唐孔穎達疏云：「太極，謂天地未分之前，元氣混而爲一，即是太初、太一也。故《老子》云『道生一』，即此『太極』是也。」〔註2〕可見除晚來的佛學之外，中國無論儒、道的宇宙論根本上可以說是「數」論。這個「數」的本質是「道」，但可以並往往顯示或表示爲「數」。《繫辭》所謂「萬物之數」，實已道出萬「物」莫不有「數」。由此產生文學編撰的「數控」機制，《易經》即是我國現存最早一部「倚數」編撰的文本，而成書於戰國中後期的《易傳》，作爲對《易經》的批評，同時是「我國最早作專書批評的文章——文學理論著作」〔註3〕，首開文學數理批評的先河。

這裡首先要說明的是，雖然《易傳》對《易經》的解讀中，「許多思想並非《易經》所固有，無非是借《易經》思想框架，發揮作者自己的世界觀與

〔註2〕《周易正義》，十三經注疏影印本，中華書局1983年版，第8頁。
〔註3〕杜貴晨《關於〈易傳〉美學——文學思想的若干問題》，《孔子研究》2004年第4期。已收入本集第八卷。

思維方法」〔註 4〕，但其借題發揮的思想也是一種思想，又鑒於我們對《易經》成書之依據瞭解甚少，很難以其所說一定與《易經》無關，而至少應該視爲是與對《易經》之批評相關的內容。而包括這些或近或遠、或是或非的內容在內，《易傳》對《易經》的諸多批評實際屬於數理批評的內容，開創了我國文學數理批評的先河。這集中表現於以下有關《易經》之「數」的論述，《繫辭上》云：

天一，地二；天三，地四；天五，地六；天七，地八；天九，地十。天數五，地數五。五位相得而各有合，天數二十有五，地數三十，凡天地之數五十有五，此所以成變化而行鬼神也。

大衍之數五十，其用四十有九。分而爲二以象兩，掛一以象三，揲之以四以象四時，歸奇於扐以象閏；五歲再閏，故再扐而後掛。《乾》之策二百一十有六，《坤》之策百四十有四，凡三百有六十，當期之日。二篇之策，萬有一千五百二十，當萬物之數也。是故四營而成《易》，十有八變而成卦，八卦而小成。引而伸之，觸類而長之，天下之能事畢矣。顯道神德行，是故可與酬酢，可與祐神矣。

子曰：「知變化之道者，其知神之所爲乎！《易》有聖人之道四焉：以言者尚其辭，以動者尚其變，以製器者尚其象，以卜筮者尚其占。是以君子將有爲也，將有行也，問焉而以言，其受命也如響。無有遠近幽深，遂知來物。非天下之至精，其孰能與於此。參伍以變，錯綜其數。通其變，遂成天下之文；極其數，遂定天下之象。……」

又，《繫辭下》云：

《易》之爲書也，原始要終以爲質也。六爻相雜，唯其時物也。……知者觀其彖辭，則思過半矣。二與四同功而異位，其善不同；二多譽，四多懼，近也。柔之爲道，不利遠者，其要无咎，其用柔中。三與五同功而異位，三多凶，五多功，貴賤之等也。其柔危，其剛勝耶？

《易》之爲書也，廣大悉備。有天道焉，有人道焉，有地道焉。兼三才而兩之，故六。六者非它也，三才之道也。道有變動，故曰爻；爻有等，故曰物。物相雜，故曰文；文不當，故吉凶生焉。

〔註 4〕唐明邦主編《周易評注》，中華書局 1995 年版《緒論》，第 5 頁。

又，《說卦》曰：

昔者聖人之作《易》也，幽贊於神明而生蓍，參天兩地而倚數，觀變於陰陽而立卦，發揮於剛柔而生爻，和順於道德而理於義，窮理盡性以至於命。

《昔者聖人之作《易》也，將以順性命之理。是以立天之道曰陰與陽，立地之道曰柔與剛，立人之道曰仁與義。兼三才而兩之，故《易》六畫而成卦。分陰分陽，迭用柔剛，故《易》六位而成章。

天地定位，山澤通氣，雷風相薄，水火不相射，八卦相錯。數往者順，知來者逆，是故《易》，逆數也。

從以上《易傳》諸章句論述有明確以「《易》之爲書也」或「聖人之作《易》也」等語出之來看，作《傳》者誠是自覺地對《易經》作近乎今人所謂的研究與批評，而引文中所包含顯然有數理批評的內容，且已較爲豐富與具體。茲從漢代《易緯・乾鑿度》所謂「《易》一名而含三義，所謂簡易也，變易也，不易也」的角度，總結如下：

一是從不同角度透露或揭示了《易》之「不易」之基建立於「數」。首先，上論「昔者聖人之作《易》也，幽贊於神明而生蓍，參天兩地而倚數，觀變於陰陽而立卦」云云，實爲總說《易》本天地，卦通陰陽，卻基於「倚數」；其次，上論《易經》之筮法基於「天地之數」與「大衍之數」的推演，也表明其以數爲《易經》之根本。

這裡稍爲說明的是，在這一方面，它雖然只是講了《乾》《坤》二篇之策各有其「數」，「二篇之策」合而「當萬物之數」，但實際上也已關乎其他六卦以至六十二卦即《易經》之全部了。因爲《繫辭上》引「子曰：『乾坤，其《易》之門邪？』」又曰「乾坤，其《易》之蘊邪？乾坤成列，而《易》立乎其中矣」云云，都表明《乾》《坤》二篇足當《易經》全部之代表。其所有策數與「當萬物之數」，實等於說《易經》之八卦進而六十四卦，莫不如此有「數」，並各有所當。其說「三與五同功而異位，三多凶，五多功，貴賤之等也」云云，即是其例。從而《易經》之本質，無非天地萬物的代碼。所以《繫辭上》說「《易》與天地準，故能彌綸天地之道」，義即在此。最後，《說卦》所謂「數往者順，知來者逆，是故《易》，逆數也」的話，則從另一角度表明了《易》爲「倚數」之書的根本特徵。

二是揭示《易》之「簡易」在於能因「策」之數，以少總多、以簡馭繁的「當」。具體說即「《乾》之策……當萬物之數也」，以及「《易》之爲書也……故六。六者非它也，三材之道也」等等，實是說卦之象、爻無非以少數當大數，以簡單馭繁雜，「以體天地之撰，以通神明之德」，即《繫辭上》所說：「易簡而天下之理得矣。」

三是肯定《易》之「變易」其實都是「數」的變化。如上論「四營十八變」，雖於今見《易經》中無據，但古人說必持之有故，可信至少是當時《易》占之一法。其法假以數學運算爲說，則表明在《易傳》的作者看來，八卦以至六十四卦之成及其應用，無非基於《易》「數」之變化。又如上引「參伍以變，錯綜其數。通其變，遂成天下之文；極其數，遂定天下之象」的論述，更是明確了《易》占乃「錯綜其數」與「極其數」的過程。這一過程是以《易》策之「數」逆擬推斷「未來」也就是變化之「數」，故曰「逆數」。

另從總體上看，《易傳》的數理批評不僅指出了《易經》「倚數」結撰的事實，而且總括揭示其「倚數」的實質，爲「法象」天地之文，意在以「文」爲溝通傳達「天意」的象徵；又分說如諸「天地之數」與「大衍之數」的意義及用法，在對「《易》之爲書」的數理特點作出深入解讀的同時，也爲後世文學數理批評奠定了「數」論的基礎。

總之，《易傳》作爲對《易經》的批評專書，是我國第一部文學研究論著。在其全部豐富複雜而又深刻之富於創見的理論內容中，數理批評是最重要方面之一。《易傳》以《易經》爲「倚數」之作，從「數」的角度解讀了《易經》之結構、筮法與卦理，開創了我國文學數理批評的先河。

其次，如上《易傳》的數理批評所揭示《易經》的特點，根本在於其是一部「法象」天地萬物的「天書」。其「法象」天地的關鍵在於「倚數」，即以諸「天地之數」與「大衍之數」的「錯綜」「變通」所成之數，而爲一書的篇、章、句、字之度數。這在《易經》作者是「鴛鴦繡好從教看，不把金針度與人」，但後世作者也許是爲了以著作有所「法象」自重其書的緣故，往往以「自序」道破「倚數」之秘。較早如《呂氏春秋》十二紀《序意》釋爲《紀》所以爲「十二」云：

> 維秦八年，歲在涒灘，秋，甲子朔，朔之日，良人請問十二紀。文信侯曰：「嘗得學黃帝之所以誨顓頊矣，爰有大圜在上，大矩在下，汝能法之，爲民父母。蓋聞古之清世，是法天地。凡十二紀者，所以紀治亂存亡也，所以知壽夭吉凶也。上揆之天，下驗之地，中審之人，若此則是非可不可無所遁矣。

這裡呂氏假以答「良人請問」，自道其作書為「十二紀」的依據，為遵「黃帝之所以誨顓頊」之道，「是法天地」，具體無疑是取法一年十二個月之紀。呂氏自道固然為了自重，但作為對《呂氏春秋》一書篇卷結構之為數原則的揭示，顯然應當看作是對《呂氏春秋》的書中說書式的數理批評。

（二）漢儒對《易傳》數理批評的承衍

春秋之世，「禮崩樂壞」，官學失守。戰國以降，學者已言古「禮之所尊，尊其義也。失其義，陳其數，祝史之事也。故其數可陳也，其義難知也」（《禮記・郊特牲》）。後經秦火楚炬，文化斷裂，漢以後文學批評便未能沿《易傳》尚比較地能夠既「陳其數」，又明「其義」的方向推進，而主要是偏重於「其數可陳」方面的指點。但這種指點式數理批評從形式上仍然承襲了戰國以來的傳統。

首先是上承《易傳》式客觀的批評，有兩種情況：

一是對專書的批評。仍主要是圍繞《易經》而展開，如董仲舒《春秋繁露・玉杯》云：「《易》本天地，故長於數。」此後班固《漢書・律曆志》云：「伏犧作八卦，由數起。」二者對《易經》的批評，當都是自《易傳・繫辭下》「古者包犧氏之王天下也，仰則觀象於天，俯則觀法於地，……始作八卦」云云推論而來，乃繼承《易傳》數理批評的傳統，進一步揭明《易經》「倚數」結撰的成書特點。此外有趙岐《孟子題辭》曾指出《孟子》一書作為「法度之言」的篇章字數，雖語焉未詳，但引出了後來學者對《孟子》一書的數理批評（詳下）。

二是對古人著書「倚數」傳統普遍原則的發明，如董仲舒《春秋繁露・天地陰陽》云：

> 天、地、陰、陽、木、火、金、水、土九，與人而十者，天之畢數也。故數者至十而止，書者以十為終，皆取此也。

這裡因說「十」為「天之畢數」，而及於古人篇籍的撰作，有取「十」數為編撰之法度的原則，從一個方面揭示了古人著作篇卷「倚數」結撰的傳統。又同書《郊祀》篇云：

> 郊祀曰：「皇皇上天，照臨下土……。」右《郊祀》九句：九句者，陽數也。

此又是進一步考究篇章之句亦為「倚數」。雖不必深信，但其論書籍編撰之數誠是又深入一步了。

此外，《楚辭》有「九」體，王逸《楚辭章句》章句第八《楚辭》云：

《九辯》者，楚大夫宋玉之所作也。辯者，變也，謂敶道德以變說君也。九者，陽之數，道之綱紀也。故天有九星，以正機衡；地有九州，以成萬邦；人有九竅，以通精明。屈原懷忠貞之性，而被讒邪，傷君闇蔽。國將危亡，乃援天地之數，列人形之要，而作《九歌》《九章》之頌，以諷諫懷王。明己所言，與天地合度，可履而行也。宋玉者，屈原弟子也。閔惜其師，忠而放逐，故作《九辯》以述其志。至於漢興，劉向、王篋之徒，咸悲其文，依而作詞，故號爲『楚詞』。亦采其九以立義焉。

這裡歷敘「九」體流變，明確說《楚辭》「九辯」等「采其九以立義」的做法是「援天地之數」，使文章達到「與天地合度」，以「明己所言，……可履而行也」，也就是使讀者因其文取法乎天地之數的緣故，而相信其內容。這就不僅加強了文章的說服力，還揭示了《楚辭》「九」體爲「倚數」結撰，並深入到其爲文以「天人合一」爲最高宗旨的境界，可謂言簡而意賅。

如上漢儒對古人著書「倚數」傳統普遍原則的發明，在當時很可能曾經是經學的一種時尚，從而引出王充《論衡・正說篇》批評曰：

或說尚書二十九篇者，法曰斗七宿也。四七二十八篇，其一曰斗矣，故二十九。夫《尚書》滅絕於秦，其見在者二十九篇，安得法乎？……或說《春秋》〔十二公，法〕十二月也。《春秋》十二公，猶《尚書》之百篇，百篇無所法，十二公安得法？……說事者好神道恢義，不肖以遭禍，是故經傳篇數，皆有所法。考實根本，論其文義，……故聖人作經，賢者作書，義窮理竟，文辭備足，則爲篇矣。其立篇也，種類相從，科條相附。殊種異類，論說不同，更別爲篇。意異則文殊，事改則篇更，據事意作，安得法象之義乎？

由此可知，以「《尚書》二十九篇者，法斗四七宿」，以至「經傳篇數，皆有所法」，即以數理解經，在漢儒中曾經頗爲流行。至於王充的批評本身，雖就其當時已經發展了的關於著作的認識而言不無正確的成分，但他顯然忽略了遠古文本初創時，先民在這方面的認識還遠沒有達到如王充所說的那樣現實與明晰，更沒有顧及《易傳》所謂「是故天生神物，聖人則之；天地變化，聖人傚之；天垂象，見吉凶，聖人象之；河出圖，洛出書，聖人則之」（《繫辭上》）等等的明示，墮入了以今律古的誤區。從而王充是第一個明確反對文學數理批評的人，卻由他保留了「論敵」的某些觀點，使我們能夠確信漢儒說經有從「數理」角度對文本的批評，並曾經引起學術上關於這種批評之合理與否的爭議，是歷史上關於文學數理批評的第一次論爭。

其次，戰國《呂氏春秋》作者書中說書之自道形式的數理批評延續下來。漢代仿《呂氏春秋・序意》以夫子自道作數理批評者，有劉安《淮南子・要略》云：

> 夫作爲書論者，所以紀綱道德，經緯人事，上考之天，下揆之地，中通諸理。……故著書二十篇，則天地之理究矣，人間之事接矣，帝王之道備矣。

此後又有揚雄《太玄經・首序》云：

> 馴乎玄，渾行無窮正像天。陰陽坒，以一陽乘一統，萬物資形。方州部家，三位疏成。曰陳其九九，以爲數生，贊上群綱，乃綜乎名。八十一首，歲事咸貞。

其義詳見《漢書・揚雄傳》敘曰：

> 雄以爲賦者，……非法度所存賢人君子詩賦之正也，於是輟不復爲。而大潭思渾天，參摹而四分之，極於八十一。旁則三摹九據，極之七百二十九贊，亦自然之道也。故觀《易》者，見其卦而名之；觀《玄》者，數其畫而定之。《玄》首四重者，非卦也，數也。其用自天元推一晝一夜陰陽數度律曆之紀，九九大運，與天終始。故《玄》三方、九州、二十七部、八十一家、二百四十三表、七百二十九贊，分爲三卷，曰一二三，與《泰初曆》相應，亦有顓頊之歷焉。

上引據顏師古注「皆是雄本自序之文也」。可知揚雄也是以自序其文方式揭示《太玄經》爲「法象」之作，其說所爲三卷八十一篇爲「與天終始」之數，同樣是具數理批評的意義。

揚雄以後，漢人仿此做法而影響最大者當推司馬遷《史記》。《史記・太史公自序》自道「論次其文」的依據云：

> 網羅天下放失舊聞，王跡所興，原始察終，見盛觀衰，論考之行事，略推三代，錄秦漢，上記軒轅，下至於茲，著十二本紀，既科條之矣。並時異世，年差不明，作十表。禮樂損益，律曆改易，兵權山川鬼神，天人之際，承敝通變，作八書。二十八宿環北辰，三十輻共一轂，運行無窮，輔拂股肱之臣配焉，忠信行道，以奉主

上，作三十世家。扶義俶儻，不令己失時，立功名於天下，作七十列傳。凡百三十篇，五十二萬六千五百字，爲太史公書。

這裡除總體上隱約示人以《史記》爲「倚數」編撰之書外，還具體表明了「三十世家」乃取於「三十輻共一轂」之數，以與《自序》中論「自周公卒五百歲而有孔子，孔子卒後，至於今五百歲」云云所顯示的「舉措以數」(《呂氏春秋・論人》）的態度相參觀，可信司馬遷作《史記》，不僅篇卷建構爲「倚數」以成，而且還仿《呂氏春秋》之例，爲《序》以自揭而出之。

（三）魏晉至唐宋的文學數理批評。此期文學數理批評可以考見的內容當更爲豐富，但筆者搜羅未遍，所獲尚少。儘管如此，可以肯定的是，成書於梁代的劉勰《文心雕龍》，即使並不甚重視數理批評，卻也往往言及「數」，既有普遍數理原則的發明，也有書中說書式的解說。前者如《體性》篇謂文章「數窮八體」，又曰：「故童子雕琢，必先雅製，沿根討葉，思轉自圓，八體雖殊，會通合數，得其環中，則輻輳相成。」《聲律》篇云：「故外聽之易，弦以手定，內聽之難，聲與心紛，可以數求，難以辭逐。」《情采》篇云：「五色雜而成黼黻，五音比而成韶夏，五情發而爲辭章，神理之數也。」《麗辭》篇云：「造化賦形，支體必雙，神理爲用，事不孤立。夫心生文辭，運裁百慮，高下相須，自然成對。」如此等等，雖語不甚詳，但從方方面面揭示了中國文學（主要是詩賦）大至篇章，小至詞藻聲律，駢偶對仗，無不基於一定的數理。後者即《序志》云：

位理定名，彰乎大易之數，其爲文用，四十九篇而已。

這裡劉勰自道《文心雕龍》所以確定爲 50 篇與正文 49 篇之數，乃本乎「大易之數」即「大衍之數五十，其用四十有九」，本身也一如《呂氏春秋》《史記》等爲「倚數」結撰之作。當然，劉勰的這一篇《序志》也如《呂氏春秋・要略》和《史記・太史公自序》一樣，是對《文心雕龍》組織建構的數理批評，向讀者提示了從數理角度研究評價此書的可能。

後至唐宋，因漢趙岐《孟子題辭》有曰「（孟子）自撰其法度之言，著書七篇二百六十一章，三萬四千六百八十五字」云云，《孟子正義・題辭解》於其下有宋孫奭疏云：

《正義》曰……然而篇所以七者，蓋天以七紀璇璣運度，七政分離，聖以布曜，故法之也。章所以二百六十一者，三時之日數也。不敢比《易》當期之數，故取於三時。三時者，成歲之要時，故法

之也。三萬四千六百八十五字者，可以行五常之道，施七政之紀，故法五七之數而不敢盈也已。〔註 5〕

孫氏此說今人或以爲穿鑿，但從《孟子》篤信「五百年必有王者興」（《公孫丑下》）與屢稱「七年」〔註 6〕之數看，孟子著書「法象」天地，以「七」爲篇數是極有可能的。而無論如何，從趙岐到孫奭對《孟子》七篇之數的解讀，表明了漢、宋學者對《孟子》作爲「法度之言」爲「倚數」編撰的認知，其爲數理批評的性質是明確的。

（四）明清時代眞正文學的數理批評形成。如果說上論中國古代宋以前文學數理批評所關注主要是經史諸子以及詩文的篇卷章句之數，基本上還是泛文學的觀照與考察，那麼中國古代眞正文學數理批評的形成，是到了明清小說評點才實現並推至高峰的。

這一過程以若干名著的評點爲標誌，首先是金聖歎批評《水滸傳》〔註 7〕開其端，但僅是略有涉及，如《楔子》「這九年謂之一登」句下夾批有曰：「一登二登三登，有據無據，撰成妙語。」「號爲三登之世。」句下夾批有曰：「九年一登，又九年二登，又九年三登，一連三九二十七年，號爲三登之世。筆意都從康節、希夷兩先生生來。」「嘉祐三年三月三日」夾批有曰：「合成九數，陽極於九，數之窮也。易窮則變，變出一部《水滸傳》來。」等等。這些批評雖未觸及全書思想與藝術的關鍵，但可以啓人對《水滸傳》數理的關注與進一步探討。

其次是張竹坡評點《金瓶梅》把古代文學的數理批評推到了高峰。有關內容甚多，茲據黃霖編《金瓶梅資料彙編》〔註 8〕摘例如下：

九月廿五起頭，九月十七日瓶兒死，自七至五，中餘七日，七日來復之義。西門慶三十三歲，正月廿一日死。三十三老陽，廿一少陽。老變少，所以有孝哥也。」（第 1 回）

六者，陰數也。潘六兒與王六兒合成重陰之數，陽已全盡，安得不死？坤盡陽復，復之一陽，必須靜以保之方可。今月娘過街上

〔註 5〕《孟子正義》，十三經注疏影印本，中華書局 1983 年版，第 2661 頁

〔註 6〕如《孟子·離婁上》：「師文王，大國五年，小國七年，必爲政於天下矣。」又：「猶七年之病求三年之艾也。」又：「諸侯有行文王之政者，七年之內，必爲政於天下矣。」等等。

〔註 7〕陳曦鍾、侯忠義、魯玉川輯校《水滸傳會評本》，北京大學出版社 1981 年版。

〔註 8〕黃霖編《金瓶梅資料彙編》，中華書局 1987 年版。

> 樓，以致一陽盡，所以必死無疑。（第 33 回眉批）
>
> 瓶兒於王六兒起手，金蓮與王六兒結末，而西門死矣。前後又遙遙相照。（第 50 回旁批）
>
> 何以見春梅發動之機？曰以申二姐見之。蓋春梅，固龐二姐也。二姐者，二爲少陰，六爲老陰，明對六兒而名之也。（第 61 回回評）
>
> 三去而六來，陽氣盡矣，故西門死也。又六爲老陰，陰極變陽，猶小人敗，而君子將進也。」（第 78 回）
>
> 老陽之數，剝削已盡。一化孝哥，幸而碩果猶存，亦見天命民懿不以惡人而滅絕也。誰謂作稗官者不知易也哉？二十一又是陽數，和三十三又見陽明興，而陰晦除，君子進，而小人死矣。（第 79 回）

這些評點把書中「倚數」的設計與人物命運、情節發展作互聯貫通的解讀，今人看來或嫌拘泥，卻其實是那時人們思想的當然，而且只有如此才能使我們看到《金瓶梅》形式與內容密不可分的精美性，認識到這才是眞正的「古典」！

第三是《西遊記》諸家評點中有不少數理批評的內容，如張書紳的《新說西遊記總批》有云：

> 《西遊記》稱爲四大奇書之一。觀其……西天十萬八千里，觔斗雲亦十萬八千里，往返十四年五千零四十八日，取經即五千零四十八卷，開卷以天地之數起，結尾以經卷之數終，眞奇想也。

又黃周星批評《西遊記》有云：

> 小說演義，不問何事，動輒以三爲斷，幾成稗官陋格。（第 59 回）

陳士斌詮解《繪圖增像西遊記》有云：

> 三藏歷敘三徒出跡，來往功程，正是傳經之的旨，連去連來恰在八日之內，言只在三五妙道運用之內也。篇中來東已五日，則歸西止三日。來五回三，已分明指示，人自不悟耳。讀者謂此等處，俱不可思擬，奈何三、五、一都三個字，古今明者實然希耶。（第 100 回）

總之，如上明清小說評點家的數理批評，特別是張竹坡的有關論述，不僅是關於篇卷度數的考量，還深入到小說敘事寫人具體而微細部的分析，作出了關係到作者意圖與作品意義的周密細緻析入微茫的判斷，從而比較一般評點對作品的解讀，開一新角度，闢一新境界，更能深入作者之用心與文本之微意。

小說評點之外，明清學者仍有注意到經史詩文中採用數字者，如經常被學者引用的清代汪中《述學・釋三九》有關「三九」之虛實意義的探討，頗有益於文學數理批評中對數字的認識，但其用心與直接的效果主要是神秘數字的釋義，並且遠沒有追溯到這些數字何以能「見其多」與「見其極多」的文化淵源，故不爲本文所重。

綜上所述論，我國文學數理批評自戰國中晚由《易傳》開其端，《呂氏春秋・要略》繼之，其後綿延不絕，無代無之，既一脈相承，又時復變化。其一脈相承，一在基本理論的探討與對專書的批評並舉，而主要體現於對專書的批評；二在多以序、解、注疏、評點等形式出現，而乏專論。這種狀況也與我國古代文論發展的整體特點相一致；其時復變化，一是《易傳》之外，早期文學的數理批評多由作者自序道出，較少直承《易傳》的客觀的批評；二是從泛文學的主要是對經史諸子以及詩文的數理批評，發展至對主要是純文學的又主要是通俗小說的批評；三是由主要是關注框架結構的批評，拓展延伸到對文學形式其他方面批評。

這諸多變化，體現了文學數理批評在近三千年間緩慢然而從未停步的發展，以及其晚至明末清初才遲遲到來的飛躍。從目前極爲粗淺的研究看來，我國古代文學數理批評發生與承衍的全部歷史顯然不夠輝煌，甚至其內容與形式看起來還頗爲浮廓與零星，但相對於古代文學本就若明若暗幾乎不爲人所知「倚數」結撰傳統而言，總算是可以證明我國古代不僅從來就有人注意到文學「倚數」編撰的傳統，還有相當的批評實績與理論上的建樹，是治中國古代文論所不可忽略的，然而至今未見文論史研究給予應有的關注。

二、中國 20 世紀的文學數理批評

中國文學數理批評的急速興起是進入 20 世紀伴隨科學技術的飛速發展，特別是計算機引領的數字化時代到來的。茲略以時間先後簡介如下：

（一）20世紀50年代以前的文學批評。

筆者查考此期幾乎沒有什麼可以稱得上是文學數理批評的論著。略有關係者，如聞一多、季鎮淮、何善周合作《七十二》（西南聯合大學《國文月刊》第二十二期，1943）一文，以及劉師培《古書疑義舉例》中都曾討論到「七十二」「三十六」等〔註9〕。但這些文章也如汪中《釋三九》，都是旨在討論相關數字之神秘性，基本不涉及其對作品文學性影響的討論，所以不在本文著重介紹的範圍。目前所知，此間唯一略有涉及文學批評內容的論文，是張公量發表於1934年的《禹貢州數用九之故》（《禹貢》半月刊一卷四期頁14～17，1934）一文。楊希枚《論神秘數字七十二》（詳下）曾介紹此文說：「張公量氏《禹貢州數用九之故》，就著者所見，縱不是民國以來最早的，也無疑的該是最精審的一篇有關神秘數字研究的論文。……張氏在結論上蓋認爲：正如屈原援天地之數而製作《九章》和《九歌》一樣，《禹貢》作者也只是援陽九之數以狀山川原澤的地理形勢，期與天地合度而已。」〔註10〕雖然語中「援天地之數」「與天地合其度」等只是古人成說，但在有關這類現象的論述的千年沈寂之後，有張氏此一提及，也是可喜的現象。楊希枚先生在介紹張文之後說：「總之，張文無疑的該是國人歷來有關神秘數字研究的一篇最具啓發性的論文，而著者在大致完成了神秘數字的研究以後，才加以介紹，實是不能不感到愧疚的。」〔註11〕這裡楊先生等於認可了張文對自己神秘數字研究的啓發，體現了學者誠懇的爲人態度與實事求是的治學精神。

（二）20世紀50至70年代初的文學數理批評

筆者所見此期先後涉足文學數理批評的是臺灣的兩位學者。其中最早涉及文學數理批評的一位，當推民國才女後來執教臺灣的著名作家、學者蘇雪林（1897～1999）。她所著《天問研究》一書，筆者很遺憾因未得讀，而只能憑楊希枚先生發表於1962年的《蘇雪林先生《天問研究》評介》一文的介紹，知道此書中「雪林先生據《天問》敘述的範疇，對於全文的段落和語句結構提出一項看法，他推論全文應分爲五段，而每段都有固定的句數。前三段應各四十四句，分涉天文地理和神話；第四段分論夏商周三代歷史，每代七十

〔註9〕劉師培《古書疑義舉例》，中華書局1956年版，第172頁。

〔註10〕楊希枚《論神秘數字七十二》，《先秦文化史論集》，中國社會科學出版社1995年版，第716頁。

〔註11〕楊希枚《先秦文化史論集》，第714～716頁。

二句；第五段二十四句，爲亂詞。《天問》何以能有如此整齊的語句結構？而且正如雪林先生指出《天問》記錄的原簡應爲每簡四句似的，這五段的句數也豈不同是『四』的倍數？而這樣的結果豈是巧合的分配嗎？雪林先生對於這個問題未予深論」〔註 12〕由此可知，雪林先生在《楚辭》研究中，第一次實際發現了《天問》段落與語句結構的數理機制，卻未曾深究其實質與原因。應該正是從雪林先生這一「未予深論」的地方，本是評介此書的楊希枚先生深入一步，展開了「筆者於此卻有個看法」的論述，開始了他後來長達十餘年的古代神秘數字與古籍編撰型式的研究。

與評介蘇雪林《〈天問〉研究》不無一些關係，先是去臺灣後又回北京定居的古人類學家楊希枚（1916～1993）先生，成爲這一時期文學數理批評的第二位重要學者，而且是更重要的學者。楊先生在《蘇雪林先生〈天問研究〉評介》一文中認爲：「《天問》句數的分配既可能與古代對於某些神秘數字的神秘信仰有關，且可能又關係中西文化思想上的交流。按『四』的數字觀念的起源，在許多民族中，大都與東西南北四極有關，因此它常是代表天地或宇宙的一種神秘符號，從而有『完整』的意義。……《天問》語句的結構很可能就是這一種信仰的有意或無意的具體表現。」〔註 13〕翌年，楊先生開始關注神秘數字的研究，但直到 10 年以後，才陸續發表《再論古代某些數字和古籍編撰型式的神秘性》〔註 14〕、《中國古代神秘數字論稿》〔註 15〕、《古籍神秘性編撰型式補證》〔註 16〕、《略論中國古代神秘數字——中國古代神秘數字研究序》〔註 17〕、《論神秘數字七十二》〔註 18〕諸文（以下並稱「楊文」）。從這些題目看，楊文研究的重心仍是傳統上關於神秘數字自身意義的探討，但其關於「古籍神秘性編撰型式」的研究，顯然最接近於我們所稱的「文學

〔註 12〕楊希枚《蘇雪林先生〈天問研究〉評介》，《先秦文化史論集》，中國社會科學出版社 1995 年版，第 857 頁。

〔註 13〕楊希枚《先秦文化史論集》，第 858 頁。

〔註 14〕楊希枚《再論古代某些數字和古籍編撰型式的神秘性》，《大陸雜誌》第四十二卷（1971）第五期。

〔註 15〕楊希枚《中國古代神秘數字論稿》，臺灣《中央研究院民族學研究所集刊》第 33 卷，收入氏著《先秦文化史論集》。

〔註 16〕楊希枚《古籍神秘性編撰型式補證》（1972），收入氏著《先秦文化史論集》。

〔註 17〕楊希枚《略論中國古代神秘數字——中國古代神秘數字研究序》，《大陸雜誌》第四十四卷（1973）第五期，

〔註 18〕楊希枚《論神秘數字七十二》，臺灣大學《考古人類學集刊》卷 35～36 合刊，收入氏著《先秦文化史論集》，中國社會科學出版社，1995 年版。

數理批評」的內容，主要有以下兩個方面：

一是論證了漢代王充《論衡》所非當時儒者以「經傳篇數，皆有所法」即古籍「篇卷或句數符合神秘數字之數」的舊說，所指「實爲前代的史實」〔註 19〕。這種「古籍的神秘編撰型式似乎是多少具時代性的，而要以戰國末至漢中世爲盛行期」〔註 20〕；「正由於王充的反對意見，卻又恰足證明古代或至少是東漢時代的某些文書，尤其事涉五行讖緯之類，或以篇章句數表現法象之義，當無可置疑的；否則王充也就不會毫無原故的斥說經傳篇數皆有所法的說法了」〔註 21〕。

二是揭示古籍採取這種「神秘編撰型式」的目的，是爲了「象徵天地」，有「暗寓天地之道的象徵意義」〔註 22〕。

三是作爲論證的根據，楊文具體討論了《呂氏春秋》《春秋繁露》，《淮南子》《史記・秦始皇本紀》所載《泰山刻石銘》、楊雄《太玄經》皆具「神秘性的編撰型式」。還討論了劉向《列仙傳》、司馬遷《史記》等「其他可能是神秘編撰型式的古籍」數種，皆具體而幾至細緻入微。如論《呂氏春秋》十二紀據《序意》云：

> 顯然的，文信侯自己明確的指出，《呂氏春秋》十二紀的編撰型式是意在法象天地（12＝3×4）。甚至於十二紀可說就是據天地之道而討論人事是非的一部天書。〔註 23〕

並進一步指出：

> 法象天地的卻似乎仍不僅限於十二紀，且至少仍有兩事值得注意。首先，就十二紀而言，除十二月下多《序意》以外，餘者十一紀各有五篇。《序意》旨在綜述十二紀的要義，當非專屬於第十二紀。這樣，十二紀本文原來應各有五篇，合計爲六十篇。如果我們想到六合、六十甲子之類的數字，想到六十或六是天地兩數（6＝3×2），或參天兩地的小衍神秘數〔60＝5（3×4）=10（3×2）〕，則十二紀六十篇之數也顯然是法象天地的了。

〔註 19〕楊希枚《先秦文化史論集》，第 718 頁。
〔註 20〕楊希枚《先秦文化史論集》，第 730 頁。
〔註 21〕楊希枚《再論古代某些數字和古籍編撰型式的神秘性》，《大陸雜誌》第 42 卷 1971 年第 5 期。
〔註 22〕楊希枚《先秦文化史論集》，第 737 頁。
〔註 23〕楊希枚《先秦文化史論集》，第 722 頁。

其次，《呂氏春秋》的八覽、六論也同樣是或象地數，或象天地交泰之數」〔註 24〕

楊希枚先生考察神秘數字與古籍編撰型式的目的似主要是歷史學與文獻學的，即認爲有關「神秘性編撰型式」的研究有利於「古籍的鑒定」，「似乎至少是一種輔助性的鑒定標準」〔註 25〕。而且其所論述限於西漢以前，又主要是就「篇卷」數的考察，而未深入到文本敘事與描寫的分析。因此，他不曾並可能也不想以自己的研究爲具「文學數理批評」的性質。但是，如果我們知道直到清末孫德謙著《古書讀法略例》，尚不作任何分析地盲從王充之說，以爲古書分篇卷「有法」，皆「俗儒之說也，未必傳記之明也」〔註 26〕，就可以知道楊文的探討，實是翻了王充以來直至清代千餘年學術上的一箇舊案。他的論述空前全面深入地揭示了先秦兩漢典籍「倚數」結撰的歷史事實與某些重要的規律性特點，對認識我國自先秦文獻——文學開始的「倚數」編撰的傳統大有幫助，是《易傳》之後文學數理批評實踐的重大發展。

這裡還要說到的是，這一階段尚有楊文中不止一次提到他於 1971 年讀到的〔法〕康德謀（Kaltenmark，M.）《〈列仙傳〉與列仙》一文。該文討論《列仙傳》神仙當爲七十二人，並涉及到《高士傳》《耆舊傳》也都是七十二人的列傳等〔註 27〕。正是與這篇文章的影響有關，楊希枚先生做出了「《列仙傳》原來應爲七十二傳」的結論，並認爲該文「多添了幾條可能是神秘編撰型式的古籍的例證」〔註 28〕。筆者因這篇文章而知，康德謀可能是歐美最早一位涉及中國古籍編撰數理現象的漢學家，從而後來又有美國蒲安迪先生在這方面做出獨特貢獻，也就不是偶然的了。

（三）20 世紀 80 年代中國文學數理批評的勃興

20 世紀 80 年代是計算機在中國逐漸普及與學者開始「換筆」的時期，同時是中國文學數理批評勃興並取得空前成績的時期。80 年代初，以著名學者南京大學教授程千帆先生的名文《古典詩歌描寫與結構中的一與多》的發表爲標誌，中國文學數理批評悄然進入迅速升溫的新階段。隨之而來的是同在

〔註 24〕楊希枚《先秦文化史論集》，第 722 頁。
〔註 25〕楊希枚《先秦文化史論集》，第 728 頁。
〔註 26〕〔清〕孫德謙《古書讀法略例》，中國書店 1984 年據商務印書館 1936 年版影印本，第 283 頁。
〔註 27〕楊希枚《先秦文化史論集》，第 729 頁注①、注②。
〔註 28〕楊希枚《先秦文化史論集》，第 79 頁。

江蘇任教的著名學者肖兵教授的《論九歌的篇目與結構》《中國古典小說的典型群》等文，後者最先把文學數理批評引入到通俗小說研究的領域。而在通俗小說數理批評領域裏做出了更大貢獻的，則是美國學者蒲安迪教授的《明代小說四大奇書》與他的《中國敘事學》。

程千帆寫於 1981 年的《古典詩歌描寫與結構中的一與多》一文，從「一與多」的對立統一論中國「古典詩歌的描寫與結構」，結論包括五個方面：即「一多對立（對比、並舉）不僅作爲哲學的範疇而被古典詩人所認識，並且也作爲美學範疇、藝術手段而被他們所認識，所採用」；「一與多的多種形態在作品中的出現，……也是爲了打破已經形成的平衡對稱、整齊之美。在平衡與不平衡對稱與不對稱，整齊與不整齊之間達成一種更巧妙的更新的結合，從而更好地反映生活」；「在一與多這對矛盾中，一往往是主要矛盾面，詩人們往往藉以表達其所要突出的事物」；「一與多雖然僅是數量上的對立，但也每在其中同時包含著其他一對或數對矛盾，因而能夠表現更爲豐富的內容」；「一與多對比或並舉……運用得合適，也能使不相干的事物發生連繫，表達了詩人豐富的聯想，也同樣能給人以藝術的滿足」〔註 29〕。

程文雖然只限於「古典詩歌的描寫與結構」中「一與多」現象的研究，但其實質是現代深刻的文學數理批評之作。這與楊文比較就可以看得出來：

1、楊文用古代神秘數字說明「古籍編撰型式」，是以古釋古；程文從現代哲學角度討論古典詩歌中的「一與多」，是以今釋古。

2、楊文以古籍「篇卷」「句數」等較爲外在的「編撰」形式爲研究對象，而程文關注的是「古典詩歌描寫與結構」等更爲內在的藝術特質。

3、楊文的研究以「古籍鑒定」等爲目的，程文則是從形式到內容的藝術審美的批評。

總之，楊文主要是人類學、文獻學的研究而帶有文學數理批評的意義，程文是文學的研究並實際深入到了文學文本數理美的批評，標誌了文學數理批評實踐的重大發展。不過，程文主要以現代哲學「對立統一」觀點闡釋古代詩歌藝術中的「一與多」爲以今釋古，從而沒有充分顧及這原本是中國古代文學中的數理問題，可以而且應當有以古釋古的考量；又其所作是「在古代理論家已經發掘出來的材料以外，再開採新礦」的「一次嘗試」，關注重心在古代文論總體的建設，所以也未曾進一步推及古代文學中尚有更廣泛的數

〔註 29〕程千帆《古詩考索》，上海古籍出版社 1984 年版，第 24～25 頁。

理問題和提出文學的數理批評。從而對於文學數理批評而言，程文的「嘗試」儘管意義重大，但還不完全是「開採新礦」的努力。

肖兵《論九歌的篇目與結構》一文，在前人研究基礎上對《九歌》之數理結構作了更爲深入地探討〔註 30〕，但他在數理批評上最大的開拓與貢獻，體現於所撰《中國古典小說的典型群》一文。該文論小說人物組合的「典型群還有一個形式上的要素：它往往用一種帶點神秘性的數字來維繫和標誌。組織性的典型群尤其如此。……『三』『九』及其和、積之類模式性數字往往帶有一種神秘性，……這些模式數字跟典型群的構造、古代自然觀和社會觀的建立有密切關係」從「一」到「十」以至「36、72、108 都是帶著神秘性、巫術性的模式數字。它把聯繫鬆散的人物集結爲一個具有宗教神秘心理作用的『典型群』」，《三國演義》《水滸傳》《西遊記》《紅樓夢》《三俠五義》等等小說中都有這樣的「典型群」〔註 31〕。如此等等，使該文堪稱我國通俗小說數理批評的開山之作。値得注意的是，該文不止一次引用楊希枚先生關於神秘數字的論著，似可視爲此文之作受有楊文影響的信息。

稍後於肖文卻對通俗小說數理批評更爲專注因而也更爲深入的研究，發生在大洋彼岸的美國新澤西州普林斯頓大學。1986 年 6 月，在這所大學任教的蒲安迪先生完成了他研究中國古代小說的力作《明代小說四大奇書》（該書英文原版作者序於「1986 年 6 月於新澤西州、普林斯頓」，故繫於此），後又於 1993 年出版《中國敘事學》（據本書樂黛雲序與第一章《導言・緣起》，此書是作者於 1989 年 3 月 5 月北京大學講學稿的基礎上整理成書）。兩書內容廣泛，但前後一脈相承地包含有數理批評的內容。前者的第二章《中國敘事傳統中的神話與原型》之三《中國傳統的對偶美學》與第三章《奇書體的結構諸型》，後者有關「四大奇書」百回結構的分析，特別是關於《西遊記》「運用數字構思」〔註 32〕特點的揭示，更明顯具有數理批評的意義。但是，作者似爲他的研究領域所限，不曾注意中國上古即有「倚數」編撰的傳統，加以其西方文化的立場，便很輕易地把這一現象納入到了「原型」批評的範圍〔註 33〕，

〔註 30〕肖兵《論九歌的篇目與結構》，《齊魯學刊》1982 年第 3 期。

〔註 31〕肖兵《中國古典小說的典型群》，《明清小說研究》第 1 輯，中國文聯出版公 1985 年版。

〔註 32〕〔美〕浦安迪《明代小說四大奇書》，沈亨壽譯，中國和平出版社 1993 年版，第 160 頁。

〔註 33〕〔美〕浦安迪講演《中國敘事學》，北京大學出版社 1996 年版，第 48 頁。

而沒有歸結到這是中國小說特有的一種數理文化現象。

在蒲安迪《明代小說四大奇書》成書的幾乎同時，我國大陸學者著名紅學家周汝昌先生有《曹雪芹獨特的結構學》〔註34〕一文發表。該文認爲，《紅樓夢》「始以『三春』，終以『三秋』，……一共寫了三次過元宵節、三次過中秋節……，這六節，構成全書大關目，也構成了一個奇特的大對稱法」，爲「板定大章法」〔註35〕；又《補說》云：「(《紅樓夢》) 自第十九回至五十四回，整寫一年四季，記其回數，爲『三九』之始，到『六九』之終。第十八回省親大關目是『二九』之數，皆至分明。雪芹原書實共十二乘九之數，合爲一百八回，故前後兩『扇』各爲五十四回書文。」〔註36〕諸如此類，深得《紅樓夢》數理之奧妙。

這一時期文學數理批評最顯著的特點，是在更大程度上利用並超越了神秘數字的研究，既自覺或不自覺地借鑒了神秘數字研究的成果，又能夠獨立進行文學文本的數理分析與探討，從而空前地做出了大量有價值的新的判斷，極大地推進了文學文本的深入解讀，顯示了文學數理批評的必要與可能，及其可寶貴的實績。

（四）20世紀90年代中國文學數理批評的壯大

這一時期中國文學數理批評的壯大，體現在有更多學者的參與和更多相關論著的發表。比較前10年，此期有關學者與論著大致分爲兩種情況：一是承自楊希枚先生以來的傳統，研究神秘數字而及於文學之數理現象者，如吳慧穎《中國數文化》（嶽麓書社，1995 年版）、陳江風《天人合一觀念與華夏文化傳統》（三聯書店，1996 年版）、葉舒憲、田大憲《中國古代神秘數字》（社會科學文獻出版社 1998 版）等。這些著作以研究與通俗介紹神秘數字爲鵠的，程度不同地涉及到數字與文學的關係。其涉及處雖往往重在列舉現象，缺乏聯繫具體文本的數理分析，但至少顯示了學界對文學數理的關注。其有關數理本質的探討，更是文學數理批評的哲學基礎，從而對文學數理批評可有多方面參考的價值。

〔註34〕周汝昌先生有《曹雪芹獨特的結構學》，《紅樓夢大觀》，香港《百姓》半月刊叢書部 1987 年版。後收入周汝昌《紅樓夢與中華文化》，華藝出版社，1998年版。

〔註35〕周汝昌《紅樓夢與中華文化》，華藝出版社 1998 年版，第 185 頁。

〔註36〕《紅樓夢與中華文化》，第 189 頁。

另一種情況是程千帆、肖兵、蒲安迪以來較為自覺的文學數理批評。有關學者較多，其中張錦池先生的《〈紅樓夢〉的結構學》與《〈紅樓夢〉的均衡美及其數理文化論綱》兩文〔註 37〕，堪稱此一時期最早也最有代表性的作品。兩文中前者《餘論：『三』和『四』及『正』與『閏』》部分，不僅已經注意到「《紅樓夢》裏為什麼多『三』」，而且深入追溯到《老子》哲學，揭示了「『三』一旦被視為由簡約至富贍的轉折點，便又具有它自身的審美意蘊」，「以『三』為美的民族文化心態在暗中支配著他（筆者按指曹雪芹）的如椽大筆」。還解答了「《紅樓夢》的主體結構，既然是由『奇數』構成，是多『三』，可留給人們的印象卻多『四』或『二』，是由『偶數』構成，這又是為什麼呢？這是由於書中有『四大家族』賈府又有四位小姐……，書中的『四』一般皆不是由『二二』組成，而是由『一三』或『三一』組成……」〔註 38〕；後者推衍上篇之義，論《紅樓夢》「的總體特點是對稱中有不對稱、不對稱中有對稱，從而形成均衡美。這種均衡美表現於人物安排、章回布局、重大貢獻關目、情節線索、通部格局，形態是多種多樣的；但；一主三從『、『三正一閏』、『四』『三』其數，則是基本框架」〔註 39〕，等等。其與周汝昌先生意見有同有不同，相互出入處為多，而尤以提出「數理文化」的概念，似前所未有。

在詩歌研究中，熊篤先生的《律詩形式的文化意蘊》〔註 40〕一文，堪稱此一階段文學數理批評的力作。此文論律詩形式的形成「與《周易》兩儀四象八卦的關係」，參以「律詩格律的創始人沈約又以四聲八體比附四象八卦」的背景，論近體詩律起源於南齊永明間沈約「四聲八病」說的發明，至初唐沈佺期、宋之問形成五、七言律絕的定式是一個漸進的過程，其初直接受到了《周易》四象八卦觀念的影響，而實踐中能廣為文壇大眾所接受，「也正與集體無意識中對於『八』、『四』這些數象所包含的歷史文化意蘊的長久積澱有關，沈約等人不過是喚醒了這種集體無意識而已」〔註 41〕；「而從《詩經》至南北朝歌詩以四句、八句為一解這種現象，又必然與人類在世世代代所積

〔註 37〕張錦池《〈紅樓夢〉的結構學》（《紅樓夢學刊》1990 年第 3 期）、《〈紅樓夢〉的均衡美及其數理文化論綱》（《紅樓夢學刊》1993 年第 2 輯），後一併收入張錦池《中國古典小說心解》，黑龍江人民出版社 2000 年版。

〔註 38〕張錦池《中國古典小說心解》，黑龍江人民出版社 2000 年版，第 480～481 頁。

〔註 39〕張錦池《中國古典小說心解》，第 500 頁。

〔註 40〕熊篤《律詩形式的文化意蘊》，《社會科學戰線》1991 年第 3 期，後收入其所著《詩詞曲藝術通論》，中州古籍出版社，2000 年版。

〔註 41〕熊篤《詩詞曲藝術通論》，中州古籍出版社 2000 年版，第 63 頁。

溯由那些數字的文化意蘊所形成的集體無意識有關。由五音、七音組成的五、七言詩句，既是利用漢語中單、雙音詞以成句而富於節奏的奇偶變化的最佳形式，又是能隱括陰陽、五行、七始等『天下之象』的最好象徵」〔註 42〕。這些論述第一次從數理角度對律詩形式的形成作出了科學的解釋。

此外，葉舒憲《莊子的文化解析》（湖北人民出版社 1997 年版）一書廣泛討論了《莊子》文本的數理問題。其中第六章《道之數》專論《莊子》中的「七」「十九」「十七」「三十六」「七十二」等數，有許多發人深思的見解。如曰：「《莊子》一書的作者對神秘數字『七』的宇宙論蘊含有著充分自覺的意識，並多次巧妙地運用此一數字，或直接作爲時間單位，或在一篇之中安排七節，或將七篇設計爲一個首尾圓照的象徵整體，使之成爲體現道的循環回歸運行法則的形式載體，從而更加強化全書的體道司道之召喚結構的效應。其匠心獨運之處，可與喬伊思、艾略特、米蘭・昆德拉等現代藝術大師相媲美。」並以與米蘭・昆德拉的「七章」結構作了比較〔註 43〕。此外，該書在楊憲益先生研究的基礎上，進一步討論了《莊子》原本爲三十六篇，以及《莊子》中三次出現的「七十二」之數，認爲《莊子》把「『七』與『三十六』兩個原型數或明或暗地編織爲內篇整體的結構數，使其文本從篇數和寓言數兩方面均與道的永恒回歸運動暗中吻合對應，即使從形式上也達到了『始卒若環，莫得其倫』的神妙效果，堪稱爲古代著述中的一項奇觀」〔註 44〕。最應稱道的是此書視野廣闊，出入經子，比較中西，使包括有關文學數理批評的內容，也都顯示出是一種世界性的研究課題，客觀上爲筆者所謂（全部）文學數理批評理論成立的基礎。又《莊子的文化解析》引及辛世彪《中國詩歌五言與七言模式的起源：人類學的視角》一文，該文「主張七言詩的形式本身具有象徵宇宙和諧的意義」〔註 45〕，內容似亦有關文學數理批評，筆者遺憾尚未得拜讀。

同期，杜貴晨先後發表《古代數字「三」的觀念與小說的「三復」情節》（《文學遺產》1997 年第 1 期）、《中國古代小說「三復情節」的流變及其美學意義》（《齊魯學刊》1997 年第 5 期）、《「天人合一」與中國古代小說的若干結

〔註 42〕熊篤《詩詞曲藝術通論》，第 67 頁。

〔註 43〕葉舒憲《莊子的文化解析》，湖北人民出版社 1997 年版，第 305～306 頁。

〔註 44〕《莊子的文化解析》，第 339 頁。

〔註 45〕《莊子的文化解析》，第 298～299 頁。

構模式》(《齊魯學刊》1999 年第 1 期）等文（諸文後收入杜貴晨《傳統文化與古典小說》，河北大學出版社 2001 年版），以數字「三」與「天人合一」觀念對古代小說的結構布局等的影響研究加入了文學數理批評。其所提出「三復情節」等概念很快有中國大陸與臺灣學者接受並應用。此期討論同一問題的還有鄭鐵生教授《中國古典小說敘事結構「以三爲法」的文化意識》(《明清小說研究》1997 年第 3 期）一文。研究者在新的關注對象上的不約而同，似可表明有關研究客觀上爲學術發展進程必然的結果，是耐人尋味的。

總之，自前半的沈寂之後，20 世紀下半葉文學數理批評空前繁榮，相關的論著時見發表，並往往能夠受到同行的關注，多有轉載摘介注引，漸至於有相互友好切磋的情況發生，表明其正在迅速形成研究的規模與群體。而在個案研究的同時或基礎之上，學者們有的已經著手宏觀的探索與概括。甚至葉舒憲《莊子的文化分析》一書曾使用「數理哲學」、張錦池文章標題中已有「數理文化」等概念，體現了研究者在這一課題上理論創新的追求，而文學數理批評的理論可說呼之欲出了。

三、廿一世紀以來的文學數理批評

二十一世紀最早問世的有關文學數理批評的論著，當推歐陽維誠《數學——科學與人文的共同基因》一書。這是一部關於數學與科學和人文關係的通俗而又深刻的學術論著。該書第四章《審美的視角》的《文學創作與數學》一節，以現代科學與美學的眼光，從「數學與詩歌」「數學與寓言」「數學與小說」「數學與其他文學作品」四個方面深入揭示了「數學與文學有著深刻的內在聯繫，無論在思維模式上，還是在審美情趣中，數學與文學都有許多相通之處」〔註 46〕。這一研究打破了向來多從古代數理哲學出發的文學數理批評傳統，提供了嘗試從現代數理邏輯角度研究文學的實例，證明了文學數理批評不僅可以從古代數理哲學得到支持，而且可以因從現代數理哲學視角的介入，而更加大放光芒，其潛在的引領意義不可低估！

進入二十一世紀以後，在前期研究的基礎上，杜貴晨較爲集中於文學數理批評的探討，前後共發表近 20 篇相關文章，並分別收入所著《傳統文化與古典小說》(河北大學出版社 2001 年版)、《數理批評與小說考論》(齊魯書社

〔註 46〕陽維誠《數學——科學與人文的共同基因》，湖南師範大學出版社 2000 年版，第 187 頁。

2006 年版），以及即將出版的《齊魯文化與明清小說》等三部論文集中。在陸續參考前人研究成果的基礎上，杜貴晨研究與眾有異的是既重宏觀理論的探討，也有微觀個案的研究，並較好地注重了這兩個方面的結合。以上世紀末發表《古代數字「三」的觀念與小說的「三復」情節》等文爲標誌，這一研究從古典小說中數字「三」的大量運用概括出「三復情節」入手，即從可以稱爲「中觀」的理論探討開始，提高到「天人合一」與古典小說「結構模式」關係的考察。進而於本世紀初又接連發表《「天道」與「人文」》（《曲靖師範學院學報》2001 年第 1 期）、《論《水滸傳》「三而一成」的敘事藝術》（《明清小說研究》2001 年第 3 期）、《〈儒林外史〉的三復情節及其意義》（《殷都學刊》2002 年第 1 期）等文，在作宏觀研究的同時，也作具體專書個案的剖析。至此，這一研究中較可注意的，一是陸續提出了諸如「三而一成」「三復情節」「三極建構」「三事話語」等文學數理批評的概念。按作者所說，這些概念或曰新的觀念的提出與應用，使「有可能於舊來尋常處見新異，甚至能小闢新境」〔註 47〕；二是運用這些理論對文本意義作新的解讀，如《〈儒林外史〉的三復情節及其意義》以「三復情節」理論對「馬二先生遊西湖」的分析，揭示了此一故事，通過「三復」留步飲食與看女人的情節描寫，不僅寫出了馬二作爲八股先生的迂腐，更寫出了這一人物內心「理」與「欲」即道學與人性的衝突，是作者暗用「《孟子》『食色，性也』之教以反理學的虛僞」〔註 48〕。此作者所謂「若作『三復情節』觀賞，便有新意」，「使『三復情節』概念對於中國古代小說敘事藝術研究的理論意義得到了加強。這後一點對於總結中國古代小說藝術的民族特點，建立有中國特色的關於中國古代文學的理論也應當能有所幫助」〔註 49〕。此外，杜貴晨還發表了《「三而一成」與魯迅小說的敘事藝術——兼及中國現代文學的數理批評》（《清華大學學報》2002 年第 2 期），嘗試把文學的數理批評延伸到現代文學。

接下來比較自然的是杜貴晨提出了「文學數理批評」的理論。這一理論較爲全面的闡釋見於所作《中國古代文學的重數傳統與數理美——兼及中國古代文學數理批評》（（《中國社會科學》2002 年第 4 期）、《「文學數理批評」論綱——以「中國古代文學數理批評」爲中心的思考》（《山東師範大學學報》

〔註 47〕杜貴晨《傳統文化與古典小說》，河北大學出版社 2001 年版，第 333 頁。
〔註 48〕《傳統文化與古典小說》，第 343 頁。
〔註 49〕《傳統文化與古典小說》，第 347 頁。

2004年第1期）兩文。《「文學數理批評」論綱》一文中說：

> 我所謂「文學數理批評」，是指從「數理」角度對文學文本的研究。所謂「數理」是指文學文本中數字作爲應用於計算之「數」同時又作爲哲學的符號所包含的意義。這種意義當然因時代、民族、地域與作家的不同而異，但是都因其作用於文學形象體系的建構，而形成文本建構的數理邏輯。這種邏輯在文本的存在狀態，有隱有顯，或隱或顯，從根本上決定形象體系的意義指向與基本風格，是文學研究中與形象並重不可忽視的另一半。文學數理批評就是從文本所應用「數」的理念與具體「數」度及其相互聯繫出發，考察作品的數理機制，分析其在文本建構中的作用，以及對形象意蘊的滲透與制約。
>
> 因此，文學數理批評不僅是形式美的批評，也必然達至形象內涵即文本思想意義的探討。……爲文本的闡釋提供新的可能，有時本身就是這種闡釋。它不排斥任何其他的研究理念與方法，卻不是任何其他理念與方法的附庸或補充，而是相對於傳統「象」或「形象」批評的另一翼，與象或形象的批評相得益彰。但在當今古代文學的批評與研究中，形象中心的批評理論多借自西方，能收「他山之石可以攻玉」之效，而結合了象或形象的數理批評，對於中國古代文學卻有「那把鑰匙開那把鎖」的根本之用，所以格外值得重視和提倡。著者相信在古代文學批評中引入數理批評的原則，將有助於建立寫人與敘述並重、形象與數理結合的新的古代文學批評和理論研究模式。

該文還就中國古代文學數理批評列舉「作品命意批評」「編撰體式批評」「框架結構批評」等八個方面的內容，作了簡要的說明，初步構造了文學數理批評的理論體系。

杜貴晨此後研究的重點之一，就是以其所謂「文學數理批評」理論作文學文本的解讀，證明並進一步完善這一理論。有關論文主要集中於《西遊記》的數理批評，具代表性的有《〈西遊記〉的「倚數」意圖及其與邵雍之學的關係——〈西遊記〉數理批評之一》（《東嶽論叢》2003年第5期）、《〈西遊記〉數理機制論要——從神秘數字出發的文學批評》（《山東師範大學學報》，2005年第1期）、《〈西遊記〉的「七子」模式》（《福建師大學報》，2005年第5期）、

《〈西遊記〉中的「七七」與「九九」》（《南都學壇》，2005 年第 5 期）、《〈西遊記〉的「七復」模式》（《河南教育學院學報》，2005 年第 5 期）等。作者另有《論「一個男人與六個女人」的敘事模式——中國古今「情色」敘事的一個數理傳統》一文，曾在臺灣嘉義大學主辦第二屆小說戲曲國際學術研討會宣讀。諸文都集入《齊魯文化與明清小說》一書，正在出版中。

此外有朱清《〈文心雕龍〉與漢代易學》一文，專節討論了《文心雕龍》因《易傳》「錯綜其數」云云而「提出『變文之數』來申論文章變化之道」，指出劉勰論「通變」「神思」「附會」「明詩」「體性」等等，無不有「數」的方面考量〔註 50〕；還有桑東輝《數字「七『的文化意蘊與〈西遊記〉的「七子」模式——兼與杜貴晨先生商榷》一文，該文的價值主要不在於「商榷」，而在於對《西遊記》中人物組合的多樣性有所揭示〔註 51〕；另有劉銘作《試論數字「七」在〈水滸傳〉人物形象設置與故事安排中所起的作用——以「文學數理批評」爲方法解讀「七星聚義、智取生辰綱」的故事》一文，是「文學數理批評」理論提出之後第一次被明確作爲一種「方法」〔註 52〕付之應用；又，翟振業《〈楚辭〉神秘數「九」的文化意蘊——解讀「九歌」「九天」「九陽」》（《常熟理工學院學報（哲學社會科學版）》，2007 年第 5 期），該文認爲《楚辭》中的「九」有「祭祖」「崇天」「崇日」〔註 53〕三重文化意蘊，等等。諸家研究所及有久而未決的老問題，也有別具眼光提出的新問題；參與者有新發於硎鋒芒初試的年輕學者，也有成就多方而長期樂此不疲的中老年學者。這使筆者有理由相信，文學數理批評已經受到越來越多學者的關注與信任，將隨著實踐的深入不斷發展完善起來。

綜上所述論可知，人類——這裡主要說中國人——自遠古就發明了的，從來生活中無所不在的「數」，由其作爲文獻——文學編撰的神聖「密碼」被運用，到現存可見文獻中《易傳》的第一次道破，開始了針對中國古代文學「倚數」結撰，以至古今中外文學以「數」把握並反映世界之規律性的文學

〔註 50〕朱清《〈文心雕龍〉與漢代易學》，《南都學壇》2005 年第 6 期。

〔註 51〕桑東輝《數字「七‘的文化意蘊與〈西遊記〉的「七子」模式》，《平原大學學報》2006 年第 4 期。

〔註 52〕劉銘《試論數字「七」在〈水滸傳〉人物形象設置與故事安排中所起的作用——以「文學數理批評」爲方法解讀「七星聚義、智取生辰綱」的故事》，《濟南職業學院學報》2005 年第 1 期。

〔註 53〕翟振業《〈楚辭〉神秘數「九」的文化意蘊——解讀「九歌」「九天」「九陽」》，《常熟理工學院學報（哲學社會科學版）》2007 年第 5 期。

數理批評，至今勃興壯大，已經有約三千年的歷史。誠所謂古已有之，千古綿延，於今始盛。即使由於種種原因，包括我們的發現與發明還遠遠不夠，這一歷史還顯得不怎麼輝煌，或有人不屑，但其曾經存在，並日益發展壯大，則是不容否認的事實。作爲這一批評實踐的概括，文學數理批評理論的萌生與發展更是經歷了隱約朦朧、迂迴曲折，終至破土而出、嶄露頭角的過程。這一過程表現爲以下特點：

一是各種批評的形式應運而生，隨時以變，錯綜複雜，古今來大致可分爲五條線索：一是自《易傳》開先的客觀的文學文本批評，相承如董仲舒、劉勰、程千帆、肖兵、蒲安迪、杜貴晨等；二是以《呂氏春秋・要略》打頭作者書中說書之以自序道破的批評，相承如劉安、揚雄、司馬遷、劉勰等；三是自王逸注《楚辭》開始的傳注評點式批評，相承如孫奭、張竹坡、張書紳等；四是由董仲舒開始的「天人」關係、神秘數字研究衍伸出來的批評，相承如王逸、汪中、楊希枚、葉舒憲等；五是作爲人類學、原型批評或比較文化學研究的批評，如楊希枚、肖兵、葉舒憲等。諸家一致而百慮，殊途而同歸，共同推進了文學數理批評的形成與發展。

二是個案的研究多能貫穿對一般規律的觀照，例如先是漢儒概括出「經傳篇數，皆有所法」，後有劉勰《文心雕龍》從對詩文的研究概括出「變文之數」，又有楊希枚對「古籍神秘性編撰型式」的發明；進入上世紀計算機在中國開始普及的 80 年代以後，始有程千帆對「古典詩歌中『一與多』」的論述，以及蒲安迪對古典小說「運用數字構思」的概括，張錦池、葉舒憲對「數理」概念的運用，然後才有杜貴晨提出「文學數理批評」。可見此一理論的產生，既是批評實踐發展推動的結果，更是時代運會使然，非任何個人所可以隨心所欲能夠創造出來。《文心雕龍》不云乎：「興衰繫乎時序，文變染乎世情。」我於文學數理批評理論的發明與確立，亦作如是觀。

三是文學數理批評雖有了很大發展，但有關的實踐還很不夠深入，表現在研究中的諸多不平衡：多文本中數理現象的揭示描述，而少對於現象之意義的探討；多文本框架性數理機制的研究，而少情節細節數理的分析；多文本個案的數理剖析，而少宏觀數理傳統的探索與理論上的概括；多對文本數理現象一般哲學的研究，少從數理角度深入的審美的鑒賞；多從古代數理哲學特別是神秘數字出發的觀照，少從現代數理哲學入手的分析，等等。從而文學數理批評理論雖經提出，也初成體系，但亟需在實踐中不斷受到多方面的檢驗，可能要經過長期的調整充實甚至大面積「刷新」，才有可能接近於完善。

最後要回到本文的開始以特別指出的是，文學數理批評雖借中國古代的象數理論以方便有初步的說明，表面上只是「天地之數」「大衍之數」影響於文學的編撰與解讀問題，但其實質卻是文學創作與接受中「天人之際」關係的追尋與探討。在中國傳統文化的背景上，這一探討的具體對象是中國文學美的創造與欣賞所遵循「天人合一」度數，即其大小、比例、節奏等等之依據尺度，是對由這些尺度所建構文學形象及其體系之數理美的審視與評價。而且因爲數學與生活本不局限於傳統數理關係的實際，決定了文學數理批評終將超越傳統數理哲學而取得現代數理哲學的眼光，把文學文本看作是與形象地把握同時並作之一種對世界的數理的把握，在對文本作形象批評的同時作數理批評。胡世華著文曾引馬克思說：「一門科學只有當它達到了能夠運用數學時，才算眞正發展了。」〔註 54〕因此，我們堅信文學數理批評之未來必有廣闊的前途。

（原載《河北學刊》2009 年第 4 期，有刪節，茲據原稿收錄）

〔註 54〕轉引自胡世華《質和量的對立統一和數學》，《哲學研究》1979 年第 1 期。

「天道」與「人文」

以今人的理解，「天道」即自然，「人文」指人類社會各種文化現象。人作爲自然物並在自然的環境中創造文化，從而「人文」與「天道」有必然的聯繫。中國古人對「天道」「人文」概念的理解與現代有不同，但是很早就意識到二者之間有密切聯繫，以對這一聯繫的不斷豐富和加深的認識指導人文活動，從而創造了光輝燦爛的文化。因此，對中國古代文化的研究，不能不注意古人對「天道」與「人文」關係的認識。某種意義上，正是古人對「天道」與「人文」關係的認識決定了中國文化的特點。

中國古代是農耕爲主的社會。農耕比較漁獵等生產方式對光照、氣候等天象的變化更爲敏感，「靠天吃飯」根本上決定了中國古人敬天的傳統。《說文》:「天，巔也。至高無上，從一大。」《敕勒歌》:「天似穹廬，籠蓋四野。」古代中國人首先感到的是在「天」下生活，處處受制於天；進而以爲人受命於天，「天」是有意志的，冥冥中決定人世的一切；人不僅靠天吃飯，而且一切都要體會「天」的意志行事，從而中國文明開化之初，「究天人之際」就在實際上成爲一切思想和學術的中心。自《易・賁・彖傳》曰:「觀乎天文，以察時變；觀乎人文，以化成天下。」「觀乎天」與「觀乎人」並舉，天人關係在先秦受到最多的關注。這可以從「天」「人」二字在先秦最重要典籍中出現的次數看出。今據尹小林《國學寶典》檢得：

書／字	周易	尚書	詩經	周禮	禮記	左傳	老子	論語	莊子	孟子
天	215	277	170	79	673	361	92	49	679	294
人	211	245	270	1695	1143	2576	101	219	1003	614

這在各書中單字使用都肯定是最高或很高的頻率。從中可以看出，除《周禮》言職官、《左傳》講史，以及《論語》因爲孔子於「六合之外，存而不論」少言「天」而「天」「人」字數比例懸殊外，其他各書中「天」「人」字數均約相當或在二比一左右；最早的《周易》《尙書》中甚至「天」字多於「人」字，可見其對「天」和天人關係的高度關注。至於漢代大儒董仲舒作《春秋繁露》，用「天」字高達 971 次，用「人」字才 771 次，更是漢代大一統帝國眞正形成初期，天道崇拜和「究天人之際」思想學術新的發展。所以，一部作爲中國人文奠基開山的先秦兩漢學術史，諸子百家，林林總總，其實都在「天人之學」的籠罩之下。

先秦兩漢天人之學有荀子「制天命而用之」的強調「天人之分」的思想一脈流傳，但是多數的思想家和學人都主張「天人合一」，從而天人合一成爲數千年間中國人文思想傳統的主流和大宗。

「天人合一」是中國古代最富創造性的思想，就其根本而言是人類最高的智慧。但是，任何一種思想都有一個發展完善和昇華的過程。「天人合一」在它早期曾經有過不少很幼稚的表現，最突出之點就是把它簡單地理解爲天人同構，以此確證「人文」取法「天道」。

天人同構即天人相類。從《呂氏春秋・有始覽・有始》：「天地萬物，一人之身也，此之謂大同。」到漢儒董仲舒《春秋繁露》比附人天之象與數，得出「天亦人之曾祖父也」（《爲人者天》），「以類合之，天人一也」（《陰陽義》）等結論，到宋明理學家們或言「人人有一太極，物物有一太極」（《朱子語類》卷九十四），或言「心即理」，「宇宙便是吾心，吾心即是宇宙」（陸九淵《雜說》），「天人合一」思想雖固守著唯心的立場，並且未盡脫機械比附之習，但對「天道」與「人文」同一性的認識逐步加強和深化，其影響也漸以從物質的層面而深入人心，積澱爲民族的心理定式和審美理想，那就是擬天道以成人文。

擬天道以成人文是《周易》《老子》《論語》等都以不同方式反覆表達過的各家各說的共識，是中國傳統文化最根本的思想基礎，它如源頭活水般地滋養後世中國一切人文活動，給一切物質的、精神的人文現象打上了「天」的烙印，甚至整體上就是「天」的象徵。茲就中國古代人文物質的、制度的和文化的三個基本層面，分別舉出建築、官制、文學等略加說明。

中國古代建築是一種象徵的藝術，在哲學意義上它可以說是宇宙上天在人間的成象。這從原始先民的居住遺址，已經可以見到端倪。考古成果表明，原始先民村落居室排列大都作圓形。這一方面是為了聚族而居內部交往與管理的方便，更重要的是這種圓形排列結構應合「天道圓」的形象。後世奴隸社會、封建社會進一步把這種建築思想和原則發揮到淋漓盡致。《史記・周本紀》載，武王克殷分封後，慮及的第一件大事就是「定天保，依天室。」事又見《逸周書・度邑》。「天保」即天之中心，對應的是地之中心「土中」；「天室」是以「天保」為中心所建上帝之都。武王的話是說，確定上應「天保」的「土中」，以建立「無遠天室」的國都，即《詩・大雅・民勞》「惠此中國」之中國（古代中國自稱「天朝」，蓋源於此）。這個思想後世總結為「象天設都」。《考工記》：「明堂五室稱九室者，取象陽數也。八牖取六甲也，取象八風。三十六戶牖取六甲之爻，六六三十六也。上圓象天，下方法地。……皆無明文，先儒以意釋之。」班固《白虎通義・京師》：「布政之宮，在國之陽。上圓法天，下方法地。」北京的故宮整體格局特別是三大殿的布置以及天壇，是今存古代象天設都的典型代表。至於中國古代官民居宅「三進三間」的通常格局，也應當是象天的安排。董仲舒《春秋繁露・官制象天》曰：「三而一成，天之大經也。」

古代職官制度，最上的「王」或「皇帝」，以得「天命」者自居，通稱「天子」，來治理以「天」為「曾祖父」的普通的「人」；以天子為中心的職官設置，則模倣想像中上天的秩序。即如宋代趙蕃《眾星環北極賦》云：「天道恒象，人事或遵，北極足以比聖，眾星足以喻臣。」《周禮・天官冢宰第一》賈《疏》云：「天官冢宰，鄭目錄云：『象天所立之官。』」陸德明《釋》曰：「鄭云象天者，周天有三百六十餘度，天官亦總攝三百六十官，故云象天也。」於《地官》則稱「象地所立之官。」於《春官》則云「象春所立之官。」等等。這些記載雖不盡可信，但大致可知周官的制度，就是《周禮》作者心目中宇宙上天秩序的翻版；又《史記・天官書》言「中宮天極星，其一明者，太一（帝星）常居也；旁三星，三公；或曰子屬。後句四星，末大星，正妃；餘三星，後宮之屬也。環之匡衛十二星，藩臣。皆曰紫宮。」又曰：「北斗七星，所謂『旋璣玉衡以齊七政。」又曰：「天則有列宿，地則有州城。」等等，講天文，卻拿天子后妃藩臣相比附，實際是人間象天設官的制度的倒影。總之，一部《周禮》和《史記・天官書》，以天官比稱人官，或以人官比稱天官，都顯示古代職官制度「天人合一」、天道決定人文的根本特徵。

象天設官是一個悠久的傳統，至漢代董仲舒《春秋繁露・官制象天》，把

《周禮》以來（還應更早）這一政治傳統理論化。後世崇儒，率由舊章，就大都恪守這一制度。所以，吏部別稱「天官」，應不只由於它職掌官員的任免考課等，也許還是從「官制象天」的觀念生發而來。「象天設官」至封建社會晚期也還被引據實行。清朱彝尊《靜志居詩話》卷六有兩處記載，一是《周忱》條曰：「進士改庶常，相傳自永樂甲申始。是科命解學士縉選得二十八人，以應列宿。文襄（周忱）自陳年少，乞讀秘書，時人謂之換宿云。」此事見《明史・選舉二》；又《晏鐸》條曰：「時宣宗方隆儒術，合前科丁未，是科庚戌，後科癸丑，進士共選得二十八人，比列宿數。以先朝選士，亦嘗若是也。」甚至冊立后妃也援以爲據，《堅瓠廣集》卷四《王夏兩相國》載：「世宗既廢張后，屬意於方妃，而意莫決。密問於言，言對曰：『臣請爲陛下賀：夫天員（圓）地方者也。』世宗喜，遂立方妃爲后。」這在今人看來，近乎拿政治開玩笑。但千古之事，難以情測。能比列星宿選庶常、進士，當時人大概看得比尋常中進士加倍地榮耀寵；而夏言以「天員（圓）地方」迎合帝意，也算得上拍馬屁的一絕，後來因此被殺，卻是他萬萬不曾想到。附帶說到古代家庭的組織，除了祖宗是一族的「天」，「父爲子綱，夫爲婦綱」，也是「天」與「地」對應的關係。所以，從國至家，一人有一人之「天」，一物有一物之「天」；「天道」崇拜觀念對中國古代政治制度、社會秩序乃至家庭生活的滲透，眞是無所不至。

作爲廣義文學的文字著作是人文集中的體現，古人視爲神聖的事業。這首先因爲文字本身就是神聖的。《易傳・繫辭下》曰：「古者包犧氏之王天下也，仰則觀象於天，俯則觀法於地，觀鳥獸之文與天地之宜，近取諸身，遠取諸物，於是始作八卦，以通神明之德，以類萬物之情。」這就是說，包犧（伏羲）氏始作八卦（最初的文字符號），乃得自天地萬物的感召；換句話說是體「天道」而爲文，作爲「文」的著作是天道自然的象徵——因源於天，而與天同構。據《易傳》所說，《易》就是這樣一部「天書」：「《易》與天地準。」「與天地相似。」「《易》之爲書也，廣大悉備。」而作爲《易》之核心的八卦實乃此書給予的宇宙最簡的模型。此即《文心雕龍・原道》所謂「人文之元，肇自太極；幽贊神明，《易》象惟先。」

擬天道而爲文，具體操作上是以「數」定「象」。《易傳・繫辭上》：「參伍以變，錯綜其數，通其變，遂成天下之文；極其數，遂定天下之象。」「參（三）」「伍（五）」都是天數。「錯綜其數」以成「文」，「極其數」以定「象」，就是以「數」定「象」，擬「天道」以成人文。所以，除卻《周易》有「宇宙代數學」之稱，《春秋》《周禮》《呂氏春秋》等諸子書以及《史記》也都明顯地擬「天道」以成文。後世著作往往以偶數結卷而避免「數奇」，也是爲了附合於「一陰一陽之爲道」的天「理」〔註1〕。

以「數」定「象」表現於中國純文學，就是數字的大量運用。這無論在詩歌、散文、小說、戲曲中都是明顯的存在。謹以詩歌和小說作爲代表。我國古代詩歌，《楚辭》有「九」體，漢賦有「七」體；而由最初的四言發展爲五言、七言，間有三言、六言和雜言，五、七言句式爲其主流，大約因爲在四個字和六個字中間增加一個字，便於表意的豐富和曲折自如；但是，律詩的形成和長期牢不可破的傳統，卻可能與古人潛意識中以「數」定「象」觀念有一定的聯繫。這是有待深入探討的問題。詩歌語言中喜用數字的現象則比較容易瞭解，程千帆先生有《古典詩歌描寫與結構中的一與多》一文〔註2〕，從古代詩歌中數字運用對立統一的角度作有細緻深入的分析。這裡單說這一現象之普遍。茲據尹小林《國學寶典》，統計先秦至唐代最重要詩人詩作運用數字的情況列表如下：

書	數／篇	一	二（兩）	三	四	五	六	七	八	九	十	百	千	萬	總計
詩經	305	35	19	46	94	12	23	15	12	15	18	70	13	47	419
楚辭	63	21	9	20	22	14	12	7	11	106	4	11	14	9	260
李白	1166	489	195	264	103	204	71	30	41	104	110	118	241	268	2238
杜甫	1482	447	148	188	102	99	38	20	49	67	128	182	132	275	1875
合計	3016	992	371	518	321	329	144	72	113	292	260	381	400	599	4792

從表中可以看出，四家作品全部 3016 篇中，出現上列各數字達 4792 次之多；每篇中約有數字 1.59 個；將其中「十二」「三千」「百萬」等一定量數詞減半計，每篇用數字也當在 1.55 個以上。其中數字運用次數最多的依次是「一」「萬」「三」「千」「百」等。這個統計應當可以代表中國古典詩歌運用數字的一般情況，除了用量之大，在概率的意義上還從一個側面證明，程千

〔註 1〕參見杜貴晨《數字「三」的觀念與古代小說的「三復」情節》，《文學遺產》1997 年第 1 期；《中國古代小說「三復情節」的流變及其美學意義》，《齊魯學刊》1997 年第 5 期；《「天人合一」與古代小說結構的若干模式》，《齊魯學刊》1999 年第 1 期。今均已收入本卷。

〔註 2〕程千帆《古詩考索》，上海古籍出版社 1984 年版。

帆先生所說「古典詩歌描寫與結構中的一與多」現象大量存在。這裡筆者認爲，包括「一與多」現象在內的中國古典詩歌對數字的大量運用，是明顯不同於外國詩歌的一個民族特點。這一特點，固然爲反映生活的需要所決定，在創作觀念上卻不免中國人以「數」定「象」思維與表達方式的影響，儘管作者可能是不自覺的。

中國古代詩歌以「數」定「象」，極大地提高了詩的意境和藝術表現力。這可以從唐詩的一個例子得到說明。杜甫《絕句》四首之三：

兩個黃鸝鳴翠柳，一行白鷺上青天。
窗含西嶺千秋雪，門泊東吳萬里船。

試把詩中數量詞去掉，就成了：

黃鸝鳴翠柳，白鷺上青天。
窗含西嶺雪，門泊東吳船。

古云「詩是有聲畫」。相比之下可以看出，原作較改作不僅畫面鮮明，意境深邃，而且情味悠長，卻正是得自數量詞的恰當運用。又如近代第一位詩人龔自珍《己亥雜詩》之二一一首：

萬綠無人嘒一蟬，三層閣子俯秋煙。
安排寫集三千卷，料理看山五十年。

本篇因恰當運用數量詞而得爲佳作，去掉則不止於減色，而且不成詩矣。

中國古代小說除大量運用數字外，更注重「錯綜其數」和「極其數」以成全書之框架布局和情節設計。這除了結卷尚偶數以外，章回小說還往往以若干個「十回」爲率，名著則往往爲「百回」「百二十回」；情節設計有「三顧茅廬」式的「三復情節」「三足鼎立」式的「三極建構」，以及「天人感應」爲特徵的「圓形框架」和「大團圓」結局，等等。這些，筆者已專文論列〔註3〕，而有所未盡，茲補說如下：

一．「三復情節」源於八卦之三畫即《易》之「三才（天、地、人）觀念，直接得之於《禮記．曲禮上》「卜筮不過三」和東漢王肅注云「禮以三爲成」。但是，闡發此義比王肅更早且更詳盡的是董仲舒，所著《春秋繁露．官制象

〔註3〕參見杜貴晨《數字「三」的觀念與古代小說的「三復」情節》，《文學遺產》1997年第1期；《中國古代小說「三復情節」的流變及其美學意義》，《齊魯學刊》1997年第5期；《「天人合一」與古代小說結構的若干模式》，《齊魯學刊》1999年第1期。今均已收入本卷。

天》云：

> 三公者，王者所以自持也。天以三成之，王以三自持。立成數以爲植，而四重之。

又曰：

> 何謂天之大經？三起而成日，三日而成規，三旬而成月，三月而成時，三時而成功。寒暑與和，三而成物；日月與顯，三而成光；天地與人，三而成德。自此觀之，三而一成，天之大經也。以此爲天制，是故禮三讓而成一節，官三人而成一選：三公一選，三卿一選，三大夫一選，三士一選。凡四選三臣，應天之制凡四時之三月也。是故其以三爲選，取諸天之經。

所以，「三而一成，天之大經」，就是中國古代幾乎每事「三進位」的思想淵源。後世「事不過三」和小說的「三復情節」，就都源於這個植根「天道」的思想。其影響是如此地普遍，甚至權臣和平奪權的篡位也須「三讓」而行，見《三國志・魏書・文帝紀》注引《獻帝傳》「載禪代眾事」；又同篇下注引《魏氏春秋》曰：「（文）帝升壇禮畢，顧謂群臣曰：『舜、禹之事，吾知之矣。』」而由此可以看出此一政治遊戲規則的不可動搖。直到北宋，英宗因有憾於蔡襄，蔡乞守杭州，「英宗即允所請。韓魏公時爲相，因奏曰：『自來兩制請郡，須三兩章。今一請而允，禮數似太簡。』英宗曰：『使襄不再乞，則如之何？』卒與杭州。」（《宋人軼事彙編》引《東軒筆錄》）可知宋代「禮以三爲成」也還在朝廷有所實行，而這就是民間「事不過三」觀念和小說中「三復情節」的社會基礎。

附帶說到，中國古代小說以若干個「十回」結卷的傳統，源於「十者，數之極」進而以「十」爲全爲美的觀念。其實，這一觀念的形成也與「天道」相關。董仲舒《春秋繁露・陽尊陰卑》：

> 天之大數畢於十旬，旬天地之間，十而畢反；旬生長之功，十而畢成；十者，天數之所止也。古之聖人因天數之所止而爲數，紀十如更始，民世世傳之，而不知省其所起；知省其所起，則見天數之所始；……人亦十月而成，合於天道也。……天數畢於十，……十者，天之數也。

這應當就是從古至今天下流行「十景病」的深層思想原因了。

二・關於「三極建構」，筆者在《「天人合一」與古代小說結構的若干模式》一文中曾經認爲：

它的實質是一點爲中心，兩極爲主線，第三極爲參照。參照乃所以反作用於兩極。有參照，兩極之主構之關係以至三極之成面才有變化。其在原理上是一分爲二，操作上是一分爲三。「道生一，一生二，二生三，三生萬物」，「三極建構」邏輯上就是這種動態的開放性的組合。它是「天人合一」在小說構思上的投影，一切好的小說故事或簡或繁，都是或者可以約簡爲是這樣的組合。因此，作爲小說情節結構藝術的基本形式，三極建構是有普遍和永久的意義。

這裡，「三極建構……普遍和永久的意義」，實在是爲社會生活的複雜形勢所決定。近讀《通鑒》南朝梁太清二年（548）侯景之亂，景爲梁將慕容紹宗追擊：

（景）使謂紹宗曰：「景若就擒，公復何用？」紹宗乃縱之。（胡注曰：「人臣苟有才，必養寇以自資。」）

略過道德的評價，慕容紹宗所言，不爲無見；漢初韓信，明初胡、藍等人之命運遭際，都是反面的證明。大而言國家間關係也是如此。如北宋末年宋朝聯合金國以滅遼，隨之而來是金滅北宋；南宋末年宋朝聯合元蒙以滅金，隨之而來是元蒙滅南宋而佔了全部中國。由此可知，世間一切較爲複雜之事，都是或都可以化簡爲是「三極建構」；把握態勢走向的關鍵是在兩極對立之下正確處理與第三方的關係。歷史上三國時代劉備放棄「聯吳抗魏」是絕大的失策，而毛澤東論團結一切可以團結的力量，結成最廣泛的統一戰線，以打擊最主要的敵人的思想，無疑是高妙的致勝之道，後來發展爲「三個世界」的理論。至當今世界政治「打 XX 牌」的策略，都足以證明筆者所認爲的「（三極建構）原理上是一分爲二，操作上是一分爲三」，乃人事運作和小說故事構造最基本和普遍的原則。

三・關於「圓形框架」和「大團圓」結局。中國古代對「天」的崇拜和「天道圓」的觀念衍生出以「圓」爲完美的藝術觀。但是，從生活、思想到藝術，以「圓」爲美的藝術觀經過了長期發展的過程。從《易傳・繫辭上》論「蓍之德圓而神」發端，漢儒進一步認識到「圓則行」的特點。清褚人獲《堅瓠餘集》卷一《趙岐解圓字》曰：

《說儲》：漢儒趙岐《孟子注》云：「凡物圓則行，方則止。」此解最明徹。嘗試廣其義：惟圓則無障礙，故曰圓通；惟圓則無礪缺，故曰圓滿；惟圓其機嘗活變化出焉，故曰圓轉，又曰圓融。蓋至竺乾之教極於圓覺，大《易》之用妙於圓神，天下之能事畢矣。」

至南朝梁劉勰《文心雕龍》，「圓」乃成爲談藝之術語概念。如《總術》謂文學創作觀察生活要「圓鑒區域，大判條理」，《體性》篇講構思要「思轉自圓」，《論說》稱文思「義貴圓通」，《雜文》篇論連珠須「事圓而音澤」，《麗辭》稱「必使理圓事密，聯璧其章」，《鎔裁》稱「首尾圓合，條貫統序」，《知音》講「圓照之象，務先博觀」，等等，「圓」作爲劉勰論文無所不使的美學標準，是對中國古代文論的一個重要發展。英國哲學家羅素《西方哲學史》第十七章《柏拉圖的宇宙生成論》認爲：「圓的運動是最完美的。」〔註4〕格羅塞《藝術的起源》第四章《藝術》認爲：「我們如果要一目了然於實際活動、遊戲活動和藝術活動的關係，可以用一種簡單的方法來幫一點忙，我們用直線來表示實際活動，用曲線來表示遊戲，以圓圈來表示藝術。」〔註5〕劉勰從古先中國人「天道圓」思想發展出的「圓」的藝術觀，暗合於前後某些西方重要美學家的論斷，而運用發揮之妙，有過之而無不及。

劉勰之後，以「圓」爲美之藝術觀逐漸成爲中國文學創作、評論的重要思想和常用的概念。以古代小說、戲曲爲例，毛宗崗《讀三國志法》一則曰：「《三國》一書，有首尾大照應，中間大關鎖處，如首卷以十常侍爲起，而末卷有劉禪之寵中貴以結之，又有孫皓之寵中貴以雙結之：此一大照應也；又如首卷以黃巾妖術爲起，而末卷以劉禪信師婆以結之，又有孫皓之信術士以雙結之：此又一大照應也。照應既在首尾，而中間百餘回之內若無有與前後相關合者，則不成章法矣。於是有……，凡若此者，皆天造地設，以成全篇之結構者。」二則曰：「前能留步以應後，後能回照以應前，令人讀之，眞一篇如一句。」此「首尾大照應」「一篇如一句」云云，實際指出了《三國演義》總體藝術構思求「圓」得「圓」的特點與成就；又，李漁《閒情偶寄》卷二《大收煞》論戲曲結局曰：「全本收場，名爲『大收煞』。此折之難，在無包括之痕，而有團圓之趣。」這裡，李漁從戲曲的收場，提出了文學敘事結末求「團圓之趣」的美學理想。可知如同「戴圓履方」的成語所顯示的，中國人一如其所認爲的人「頭圓象天」，思維與表達上也總是把「圓」作爲美的最

〔註4〕〔英〕羅素《西方哲學史》，何兆武、李約瑟譯，商務印書館 1963 年版，第 190 頁。

〔註5〕〔德〕格羅塞《藝術的起源》，蔡慕暉譯，商務印書館 1984 年版，第 38 頁。

高境界，即清張英《聰訓齋語》卷上所說：「天體至圓，……萬物做到極精妙者，無有不圓者。聖人之至德，古今之至文、法帖，以至一藝一術，必極圓而後登峰造極。」〔註 6〕

以上，我們舉三事以證中國古代人文本於天道的民族傳統及其在物質、制度、文學諸社會層面的影響表現，就個別而言不少屬於常識；但是，多方面常識的相互印證更有助於說明中國古代「擬天道以成人文」是一個悠久的無所不在的傳統。認識這一傳統，既是全面把握中華人文面貌及其成因的根本，又是中華人文各分支學科研究的基礎。由此出發，才有可能總結出中國特色的人文科學理論。如在本文力圖說明的「擬天道以成人文」這一根本傳統之下，筆者繼個人以往的研究再次強調的「三復情節」「三極建構」「圓形框架」「團圓結局」等提法，雖未必盡是，卻希望能對推動建立關於中國人文傳統的自己的理論，有拋磚引玉的意義。

（原載《曲靖師範學院學報》2001 年第 1 期）

〔註 6〕〔清〕張英《聰訓齋語》，青年協會書局民國十六年（1927）年版，第 13 頁。

「天人合一」與古代小說結構的若干模式

「天人合一」是中國古代文化、古代哲學的基本精神〔註1〕。作爲對世界存在與運動方式的基本認識，它廣泛而深刻地影響了中國人的生活和思維表達方式，從而論事爲文都注重「究天人之際」（司馬遷《報任安書》），也就是尋求「天人合一」的境界。這一點對中國古代小說創作總體構思和情節布局的影響之大，遠過於其他任何個別的觀念和方法，卻從來很少人談到過。

這個問題所以很少研究，大約是因爲「天人合一」思想與小說的結構看起來關係太過遙遠。其實，小說結構說到底是作者心目中現實世界存在與運動方式的文學顯現，它體現的是帶有作者個人特徵的人類對世界構造的一般理解。所以，作爲中國古人把握世界的基本方式之一，「天人合一」自然成爲小說構思布局的指導思想，從而深刻影響了中國古代小說的結構藝術。

如同一切偉大的思想，「天人合一」具有被永久闡釋的可能性。今人對它的解釋，多強調其人與自然和諧的合乎現代科學走向的一面。其實，中國古代所謂「天人合一」，特別是漢代以後對小說影響日漸深入的「天人合一」思想，是一種帶有濃厚神學色彩的哲學觀念。它的內涵各家說法雖有不同，而實質都不過是在「唯天爲大」（《論語・泰伯》）的前提下講天——人的同一性。這種同一性大約有兩個要點，一是天人同構，人爲取法天道；二是天人感應，天命支配人事。它肯定了天——人的諧和與互動，卻帶有神秘主義和機械比附的缺陷，從而給古代小說構思布局的影響，往往是造成某些世代沿用的結構模式。

〔註1〕中國古代也有「天人相分」的觀點，代表人物如荀況、王充、柳宗元、劉禹錫等，但不占主導地位，故云。

所謂天人同構，是說天人同類，人副天數、合天象。這個思想雖然晚至漢儒董仲舒才最後形成系統的理論〔註 2〕，卻早在先秦就已醞釀發生。《呂氏春秋・有始覽・有始》：「天地萬物，一人之身也，此之謂大同。」「大同」就是相類，高誘注：「以一人身喻天地萬物。《易》曰『近取諸身，遠取諸物』，故曰『大同』也。」即「一人之身」類同「天地萬物」，也就是「人」與「天」同構。故天之道即人之道，人爲應該並且只能取法於天道。《老子》云：「人法地，地法天，天法道，道法自然。」就包含天道是人爲根本法則的道理。而儒家六經之首的《周易》曰：「天垂象，見吉凶，聖人象之。」（《繫辭上》）「象之」，就是模擬天道以成人文。《禮記・禮運篇》也說：「故聖人作則，必以天地爲本。」鄭玄注：「天地以至於五行，其制作所取象也。」《韓非子・揚權》曰：「若地若天，孰疏孰親。能象天地，是謂聖人。」《呂氏春秋・圜道》云：「天道圜，地道方，聖王法之，所以立上下。」總之，儒、道、法家等對「人爲」的觀念雖有很大或根本的不同，但肯定人爲取法天道一點完全一致，從而共同奠定中國人法天行事的傳統觀念。

同時，以《周易》爲代表的中國古代哲學認爲，天道有「象」有「數」，《易傳・繫辭上》：「參伍以變，錯綜其數，通其變，遂成天下之文；極其數，遂定天下之象。」這就是說，人爲取法天道，「擬諸其形容，象其物宜」（《易傳・繫辭上》），其具體操作是「錯綜其數」以成「文」，「極其數」以定「象」。可以說，中國文化的基本面貌就是這樣被確定下來的。世人可以很清楚地看到，從華夏民族的象形文字、「天子」以下的政治制度到世俗禮節儀式、音樂舞蹈，從明堂、辟雍、天壇、地壇等建築到輦車、古幣的造型，世間無處不是合天數、肖天象的制作，而作爲古代保存和傳播文化基本載體的書籍的編纂自然也不能例外。《易傳・繫辭上》曰：「《易》與天地準。」又曰：「與天地相似。」就是說《易》法天地以成文。而所謂「聖人設卦觀象」，「八卦成列，象在其中」，就是說《周易》八卦爲宇宙最簡的模型。這個例子也許太過費解，但是我們看《周禮》的六官（天、地、春、夏、秋、冬），就更容易知道古之作者法天地四時以爲全書結構的用心。他如先秦古史多以《春秋》命

〔註 2〕《春秋繁露・人副天數》：「人有三百六十節，偶天之數也；形體骨肉，偶地之厚也；上有耳目聰明，日月之象也；體有空竅理脈，川谷之象也。」又同書《陰陽義》云：「以類合之，天人一也。」這個思想也見於約同時成書的《淮南子》卷三《天文訓》。

名，也是取象於四時。《呂氏春秋》「事之倫類與孔子所修《春秋》相附近焉」（孔穎達疏），所以也名曰「春秋」。並且它的十二紀，以次以一年四季十二個月令爲題，以其天象、物候領起，爲編排之序，更顯得像是一部標準的「天書」；再如司馬遷《太史公自序》說明作《史記》三十「世家」的根據：「二十八宿環北辰，三十輻共一轂，運行無窮，輔拂股肱之臣配焉，忠信行道，以奉主上，作三十世家。」而據研究者認爲，《史記》十二本紀擬十二辰，十表擬天之十干，八書擬地之八方，也是按「天」之象數建構的。這種取法天數、天象以爲著作體式的傳統延伸至小說的構思布局並積澱爲一定的模式，乃是中國人思維和表達方式自然趨向。

首先，是法天之「數」。中國古代小說構思布局很注重「錯綜其數」和「極其數」，以成全書之「文」、定全書之「象」。這類表現可見於大大小小的許多方面。大略而言，中國古代小說在構造故事、布局全書上用數字最多，無論分卷、分回、記人、記事、記物、紀時、紀程，都往往有明確的數字。其數量之大，地位之突出，只要與西方古典小說稍加對比，就可以看得出來。例如《水滸傳》開篇「詩曰」以後「話說大宋仁宗天子在位，嘉祐三年三月三日五更三點，天子駕坐紫宸殿」云云，如此設時的敘述，在西方小說中是決難見到的；而「一百單八將」「十二金釵」「百花仙子」等成群結隊的人物設置，在西方小說家也難以想像。誇張一點說，中國古代小說在構思布局上有近乎「數字化存在」的特點。這一特點更爲突出地表現於以下幾個方面。

（一）結卷尚偶數，通俗小說尚「10n」之數。關於結卷尚偶，只需瀏覽《中國文言小說書目》（袁行霈、侯忠義編）和《中國通俗小說總目提要》（江蘇省明清小說研究中心編）二書的著錄即可知道：在古代所有幾千種小說書中，除不分卷或只有一卷（實際也是不分卷）者外，很少以奇數結卷的。如果說文言小說中還有些分爲三卷、五卷的書例，則在通俗小說中就極少見到了。這就是說，中國古代小說大致遵循了以偶數結卷的原則，無論分卷分回（則），其組織結構都以偶數也就是 2n 之數爲尚。這不限於小說，從清代的金和跋《儒林外史》稱「先生著書皆奇數，是書原本僅五十五回」云云逆想可知，古人著述有約定俗成以偶數結卷的傳統，小說結卷尚偶數只是這一大傳統的表現。其根源應在於古人對數字「二」的認識。《易傳・繫辭上》：「一陰一陽之爲道。」即二偶爲道；宋儒蔡元定曰：「數始於一奇，象成於二偶。」（《宋史・蔡元定傳》）即二偶成象。古稱命運多舛爲「數奇」，今俗云「好事成雙」，反映的都是中國人尚偶數的傳統。所以古人著書以偶數結卷之習，就根源於數字「二」有「爲道」和成「象」的象徵意義，形成於以「成雙」爲好的民族心理，從而一部書只有以偶數結卷才算結構圓滿。

但是，作爲結構圓滿的標誌，各個偶數象徵的意義是不一樣的。所以，在幾乎是千篇一律以偶數結卷的古代通俗小說中，我們可以看到以若干個十回即「10n」爲度的情況較爲普遍；而在代表了中國古代小說最高成就的長篇名著中，以百回結卷者佔了一個頗大的數量。出現這一現象的原因，除卻作品內容客觀需要的大致長度之外，還應當是由於古人傳統上對數字「十」的特殊認識。《易・屯》：「十年乃字。」孔穎達注曰：「十者，數之極。」又，《說文》曰：「十，數之具也。一爲東西，丨爲南北，則四方中央備矣。」又，《史記・律例書》：「數始於一，終於十。」因此，在中國古人的觀念中，「十」有全備終極之義，成語「十全十美」生動地反映了華夏民族以「十」爲圓滿的心理共識，其偏至乃形成日常生活中的非「十」不爲滿足的「十景病」。而從《戰國策》述蘇秦說秦「書十上而說不成」、陶潛《閒情賦》的「十願」到《水滸傳》寫王婆的「十分挨光計」，我們也可以看到古人屬辭述事以「十」爲法的一線傳統。同時，正是在《水滸傳》的說話中，有「林（沖）十回」「宋（江）十回」「武（松）十回」等以「十回」爲小說敘事單元的現象。所以，古代通俗小說的「10n」結卷度數，特別是以《水滸傳》打頭，《金瓶梅》《西遊記》《封神演義》《三寶太監西洋記》《隋唐演義》《女仙外史》《醒世姻緣傳》等等「百回」結卷模式的文化心理依據，應是「十」之倍數，特別是「百」作爲「十」的十倍之數，比其他任何偶數更具有象徵圓滿的意義，它們是建立在傳統取法天數、以「十」爲全、以「十」爲美的文化心理之上的。

（二）「三復情節」和「三極建構」。中國古代小說以「數」定「象」，更多地用到數字「三」。關於古代尚「三」觀念的產生和「三復情節」，筆者已撰文有所說明〔註3〕，茲不復述。但是，「三復情節」體現的是時序上尚「三」的觀念，而古人在空間關係上也同樣有尚「三」的傳統，並影響於小說的構思與布局，還需要有補充的說明。

空間關係上尚「三」意識的形成，除源於《易》學「三才（天、地、人）」

〔註3〕《古代數字「三」的觀念與小說的」三復情節」》，《文學遺產》1997年第1期。《中國古代小說「三復情節」的流變及其美學意義》，《齊魯學刊》1997年第5期。今皆已收入本卷。

思想，大約還受了上古科學知識萌芽的影響。古代天文學以日、月、星爲「三光」，《說文》釋「示」字爲「天垂象」，以「二」下的部分爲「日、月、星」之象徵，這個認識可以加強空間位置上「三」的意義。而相傳大禹鑄鼎，三足兩耳——鼎用三足，所謂「三足鼎立」的三角形穩定性的事實，同樣可以加強空間關係上尚「三」的意識，並滲透作用於社會生活。

古人空間關係上尚「三」的觀念應用於人事，大約最先表現於戰爭。早在商周時期軍隊的編制，一輛戰車上甲士三人按右、中、左成「品」字形布列；全軍也按右、中、左三分制，以便於用兵布成「品」字形（古人稱「三才陣」，今人稱「前三角」）或倒「品」字形（古人稱「魚麗陣」，今人稱「後三角」）陣勢〔註4〕。在政治制度上，周朝和漢、唐天子以下最高長官爲三公，南北朝以後又形成三省制。所以設三公、三省，應當是由於三者並且只有三者並立的設置才最便於折中決事和相互制衡。其運作原理，在現代軍事、政治中也還可以看到它的應用〔註5〕，但早在《淮南子‧說林訓》和《史記‧越王句踐世家》中都曾出現的兔死狗烹的比喻中，已經可以見到這一認識的萌芽，而《史記‧淮陰侯列傳》載武涉說韓信一段話，講得更爲明白：

> 「足下所以得須臾至今者，以項王存也。當今二王之事，權在足下。足下右投則漢王勝，左投則項王勝。項王今日亡，則次取足下。足下與項王有故，何不反漢與楚連和，參分天下王之？今釋此時，而自必於漢以擊楚，且爲智者固若此乎？」

蒯通也對韓信表示過大致相同的看法：

> 「當今兩主之命縣於足下，足下爲漢則漢勝，與楚則楚勝。……誠能聽臣之計，莫若兩利而俱存之，參分天下，鼎足而居，其勢莫敢先動。」

而韓信不聽。後遭雲夢之禍，韓信始悔不當初，曰：「果若人言『狡兔死，良狗烹；高鳥盡，良弓藏；敵國破，謀臣亡』。天下已定，我固當烹。」這些議論和韓信最後被害於長樂鍾室的結局，從正、反兩面體現了人事運作通於幾何學上「三點成面」（即經過不在一條直線上的任意三點，可以作一個平面，並且只能作一個平面）和三角形（不在同一直線上的三點間的線段圍成的封

〔註4〕吳如嵩《孫子兵法新論》，解放軍出版社 1989 年版，第 82～83 頁。

〔註5〕參見拙文《毛澤東與〈三國演義〉》，《海南大學學報》1991 年第 4 期。收入本集第二卷。

閉圖形）穩定性的原理。它傳達了中國先民早就意識到「勢不兩立」「三足鼎立」等人事制衡通於天道的歷史信息。這一認識要在古代小說的構思中體現出來，是順理成章的。

「鼎足而居」的三者從幾何學的觀念看是三角形的三個頂點。因此，筆者把這種與空間關係上尚「三」觀念密切相關的「三足鼎立」式的小說結構現象稱之爲「三極建構」。

「三極建構」由三方「鼎立」而成，三方互動又互爲制衡。其狀態有三種樣式：一是三方循環相生，如《三國演義》中劉、關、張三者的關係，他們結義的誓言「不求同年同月同日生，只願同年同月同日死」，是三者循環相生（實際是共生）的說明；二是三方循環相剋，如《三國演義》「入西川二士爭功」，寫鄧艾反司馬氏，司馬昭令鍾會收鄧艾，又以鍾會「後必反」，自己統兵於後收鍾會，成循環制勝態勢；三是兩方相剋或相生，第三方居參與地位。兩方相剋，第三方居參與地位的，如《三國演義》寫魏、蜀、吳之爭；兩方相生，第三方居參與地位的，則如才子佳人小說中的才子、佳人、（其間撥亂的）小人，等等。

第三種情況的「三極建構」在古代小說中最有意義。我們先來看《三國演義》的例子。此書寫三國之事，蜀、魏作爲對立的兩極構成全書敘事主線，吳國作爲主構之外的第三極，成爲蜀、魏之爭的牽制因素。這種互動又互相制衡的三角態勢在《三國演義》藝術結構上的優越性是明顯的，章培恒等《中國文學史》說它：「由三方鼎立而彼此間組合分化、勾心鬥角所形成的關係，較之雙方對峙（如南北朝）或多方混戰（如戰國），有一種恰到好處的複雜性，能夠充分而又清楚地顯現政治作爲利益鬥爭的手段的實際情狀。」〔註 6〕但是，羅貫中首先意識到的並不是這種結構上的好處，而是這一「鼎立」態勢順應了「天人合一」，《定三分隆中決策》有如下描寫：

> （諸葛亮）言罷，命童子取出畫一軸，掛於中堂，指謂玄德曰：「此西川五十四州之圖也。將軍欲成霸業，北讓曹操占天時，南讓孫權佔地利，將軍可占人和。先取荊州爲家，後即取西川，以成鼎足之勢，然後可圖中原也。」

這可以看作「鼎足之勢」即「三極建構」上升到的「天人之際」的說明，實

〔註 6〕章培恒、駱玉明《中國文學史》（下卷），復旦大學出版社 1996 年版，第 178 頁。

際就是把「三國演義」的故事構架定位在天時、地利、人和三者的對立和依存。聯繫《三國志通俗演義》卷七《劉玄德三顧茅廬》寫崔州平論世道治亂相仍、「如陰陽消長，寒暑往來之理」一段話，認爲羅貫中自覺地把「天人合一」作爲《三國演義》布局的指導思想，應當是合乎實際的。《水滸傳》寫宋江等只反貪官不反皇帝的總體構思——梁山好漢、貪官、皇帝的鼎峙關係也暗合了「三極建構」的原理，就不細說了。

我們再來看才子佳人小說的例子。這類小說布局的一般情況是：在作爲故事主構的兩極相生的才子與佳人之外，總有一個作爲情節中介的第三者，即曹雪芹於《紅樓夢》第一回所說「假擬出男女二人名姓，又必旁出一小人其間撥亂」。值得注意的是，曹雪芹雖然對才子佳人小說的造作頗致不滿，但他的《紅樓夢》其實還是暗用了才子佳人小說中已成腐朽的「三極建構」，只是絕無聲張而又能化爲神奇罷了。這自然是指書中寶、釵、黛三者的關係。讀者每有把《紅樓夢》看作寫寶、釵、黛「三角戀愛」，寶釵爲「第三者」搶「寶二奶奶」寶座的，固然失之淺薄。但是，寶玉、黛玉爲理想情侶，寶釵（有意無意）插足其間；或者說釵、黛雙峰對峙而又一體互補，寶玉居間相生（見了姐姐就忘了妹妹），三人糾葛爲《紅樓夢》一部大書中心，卻是不爭的事實。《紅樓夢》藝術的成功，很大程度上就是在賈府大家族的背景上寫好了這三個人物，寫好了他們之間的關係。第八回下《探寶釵黛玉半含酸》寫寶玉正在寶釵處嬉玩：

> 忽聽外面人說：「林姑娘來了。」話猶未了，林黛玉已搖搖的走了進來，一見了寶玉，便笑道：「噯喲，我來的不巧了！」寶玉等忙起身笑讓座，寶釵因笑道：「這話怎麼說？」黛玉笑道：「早知道他來，我就不來了。」寶釵道：「我更不解這意。」黛玉笑道：「要來一群都來，要不來一個也不來；今兒他來了，明兒我再來，如此間錯開了來著，豈不天天有人來了？也不至於太冷落，也不至於太熱鬧了。姐姐如何反不解這意思？」

這一段描寫，特別黛玉所說「間錯開了來著」一語，可以使我們感到曹雪芹很懂得用「三極建構」敷衍故事的奧妙。

以上各例表明，「三極建構」的特點是兩極主構和第三方作爲情節中介的動態的組合。一般說來，這種組合必須並且只能有一個第三者。沒有這個第三者，或者多至第四者、第五者，都不能使情節有「恰到好處的複雜性」。但是，第三者必須有一，不能有二，不等於說它只能是一個參與對象。作爲中介的第三者可以有兩個、三個甚至更多。問題只在於，作家在確定了作爲主構的兩極之後，把任何其他的人物或方面都作爲兩極的中介、也就是「第三極」對待，使之始終處於「三」即「參（與）」的地位，就不會有布局散亂的毛病。因此，在得以正確把握和靈活運用的情況下，「三極建構」對於小說的創作有普遍意義。它的實質是一點爲中心，兩極爲主線，第三極爲參照。參照乃所以反作用於兩極。有參照，兩極之主構之關係以至三極之成面才有變化。其在原理上是一分爲二，操作上是一分爲三。「道生一，一生二，二生三，三生萬物」，「三極建構」邏輯上就是這種動態的開放性的組合。它是「天人合一」在小說構思上的投影，一切好的小說故事或簡或繁，都是或者可以約簡爲是這樣的組合。因此，作爲小說情節結構藝術的基本形式，三極建構是有普遍和永久的意義。

中國古代小說運用「三極建構」的情況各異，有的只在局部，有的貫串全書。熟悉這些小說的讀者不難知道，上舉各書「三極建構」的組合中，在不降低作品藝術水準的前提下，任何一方都是不可或缺的。同時任何一方的藝術生命，都以另外兩方的存在爲前提，三方既成「鼎足」之勢，又在情節的發展中不斷調整相互的關係，把情節推向高潮。其運作原理應當就是上述三點成面和三角形穩定性的公理。這些公理在小說藝術上的應用，不嫌生硬地作一類比說明的話，「可以作一個平面」，在文學的意義上就是說「有戲」，或說易於情節的展開。俗云「三個女人一臺戲」，就包含這個道理，而「二人轉」只是曲藝；「只能作一個平面」，在文學的意義上就是說故事集中於三極的矛盾和鬥爭，一切超出於三極建構的內容都是多餘的；「穩定性」，在文學的意義上就是說只要三極共存，情節就持續發展或處在高潮。而三極的形狀、大小和相互間位置關係時時變化，從而形成各種不可預擬之局面。「三極建構」的這三個特點使小說情節有了「恰到好處的複雜性」，如果有一方退出（失敗或毀滅），「面」就萎縮爲「線」，故事的高潮就將過去，從而只能很快結束全書。例如《三國演義》寫諸葛亮（蜀國的支柱和象徵）死後，《紅樓夢》中黛玉死後，才子佳人小說中「小人」被揭露後……，等等。

其次，是法天之「象」，最突出的是中國古代小說結構的團圓結局和圓形框架。

關於團圓結局，近人多有論列褒貶，不必細說。總而言之，中國古代小說結局幾乎沒有悲劇，各種末回回目就表明「團圓」的小說書不說，即使從故事發展看硬是不能團圓的情況，作者們也往往要使之「團圓」，眾多《紅樓夢》的續書是突出的例證。還有《三國》《水滸》《儒林外史》（五十六回本）等書，依其主要故事而言固然是悲劇，但作者總要使正面的人物死後成神或受到封贈，以減少其悲劇的色彩，也可以看出作者企盼團圓的意向。

所謂圓形框架，是指中國古代小說敘事重照應，刻意追求一種往復迴環的效果，從而大量作品形成後先呼應、首尾關合的結構樣式。如《三國演義》是「合久必分」，「分久必合」，即毛評所謂「敘三國不自三國始……始之以漢帝。敘三國不自三國終……終之以晉國」。《水滸傳》始於「洪太尉誤走妖魔」，放了「三十六員天罡星，七二座地煞星，共是一百單八個魔君」下世，中經第七十一回「石碣天星」的排座次，結於宋江等百零八人死後賜廟成神，末段且有詩曰：「天罡盡已歸天界，地煞還應入地中。千古為神皆廟食，萬年青史播英雄。」《西遊記》結末數列八十一難。《封神演義》結末有封神榜。《女仙外史》結末有「忠臣榜」「烈女榜」。《儒林外史》（五十六回本）起於「百十個小星」降世「維持文運」，結於「幽榜」。《紅樓夢》起於青埂峰，結於「青埂峰證了前緣」（見於傳抄的靖本第六十七回、七十九回批語），並且前有薄命司名冊，後有「情榜」（據脂評）。《鏡花緣》前有百花仙子謫世，第四十八回有「花榜」，結於武則天有旨「來歲仍開女試，並命前科眾才女重赴紅文宴」。《品花寶鑒》起於《曲臺花選》的八詠，結於「品花鑒」和「群仙領袖」榜。還有，《金瓶梅》（說散本）起於玉皇廟「西門慶熱結十兄弟」，終於永福寺「普靜師幻度孝哥兒」，據張竹坡說是「一部大起結」（第四十九回回評），又說「玉皇廟發源，言人之善惡皆從心出；永福寺收煞，言生我之門死我之戶也」（第一百回回評）；《醒世姻緣傳》的前世因與後世果的對應更是絲毫不爽，等等，故事的結局都可以說回到了它的起點，從大的方面說絕無未了之憾，其結構樣式無疑地很像一個「圓」。

顯然，世代作家對團圓結局和圓形框架的偏愛和執著不是偶然的，它體現的是華夏民族對世界存在和發展過程為「圓」即「圓滿」的理解與企盼。這種民族文化心理的淵源不止一端，但在筆者看來，應主要是由於古代的天道觀——「天道圓」——的影響。

古代生產力低下，人類對自然的認識每停留在感性階段，故認為天是圓的，地是方的，《敕勒歌》所謂「天似穹廬，籠蓋四野」；並且因為寒往暑來、日出月落、晝出夜伏、秋收冬藏等有規律的自然與人事活動，逐漸形成天道循環的觀念。《易・說卦》云：「乾爲天，爲圜。」《呂氏春秋》曰「天道圜」，稱天道爲「圜道」。「圜」同「圓」，通「環」。「天道圜」即「天道圓」；「圜道」即「圓道」。並且這「圜道」是「圜通周復」「輪轉而無廢」的循環。即《易・泰・九三》所謂「無往不復」，《老子》所說「（道）周行而不殆」，「大曰逝，逝曰遠，遠曰反」，《鶡冠子》所謂「環流」，《文子》所謂「輪轉」，等等。至周敦頤《太極圖》，則徑以圓圈中空爲「無極而太極之象」。這些從而造成中國人以世界萬物發展軌跡爲圓爲循環的觀念，宋儒朱熹就直接說：「今日一陰一陽，則是所以循環者乃道。」（《朱子語類》卷七十四）所以，以循環爲特徵的「圓」乃成爲中國人思維與表達的心理根據和模擬對象。《易傳・繫辭上》曰：「蓍之德，圓而神。」張英《聰訓齋語》卷上曾明確指出中國人以「圓」爲法則的傳統：「天體至圓，萬物做到極精妙者，無有不圓。聖人之至德，古今之至文、法帖，以至一藝一術，必極圓而後登峰造極。」這應該就是中國古代小說團圓結局和圓形框架的文化淵源。雖然中國古代小說的團圓結局和圓形框架往往要借助釋道「轉世」「謫世」之說，但從根本上看，釋道「轉世」「謫世」之說能爲中國人所接受，部分地也是由於它至少在形式上近乎「天道圓」，從而仍然顯示著古代小說家以「天道圓」的觀念把握生活，自覺追求「團圓結局」與「圓形框架」的努力。

所謂「天人感應」，就是說天定人事，人從天命。這個說法雖然也晚至漢儒董仲舒才明確提出，但它的思想內核也早在先秦就存在了。《易傳・繫辭上》「天垂象，見吉凶，聖人象之」的話，實際就包含了天人感應的思想。不過，只有到了西漢董仲舒把它提出來加以論證，並得到統治者的提倡以後，這個思想才眞正通行社會和深入人心，形成論事爲文總要揣測天意、以天命對應人事的思維模式。明代陳獻章有《天人之際》詩云：「天人一理通，感應良可畏。千載隕石書，《春秋》所以示。客星犯帝座，他夜因何事？誰謂匹夫微，而能動天地。」這顯然是荒誕迷信的東西，但在古代科學不發達的情況下，卻是最容易爲人接受因而能廣爲流行的觀念，也就很容易成爲小說情節構思的基礎。而那個時代社會上每天都在大量生產這樣的故事傳說，也爲小說家採爲書中的點綴提供了方便，有時甚至成爲小說總體構思的基礎。

例如《三國演義》是一部歷史小說，儘管爲了「擁劉反曹」故事有不少虛飾，但是全書基本情節發展仍根據於史實。這就產生一個矛盾：「擁劉」，「劉」

未能興漢一統天下；「反曹」，「曹」卻一直居「挾天子以令諸侯」的地位並最終代漢自立。對此，作者一委之於「天命」即「炎漢氣數已盡」。全書開篇寫漢末失政，靈帝建寧年間上蒼降下種種災異，如青蛇墮殿、雌雞化雄、黑氣衝宮……。董仲舒說：「國家之失乃始萌芽，而天出災害以譴告之；譴告之而不知變，乃見怪異而驚駭之；驚駭之而尚不知畏恐，其殃咎乃至。」（《春秋繁露·必仁且知》）顯然，這些災異是上天的「譴告」和「驚駭」，這就使全書籠罩在濃重的「天命論」即「天人感應」的氣氛裏。接下來黃巾起義、董卓肆虐、曹操擅權，就是「殃咎乃至」了。至「劉玄德三顧草廬」，又重提漢朝的「數」與「命」：

> （崔）州平笑曰：「公以定亂爲主，雖是仁心，但自古以來，治亂無常。……自高祖斬白蛇起義，誅無道秦，是由亂入治也；至哀、平之世二百年，太平日久，王莽篡逆，又由治而亂；光武中興，重整基業，復由亂入治；至今二百年，民安已久，故干戈又復四起：此正由治入亂之時，未可猝定也。將軍欲使孔明斡旋天地，補綴乾坤，恐不易爲，徒費心力耳。豈不聞『順天者逸，逆天者勞』、『數之所在，理不得而奪之；命之所在，人不得而強之』乎？」玄德曰：「先生所言，誠爲高見。但備爲漢室之冑，合當匡扶漢室，何敢委之數與命？」

這就可以看出作者置劉備、諸葛亮的努力於與「天命」對立地步的設計。第九十七回《後出師表》諸葛亮曰：「凡事如此，難可逆見。臣鞠躬盡瘁，死而後已；至於成敗利鈍，非臣之明所能逆睹也。」毛評曰：「雖云非所逆睹，已預知有五丈原之事。」這就是說，諸葛亮乃「知其不可而爲之」。至第一百十六回諸葛亮顯靈於鍾會就直接說「漢祚已衰，天命難違」了。書末《古風》一篇，歷數漢興至三國歸晉歷史，結末總評也有句云：「紛紛世事無窮盡，天數茫茫不可逃。」所以《三國演義》具體描寫的主線雖然是「擁劉反曹」，但根本上是「究天人之際」，終極要說明的是「天命」「天數」與「人事」、人心的關係。其總體構思即諸葛亮在上方谷火燒司馬懿不成之後所感歎的：「『謀事在人，成事在天』，不可強也。」所以書中一面濃墨重彩寫「謀事在人」，寫出三國人物奮發有爲的歷史主動性；一面寫「成事在天」，隨時不忘點出「天命」「天數」對世事和人物命運的主宰：凡一人有慶、一事當成、一國當興，往往有祥瑞；凡一國將帥國君之死、一事之當敗、一國之將亡，往往有凶兆。

一部書中「天垂象，見吉凶」之描寫絡繹不絕，俯拾皆是。孤立來看，每處描寫似乎只是隨意點染的怪誕迷信色彩；聯繫起來看，實在是作者有意把「天命」作全書的主宰，以「天人感應」爲全書「圓形框架」內在聯繫的表現。

又如，《水滸傳》中不僅「洪太尉誤走妖魔」是「天數」〔註 7〕，而且第七十一回《忠義堂石碣受天文，梁山泊英雄排座次》，用「石碣天星」坐實百零八人都是天上星宿下世，從而都有一個「神」和「人」的雙重身份，形成「天人感應」的格局；另外，全書寫宋江等人的命運還有一個九天玄女時時指導和護祐，第四十二回和第八十八回有具體描寫。在這兩回書中，九天玄女指示宋江過去未來之事，說是「玉帝因爲星主（指宋江）魔心未斷，道行未完，暫罰下方，不久重登紫府」，這就大幅度地整合了首尾和中間現實部分的描寫，實現了全書的「圓形框架」。九天玄女則是這個框架中代表天命而居高臨下的人物。從構思的角度，這個人物所起的作用有似於《紅樓夢》中的警幻仙子，是不可忽視的。

再如，《封神演義》起於紂王進香，題詩褻瀆神靈，女媧以「殷受無道之君，不想修身立德以保天下，今反不畏上天，吟詩褻我，甚是可惡！我想成湯伐桀而王天下，享國六百餘年，氣數已盡；若不與他個報應，不見我靈感。」於是降下三妖，曰：「成湯望氣黯然，當失天下；鳳鳴岐山，西周已生聖王。天意已定，氣數使然。你三妖可隱其妖形，託身宮院，惑亂君心；俟武王伐紂，以助成功，不可殘害眾生。事成之後，使你等亦成正果。」作者引古語云：「國之將興，必有禎祥；國之將亡，必有妖孽。」很明顯，這也是以「天人感應」爲基礎設定全書「圓形框架」。

還有《紅樓夢》的絳珠仙子「還淚」的故事，《儒林外史》「百十個小星」的降世等等，古代長篇說部很少不是以這類天人感應的象徵性故事框定全書的，而書中大多今天視爲荒誕迷信的情節和細節也在結構上有上下交通的意義。我們從這裡可以看到「天人感應」如何結合於「天人同構」的「圜道」觀建構並整合全書敘事，形成各具特色的圓形結構，那簡直可以稱之爲「圓體網絡系統」。總之，我們可以認爲「天人感應」與「天人同構」一樣並且一起，在很大程度上支配了中國古代小說結構藝術的發展。

「天人合一」思想對古代小說結構藝術的影響是全方位多層面的，讀者可以在任何一部用心經營的小說結構中看到它的影痕，並且遠不止於上述若

〔註 7〕書中寫「伏魔殿」中內立一石碑，背書「遇洪而開」，作者云：「豈不是天數？」

干模式。但是，這些模式無疑是此種影響的最突出的方面。它們成爲千古小說作家——讀者約定俗成反映生活的圖式，體現的是中國古人對世界「天人合一」狀態的認知與感悟。指出這些結構模式的淵源，從哲學方面說，可以看到「天人合一」思想影響中國人生活無所不在的深刻性；在文學的意義上，可以成爲進一步研究的基礎。因爲很明顯，這些模式的形成和世代沿用，不單純有形式的意義。形式總包含一定的內容，某種程度上事物的結構特別是它總體結構體現事物的性質。因此，上述各種模式的應用實在又是對作品內容和思想傾向的規範與制約。由此追尋，我們可以對有關古代小說作品的思想內容作新的分析和考量，加深對哲學家與文學、傳統文化與古代小說關係的認識。

（原載《齊魯學刊》1999 年第 1 期）

「三而一成」與中國敘事藝術述論

引　言

這裡所說的「三而一成」，本漢董仲舒《春秋繁露・官制象天》云：「三而一成，天之大經也。」但用指中國人觀念中處事的過程或成物的要素，只要是達至三次或三個的組合，就可以成功了。換言之，就是一事之完結，一物之構造，其過程與要素的度數，只要達到「三」，就可以了。以過程論，就是俗語說的「事不過三」，以及「一波三折」；以要素論，就是「三個女人一臺戲」，或「三個臭皮匠，頂個諸葛亮」之類是也。總之，中國人看事「一分爲二」，處事「一分爲三」，即以三次或三個爲處事成物不可逾越的恰到好處的度數。過或不及，都可能是「沒數」的表現，爲智者所不取。

敘事藝術是指包括史傳、小說、戲曲乃至部分詩文等以敘事爲主要內容的各類文本的形式特徵。本文探討「三而一成」文化傳統與敘事藝術二者之間的關係，主要研究前者對後者的影響，重在揭示中國敘事藝術中「三而一成」的規律性特點。這些特點包括「三復情節」「三變節律」「三極建構」「三事話語」「一事三結」等。

這裡先要聲明的是，筆者近 10 餘年來曾陸續就「三而一成」的這一或那一特點在古今小說中的表現做過若干個案的論述，但包括本人在內，至今學者不曾有過擴大到全部敘事藝術的領域做過研究。從而本文的論述雖然難免涉及舊作使用過的某些材料和發表過的個別觀點，但在全部敘事藝術的範圍內，這些材料的運用與觀點的表達，不僅會有所不同於以往，更是具有了在全部敘事藝術的範圍內證明「三而一成」的新的更高層次的廣泛的意義，所以敢請讀者諒解和批評。至於爲了最終能夠說明「三而一成」在中國敘事藝術中的上述具體特點，這裡先要對「三而一成」的淵源略作追溯。

「三而一成」關鍵是「三」。「三」是數字之一，卻包含古代哲學即數理的意義。所以，「三而一成」是中國古代一個很重要的數理觀念。它根源於中國古人對「數」、更具體是數字「三」的理解。因此，我們講「三而一成」，要從國人對數的認識講起。

我國古人對「數」的認識起源甚早，從有文獻記載的歷史看，至晚結繩記事的時代就開始了。繁體的「數」作「數」，左邊「女」以上部分，據說就是結繩的象形。但中國古人對數的認識並非孤立產生，而是伴隨對「象」即形象的認識一起發生的。所以，《左傳・僖公十五年》云：

> 韓簡曰：「龜，象也；筮，數也。物生而後有象，象而後有滋，滋而後有數。」

從這一論斷並結合於後儒的論述可知，在中國古人看來，世界萬物莫不有「象」，也莫不有「數」，是「象」與「數」一體的組合；物生而有象，象生而有數。數是世界內在的本質或規律，象是這本質與規律的外顯或體現。數因象顯，象由數定。

「數」與「象」的這種關係有似於「道」與「器」，但作爲與「象」相對的「數」，其本質與「道」相通而不相同。這個不同處乃「道」是不可言說的，而「數」既有不可言說無可確指的一面，又可以有具體數字相對應，是數字化、符號化的「道」。換言之，「數」是中國傳統哲學之「道」的符號化——數字化表達。這種表達可以把「道」符號化爲一個個具有獨立哲學意義的數字，成爲認識與把握世界萬物的量度。這些「數」主要就是儒家六經之首的《周易・繫辭上》所說：

> 天一，地二；天三，地四；天五，地六；天七，地八；天九，地十。天數五，地數五。五位相得而各有合，天數二十有五，地數三十，凡天地之數五十有五，此所以成變化而行鬼神也。

「此所以成變化而行鬼神」，是說世界存在變化的根本動力就是這「五十有五」個「天地之數」，掌握運用這些「天地之數」，就可以參贊天地，通於鬼神。

對「數」的這種作用，先秦諸子多有認識與發明。如《老子》云：

> 道生一，一生二，二生三，三生萬物。

這是說萬物根源於道，但其直接的發生，卻是由於「數」的增長變化。又《莊子·天道》曰：

> 桓公讀書於堂上。輪扁斫輪於堂下，釋椎鑿而上，問桓公曰：「敢問，公之所讀者何言邪？」公曰：「聖人之言也。」曰：「聖人在乎？」公曰：「已死矣。」曰：「然則君之所讀者，古人之糟魄已夫！」桓公曰：「寡人讀書，輪人安得議乎！有說則可，無說則死。」輪扁曰：「臣也以臣之事觀之。斫輪，徐則甘而不固，疾則苦而不入。不徐不疾，得之於手而應於心，口不能言，有數存焉於其間。臣不能以喻臣之子，臣之子亦不能受之於臣，是以行年七十而老斫輪。古之人與其不可傳也死矣，然則君之所讀者，古人之糟魄已夫！」

輪扁所謂「有數存焉於其間」的「數」，就是「斫輪」之「道」，也就是「斫輪」的奧妙之理。這種道理的獲得來自實踐中的領悟，所謂熟能生巧，得之於心，應之於手，無可言傳，卻是客觀存在並起著決定作用的。又《孟子·公孫丑下》云：

> 孟子去齊，充虞路問曰：「夫子若有不豫色然。前日虞聞諸夫子曰：『君子不怨天，不尤人。』」曰：「彼一時，此一時也。五百年必有王者興，其間必有名世者。由周而來，七百有餘歲矣。以其數，則過矣；以其時考之，則可矣。夫天未欲平治天下也，如欲平治天下，當今之世，捨我其誰也？吾何爲不豫哉？」

這裡孟子「捨我其誰也」的自信，就來源於他所說並且堅信「以其數」的「數」。在他看來，歷史的發展是有「數」的，其「數」之一就是「五百年必有王者興」。按照「五百年」之數，「由周而來，七百有餘歲矣」，卻沒有出現「王者」，「以其數，則過矣」，但那只是過去的二百餘年中，「天未欲平治天下」的耽擱，現在卻是時候了。天「如欲平治天下」，那就只有起用他了，就是說「天命在我」。又，《管子·制分》曰：「富國有事，強國有數。」這個「數」就是「道」。

先秦諸子言「數」以論「道」，應當是由於如《孟子》所說「夫道，若大路然」，「道」的本義即大路，路程可以「數」計，「道」不「可道」而以「數」稱，稱「數」而「道可道」。故《說苑》卷六《復恩》載孔子曰：「物之難矣，大小多少，各有怨惡，數之理也。」

總之，先秦以諸子爲代表的中國古代傳統思想文化中，「數」是「道」的符號。作爲數字化符號的「道」，可統稱爲「數」，也可以具象化爲「一」至「十」等數，並進而衍生出各種今天所稱的多數神秘數字。這樣的「數」在古代哲學中被視爲天地之樞鑰，萬物之機關。人類參贊天地，控馭萬物，必依其「道」，而具體的做法，則必由「數」入手。所以，《漢書·律曆志》曰：「自伏羲畫八卦，由數起。」而《周易》「開物成務，冒天下之道」就是依據「數」理，即《周易·繫辭上傳》所說：「參伍以變，錯綜其數。通其變，遂成天下之文；極其數，遂定天下之象。」又《說卦傳》所說：「參天兩地而倚數，觀變於陰陽而立卦。」即馮友蘭認爲，《周易》哲學「可以稱爲宇宙代數學。」〔註 1〕

先秦「數」的觀念影響到生活中形成「舉措以數，取與遵理」（《呂氏春秋·論人》）的處事準則，即隨時隨處講求數理，乃至迷信荒唐到可笑的地步。如《說苑·正諫》載：「（秦始）皇帝曰：『走，往告之，若不見闕下積死人邪？』使者問茅焦，茅焦曰：『臣聞之天有二十八宿，今死者已有二十七人矣，臣所以來者，欲滿其數耳。臣非畏死人也。』」又《明史·選舉二》載，永樂二年詔命解縉就翰林院選取才姿英敏者二十八人就學文淵閣，「以應二十八宿之數」。由此可知中國古代有史數千年中，「數」不僅是用於計算，而且是中國人文的尺度〔註 2〕。

在諸「天地之數」中，「三」作爲「天數」之一，具有極大特殊性。這一方面可從儒家稱爲「六經之首」的《周易》以「天、地、人」爲「三才」，八卦乾元爲三畫等看得出來，另一方面也可以從上引《老子》「三生萬物」見得「三」是萬物化生的臨界點。數至於「三」，「萬物」即世界得以可見可感的各種各樣的「象」，就被造就出來了。雖然「三」以後數的衍生運動還在持續支配「萬物」的變化，但由「天地之數」到「萬物」之「象」的呈現，「三」是唯一的關鍵。所以，《後漢書·袁紹傳》李賢注稱「三」爲「數之小終」。「小終」即小成，亦即初具形態，爲大成之基本。從而「三」之作爲「數之小終」，乃成爲中國先民認識與把握世界所用最基本的度數。漢儒董仲舒《春秋繁露·官制象天》云：

> 三公者，王者所以自持也。天以三成之，王以三自持。立成數

〔註 1〕轉引自唐明邦主編《周易評注·緒論》，中華書局 1995 年版，第 16 頁。

〔註 2〕參見杜貴晨《中國古代的重數傳統與數理美——兼及中國古代文學的數理批評》，《中國社會科學》2002 年第 4 期。已收入本卷。

> 以爲植，而四重之。

又曰：

> 何謂天之大經？三起而成日，三日而成規，三旬而成月，三月而成時，三時而成功。寒暑與和，三而成物；日月與顯，三而成光；天地與人，三而成德。自此觀之，三而一成，天之大經也。以此爲天制，是故禮三讓而成一節，官三人而成一選：三公一選，三卿一選，三大夫一選，三士一選。凡四選三臣，應天之制凡四時之三月也。是故其以三爲選，取諸天之經。

這裡所謂「三而一成，天之大經」，就是中國古代幾乎每事「三進位」的思想淵源。而孔子曰：「唯天爲大，唯堯則之。」後世則天行事，天下家國，無論鉅細，例都以「三」爲度。即以先秦人最重的卜筮而言，《易・蒙》曰：「初筮告，再三瀆，瀆則不告。」又，《穀梁傳》僖公三十一年：「四告，非禮也。」就是說卜筮只有第一次是靈驗的，第二次、第三次就成了對神靈的褻瀆，第四次簡直就是非禮的冒犯了。關於卜筮的這個思想在《禮記・曲禮上》簡括爲「卜筮不過三」，鄭玄注：「求吉不過三。」孔穎達疏：「卜筮不過三者，王肅云：『禮以三爲成也。』」「禮以三爲成」就是說「三」爲成禮之數，過或不及都屬不合於禮的行爲。而中國古代社會是一個禮教的社會，無往而不有禮與禮數，所以「筮不過三」「禮以三爲成」實行的結果就是「事不過三」。甚至「事不過三」很可能是由「筮」「事」之音近而訛，從「卜筮不過三」之「筮不過三」音訛而來。

總之，「三而一成」是周秦以來中國社會上下普遍奉行的習慣法則，它表現了中國人處事原則性與靈活性相統一的作風。其作爲「天之大經」的影響之大，甚至權臣和平奪權的篡位也須「三讓」而行，如《三國志・魏書・文帝紀》注引《獻帝傳》「載禪代眾事」；又如<宋人遺事>載北宋英宗因有憾於蔡襄，蔡乞守杭州，「英宗即允所請。韓魏公時爲相，因奏曰：『自來兩制請郡，須三兩章。今一請而允，禮數似太簡。』英宗曰：『使襄不再乞，則如之何？』卒與杭州。」〔註3〕可知宋代「禮以三爲成」也還在朝廷有所實行。而上行下效，遂衍爲民間「事不過三」的風俗和敘事藝術的節律或度數。其在敘事藝術中的表現大體可以概括爲五種類型，即「三復情節」，「三變節律」，

〔註 3〕丁傳靖輯《宋人軼事彙編》（中）引《東軒筆錄》，中華書局 1981 年版，第 402 頁。

「三極建構」,「三事話語」,「一事三結」。對此，筆者曾就作品個案的研究有分別或綜合的論述，今更在全部中國敘事藝術的範圍內作進一步的概括，並分別述論如下。

一、三復情節

「三復情節」是本人 1997 年作爲小說敘事藝術的概念提出來的〔註 4〕，至今 10 餘年，已經爲某些學者所接受應用，但這裡還是要作一點解釋。所謂「三復情節」，是指敘事性描寫中從形式上看來一事的過程是經過三次重複而後完成的情節。最著名的如章回小說中「劉玄德三顧茅廬」「宋公明三打祝家莊」「孫行者三調芭蕉扇」，等等。這種情節的特點是同一施動人向同一對象作三次重複的動作，取得預期效果；每一重複都是情節的層進，從而整個過程表現爲起→中→結或進展——受阻→進展——受阻→進展——完成的形態。在「三而一成」的範圍裏，這個概念的提出得之於《論語・先進》曰「南容三復白圭」的啓發，但已經是我所謂「文學數理批評」〔註 5〕的概念之一了，茲用以考察我國的敘事藝術。

首先，從史傳來看，先秦史籍頗多「三復情節」的敘事。如《左傳・隱公元年》記鄭武公的夫人姜氏，因莊公寤生而惡之，寵愛次子共叔段；莊公繼位後，段在母親的寵縱之下，越禮做大，一步一步發展到叛亂，敘事明顯作三個階段：

> 初，鄭武公娶於申，曰武姜。生莊公，及共叔段。莊公寤生，驚姜氏，故名曰寤生，遂惡之。愛共叔段，欲立之。亟請於武公，公弗許。
>
> 及莊公即位，爲之請製。公曰：「制，岩邑也，虢叔死焉。佗邑唯命。」請京，使居之，謂之京城大叔。祭仲曰：「都城過百雉。國之害也。先王之制，大都不過參國之一，中五之一，小九之一。今京不度，非制也，君將不堪。」公曰：「姜氏欲之。焉辟害。」對曰

〔註 4〕杜貴晨《古代數字「三」的觀念與小說的「三復」情節》,《文學遺產》1997 年第 1 期；又,《中國古代小說「三復情節」的流變及其美學意義》,《齊魯學刊》1997 年第 5 期。已收入本卷。

〔註 5〕杜貴晨《中國古代文學的重數傳統與數理美——兼及中國古代文學數理批評》,《中國社會科學》2002 年第 4 期。已收入本卷。

「：姜氏何厭之有？不如早爲之所，無使滋蔓。蔓，難圖也。蔓草猶不可除，况君之寵弟乎。」公曰：「多行不義，必自斃。子姑待之。」（一）

既而大叔命西鄙、北鄙貳於己。公子呂曰：「國不堪貳，君將若之何？欲與大叔，臣請事之。若弗與，則請除之，無生民心。」公曰：「無庸，將自及。」大叔又收貳以爲己邑，至於廩延。子封曰：「可矣！厚將得眾。」公曰：「不義不昵，厚將崩。」（二）

大叔完聚，繕甲兵，具卒乘，將襲鄭。夫人將啓之。公聞其期，曰：「可矣。」命子封帥車二百乘以伐京，京叛大叔段。段入於鄢，公伐諸鄢。五月辛丑，大叔出奔共。書曰：「鄭伯克段於鄢。」（三）

如上各節文字末標以序號的三段，依次寫共叔段欲謀不軌，步步逼進。但前兩段寫共叔的所爲，莊公都一再地容忍了，直至第三段中所寫共叔段發展到公然起兵造反，鄭莊公才一舉把他趕出鄢這個地方，正所謂「事不過三」，有關的敘事則「三而一成」，具體則是筆者所謂的「三復情節」。

又如《史記・留侯世家》載：

良嘗閒從容步遊下邳圯上。有一老父，衣褐，至良所，直墮其履圯下，顧謂良曰：「孺子，下取履！」良鄂然，欲毆之。爲其老，強忍，下取履。父曰：「履我！」良業爲取履，因長跪履之。父以足受，笑而去。良殊大驚，隨目之。父去里所，復還，曰：「孺子可教矣！後五日平明，與我會此。」良因怪之，跪曰：「諾。」

五日平明，良往。父已先在，怒曰：「與老人期，後，何也？」去，曰：「後五日早會。」（一）

五日雞鳴，良往。父又先在，復怒曰：「後，何也？」去，曰：「後五日復早來。」（二）

五日，良夜未半往。有頃，父亦來，喜曰：「當如是。」出一編書，曰：「讀此則爲王者師矣！後十年興。十三年，孺子見我濟北，穀城山下黃石即我矣。」遂去，無他言，不復見。旦日視其書，乃《太公兵法》也。（三）

良因異之，常習誦讀之。

如上各節文字中標以序號的三節，寫張良受黃石公之教，隔五日一往，凡三往，得黃石公授《太公兵書》，後爲「王者師」。此太史公「好奇」之筆，寫張良得《太公兵法》的過程，也是「三而一成」，乃典型的「三復情節」。

其次，小說中這一模式的應用更比比皆是。如《漢武故事》：

> 上嘗輦至郎署，見一老翁，鬚鬢皓白，衣服不整。上問曰：「公何時爲郎，何其老也？」對曰：「臣姓顏名駟，江都人也，以文帝時爲郎。」上問曰：「何其老而不遇也？」駟曰：「文帝好文而臣好武（一）；景帝好老而臣尚少（二）；陛下好少而臣已老（三）；是以三世不遇。故老於郎署。」上感其言，擢拜會稽都尉。

《幽明錄·新鬼》：

> 有新死鬼，形疲瘦頓，忽見生時友人，死及二十年，肥健，相問訊曰：「卿那爾？」曰：「吾飢餓，殆不自任。卿知諸方便，故當以法見教。」友鬼云：「此甚易耳，但爲人作怪，人必大怖，當與卿食。」
>
> 新鬼往入大墟東頭，有一家奉佛精進，屋西廂有磨，鬼就推此磨，如人推法。此家主語子弟曰：「佛憐吾家貧，令鬼推磨，乃輦麥與之。」至夕，磨數斛，疲頓乃去，遂罵友鬼：「卿那誑我？」又曰：「但復去，自當得也。」（一）
>
> 復從墟西頭入一家，家奉道。門傍有碓，此鬼便上碓，如人舂狀。此人言：「昨日鬼助某甲，今復來助吾，可輦穀與之。」又給婢簸篩。至夕，力疲甚，不與鬼食。鬼暮歸，大怒曰：「吾自與卿爲婚姻，非他比，如何見欺？二日助人，不得一甌飲食。」友鬼曰：「卿自不偶耳，此二家奉佛事道，情自難動。今去可覓百姓家作怪，則無不得。」（二）
>
> 鬼復出，得一家，門首有竹竿，從門入。見有一群女子，窗前共食。至庭中，有一白狗，便抱令空中行，其家見之大驚，言自來未有此怪。占云：「有客鬼索食，可殺狗，並甘果酒飯，於庭中祀之，可得無他。」其家如師言，鬼果大得食，自此後恒作怪，友鬼之教也。（三）

《續齊諧記·陽羨書生》：

> 東晉陽羨許彥於綏安山行，遇一書生，年十七八，臥路側，云：

腳痛，求寄彥鵝籠中。彥以爲戲言，書生便入籠，籠亦不更廣，書生亦不更小。宛然與雙鵝並坐，鵝亦不驚。彥負籠而去，都不覺重。

前息樹下，書生乃出籠。謂彥曰：「欲爲君薄設。」彥曰：「甚善。」乃於口中吐一銅盤奩子，奩子中具諸饌殽，海陸珍羞方丈，其器皿皆是銅物，氣味芳美，世所罕見。酒數行，乃謂彥曰：「向將一婦人自隨，今欲暫要之。」彥曰：「甚善。」又於口中吐出一女子，年可十五六，衣服綺麗，容貌絕倫，共坐宴。（一）

俄而書生醉臥。此女謂彥曰：「雖與書生結好，而實懷外心，向亦竊將一男子同來，書生既眠，暫喚之，願君勿言。」彥曰：「甚善。」女人於口中吐出一男子，年可二十三四，亦穎悟可愛，仍與彥敘寒溫。書生臥欲覺，女子吐一錦行幛，書生仍留女子共臥。（二）

男子謂彥曰：「此女子雖有情，心亦不盡，向復竊將女人同行，今欲暫見之，願君勿泄言。」彥曰：「善。」男子又於口中吐一女子，年二十許，共宴酌。（三）

戲調甚久，聞書生動聲，男曰：「二人眠已覺。」因取所吐女子，還內口中。須臾，書生處女子乃出，謂彥曰：「書生欲起。」更吞向男子，獨對彥坐。書生然後謂彥曰：「暫眠遂久，居獨坐，當悒悒耶。日已晚，便與君別。」還復吞此女子，諸銅器悉內口中。留大銅盤，可廣二尺餘，與彥別曰：「無此藉君，與君相憶也。」彥大元中，彥爲蘭臺令史，以盤餉侍中張散，散看其題，云是漢永平三年所作也。

唐牛僧儒《玄怪錄・杜子春》：

杜子春者，蓋周隋間人，少落拓，不事家產，……飢寒之色可掬，仰天長籲。有一老人策杖於前，問曰：「君子何歎？」春言其心，且憤其親戚之疏薄也，感激之氣，發於顏色。老人曰：「幾緡則豐用？」子春曰：「三五萬則可以活矣。」老人曰：「未也。」更言之：「十萬。」曰：「未也。」乃言「百萬」。亦曰：「未也。」曰：「三百萬。」乃曰：「可矣。」於是袖出一緡曰：「給子今夕，明日午時，候子於西市波斯邸，慎無後期。」及時子春往，老人果與錢三百萬，不告姓名而去。（一）

子春既富，蕩心復熾，自以爲終身不復羈旅也。乘肥衣輕，會酒徒，徵絲管，歌舞於倡樓，不復以治生爲意。一二年間，稍稍而盡，衣服車馬，易貴從賤，去馬而驢，去驢而徒，倏忽如初。既而復無計，自歎於市門，發聲而老人到，握其手曰：「君復如此，奇哉。吾將復濟子，幾緡方可？」子春慚不應。老人因逼之，子春愧謝而已。老人曰：「明日午時，來前期處。」子春忍愧而往，得錢一千萬。（二）

未受之初，憤發以爲從此謀身治生，石季倫、猗頓小豎耳。錢既入手，心又翻然，縱適之情，又卻如故。不一二年間，貧過舊日。復遇老人於故處，子春不勝其愧，掩面而走。老人牽裾止之，又曰：「嗟乎拙謀也。」因與三千萬，曰：「此而不痊，則子貧在膏肓矣。」子春曰：「吾落拓邪遊，生涯罄盡，親戚豪族，無相顧者。獨此叟三給我，我何以當之？」因謂老人曰：「吾得此，人間之事可以立，孤孀可以衣食，於名教復圓矣。感叟深惠，立事之後，唯叟所使。」老人曰：「吾心也！子治生畢，來歲中元，見我於老君雙檜下。」（三）

子春以孤孀多寓淮南，遂轉資揚州，買良田百頃，郭中起甲第，要路置邸百餘間，悉召孤孀，分居第中。婚嫁甥侄，遷祔族親，恩者煦之，仇者復之。既畢事，及期而往。……

如上各引文中標有序號的三段，都明顯爲「三復情節」的應用，表明了唐以前小說創作大量運用此一模式的風氣。

唐以後逐漸發展興盛起來的中國通俗小說中，《三國志平話》奠定了「三復情節」的模式。它寫了並且有圖目標明的「三復情節」就有「張飛三出小沛」和「三顧孔明」等，表明當時說話人在有意運用「三復」的手法加強說話藝術的魅力。不過，使「說三分」的這些「三復情節」成爲經典之作，乃是羅貫中《三國志通俗演義》的成功創造。《三國志通俗演義》在平話原有「三復情節」的基礎上作了調整和加強：「三復情節」也通過有關則的標題被突出了，如卷三第三則「陶恭祖三讓徐州」，卷五第六則「曹孟德三勘吉平」，卷八第三則「劉玄德三顧茅廬」，卷十二第二則「諸葛亮三氣周瑜」。顯然，羅貫中意識到了「三復情節」模式的美學價值，才如此自覺地下大力氣，把通俗小說中由《三國志平話》草創的這類情節發揮到淋漓盡致。

《三國志通俗演義》把」三復情節」的運用推到成熟，明清小說模倣這一形式而特別在回目中標明了的，筆者就《中國通俗小說總目提要》等粗略檢索，共得 116 部 162 次〔註 6〕。表列如下：

書　目	卷回	回（卷）目	書　目	卷回	回（卷）目
五代史平話		李克用一日三捷	宣和遺事		僧知常報三章獲罪上帝
		李克用收三叛	三國志平話		張飛三出小沛
三國志通俗演義	3	陶恭祖三讓徐州	水滸傳	30	施恩三入死牢
	5	曹孟德三勘吉平		50	宋公明三打祝家莊
	8	劉玄德三顧茅廬		80	宋江三敗高太尉
	12	諸葛亮三氣周瑜	西遊記	27	屍魔三戲唐三藏
繡榻野史	上	金氏三戰皆北		61	孫行者三調芭蕉扇
浪史	13	大將軍三入紅門	唐書志傳通俗演義	89	薛仁貴三箭定天山
	20	梅生三戰三北	八仙出處東遊記	上	三至岳陽飛度
三遂平妖傳	10	蛋和尚三盜袁公法	三寶太監西洋記	27	張天師三戰大仙
	34	劉彥威三敗貝州城		31	姜金定三施妙計
飛劍記	10	呂純陽三醉岳陽		35	大將軍連聲三捷
鐵樹記	2	漢黃公三生解化		62	陳堂三戰西海蛟
	11	許旌陽三次斬蛟	楊家府演義	2	六郎三擒孟良
三國志後傳	102	劉聰三打晉長安	兩漢開國中興傳志		蕭何三薦韓信爲元帥
東漢十二帝通俗演義	6	賢士三徵不屈名	隋煬帝逸史	4	三正位阿摩登基
有夏志傳	3	商王三使聘伊尹	遼海丹忠錄	5	偏師三戰奏捷
南遊華光傳	4	華光三下酆都	封神演義	72	廣成子三謁碧遊宮
警世通言	3	王安石三難蘇學士	春秋列國志傳	5	晉先軫三氣子玉
	13	三現身包龍圖斷冤	醒世恒言	11	蘇小妹三難新郎
	18	老門生三世報恩		37	杜子春三入長安
拍案驚奇	23	江陵郡三拆仙書	二刻拍案驚奇	37	三救厄海神顯靈
達摩出身傳燈傳		達摩三授慧可	掃鬼敦倫東渡記	62	道古三施降怪法
續西遊記	38	行者三盜金箍棒	紅白花傳		合巹宴才貌三團圓
	69	悟空三誘看經鶴	十二樓		失新歡三遭叱辱
鎮海春秋	12	石城島旦暮三潮汛	燈草和尚	8	三戰三北妖僧得意
	16	錦州城一月三報捷	清夜鐘	14	神師三致提撕

〔註 6〕此表據上注拙文《中國古代小說「三復情節」的流變及其美學意義》中表列「67 部 97 次」增訂，或仍有遺漏。

十二笑	9	逐腐儒狂徒三設伏	繡屛緣	2	眞心事三段設誓
生綃剪	9	勢力先生三落巧	飛花詠	15	小榜眼才高三及第
錯錯認錦疑團小傳	14	眼如何暗推陰三會面	三教同源錄	10	隱茅廬三顧高賢
風流悟	3	花社女春官三推鼎甲		17	鄭又玄三遇太清
梁武帝西來演義	20	拼莊墓三築涯山堰	女仙外史	6	嫖柳妓三戰脫元陽
	37	梁主三捨身同泰寺		78	呂軍師三敗誘蠻酋
劉進忠三春夢	2	劉總兵三番賑濟		94	燕庶子三敗走河間
醒世姻緣傳	93	嶧山神三番顯聖	說唐演義全傳	26	因劫牢三攪楊林
金石緣	3	三不是相決終身		28	程咬金三斧取瓦崗
	19	慕原夫三倫不就		39	秦瓊三鐧鎩銅旗
說唐後傳	23	贈令箭三次投軍	紅樓夢	40	金鴛鴦三宣牙牌令
後紅樓夢	30	劉老老三進大觀園	反唐演義	62	薛剛三祭鐵丘墳
綺紅樓夢	5	珍璉兒三番聽審	野叟曝言	25	解翠蓮三回闖破載花船
補紅樓夢	8	史湘雲三宣新酒令		33	劉大娘三犯江水兒
天豹圖	9	萬香樓花虹三上		117	拷貴妃乾清三擋
施公案	14	兩官再三定寧計		126	三索得男三索得女
征西說唐三傳	21	寶同三困鎖陽城	飛龍全傳	36	三折挫義服韓通
	30	三擒三放薛丁山	海遊記	25	擒降將三破鐵甕山
	35	程咬金三請樊梨花	嶺南逸史	9	三請兵激怒督府
	77	薛剛三掃鐵丘墳	粉妝樓全傳	8	玉面虎三氣沈廷芳
瑤華傳	3	三請明師特地來	蕩寇志	84	荀恒三讓猿臂寨
飛跎全傳	24	飛跎子三進簸箕陣		110	陳希眞三打兗州
爭春園	35	三進開封索寶劍		124	汶河渡三戰黑旋風
曲頭陀傳	11	呼猿洞三語超群	呂祖得道	10	呂純陽三醉岳陽
	23	題疏簿三顯奇文	龍圖耳錄	105	三探重霄玉堂遭害
施公後案	30	鴻雁三聲奇冤有救	陰陽鬥異說傳奇	15	桃女三破天罡法
善惡全圖	25	湯經略三鬧李府	三續施公案	44	黃天霸三進薛家窩
五續施公案	38	次夜戰三打殷家堡	六續施公案	14	求勇士三顧萬家莊
七續施公案	8	細推詩句三解冤情	九續施公案	35	賀人傑三入殷家堡
	30	盜御馬三進連環套	全續施公案	18	黃天霸三探齊星樓
三王造反	26	李昌賴三設奇計	忠孝勇烈奇女傳	8	木蘭山天祿三祈嗣
綠牡丹	48	飽自安三次捉淫		17	木蘭三敗番兵
雲中雁三鬧太平莊	51	小英雄三鬧太平莊		32	木蘭三上陳情表
鋒劍春秋	19	白猿三盜裝仙盒	忠烈全傳	42	交趾國三次進取
	53	海潮三動鎖仙樓	宋太祖三下南唐	12	硬拒戰三陣卻配

繡雲閣	13	查良緣三請月老	續小五義	88	三盜魚腸劍大眾起身
	28	白鹿洞雪中三顧	一層樓（蒙文）	30	白老寡三進賁侯府
金臺全傳	4	蛋和尚三盜天書	青史演義（蒙文）	4	依山要隘三報深仇
繪芳錄	8	平海寇羽報連三捷		12	可恥的伊拉固三次放毒克魯倫河
呂純陽三戲白牡丹	15	呂純陽默認三戲			
才子奇緣	16	白晏二奸三杯設計		27	爲君計重臣占卜三次
三俠五義	3	隱逸村狐狸三報恩	永慶升平前傳	81	倭侯爺三探峨嵋山
	33	美英雄三試顏查散	再續彭公案	65	眾英雄三打連環寨
彭公案	37	楊香武三盜玉杯	仙俠五花劍	10	白素雲三探臥虎營
	94	眾英雄三探畫春園	三續彭公案	64	歐陽德三打牧羊陣
七續彭公案	24	報弟仇三探紅桃山	七劍十三俠	27	徐鳴振三次上金山
續獨生女英雄傳	21	問迷津三閱仙柬		65	徐鳴皐三探寧王府
中興平撚記	12	通髮逆三擾安慶師		101	運籌帷幄三次驕兵
海上繁華夢	35	賭龜三賣葉蓁蓁	女媧石	12	阿妹負氣三卻姐命
痛史	21	謝君直三度仙霞嶺	五使瀛環錄		尙介伯花三叢宴
苦社會	6	開輪局三番倒帳	熱血淚	4	冒奇險三探綰風樓
中外三百年大舞臺	37	陰入城粵民三起義	三門街前後傳	23	報前仇三打蓬萊館
國朝中興記	3	洪秀全三打長沙	雙拐奇案	23	溧陽縣三放戴老三
	17	丁父憂三詔奪情	帶印郭公奇冤案	41	蕃學二司三訊奏案
閩都別記	180	三漂泊群入斷魂			

除此之外，不曾有回目標明而實際暗用這一模式的情況更多。例如《水滸傳》中的「三次招安」；《西遊記》寫孫悟空大鬧天宮，玉帝對他也是三次招安；《紅樓夢》《歧路燈》各寫主人公三次悔悟等。《醒世姻緣傳》第 45 回《薛素姐酒醉疏防，狄希陳乘機取鼎》，寫狄希陳新婚之夜被薛素姐兩拒於房外，第三次才得與新娘同房；《好逑傳》寫過公子強娶水冰心爲妻，三次用計，都被水冰心挫敗；《歧路燈》寫烏龜三上碧草軒勾引譚紹聞赴賭；《紅樓夢》寫劉姥姥三次進榮國府，等等。也有於細微處大量運用三復情節的，如《水滸傳》第 22 回《景陽崗武松打虎》說村酒「卻比老酒的滋味」爲「三碗不過崗」，後又有第 28 回《武松醉打蔣門神》寫武松「無三不過望」閒閒相對；還有第十一回《汴京城楊志賣刀》寫牛二逼楊志驗證寶刀三件好處……，諸如此類，別種書中大約亦不難找到。總之由元明至清末，無論長篇短篇、世情、神魔、英雄傳奇、俠義公案等各體各類，中國通俗小說對「三復情節」

模式的運用普遍深入而且持久。大略而言，最初是歷史演義、英雄傳奇用之較多，而愈到後來則幾乎成了俠義公案類小說的專利，像《施公案》及其續書的不厭其繁，簡直就是拿這一模式用作把小說做得長而又長的戲法！故黃周星批評《西遊記》有云：「小說演義，不問何事，動輒以三爲斷，幾成稗官陋格。」（第 59 回）

最後，古代戲曲文學中的「三復情節」僅從劇名看，粗略統計也有以下表列諸作：

三教王孫賈	三負心	三撇嵌	三赦
三告狀	三戰呂布	三捉紅衣怪	三落水鬼泛採蓮船
三恨李師師	三氣張飛	老陶謙三讓徐州	守貞節孟母三移
三奪槊	呂洞賓三醉岳陽樓	三度城南柳	三報恩
馬丹陽三度任風子	馬丹陽三化劉行首	猛熱那吒三變化	女學士三勸後姚婆
丘長三度碧桃花	呂翁三化邯鄲店	王祖師三度馬丹陽	王祖師三化劉行首
月明三度臨歧柳	包待制三勘蝴蝶	張翼德三出小沛	紫陽仙三度常椿壽
韓湘子三度韓退之	韓湘子三赴牡丹亭	惠禪師三度小桃紅	東華仙三度十長生

這類由全劇題目所點明的「三復情節」模式，已經超出了情節的意義，而是被用作全部書故事總體建構的機制了。小說如《雲中雁三鬧太平莊》《宋太祖三下南唐》等，也無非如此，體現了「三復情節」有比「情節」更爲強大的構建能力。

中國敘事藝術也有不止於「三復」的情節，如《三國志通俗演義》即有更爲繁複的「六出祁山」「七擒孟獲」「九伐中原」，但後世模倣者不多，所以沒有成爲一種很流行的套子。「三復情節」的流行，顯示在各種「重複」的敘事做法中「三復」最好，這實在是中國敘事藝術的一個奧妙！

二、三變節律

「三而一成」在中國敘事中的另一個表現是「三變節律」。與「三復情節」之同一動作的重複三次不同，「三變節律」猶如書法藝術所謂的「一波三折」，是一個情節作三次轉折而後完成的樣式。其好處在避免了敘事的呆板與冗贅，而得峰回路轉，跌宕起伏，曲徑通幽之妙。

「三變節律」也是本人爲之命名的一種敘事模式。而且如「三復情節」

之「三復」,「三變」的稱名也借自《論語》。《論語・子張》曰:「君子有三變:望之儼然,即之也溫,聽其言也厲。」我把它拿來用指敘事中故事情節發展變化作「一波三折」的三階段變化模式。事實上「三變節律」在先秦諸子著作中帶有敘事成分的論述中即已不少見,如《論語・泰伯》:「子曰:『興於詩,立於禮,成於樂。』」《孟子・梁惠王上》:「五畝之宅,樹之以桑,五十者可以衣帛矣。雞豚狗彘之畜,無失其時,七十者可以食肉矣。百畝之田,勿奪其時,數口之家可以無饑矣。」但與「三復情節」一樣,「三變節律」敘事模式主要是中國敘事文本一個普遍而悠久的傳統,在各體作品中都有精彩的表現。

首先,「三變節律」在史傳中的表現,最簡的例子,可以舉出《左傳・莊公十年》曹劌論戰曰「夫戰,勇氣也,一鼓作氣,再而衰,三而竭」之說。儘管這只是描述性的,又呈遞減的規律狀態,但其過程中確實發生有盛、衰、竭三階段的變化,正合於我們所說的「三變節律」。

「三變節律」的敘事也最多見於小說中。如《燕丹子》:

> 燕太子……深怨於秦,求欲復之。……與其傅鞠武書,曰:「丹不肖,……欲收天下之勇士,集海內之英雄,破國空藏,以奉養之,重幣甘辭以市於秦。秦貪我賂,而信我辭,則一劍之任,可當百萬之師;須臾之間,可解丹萬世之恥。……謹遣書,願熟思之。」鞠武報書曰:「臣……私以爲智者不冀僥倖以要功,明者不苟從志以順心。……太子慮之。」太子得書,……不聽。鞠武曰:「臣不能爲太子計。臣所知田光,其人深中有謀。願令見太子。」太子曰:「敬諾!」(一)田光見太子……曰:「……光所知荊軻,神勇之人,……太子欲圖事,非此人莫可。」(二)……遂見荊軻,……荊軻曰:「有鄙志,常謂心向意投身不顧,情有異一毛不拔。今先生令交於太子,敬諾不違。」田光謂荊軻曰:「蓋聞士不爲人所疑。太子送光之時,言此國事,願勿洩,此疑光也。是疑而生於世,光所羞也。」向軻吞舌而死。軻遂之燕。(三)

上引《燕丹子》寫太子丹欲募死士刺殺秦王,先求於鞠武;鞠武不能,轉薦田光;田光又不能,轉薦荊軻,——荊軻之重,乃經三次轉薦而出。又如《世說新語・忿狷》:

> 王藍田性急,嘗食雞子,以筯刺之不得,便大怒,舉以擲地。(一)

> 雞子於地圓轉未止，仍下地，以屐躡之，又不得。（二）瞋甚，復於地取內口中，齧破即吐之。（三）王右軍聞而大大笑曰：「使安期有此性，猶當無一毫可論，況藍田邪？」

此條寫王藍田性急僅「食雞子」一事，如括注序號所標出者，乃作三次轉折，每折益深，生動寫出王藍田性情至急，幾無一毫耐性的品格特徵。

又如《紅樓夢》第3回寫黛玉初入賈府，就黛玉視角寫賈府女眷：

> 黛玉方進入房時，只見兩個人攙著一位鬢髮如銀的老母迎上來，黛玉便知是他外祖母。方欲拜見時，早被他外祖母一把摟入懷中，心肝兒肉叫著大哭起來。……此即冷子興所云之史氏太君，賈赦賈政之母也。當下賈母一一指與黛玉：「這是你大舅母，這是你二舅母，這是你先珠大哥的媳婦珠大嫂子。」黛玉一一拜見過。賈母又說：「請姑娘們來。今日遠客才來，可以不必上學去了。」眾人答應了一聲，便去了兩個。（一）
>
> 不一時，只見三個奶嬤嬤並五六個丫鬟，簇擁著三個姊妹來了。第一個肌膚微豐，合中身材，腮凝新荔，鼻膩鵝脂，溫柔沉默，觀之可親。第二個削肩細腰，長挑身材，鴨蛋臉面，俊眼修眉，顧盼神飛，文采精華，見之忘俗。第三個身量未足，形容尚小。其釵環裙襖，三人皆是一樣的妝飾。黛玉忙起身迎上來見禮，互相廝認過，大家歸了坐……（二）
>
> 一語未了，只聽後院中有人笑聲，說：「我來遲了，不曾迎接遠客！」黛玉納罕道：「這些人個個皆斂聲屏氣，恭肅嚴整如此，這來者係誰，這樣放誕無禮？」心下想時，……賈母笑道：「你不認得他，他是我們這裡有名的一個潑皮破落戶兒，南省俗謂作『辣子』，你只叫他『鳳辣子』就是了。」（三）

先是賈母等長輩，後是迎春、探春等姐妹，最後是鳳姐，筆下騰挪，作三層出落變化，化板滯爲靈活。又如第23回「牡丹亭豔曲驚芳心」寫林黛玉聽曲一節：

> 這裡林黛玉見寶玉去了，又聽見眾姊妹也不在房，自己悶悶的。正欲回房，剛走到梨香院牆角上，只聽牆內笛韻悠揚，歌聲婉轉。林黛玉便知是那十二個女孩子演習戲文呢。只是林黛玉素習不大喜看戲文，便不留心，只管往前走。偶然兩句吹到耳內，明明白白，

一字不落，唱道是：「原來姹紫嫣紅開遍，似這般都付與斷井頹垣。」林黛玉聽了，倒也十分感慨纏綿。（一）

便止住步側耳細聽，又聽唱道是：「良辰美景奈何天，賞心樂事誰家院。」聽了這兩句，不覺點頭自歎，心下自思道：「原來戲上也有好文章。可惜世人只知看戲，未必能領略這其中的趣味。」想畢，又後悔不該胡想，耽誤了聽曲子。（二）

又側耳時，只聽唱道：「則爲你如花美眷，似水流年……」林黛玉聽了這兩句，不覺心動神搖。又聽道：「你在幽閨自憐」等句，亦發如醉如癡，站立不住，便一蹲身坐在一塊山子石上，細嚼「如花美眷，似水流年」八個字的滋味。……（三）

如上寫林黛玉聽曲，以寫「耳」爲標誌，順序作「偶然兩句吹到耳內」「便止住步側耳細聽」和「又側耳時，只聽唱道」三層出落，敘事作三變節律而遞進。

但三變節律更多出現於人物命運的描寫，如《李娃傳》寫滎陽生命運之「三變」：最初是公子風流，千金買笑；中間是嫖客金盡，淪落幾死；最後是爲李娃所救，科舉得官。而其淪落的過程也是「三變」，先是淪爲凶肆歌郎，繼而遭其父毒打幾死，後乞食爲命於大雪中幾乎凍死。三厄之餘，重會李娃，爲李娃所救護。

許多長篇名著的人物從總體看也是如此，如《水滸傳》宋江的身份：一是其前世爲「三十六天罡，七十二地煞」的領袖——「星君」；二是其現世在梁山是「爲主全忠仗義」；三是招安以後「爲臣輔國安民」。而梁山寨主也是「三變」：由白衣秀士王倫，變而爲托塔天王晁蓋，又變而爲及時雨呼保義宋江，「三變」而後得宋「星主」的爲百零八人眞正的首領。

又如《西遊記》寫孫悟空始終，初爲「花果山正當頂上」的一塊「仙石」，繼而爲孫悟空，最後爲鬥戰勝佛。這個三段式變化，象徵著石頭也可以成佛。而中間孫悟空的階段也是「三變」：初爲石猴，後爲大聖，再爲行者。

再如《紅樓夢》寫林黛玉身份之「三變」：絳珠仙草→絳珠仙子→林黛玉。

再看戲曲中的例子。如《桃花扇》第一齣侯方域出場約陳貞慧、吳應箕金陵遊春：

（生上相見介）請了，兩位社兄，果然早到。（小生）豈敢爽約！（末）小弟已著人打掃道院，沽酒相待。（副淨扮家僮忙上）節寒嫌酒冷，花好引人多。稟相公，來遲了，請回罷！（末）怎麼來遲了？（副淨）魏府徐公子要請客看花，一座大大道院，早已占滿了。（一）

（生）既是這等，且到秦淮水榭，一訪佳麗，倒也有趣！（二）

（小生）依我說，不必遠去，兄可知道泰州柳敬亭，說書最妙，曾見賞於吳橋范大司馬、桐城何老相國。聞他在此作寓，何不同往一聽，消遣春愁？（末）這也好！（生怒介）那柳麻子新做了閹兒阮胡子的門客，這樣人說書，不聽也罷了！（小生）兄還不知，阮胡子漏網餘生，不肯退藏；還在這裡蓄養聲伎，結納朝紳。小弟做了一篇留都防亂的揭帖，公討其罪。那班門客才曉得他是崔魏逆黨，不待曲終，拂衣散盡。這柳麻子也在其內，豈不可敬！（生驚介）阿呀！竟不知此輩中也有豪傑，該去物色的！（同行介）（三）

此處敘事，先是擬道院看花，不巧被徐公子佔了；後是欲一訪佳麗，爲陳貞慧所阻；最後大家一致同意去聽柳敬亭說書。如此寫一賞春遊玩，一再算計不可之後，方見作者本所欲寫，正所謂一波三折。卻又不爲波折而生波折，還交待了徐公子、秦淮佳麗、阮大鋮、柳敬亭等人及其大略的情況，爲全劇情節發展鋪墊，眞正搖曳多姿，瞻前顧後，步步有戲。

「三變節律」的模式甚至出現在宋詞中。蔣捷《虞美人・聽雨》：

少年聽雨歌樓上，紅燭昏羅帳。壯年聽雨客舟中，江闊雲低、斷雁叫西風。而今聽雨僧廬下，鬢已星星也。悲歡離合總無情，一任階前點滴到天明。

這個過程當然可以分解更多的階段，但中國人只講三階段，就夠了。從而「三變節律」成爲我國敘事藝術的又一個規律性特點。

三、三極建構

以上「三復情節」與「三變節律」體現的是時序上「三而一成」的觀念，而我國古人在空間關係上也同樣作「三而一成」理解，形成「三極建構」的模式，並施之於敘事藝術的構思與布局。

「三極建構」也是本人提出並應用於文學研究的一個數理批評概念，而且一如「三復」、「三變」與「三極」，也出自儒家經典，即《周易》曰：「六爻之動，三極之道也。」（《繫辭上》）《周易》中的「三極」指天、地、人，這裡用以指空間關係不在一條直線上的三點，也就是數學上連線構成三角形的三個頂點。所以，「三極建構」實即數學上的三角形態。這種形態的最大特徵是其作爲最簡構圖的同時，又具有高度的穩定性。這個道理，我們的古人就知道了。相傳大禹鑄鼎，三足兩耳——鼎用三足，後世所謂「三足鼎立」，就是三角形穩定性的原理在社會生活中的應用。當然也通用表現於人文的其他方面，如戰爭。早在商周時期軍隊的編制，一輛戰車上甲士三人按右、中、左成「品」字形布列；全軍也按右、中、左三分制，以便於用兵布成「品」字形（古人稱「三才陣」，今人稱「前三角」），或倒「品」字形（古人稱「魚麗陣」，今人稱「後三角」）陣勢。在政治制度的建構上，周朝和漢、唐天子以下最高長官爲三公，南北朝以後又形成三省制。所以設三公、三省，應當是由於在天子一人的絕對領導之下，三者並且只有三者並立的設置，才最便於折中與制衡。這個道理當然也被應用於文本的敘事，並逐漸形成「三極建構」的敘事模式。

首先，「三極建構」的原理在秦漢諸子與史傳敘事中早就一再被揭示出來。我們從《淮南子・說林訓》和《史記・越王句踐世家》中都曾出現的兔死狗烹的比喻中，已經可以見到這一認識的萌芽，而《史記・淮陰侯列傳》載武涉說韓信一段話，講得更爲明白：

> 「足下所以得須臾至今者，以項王存也。當今二王之事，權在足下。足下右投則漢王勝，左投則項王勝。項王今日亡，則次取足下。足下與項王有故，何不反漢與楚連和，參分天下王之？今釋此時，而自必於漢以擊楚，且爲智者固若此乎？」

蒯通也對韓信表示過大致相同的看法：

> 「當今兩主之命縣於足下，足下爲漢則漢勝，與楚則楚勝。……誠能聽臣之計，莫若兩利而俱存之，參分天下，鼎足而居，其勢莫敢先動。」

而韓信不聽。後遭雲夢之禍，韓信始悔不當初，曰：「果若人言『狡兔死，良狗烹；高鳥盡，良弓藏；敵國破，謀臣亡』。天下已定，我固當烹。」《資治通鑒》南朝梁太清二年（548）載侯景之亂，景爲梁將慕容紹宗追擊：

> （景）使謂紹宗曰：「景若就擒，公復何用？」紹宗乃縱之。（胡注曰：「人臣苟有才，必養寇以自資。」）

略過道德的評價，慕容紹宗所言，不爲無見；漢初韓信，明初胡（惟庸）、藍（玉）等人之命運遭際，都是反面的證明。大而言國家間關係也是如此，如北宋末年宋朝聯合金國以滅遼，隨之而來是金滅北宋；南宋末年宋朝聯合元蒙以滅金，隨之而來是元蒙滅南宋而佔了全部中國。由此可知，世間一切較爲複雜之事，都是或都可以化簡爲是「三極建構」看待。把握態勢走向的關鍵是在兩極對立之下，正確處理己方與第三方的關係。歷史上三國時代劉備放棄「聯吳抗魏」是絕大的失策，而毛澤東論團結一切可以團結的力量，結成最廣泛的統一戰線，以打擊最主要的敵人的思想，無疑是高妙的致勝之道，後來發展爲「三個世界」的理論。至當今世界政治「打 XX 牌」的策略，都足以證明筆者所認爲的「(三極建構）原理上是一分爲二，操作上是一分爲三」〔註 7〕，乃人事運作和小說故事構造最基本和普遍的原則。

「三極建構」體現了人事運作通於幾何學上「三點成面」（即經過不在一條直線上的任意三點，可以作一個平面，並且只能作一個平面）和三角形（不在同一直線上的三點間的線段圍成的封閉圖形）穩定性的原理。它傳達了中國先民早就意識到「勢不兩立」「三足鼎立」等人事制衡通於天道的歷史信息。

其次，「三極建構」在小說藝術中的表現與作用更爲明顯。我們先來看《三國志演義》的例子。此書寫三國之事，蜀、魏作爲對立的兩極構成全書敘事主線，吳國作爲主構之外的第三極，成爲蜀、魏之爭的牽制因素。這種互動又互相制衡的三角態勢在《三國志演義》藝術結構上的優越性是明顯的，章培恒等《中國文學史》說它：「由三方鼎立而彼此間組合分化、勾心鬥角所形成的關係，較之雙方對峙（如南北朝）或多方混戰（如戰國），有一種恰到好處的複雜性，能夠充分而又清楚地顯現政治作爲利益鬥爭的手段的實際情狀。」〔註 8〕但是，羅貫中首先意識到的並不是這種結構上的好處，而是這一「鼎立」態勢順應了「天人合一」，《定三分隆中決策》寫諸葛亮有：

> 言罷，命童子取出畫一軸，掛於中堂，指謂玄德曰：「此西川五十四州之圖也。將軍欲成霸業，北讓曹操占天時，南讓孫權佔地利，將軍可占人和。先取荊州爲家，後即取西川，以成鼎足之勢，然後可圖中原也。」

這可以看作「鼎足之勢」即「三極建構」上升到的「天人之際」的說明，

〔註 7〕杜貴晨《「天人合一」與中國古代小說的若干結構模式》，《齊魯學刊》1999 年第 1 期。收入本卷。

〔註 8〕章培恒、駱玉明《中國文學史》（下卷），復旦大學出版社 1996 年版，第 178 頁。

實際就是把「三國志演義」的故事構架定位在天時、地利、人和三者的對立和依存。聯繫《三國志通俗演義》卷七《劉玄德三顧茅廬》寫崔州平論世道治亂相仍、「如陰陽消長，寒暑往來之理」一段話，認爲羅貫中自覺地把「天人合一」作爲《三國志演義》布局的指導思想，應當是合乎實際的。《水滸傳》寫宋江等只反貪官不反皇帝的總體構思——梁山好漢、貪官、皇帝的鼎峙關係也暗合了「三極建構」的原理，就不細說了。

我們再來看才子佳人小說的例子。這類小說布局的一般情況是：在作爲故事主構的兩極相生的才子與佳人之外，總有一個作爲情節中介的第三者，即曹雪芹於《紅樓夢》第一回所說「假擬出男女二人名姓，又必旁出一小人其間撥亂」。値得注意的是，曹雪芹雖然對才子佳人小說的造作頗致不滿，但他的《紅樓夢》其實還是暗用了才子佳人小說中已成腐朽的「三極建構」，只是絕無聲張而又能化爲神奇罷了。這自然是指書中寶、釵、黛三者的關係。讀者每有把《紅樓夢》看作寫寶、釵、黛「三角戀愛」，寶釵爲「第三者」搶「寶二奶奶」寶座的，固然失之淺薄。但是，寶玉、黛玉爲理想情侶，寶釵（有意無意）插足其間；或者說釵、黛雙峰對峙而又一體互補，寶玉居間相生（見了姐姐就忘了妹妹），三人糾葛爲《紅樓夢》一部大書中心，卻是不爭的事實。《紅樓夢》藝術的成功，很大程度上就是在賈府大家族的背景上寫好了這三個人物，寫好了他們之間的關係。第八回下《探寶釵黛玉半含酸》寫寶玉正在寶釵處嬉玩：

> 忽聽外面人說：「林姑娘來了。」話猶未了，林黛玉已搖搖的走了進來，一見了寶玉，便笑道：「噯喲，我來的不巧了！」寶玉等忙起身笑讓座，寶釵因笑道：「這話怎麼說？」黛玉笑道：「早知道他來，我就不來了。」寶釵道：「我更不解這意。」黛玉笑道：「要來一群都來，要不來一個也不來；今兒他來了，明兒我再來，如此間錯開了來著，豈不天天有人來了？也不至於太冷落，也不至於太熱鬧了。姐姐如何反不解這意思？」

這一段描寫，特別黛玉所說「間錯開了來著」一語，可以使我們感到曹雪芹很懂得用「三極建構」敷衍故事的奧妙。

以上各例表明，「三極建構」的特點是兩極主構和第三方作爲情節中介的動態的組合。一般說來，這種組合必須並且只能有一個第三者。沒有這個第三者，或者多至第四者、第五者，都不能使情節有「恰到好處的複雜性」。但是，第三者必須有一，不能有二，不等於說它只能是一個參與對象。作為中介的第三者可以有兩個、三個甚至更多。問題只在於，作家在確定了作為主構的兩極之後，把任何其他的人物或方面都作為兩極的中介、也就是「第三極」對待，使之始終處於「三」即「參（與）」的地位，就不會有布局散亂的毛病。

因此，在得以正確把握和靈活運用的情況下，「三極建構」對於小說的創作有普遍意義。它的實質是一點為中心，兩極為主線，第三極為參照。參照乃所以反作用於兩極。有參照，兩極之主構之關係以至三極之成面才有變化。其在原理上是一分為二，操作上是一分為三。「道生一，一生二，二生三，三生萬物」，「三極建構」邏輯上就是這種動態的開放性的組合。它是「天人合一」在小說構思上的投影，一切好的小說故事或簡或繁，都是或者可以約簡為是這樣的組合。因此，作為小說情節結構藝術的基本形式，三極建構有普遍和永久的意義。

四、三事話語

「三而一成」在中國敘事語言上的表現，就是「三事話語」。「三事話語」指敘事或敘事中人物論析事情物理的語言，總是標舉三項、三個、三面等等的話語方式。如今我們常常見到的「我講三句話：第一句是……；第二句是……；第三句是……」的模式即是此類的典型。

「三事話語」同樣是筆者杜撰出來的數理批評概念。其中「三事」一如上述「三復」「三變」「三極」，也出自儒家的經典，但隨文所指不同。舉較早的如《尚書・大禹謨》中「六府三事」的「三事」，舊注以為指正德、利用、厚生。我們借用指敘事析理作三項、三個、三層、三面講的情況，為語言表達上「三而一成」的體現。

但是，比較「三復情節」等，「三事話語」應用的範圍更廣，如先秦諸子著作中，《老子》云：

> 上士聞道，勤而行之；中士聞道，若存若亡；下士聞道，大笑之。不笑不足以為道。

《論語》有云：

> 子曰：「學而時習之，不亦說乎；有朋自遠方來，不亦樂乎；人不知而不慍不亦君子乎。」（《學而》）

子曰：「君子道者三，我無能焉：仁者不憂，知者不惑，勇者不懼。」子貢曰：「夫子自道也。」(《憲問》)

曾子言曰：「……君子所貴乎道者三：動容貌，斯遠暴慢矣；正顏色，斯近信矣；出辭氣，斯遠鄙倍矣。籩豆之事，則有司存。」(《泰伯》)

曾子曰：「吾日三省吾身：爲人謀而不忠乎？與朋友交而不信乎？傳不習乎？」(《學而》)

小說中這一表達方式最爲多見，如《太平廣記》卷六十四《太陰夫人》(注出《逸史》)：

女子謂（盧）杞：「君合得三事，任取一事。常（上）留此宮，壽與天畢；次爲地仙，常居人間，時得至此；下爲中國宰相。」杞曰：「在此處實爲上願。」……食頃間又問：「盧杞，欲水晶宮住、作地仙，及人間宰相，此度須決。」杞大呼曰：「人間宰相。」

又，《三國演義》第二十五回寫關雲長被圍土山，張遼以「三罪」「三便」說關羽降曹，羽以「三事」爲降曹的條件：

（關）公曰：「兄言三便，吾有三約。若丞相能從，我即當卸甲；如其不允，吾寧受三罪而死。」遼曰：「丞相寬洪大量，何所不容。願聞三事。」公曰：「一者，吾與皇叔設誓，共扶漢室，吾今只降漢帝，不降曹操；二者，二嫂處請給皇叔俸祿養贍，一應上下人等，皆不許到門；三者，但知劉皇叔去向，不管千里萬里，便當辭去：三者缺一，斷不肯降。望文遠急急回報。」張遼應諾……

又，《警世通言》第十六卷《小夫人金錢贈年少》寫張員外娶妻的三個條件：

張員外道：「有三件事，說與你兩人。第一件，要一個人材出眾，好模好樣的；第二件，要門户相當；第三件，我家下有十萬貫家財，須著個有十萬貫房奩的親來對付我。」兩個媒人，肚裏暗笑，口中胡亂答應道：「這三件事都容易。」當下相辭員外自去。

戲曲中亦不少見，如關漢卿《趙盼兒風月救風塵》第三折：

〔滾繡球〕我這裡微微的把氣噴，輸個姓因，怎不教那廝背槽抛糞！更做道普天下無他這等郎君。想著容易情，忒獻勤，幾番家待要不問；第一來我則是可憐見無主娘親，第二來是我「慣曾爲旅偏憐客，」第三來也是我「自己貪杯惜醉人」。到那裡呵，也索費些精神。

關漢卿《關大王獨赴單刀會》第一折：

（沖末魯肅上，云）……我今欲索取荊州，料關公在那裡鎮守，必不肯還我。今差守將黃文，先設下三計，啓過主公，說：關公韜略過人，有兼併之心，且居國之上游，不如索取荊州。今據長江形勢，第一計：趁今日孫、劉結親，已為唇齒，就江下排宴設樂，修一書以賀近退曹兵，玄德稱主於漢中，贊其功美，邀請關公江下赴會為慶，此人必無所疑；若渡江赴宴，就於飲酒席中間，以禮索取荊州。如還，此為萬全之計；倘若不還，第二計：將江上應有戰船，盡行拘收，不放關公渡江回去。淹留日久。自知中計，默然有悔，誠心獻還；更不與呵，第三計：壁衣內暗藏甲士！酒酣之際，擊金鐘為號，伏兵盡舉，擒住關公，囚於江下……則三計已定，先交黃文請的喬公來商議則個。

馬致遠《呂洞賓三醉岳陽樓》第二折：

（郭云）這師父倒會吃，頭一盞兒吃了個木瓜，第二盞吃了個酥僉，第三盞吃個杏湯，再著上些乾糧，倒飽了半日。

李文蔚《張子房圯橋進履》第一折：

（正末云）將軍曾聞說客麼？古來說客有三等。（申陽云）可是那三等？（正末云）有一圖名，二圖財，三圖國。

李文蔚《破苻堅蔣神靈應》第一折：

（苻融云）……若伐晉者有三難，不可伐之。（苻堅云）可是那三難？（苻融云）天道不順者，一也；晉國無釁者，二也；數戰兵疲，民有畏敵者，三也。

「三事話語」甚至也出現的詞中，如五代馮延巳《長命女》詞云：

春日宴，綠酒一杯歌一遍，再拜陳三願：一願郎君千歲，二願妾身長健；三願如同梁上燕，歲歲長相見。

《全元散曲》關漢卿《崔張十六事》之《遠寄寒衣》：

想張郎，空僝僽，緘書在手，寫不盡綢繆。修時節和淚修，囑咐休忘舊。寄去衣服牢收授，三般兒都有個因由：這襪兒管束你胡行亂走，這衫兒穿的著皮肉，這裹肚常繫在心頭。

五、一事三結

一事三結，是指敘一事以同一性質的三個對象，或連續，或斷而復續地先後出現爲標誌，作三點一線的安排，從而作爲標誌的三個對象有似於同一敘事中的三個結，後先呼應，標識出敘事的整一性。這類的例子，在小說中最著名的如《三國演義》寫劉備東吳招親諸葛亮送給隨行趙雲的「三個錦囊」和《西遊記》寫如來通過觀音菩薩送給唐僧的「三個箍兒」，戲曲中也不乏其例，如元雜劇《半夜雷轟薦福碑》第一折寫范仲淹云：

「兄弟，既然你要轉動，我與你三封書，投託三個人去。頭一封書洛陽黃員外，你投託他去。他見我書呈，你那衣食盤費都在此封書上。第二封書是黃州團練副使劉仕林。他見我書呈必有厚贈。這第三封書是最要緊，是揚州太守宋公序，你下到這封書呵，休說你那盤纏鞍馬，就是前程事，都在此封書上。」

但是，如上「錦囊」「箍兒」和「書」等從外形看都是三件一式之物，而事實上也有以三件異樣之物作一事三結設計的。如讀者一般熟知《西遊記》寫了如來通過觀音菩薩送給唐僧的「三個箍兒」，卻往往沒有注意到「三個箍兒」只是如來送給唐僧的「三件寶貝」之一種。第五十七回《真行者落伽山訴苦假猴王水簾洞謄文》寫菩薩笑道：

「《緊箍兒咒〉，本是如來傳我的。當年差我上東土尋取經人，賜我三件寶貝，乃是錦襴袈裟、九環錫杖、金緊禁三個箍兒。秘授與咒語三篇，卻無甚麼《鬆箍兒咒》。」

由此可知，《西遊記》在關乎取經途中孫悟空命運的「三個箍兒」的一事三結之上，還有關乎唐僧西遊之「三件寶貝」〔註9〕的一事三結。後者不僅爲更大的結，而且與前者「三個箍兒」的樣式、性能大體一致而不同的是「三件寶貝」的名稱、樣式、用途也各有不同，卻在敘事中作爲同一事體的結的作用並無二致。

除此之外，還有作爲「結」的性質雖不甚明顯，卻與上述「三件寶貝」有類似作用的，如《喻世明言》第三十五卷《簡帖僧巧騙皇甫妻》：

那官人指著棗槊巷裏第四家，問僧兒：「認得這人家麼？」僧兒道：「……常去認得。問他做甚麼？」官人去腰裏取下版金線篋兒，

〔註 9〕按第八回如來說是五件，當以三件爲是。

抖下五十來錢，安在僧兒盤子裏。僧兒見了，可煞喜歡，叉手不離方寸：「告官人，有何使令？」官人道：「我相煩你則個。」袖中取出一張白紙，包著一對落索環兒，兩隻短金釵子，一個簡帖兒，付與僧兒，道：「這三件物事，煩你送去適間問的小娘子。你見殿直，不要送與他。見小娘子時，你只道：『官人再三傳語，將這三件物來與小娘子，萬望笑留。』你便去，我只在這裡等你回報。」

不料這「三件物事」正是到了皇甫殿直手裏：

皇甫殿直劈手奪了紙包兒，打開看，裏面一對落索環兒，一雙短金釵，一個簡帖兒。皇甫殿直接得三件物事，拆開簡帖，看時：某惶恐再拜上啓小娘子妝前：即日孟春初時，恭惟懿處起居萬福。某外日荷蒙持杯之款，深切仰思，未嘗少替。某偶以薄幹，不及親詣，聊有小詞，名《訴衷情》，以代面稟。伏乞懿覽。詞道是：

知伊夫婿上邊回，懊惱碎情杯。落索環兒一對，簡子與金釵。伊收取，莫疑猜，且開懷。自從別後，孤幃冷落，獨守書齋。

由此可知，作爲「三而一成」的表現，中國敘事藝術中一事三結也不是罕見的現象，値得讀者專家注意。

結　語

本文以上主要就中國史傳、小說、戲曲等敘事藝術的三種文體，舉例論述了「三而一成」在敘事藝術中表現的「三復情節」「三變節律」「三極建構」「三事話語」「一事三結」等五種模式。必須指出的是，這五種模式雖然各有典型，但某些個案卻可能同時具備不止一種模式的特徵，如李文蔚《張子房圯橋進履》第一折有云：

（正末云）師父，可憐見小生性命咱。（喬仙云）這個不是大蟲，是我養熟了的個小貓兒，又喚做善哥。我如今喚他一聲「善哥」，他便抿耳攢蹄，伏伏在地。我如今喚他三聲，頭一聲便跪在我身邊；叫他第二聲，我便騎在他身上；我叫他第三聲，騰空駕雲而起。

上引「我如今喚他三聲」以下，實在說不上是單純的「三復」「三變」還是「三事」，乃可以說是兼而有之。從而表明「三而一成」的根本在「三」，即在敘事無論從任何方面滿足並且止於「三」的情況之下，都能夠收到「三而一成」的藝術效果；又從而本文述論雖已列敘五種，但實際的情形卻要複雜得多，有關研究既需要有類似本文論述的參考，但更要具體情況具體分析，以實事求是，給文本解讀以切實的幫助。

但是，五種模式間的差異要更加明顯和具體美學的認識意義。例如同是就三個人敘事，作「三極建構」如《三國演義》寫劉、關、張「桃園三結義」構成的是三角關係；作「三變節律」如《水滸傳》寫王倫、晁蓋、宋江先後爲梁山之主，構成的是先後替代的線性關係。又即使同爲「三復情節」或「三變節律」「三極建構」「三事話語」「一事三結」，表現的方式也可以是多種多樣，如《三國演義》中「三顧茅廬」是一氣寫完，「三氣周瑜」則中間有了隔斷。如此等等，茲不詳述。

然而無論如何，至此我們已經可以得出這樣的結論：「三而一成」是中國古代乃至至今天社會影響深遠廣大的一個文化傳統。其在敘事藝術中造就的多種敘事的模式，成爲中國敘事藝術中的一個普遍規律性特點，或說形成一種「俗套」。「俗套」往往是令人生厭的，但「俗套」之所以能夠形成，卻是有原因的。這原因就是它體現了藝術美的某些根本原理，試就「三而一成」敘事藝術現象中的表現揭示如下：

第一，「三而一成」諸模式合於中國華民族傳統審美心理與習慣。「三而一成」的關鍵是數字「三」，在中國人傳統心理習慣中，「三」雖然爲「數之小終」，但作爲「天、地、人」之數有「三生萬物」之效，有以少總多之義。所以，就古代讀者而言，敘事藝術中「三而一成」諸模式的以「三」爲度數，實與生活中一樣，都具有天經地義的正確性。這就是說，「三而一成」在中國人交流中形成的默契，當然也是一種審美的默契。這種默契使中國人普遍地認爲，在各種事物的過程或構造中，「三次」或「三個」爲恰到好處。這種狀態即十七八世紀之交英國經驗主義哲學家休謨所說，對象各部分之間的某種「秩序和結構適宜於使心靈感到快樂和滿足」，從而也就產生了美感；休謨又說，「由於內心體系的本來構造，某些形式或性質就能產生快感」〔註10〕。根據這個道理，由於前述「三而一成」的文化淵源，對於古代中國人說來，「三復情節」「三變節律」「三極建構」「三事話語」諸模式正就是具有那種「美的特徵」而「能產生快感」的形式，而具有了獨特的美學價值。

第二，並作爲「數之小終」，「三而一成」諸模式合乎美的比例和尺度。亞里斯多德《詩學》認爲：「一個有生命的東西或是任何由各部分組成的整體，

〔註10〕轉引自朱光潛《西方美學史》，人民文學出版社1980年版，第227頁。

如果要顯得美，就不僅要在各部分的安排上見出一種秩序，而且還須有一定的體積大小，因爲美就在於體積大小和秩序。一個太小的動物不能美，因爲小到無須轉睛去看時，就無法把它看清楚；一個太大的東西，例如一千里長的動物，也不能美，因爲一眼看不到邊，就看不出它的統一和完整。同理，戲劇的情節也應有一定長度，最好是可以讓記憶力把它作爲整體來掌握。」〔註11〕顯然，與定數「三」的絕對量度相聯繫，」「三而一成」諸模式最合乎審美在「體積大小和秩序」上要求。它既不太大，又不太小，對於讀者來說，正是有一定長度，又便於「讓記憶力把它作爲整體來掌握」的那種美感形式。《三國志演義》寫三國的成功以及其中「三顧茅廬」「三氣周瑜」等等的形式美，易於把握而又不一覽無餘，正是證明「三而一成」爲最美的形式之一。

第三，「三而一成」合乎寓變化於整齊，統雜多於單一的美學理想。「三復情節」寫一件事重複做三次而成功，「三變節律」經三次變化而至於結束，「三極建構」就三方互動演義，「三事話語」或並說三個、三面等種種事體，都具有複雜而又整一併富於變化的特點，十七八世紀之交英國美學家哈奇生認爲：「寓變化於整齊的觀照對象，比起不規則的對象較易被人更清晰地認出和記住。」〔註12〕「三而一成」諸葛亮模式正合乎這一美學原理。

總之，正如「黃金分割」是幾何圖形最美的比例，「三而一成」諸模式是中國敘事藝術最合乎中國人審美理想的造型，同時合乎普遍的美學原理。它植根於中華民族早期的認知方式和美感體驗，既有中華民族精神文明的特殊性，也有人類審美意識的普遍性。它一旦形成，就具有了一定的穩定性，成爲中國古代敘事藝術廣泛應用的情節模式，一個具體而鮮明的民族特色。

但是，人類不斷進步，社會不斷發展，任何民族的基本生活狀況，進而他的思維和表達方式、審美趣味，都會隨時代的發展有所變化，從而美的具體形式也是變動不居的。因此，「三而一成」諸模式作爲一定時期和範圍內社會生活和文學的產物，作爲中國古代週期緩慢的農業文明的一朵小花，也不可能永久地生生不已。所以近代以來，隨著我國社會的變革，工業文明的成長，生活的色調更加多變，節奏逐漸加快，「禮以三爲成」「事不過三」等等舊有生活方式及隨之產生的認知與審美習慣，都有了一定根本性的改變，敘事藝術中「三而一成」諸模式，也就逐漸失去其產生和存在的條件。因而現

〔註11〕《西方美學史》，第90頁。
〔註12〕《西方美學史》，第224頁。

在看來，「三而一成」諸模式多半只是作爲古代突出的文學現象，唯是其作爲古代敘事藝術的典範，仍閃耀著不朽的藝術魅力，當然也會有一些可資今人借鑒的價值。

（原載《南都學壇》2012 年第 1 期）

中國古代文學的「三事」話語

「三事」語出《尚書》《詩經》《左傳》等，本指天子施政的三件大事，《尚書・大禹謨》:「六府三事。」《尚書・立政》:「立政：任人、準夫、牧作三事。」《春秋左傳・文公七年》:「正德、利用、厚生，謂之三事。」周官有「三事大夫」，故《詩經・小雅・雨無正》有云:「三事大夫。莫肯夙夜。」《詩經・小雅・節南山之什》有云:「三事大夫，莫肯夙夜。」又《大雅・蕩之什》曰:「不留不處，三事就緒。」大約因爲「三」之爲數很早就被賦予了「三極之道」(《周易・繫辭上》) 的神聖意義，又因西周「三事大夫」的高官地位之故，所以，西周以後雖不再有此設置，但是，凡爲論說，仍然習慣於標舉「三事」，如《墨子・公輸》云:「臣以三事之攻宋也，爲與此同類。」以示全面、深刻和鄭重，形成我國古代生活中「三事」話語的傳統。

「三事」話語的極致是一句話只有三個字，即「三語」或「三言」，似不及於「事」，而實則論事深微者，如：

> 阮宣子有令聞。太尉王夷甫見而問曰:「老莊與聖教同異？」對曰:「將無同？」太尉善其言，辟之爲掾。世謂「三語掾」。衛玠嘲之曰:「一言可辟，何假於三！」宣子曰:「苟是天下人望，亦可無言而辟，復何假一！」遂相與爲友。(《世説新語・文學》)

此條中「三語」也還要損之又損，以至於「無言」，是三而一，一而無，爲老莊以「無」爲本思想的體現。然而，也有相反的情況，如：

> 靖郭君將城薛，客多以諫。靖郭君謂謁者，無爲客通。齊人有請者曰:「臣請三言而已矣！益一言，臣請烹。」靖郭君因見之。客趨而進曰:「海大魚。」因反走。君曰:「客有於此。」客曰:「鄙臣

不敢以死爲戲。」君曰：「亡，更言之。」對曰：「君不聞大魚乎？網不能止，鈎不能牽，蕩而失水，則螻蟻得意焉。今夫齊亦君之水也。君長有齊陰，奚以薛爲？夫齊，雖隆薛之城到於天，猶之無益也。」君曰：「善。」乃輟城薛。(《戰國策》卷八《齊一》)

此又是「三言」而益之又益，以至於多，其中蘊涵《老子》「有生於無」和「三生萬物」的辨證觀念。

但是，作爲一種句法或文學現象，其通常的形式是一句話列舉「三事」，作三個、三面或三層意義表述的語言形式。其源可追溯至先秦典籍，其流則中經漢唐散文的過度，而大暢於後世小說、戲曲。今依先秦以降歷代文獻——文學「三事」話語內容性質爲類，略爲論說如下，以見此傳統的悠久和特色的顯著，提供治漢語言文學的專家學者進一步研究的參考。

一、三項原則

即其內容爲修身處世三點要求的「三事」話語，多見於先秦兩漢典籍，而有不同形式的表現。如有從正面作責成性要求的：

子曰：「君子安其身而後動，易其心而後語，定其交而後求。君子修此三者，故全也。(《周易・繫辭傳下》)

子曰：「君子道者三，我無能焉：仁者不憂，知者不惑，勇者不懼。」子貢曰：「夫子自道也。」(《論語・憲問》)

曾子言曰：「……君子所貴乎道者三：動容貌，斯遠暴慢矣；正顏色，斯近信矣；出辭氣，斯遠鄙倍矣。籩豆之事，則有司存。」(《論語・泰伯》)

曾子曰：「吾日三省吾身：爲人謀而不忠乎？與朋友交而不信乎？傳不習乎？」(《論語・學而》)

也有從反面作禁止性要求的，如：

人主使人臣雖有智慧，不得背法而專制；雖有賢行，不得逾功而先勞，雖有忠信，不得釋法而不禁：此之謂明法。(《韓非子・南面》)

故用則衰，動則暗，作則倦。衰、暗、倦，三者非君道也。(《呂氏春秋・審分覽・任數》)

晏子對曰，「爲君厚藉斂而託之爲民，進讒諂而託之用賢，遠公正而託之不順，君行此三者則危。爲臣比周以求進，逾職防下，隱利而求多，從君不陳過而求親，人臣行此三者則廢。（《晏子春秋・內篇問上》）

還有並從兩面下筆的，如：

孔子曰：「益者三友，損者三友。友直，友諒，友多聞，益矣。友便辟，友善柔，有便佞，損矣。」（《論語・季氏》）

孔子曰：「益者三樂，損者三樂。樂節禮樂，樂道人之善，樂多賢友，益矣。樂驕樂，樂佚遊，樂宴樂，損矣。」（《論語・季氏》）

君子嘉仁而不責惠，尊禮而不責意，貴德而不責怨，其責也先己，而行也先人。淫惠、曲怠，私怨，此三者，實枉貞道，亂大德。然成敗得失，莫匪由之，救病不給，其竟奚暇於道德哉？此之謂末俗。（荀悅《申鑒・雜言下》）

治世所貴乎位者三，一曰達道於天下，二曰達惠於民，三曰達德於身。衰世所貴乎位者三，一曰以貴高人，二曰以富奉身，三曰以報肆心。荀悅《申鑒・政體》）

而無論責成、禁止或從兩面下筆的表述，都只有兩種方式：即一分爲三式，如上引「所貴乎道者三」之類；與合三而一式，如「三者非君道也」「君行此三者則危」之類。然而。也有論一事而兼用兩式的，如：

禮有三本：天地者，生之本也；先祖者，類之本也；君師者，治之本也。無天地惡生？無先祖惡出？無君師惡治？三者偏亡焉，無安人。故禮上事天，下事地，尊先祖而隆君師，是禮之三本也。（《荀子・禮論》）

自首句「禮之三本」至「治之本也」爲一分爲三式；自「無天地惡生」至「三者偏亡，無安人」，及其以下，爲兩個合三而一式。

一分爲三式「三事」話語往往是進一步討論即分論的基礎。這從上引某些條文已可看出，而有更明顯者，如：

聖人之所以爲治道者三：一曰利，二曰威，三曰名。夫利者所以得民也，威者所以行令也，名者上下之所同道也。非此三者，雖有不急矣。今利非無有也而民不化，上威非不存也而下不聽從，官

非無法也而治不當名。三者非不存也，而世一治一亂者何也？夫上之所貴與其所以為治相反也。(《韓非子·詭使》)

合三為一式「三事」話語也是進一步討論，卻是總論的基礎，如：

太上以志，其次以事，其次以功。三者弗能，國必殘亡，群孽大至，身必死殃，年得至七十、九十猶尚幸。(《呂氏春秋·孝行覽·遇合》)

而如上引「禮有三本」條兼用兩式者，則成「合→分→合」之往復變化以深入的論說態勢。

總之，以表述三點要求為內容的「三事」話語有各種不同的形式，而多以「……者三」或「……三者」語序出現，在這種情況下往往使論說之序為有分有合之「三而一成」(董仲舒《春秋繁露·官制象天》)；其錯綜應用則形成論說提綱挈領，並言三面，而層次分明，逐步深入的特點。

但是，此類「三事」話語也有並不以「……者三」或「……三者」形式，而只是並列「三事」或三事遞進而無所謂分合的，前者如：

子曰：「學而時習之，不亦說乎；有朋自遠方來，不亦樂乎；人不知而不慍不亦君子乎。」(《論語·學而》)

後者如：

子曰：「興於詩，立於禮，成於樂。」《論語·泰伯》)

先秦兩漢為我國文化傳統創始以至基本定型的時代，所以當時文章偏多這類標舉規範的「三事」話語。兩漢以後，思想、制度雖然仍在不斷變化，但是，大都損益前代，有不少還率由舊章，不再有很多原創的思想與社會的規範產生出來，也就減少了這種規範性表述的可能；而社會的情況也更加複雜，非「三事」可以概括，加以這種表述方式容易造成行文呆板凝滯的毛病，日久容易生厭。所以，先秦兩漢文章雖為後世追模的範式，但是，唐宋以降，散文中這類以三個規範為內容的「三事」話語就不多見了。即使小說也只在寫先秦歷史的《東周列國志》中偶得一見。該書第二十六回：

蹇叔對曰：「未也。夫霸天下者有三戒：毋貪，毋忿，毋急。貪則多失，忿則多離，急則多蹶。夫審大小而圖之，烏用貪？衡彼己而施之，烏用忿？酌緩急而布之，烏用急？君能戒此三者，於霸也近矣。」

又，同書第四十四回：

> 秦穆公接此密報，遂與蹇叔及百里奚商議。二臣同聲進諫曰：「秦去鄭千里之遙，非能得其地也，特利其俘獲耳。夫千里勞師，跋涉日久，豈能掩人耳目？若彼聞吾謀，而爲之備，勞而無功，中途必有變。夫以兵戍人，還而謀之，非信也；乘人之喪而伐之，非仁也；成則利小，不成則害大，非智也。失此三者，臣不知其可也！」

兩漢以後文學中三個規範類「三事」話語模式的式微，是漢語言形式與時演變進化的結果，體現了社會和中國人思想意識的進步。

二、三個條件

「三事」話語更多地出現在敘事中，又更多地表現爲矛盾對立中的一方向另一方提出解決問題的條件，往往就是「三件事」。此類「三事」話語套路相同，但從具體內容看，可分爲以下不同的類型：

1、歸降之約。章回小說中最早見於《三國演義》第二十五回寫張遼以「三罪」「三便」說關公降曹：

> （關）公曰：「兄言三便，吾有三約。若丞相能從，我即當卸甲；如其不允，吾寧受三罪而死。」遼曰：「丞相寬洪大量，何所不容。願聞三事。」公曰：「一者，吾與皇叔設誓，共扶漢室，吾今只降漢帝，不降曹操；二者，二嫂處請給皇叔俸祿養贍，一應上下人等，皆不許到門；三者，但知劉皇叔去向，不管千里萬里，便當辭去：三者缺一，斷不肯降。望文遠急急回報。」張遼應諾……〔註 1〕

後世模倣者有《說唐》第二回：

> 羅藝聞言，想了一想，就說道：「你要俺順隋，必依俺三件事，俺就順隋；如若不依，俺誓死不降。」楊林道：「將軍，是那三件事？」羅藝道：「我雖降隋，第一件：是俺部下兵馬，須聽俺調度，永鎮燕山；第二件：俺名雖降隋，卻不上朝見駕，聽調不聽宣；第三件：凡有誅戮，得以生殺自專。」楊林笑道：「將軍，此三件乃易事耳，都在老夫身上。」〔註 2〕

又，同書第四十八回：

〔註 1〕陳曦仲、宋祥瑞、魯玉川輯校，羅貫中《三國演義會評本》，北京大學出版社 1986 年版，第 306 頁。

〔註 2〕陳汝衡修訂《說唐》，上海古籍出版社 1978 年版，第 8 頁。

> 秦王叫道：「尉遲王兄，今日可該歸順孤家了吧！」尉遲恭見了一班英雄俱在面前，遂心生一計道：「唐童，我主已死，本該歸順，但要依俺三件事。」秦王道：「王兄願降，莫說三件，就是三十件也依你。」尉遲恭道：「第一件，要你同程咬金在我鞭下鑽過去；第二件。要把俺主公的首級合屍一處，歸葬入土；第三件，要你披麻帶孝，還要程咬金那廝拿哭喪棒。這三件，可依得麼？」眾將聽了，多有不平之色。秦王道：「都依！都依！」〔註3〕

我們能注意到，關羽、羅藝、尉遲恭都是歷史名將，小說這樣寫或有歷史根據，但主要是小說家為了塑造人物的需要，以提出「三件事」之約，使其雖不得已而降敵，卻能夠最大限度地做到不失身份和尊嚴，甚至因此為人物性格增加某種亮色，誠是煞費苦心的安排。

2、婚嫁之約。章回小說中最早見於《三國演義》第五十二回寫趙範使寡嫂向趙雲敬酒：

> （趙）雲曰：「賢弟何必煩令嫂舉杯耶？」（趙）範笑曰：「中間有個緣故，乞兄勿阻：先兄棄世已三載，家嫂寡居，終非了局，弟常勸其改嫁。嫂曰：『若得三件事兼全之人，我方嫁之：第一要文武雙全，名聞天下；第二要相貌堂堂，威儀出眾；第三要與家兄同姓。』你道天下那得有這般湊巧的？今尊兄堂堂儀表，名震四海，又與家兄同姓，正合家嫂所言……」〔註4〕

後世模仿者如《古今小說》第十五卷《史弘弘肇龍虎君臣會》：

> 閻待詔尋個恰好，遂請他出來，和他說道：「有頭好親，我特來與你說。」史弘肇道：「說甚麼親？」閻待詔道：「不是別人，是我妹子閻行首。他隨身有若干房財，你意下如何？」史弘肇道：「好便好，只有三件事，未敢成這頭親。」閻招亮道：「有那三件事？但說不妨。」史弘肇道：「第一，他家財由吾使；第二，我入門後，不許再著人客；第三，我有一個結拜的哥哥，並南來北往的好漢，若來尋我，由我留他飲食宿臥。如依得這三件事，可以成親。」〔註5〕

又如《警世通言》第十六卷《小夫人金錢贈年少》：

〔註3〕《說唐》，第211頁。

〔註4〕《三國演義會評本》，第650頁。

〔註5〕馮夢龍《古今小說》，人民文學出版社1984年版。

張員外道：「有三件事，說與你兩人。第一件，要一個人材出眾，好模好樣的；第二件，要門户相當；第三件，我家下有十萬貫家財，須著個有十萬貫房奩的親來對付我。」兩個媒人，肚裏暗笑，口中胡亂答應道：「這三件事都容易。」當下相辭員外自去。〔註6〕

這種作爲婚姻之約的「三事」話語在古代小說中較多，並且因其關乎人物「終身大事」而最引人注目。以舊時的標準，其結局固然有幸有不幸，但是，今天看來，卻幾乎都是悲劇，或者至少使人感到悲涼，因爲無論如何，即使這樣能夠成就的，也都是沒有愛的婚姻。〔補說：類似的還有才子佳人小說中擇偶的標準，《玉嬌梨》中蘇友白云：「有才無色，算不得佳人；有色無才，算不得佳人；即有才有色，而與我蘇友白無一段脈脈相關之情，亦算不得我蘇有白的佳人。」《醒風流》第五回：「佳人乃天地山川秀氣所鍾，有十分姿色，十分聰明，更有十分風流。十分姿色者謂之美人，十分聰明者謂之才女，十分風流者謂之情種，三者之中有一不具，便不謂之佳人。」〕

3、脅迫之約。最早也見於《三國演義》，該書第六十五回寫楊松欲逼反馬超，使人流言「馬超意欲……自爲蜀主……不肯臣於漢中」：

張魯聞之，問計於楊松。松曰：「一面差人去說與馬超：『汝既欲成功，與汝一月限，要依我三件事。若依得，便有賞；否則必誅：一要取西川，二要劉璋首級，三要退荊州兵。三件事不成，可獻頭來。』一面教張衛點軍守把關隘，防馬超兵變。」魯從之，差人到馬超寨中，說這三件事。超大驚曰：「如何變得恁的！」乃與馬岱商議：「不如罷兵。」〔註7〕

還有同時或稍後《水滸傳》第二十一回、第二十九回至第三十回、第四十二回至第四十三回和第六十一回，都有此類描寫。而後世模倣者亦夥，如《封神演義》第三十八回：

王魔曰：「姜子牙，吾乃九龍島煉氣道者王魔、楊森、高友乾、李興霸也。你我俱是道門。只因聞太師相招，替他到此。我等莫非與子牙解圍，並無他意。不知子牙可依得貧道三件事情？」子牙曰：「道兄分付，莫說三件，便三十件可以依得，但說無妨。」王魔曰：「頭一件：要武王稱臣。」子牙曰：「道兄差矣。吾主公武王，死是

〔註6〕馮夢龍《警世通言》，人民文學出版社1987年版。
〔註7〕《三國演義會評本》，第805頁。

商臣，奉法守公，並無欺上，何不可之有？」王魔曰：「第二件：開了庫藏，給散三軍賞賜。第三件：將黃飛虎送出城，與張桂芳解回朝歌。你意下如何？」子牙曰：「道兄分付，極是明白；容尚回城，三日後作表，敢煩道兄帶回朝歌謝恩，再無他議。」〔註8〕

以三個條件爲內容的「三事」話語雖可分爲上列三類，但是，也有別出心裁兼而有之者，如《孽海花》第七回：

那婆子想一想道：「也罷，要我不聲張，除非依我三件事。」寶廷連忙應道：「莫說三件，三百件都依。」老婆子道：「第一件，我女兒既被你污了，不管你有太太沒太太，娶我女兒要算正室。」寶廷道：「依得，我的太太剛死了！」婆子又道：「第二件，要你拿出四千銀子做遮羞錢。第三件，養我老夫妻一世衣食。三件依了，我放你起來，老頭兒那裡，我去擔當。」寶廷道：「件件都依，你快放手吧。」〔註9〕

這是以脅迫之術爲婚姻之約，完全是金錢交易。又如元雜劇《散家財天賜老生兒》第二折：

（卜兒云）引孫，你要借錢，我問你要三個人，要一個保人，要一個見人，要一個立文書人。有這三個人，便借與你錢，無這三個人，便不借與你錢。（正末云）哎，自家孩兒，可要甚麼文書？（卜兒云）他猛地裏急病死了，可著誰還我這錢？（張郎云）母親，正是這等說。〔註10〕

這是劇中劉從善的夫人在夫主「散家財」之餘，有意刁難其前來借貸的侄兒劉引孫時與丈夫的對話。所以，雖然「有這三個人」本是借貸之常規，但在這裡卻是節外生枝，爲一富有機趣的「三事」話語。

以上諸例，雖然內容各異，但是可以看出，作爲某種條件的「三件事」確實是古人相「約」的標準文本，一般由占主動一方提出，另一方答應與否決定事情進一步的發展。所以，古代文學中「三件事」的描寫往往起到承上啓下的作用。如《三國演義》中關公「三事」，在後文多次提起，成爲他降曹後又歸漢之人格的依據。也就因此，關羽「義」的品格在古人心目中得到了

〔註 8〕〔明〕許仲琳編著《封神演義》，上海古籍出版社 1991 年版，第 P249～250 頁。

〔註 9〕〔清〕曾樸《孽海花》，上海古籍出版社 1980 年版，第 56 頁。

〔註 10〕〔元〕武漢臣《散家財天賜老生兒雜劇》，《元曲選》（第一冊），中華書局 1958 年版。

保障甚至提升。另外，相約的「三件事」往往並不同等重要，第三件事常常是最終能否締約的關鍵，如《水滸傳》第二十一回寫閻婆惜提出「三件事」，連自己也覺得「只怕你（宋江）第三件依不得」，所以釀成「殺惜」〔註 11〕，故事情節也就因此有大轉折而向前發展。

又從上引諸例可以看到，古代文學各種「三件事」之約的描寫莫不模倣自《三國演義》，而《三國演義》的描寫又本自《三國志平話》，是從宋元「說三分」來的，可知其是民間「事不過三」傳統在文學中的表現。又從《三國演義》《水滸傳》到清末的《孽海花》，這「三件事」之約的話語形式一脈相承，還可見其是我國通俗文學一個數百年持續不斷的悠久傳統。

三、三個原因

「三事」話語又常常表現爲三個原因的表述，即對事之可能與否作分析時，主張者總要舉出一定的理由，這理由往往就是三個，表現的形式則主要有以下三種：

1、爲事前的說明，如《水滸傳》第六回寫魯智深大戰崔道成和丘道人，氣力不加：

> 智深一來肚裏無食，二來走了許多路途，三者當不的他兩個生力，只得賣個破綻，拖了禪杖便走。〔註 12〕

又，《警世通言》第三十七卷《萬秀娘仇報山亭兒》：

> 當時苗忠一條樸刀來迎這尹宗，元來有三件事奈何尹宗不得：第一是苗忠醉了；第二是苗忠沒心，尹宗有心；第三是苗忠是賊人心虛。苗忠自知奈何尹宗不得，提著樸刀便走。

戲曲中也不乏此種樣式，如高明《琵琶記》第十二齣《奉旨招婿》：

> 〔外〕休閒說，媒婆，我昨日奉聖旨，教我將小姐招贅蔡狀元爲婿，你如今去他跟前說知。若得成就了這頭親事，我多多賞你。〔丑〕這個有甚難處？一來奉當今聖旨，二來託相公威名，三來小姐才貌兼全，是人知道。蔡狀元有何不可？〔末〕這話極說得是。〔註 13〕

〔註 11〕〔元〕施耐庵、羅貫中《水滸傳》，人民文學出版社 1984 年版，第 278 頁。
〔註 12〕《水滸傳》，第 87 頁。
〔註 13〕〔明〕高明《琵琶記》，張憲文、胡雪岡輯校《高則誠集》，浙江古籍出版社 1992 年版。

這類「三事」話語，使前因後果明明白白，情節發展順理成章，加強了故事的眞實性，縮短、拉近了讀者與文本的距離。

2、事後的解釋，如《晏子春秋》卷五《內篇雜上》：

高糾事晏子而見逐。高糾曰：「臣事夫子三年，無得，而卒見逐，其說何也？」晏子曰：「嬰之家俗有三，而子無一焉。」糾曰：「可得聞乎？」晏子曰：「嬰之家俗，閒處從容不談議，則疏；出不相揚美，入不相削行，則不與；通國事無論，驕士慢知者，則不朝也。此三者嬰之家俗，今子是無一焉，故嬰非特食饋之長也，是以辭。」

這是對既成之事的解釋。又，高明《琵琶記》第四十齣《李旺回話》：

〔外〕李旺，我如今去朝廷上表，奏蔡氏一門孝道。管取吾皇降丹詔，把他召，我自去陳留走一遭。〔丑〕老相公：這個趙氏，其實難得。〔外〕便是。一家都難得：一來蔡伯喈不忘其親；二來趙五娘子孝於舅姑；三來我小姐又能成人之美。一門孝義如此，理當保奏，請行旌表。〔丑〕相公道得最是。

這是對既定之事的解釋。

這類三事話語使既成或既定之事理、原因得到說明，以釋疑解惑的姿態、口吻對情節的意義有所闡述、發揮，有一定增強說服力和感染性的作用。

3、事件進行的因素。如湯顯祖《牡丹亭》第五十三齣《硬拷》：

〔外〕柳夢梅怕不是他。果是他，便童生應試，也要候案。怎生殿試了，不候榜開，來淮揚胡撞？〔生〕老平章是不知。爲因李全兵亂，放榜稽遲。令愛聞得老平章有兵寇之事，著我一來上門，二來報他再生之喜，三來扶助你爲官。好意成惡意，今日可是你女婿了？〔外〕誰認你女婿來！〔註 14〕

這在柳夢梅雖有事後說明的性質，但其作用卻是爲了促成杜太守當下認自己爲女婿。又，關漢卿《趙盼兒風月救風塵》第三折：

〔滾繡球〕我這裡微微的把氣噴，輸個姓因，怎不教那廝背槽拋糞！更做道普天下無他這等郎君。想著容易情，忒獻勤，幾番家待要不問；第一來我則是可憐見無主娘親，第二來是我「慣曾爲旅偏憐客，」第三來也是我「自己貪杯惜醉人」。到那裡呵，也索費些

〔註 14〕〔明〕湯顯祖《牡丹亭》，人民文學出版社 1984 年版。

精神。〔註15〕

這是在事情進行中的反思。

比較以上兩種，這類三事話語與情節的發展有更加密切的關係，起承先啓後的作用。這種作用有時是重大的，如《水滸傳》第一回寫洪太尉使人打開伏魔殿，見一石碑，上鑿有「遇洪而開」四個眞字，書中論曰：

卻不是一來天罡星合當出世，二來宋朝必顯忠良，三來湊巧遇著洪信。豈不是天數！〔註16〕

這是對前者「遇洪而開」的解釋，卻又是對全書以下一百零八將故事的總說。

以上諸例表明，此類「三事」話語的應用，在通俗小說和戲曲中較爲普遍。又大概與文體有關：通俗小說爲說話體，因而用事前說明性的爲多；戲曲爲代言體，所以作事後解釋者爲常。而無論事前的說明或事後的解釋，這類用於說明原因的「三事」話語，都直截了當，事前的說明爲故事進一步發展渲染氣氛，對聽眾、讀者接受心理有預熱或引領作用；事後的解釋則使讀者、觀眾疑惑頓消，給人以「柳暗花明又一村」之感；而作爲事情進行中的因素，則密切了前後情節的聯繫，使敘事妥貼細密，神完氣足。

順便指出，《水滸傳》中講「三個原因」的三事話語形式應用最多。除了上已引及的，還有如第三十四回寫秦明戰敗被俘，「肚裏尋思」不得不留在梁山入夥，以及入夥後自薦能說服黃信投降梁山，都各有三個理由；第六十三回寫王太守稟梁中書姑存石秀等二人性命說：「……若將這兩個一時殺壞，誠恐寇兵臨城，一者無兵解救，二者朝廷見怪，三乃百姓驚慌，城中擾亂，深爲未便。」第七十三回寫梁山泊拿得「一夥牛子」，自道去東京看任原相撲：「小人等因這個人來，一者燒香，二乃爲看任原本事，三來也要偷學他幾路好棒。」等等，也都講三重理由或目的。此外，第十二回寫楊志回答牛二如何叫做寶刀的三件「好處」，第五十三回寫戴宗向羅眞人講李逵也有三件「小好處」，第六十八回寫宋江謙讓盧俊義爲山寨之主，自言「有三件不如員外處」，等等，也分明是講原因的。

〔註15〕〔元〕關漢卿《趙盼兒風月救風塵雜劇》，《元曲選》（第一冊），中華書局1958年版。

〔註16〕〔元〕施耐庵、羅貫中《水滸傳》，人民文學出版社1984年版，第13頁。

四、三個願望

「三事」話語在古代文學敘事中有時用來表達三樁心願。有的抒發人生理想，如五代馮延巳《長命女》詞云：

> 春日宴，綠酒一杯歌一遍，再拜陳三願：一願郎君千歲，二願妾身長健；三願如同梁上燕，歲歲長相見。(《陽春集》,《十名家詞集》本）

又如《水滸傳》第七十一回寫宋江欲建羅天大醮還「三大願」：

> 一則祈保眾兄弟身心安樂；二則唯願朝廷早降恩光，……三則上薦晁天王早生仙界，世世生生，再得相見。〔註 17〕

但是，這類「三事」話語的內容多半並不如此浪漫，而相反地多是死不瞑目的遺願，著名的如元雜劇《竇娥冤》寫竇娥臨刑發下「三樁誓願」，即血飛白練、伏天落雪、楚州亢旱三年。元雜劇中還有《死生交范張雞黍》第二則寫張元伯鬼魂對范巨卿說：

> 臨亡時，曾有遺言，囑咐老母：多停我幾日，等哥哥來主張下葬。哥哥若不到時，我靈車不動，不入墳丘。……家中老母年高，妻嬌子幼，無處可託，則望哥哥照顧老母和那妻子，便是俺朋友的情分。〔註 18〕

這裡所述雖然沒有作具體的區分，但是，第三則寫范巨卿明確說：「這三件事我索承頭，你身亡之後不須憂。」點明其正是關於張元伯遺願的「三事」話語形式。

以上三個願望爲內容的「三事」話語皆爲正面肯定的描寫。但是，也不乏用於諷刺否定的情況，前者如《太平廣記》卷六十四《太陰夫人》(注出《逸史》)：

> 女子謂（盧）杞：「君合得三事，任取一事。常（上）留此宮，壽與天畢；次爲地仙，常居人間，時得至此；下爲中國宰相。」杞曰：「在此處實爲上願。」……食頃間又問：「盧杞，欲水晶宮住、作地仙，及人間宰相，此度須決。」杞大呼曰：「人間宰相。」〔註 19〕

後者如元雜劇《羅李郎大鬧相國寺》第二折：

〔註 17〕《水滸傳》，第 973 頁。
〔註 18〕〔元〕宮大用《死生交范張雞黍雜劇》，《元曲選》（第三冊）。
〔註 19〕〔宋〕李昉等編《太平廣記》，中華書局 1961 年版。

> （侯興詐倒科，作魂云）我是湯哥來了也。（正末云）你來做甚麼？（侯興云）老爹，我不幸死了，我囑咐你的言語，你記者。我有三件事遺留的話，不要違我的。（正末云）孩兒，可是那三件事？（侯興云）頭一件事家緣過活，分與侯興一半。（正末云）這是誰説來？（侯興云）是我湯哥説來。（正末云）依的。（侯興云）第二件，侯興伏侍多年了，與他一紙從良的文書。（正末云）誰説來？（侯興云）是我湯哥説來。（正末云）依的！依的！（侯興云）第三件，把定奴與侯興做老婆。（正末云）是誰説來？（侯興云）我説來。（做醒科，云）老爹，我恰才怎生來？（正末云）恰才湯哥附著你來。（侯興悲科，云）我那有靈聖的哥哥，不知説甚麼來？（正末云）你哥哥吩吩三件事……〔註20〕

以三個願望爲內容的「三事」話語往往表達人物極度渴望的心理，其最後滿足與否常常是故事關注的中心。換言之，以三個願望爲內容的「三事」話語每每成爲情節發展的關鍵，而在作品中發揮重要作用，引起讀者強烈的關心與注意。

五、三個物品

古代文學敘事往往一舉三物，應是從「三事」脫化而來，爲「三事」話語的變相。這一類「三事」話語所及的三物，大致可分爲兩類：一樣三個與三樣各一。前者可稱爲「一三式」，後者可稱爲「三一式」。

「一三式」的三物一樣，有的用途也相同。如《太平廣記》卷六四《楊正見》（注出《集仙錄》）寫楊正見好生得寶：

> 女冠見而識之，乃茯苓也，命潔甑以蒸之。會山中糧盡，女冠出山求糧，給正見一日食、柴三小束，諭之曰：「甑中之物，但盡此三束柴，止火可也，勿輒視之。」女冠出山，期一夕而回。此夕大風雨，山水溢，道阻，十日不歸。正見食勁甚，聞甑中物香，因竊食之，數日俱盡，女冠方歸。聞之歎曰：「神仙固當有定分！向不遇雨水壞道，汝豈得盡食靈藥乎？吾師常云：『此山有人形茯苓，得食之者白日昇天。』吾伺之二十年矣。汝今遇而食之，眞得道者也。」

〔註20〕〔元〕張國賓《羅李郎大鬧相國寺雜劇》，《元曲選》（第四冊）。

但是更多用各有異，如《三國演義》第五十四回寫孫權應允劉備赴東吳招親：

玄德懷疑不敢往。孔明曰：「吾已定下三條計策，非子龍不可行也。」遂喚趙雲近前，附耳言曰：「汝保主公入吳，當領此三個錦囊。囊中有三條妙計，依次而行。」即將三個錦囊，與雲貼肉收藏。〔註21〕

又如《西遊記》第八回寫如來佛命觀音菩薩去東土尋一個取經的人，臨行：

如來又取出三個箍兒，遞與菩薩道：「此寶喚做緊箍兒。雖是一樣三個，但只是用各不同，我有『金緊禁』的咒語三篇。假若路上撞見神通廣大的妖魔，你須是勸他學好，跟那取經人做個徒弟。他若不伏使喚，可將此箍兒與他戴在頭上，自然見肉生根。各依所用的咒語念一念，眼脹頭痛，腦門皆裂，管教他入我門來。」〔註22〕

還如元雜劇《半夜雷轟薦福碑》第一折：

（范仲淹云）兄弟，既然你要轉動，我與你三封書，投託三個人去。頭一封書洛陽黃員外，你投託他去。他見我書呈，你那衣食盤費都在此封書上。第二封書是黃州團練副使劉仕林。他見我書呈必有厚贈。這第三封書是最要緊，是揚州太守宋公序，你下到這封書呵，休説你那盤纏鞍馬，就是前程事，都在此封書上。〔註23〕

以上一樣三個諸例中三物之用無論同異，卻都有一根本的共同點，即用於助人，而且往往奏效，使此「三事」話語成爲故事的關鍵，至少是重要的線索。

「三一式」即三樣各一的情況則往往與以上諸例相反，如《半夜雷轟薦福碑》第二折：

他又怕我不肯殺他，問我要三個信物驗證，要衣衫襟、刀子有血、掙命的土刻灘子。

又如《西遊記》第八十七回寫玉帝懲罰天竺國君：

玉帝道：「那廝三年前十二月二十五日，朕出行監觀萬天，浮遊三界，駕至他方，見那上官正不仁，將齋天素供，推倒喂狗，口出穢言，造有冒犯之罪，朕即立以三事，在於披香殿內。汝等引孫悟空去看。若三事倒斷，即降旨與他；如不倒斷，且休管閒事。」四

〔註21〕《三國演義會評本》，第669～670頁。

〔註22〕〔明〕吳承恩《西遊記》，人民文學出版社1985年版，第92頁。

〔註23〕〔元〕馬致遠《半夜雷轟薦福碑雜劇》，《元曲選》（第三冊）。

> 天師即引行者至披香殿裏看時，見有一座米山，約有十丈高下；一座面山，約有二十丈高下。米山邊有一隻拳大之雞，在那裡緊一嘴，慢一嘴，嗛那米吃。面山邊有一隻金毛哈巴狗兒，在那裡長一舌，短一舌，餂那面吃。左邊懸一座鐵架子，架上掛一把金鎖，約有一尺三四寸長短，鎖梃有指頭粗細，下面有一盞明燈，燈焰兒燎著那鎖梃。行者不知其意，回頭問天師曰：「此何意也？」天師道：「那廝觸犯了上天，玉帝立此三事，直等雞嗛了米盡，狗餂得面盡，燈焰燎斷鎖梃，那方才該下雨哩。」行者聞言，大驚失色，再不敢啓奏。走出殿，滿面含羞。四大天師笑道：「大聖不必煩惱，這事只宜作善可解。若有一念善慈，驚動上天，那米、面山即時就倒，鎖梃即時就斷。你去勸他歸善，福自來矣。」〔註24〕

還有《太平廣記》卷八十三《吳堪》（注出《原化記》）寫縣宰豪士垂涎吳堪美妻，圖謀奪之：

> 時縣宰豪士聞堪美妻，因欲圖之。堪爲吏恭謹，不犯笞責。宰謂堪曰：「君熟於吏能久矣，今要蝦蟆毛及鬼臂二物，晚衙須納，不應此物，罪責非輕。」堪唯而走出，度人間無此物，求不可得，顏色慘沮。歸述於妻，乃曰：「吾今夕殞矣。」妻笑曰：「君憂餘物，不敢聞命，二物之求，妾能致矣。」堪聞言，憂色稍解。妻曰：「辭出取之。」少頃而到，堪得以納令。令視二物，微笑曰：「且出。」然終欲害之。後一日，又召堪曰：「我要蝸斗一枚，君宜速覓此，若不至，禍在君矣。」堪承命奔歸，又以告妻。妻曰：「吾家有之，取不難也。」乃爲取之。良久，牽一獸至，大如犬，狀亦類之，曰：「此蝸斗也。」堪曰：「何能？」妻曰：「能食火，奇獸也，君速送。」堪將此獸上宰。宰見之怒……，遣食。食訖，糞之於地，皆火也。宰怒曰。「用此物奚爲？」令除火埽糞，方欲害堪，吏以物及糞，應手洞然，火飈暴起，……宰身及一家，皆爲煨燼，乃失吳堪及妻。其縣遂遷於西數步，今之城是也。

這是以三物行脅迫之例，其用心與上舉一三式諸例相反，而且《吳堪》的故事中縣宰索要三物分兩次提出，也是一個變化。

中國古代文獻包括文學典籍浩如煙海，形質萬殊。本文既不便以網羅無

〔註24〕《西遊記》，第1108～1109頁。

遺爲目標，也不敢以現象的最後確解爲鵠的，而勉爲博觀約取，以少總多，以小見大，作宏觀的掃描與把握。因此，以上諸多稱名指類，舉例按斷，必不免掛一漏萬，或以偏概全。但是，筆者相信有此初步的掃視與概括，已可證明「三事」話語在中國古代文學中是一個突出的語言與文學現象。其源遠流長，涉及廣泛，形式多樣，是中國語言文學一大民族特色，無論治語言學或文學的學者，都不可不予以適當的注意。

（原載《泰山學院學報》2004 年第 2 期）

古代數字「三」的觀念與小說的「三復情節」

中國古代小說多有從形式上看來，經過三次重複才能完成的情節，最著名的如「劉玄德三顧茅廬」「宋公明三打祝家莊」「孫行者三調芭蕉扇」，等等。這種情節的特點是：同一施動人向同一對象作三次重複的動作，取得預期效果；每一重複都是情節的層進，從而整個過程表現為起——中——結的形態。《論語・先進》曰「南容三復白圭」，藉此我們把這種情節稱為」三復情節」。」三復情節」在戲曲中也可以見到，但是中國戲曲發生較晚，其中」三復情節」是從小說借鑒來的，論小說也就包括了戲曲。至於小說中「三英戰呂布」「關公約三事」「三山聚義打青州」之類並寫三面的情況，不屬於我們所說的」三復情節」，當作別論。

中國古代小說情節也有重複至三次以上的，晉葛洪《神仙傳》中早就有了張道陵七試趙升，後來《三國演義》中有「六出祁山」「七擒孟獲」「九伐中原」等，但這樣累累如貫珠的情節設計，在後來小說中並不多見，遠不如」三復情節」的運用廣泛，並且一般都較為成功。可以說」三復情節」是中國古代小說一種耐人尋味的模式，一個突出的美學現象，其淵源流變，值得研究。

「三復情節」的關鍵在於一個「三」字。何以古代作家要他的人物做一件困難的事情，必經三次才能完成，並且不多不少，三次就能完成？論者或以為取材於史實，誠然有這種情況。例如較早又最著名的「三顧茅廬」就有《蜀書・諸葛亮傳》「先主遂詣亮，凡三往，乃見」的根據。但是生活中何以要「三往乃見」？而且早在「三顧茅廬」之前，《三國志通俗演義》就已經虛構了「陶恭祖三讓徐州」，何以並無歷史根據的地方也要虛構爲「三」讓，並且後世有眾多作家亦步亦趨地模倣它？這些問題的關鍵都在古代對數字「三」的理解，其根源則應追溯到先民對「數」的認識。

無論中外，人類「數」的觀念當起源於長期生產生活的經驗，它首先反映的是事物的自然屬性，後世謂之「自然數」。但是，誠如著名史學家呂思勉先生在《先秦學術概論》中所說：「人之思想，不能無所憑藉，有新事物至，必本諸舊有之思想，以求解釋之道，而謀處置之方，勢也。」「數」的觀念產生以後，在人類思想的發展中也曾不止於自然科學的意義，而同時還被作爲溝通天人、把握世界的一種哲學觀念，從而在古希臘出現了著名的畢達哥拉斯學派，在中國則有了先秦的陰陽數術家。在哲學上，畢達哥拉斯學派認爲萬物最基本的原素是數，數的原則統攝著宇宙的一切現象，從而導致神秘主義；中國的數術家認爲物生而有象，象生而有數，也有相反地認爲先有數後有象的，總之是萬物莫不有數，進而以「數」行占驗之「術」，以「術」占驗其「數」，推測人事之吉凶。所以，《漢書・藝文志》數術家類序曰：「數術者，皆明堂羲和史卜之職也。」先秦「數術」大體就是巫卜之術。但是，先秦用「數」的觀念說明世界的不止「數術」一家，道家、儒家等也致力於用「數」的觀念構造宇宙生成、存在和發展的圖式。《老子》四十二章：「道生一，一生二，二生三，三生萬物。」《莊子・齊物論》：「一與言爲二，二與一爲三，自此以往，巧歷不能得，而況其凡乎？故自無適有，以至於三，而況自有適有乎？」儒家用「數」以解釋世界的努力則集中表現於一部《周易》。《周易》之爲書，揲蓍以求數，因素以設卦，由卦而觀象，依象而繫辭，「數」爲全部六十四卦的基礎。所以《周易》以陰陽兩爻錯雜所組成的六十四卦系統整合一切自然現象和社會關係，實質上是用「數」顯示一個生生不已的宇宙圖式。《周易・繫辭上》說：「參伍以變，錯綜其數，通其變，遂成天下之文；極其數，遂定天下之象。」就是講這個道理。早期的《易》本就是數術，在以「數」行占驗之「術」一點上，《周易》與數術家所爲本質上沒有什麼不同。總之，「天下同歸而殊途，一致而百慮」，中外早期哲學家用「數」解說自然，構造宇宙圖式，乃是一普遍現象。

中國先秦諸多以「數」構造的宇宙圖式中，我們注意到「一」「三」「五」三個數字最具重要意義。這裡「一」「五」可不必說了。「三」在老莊哲學中，如上引文所示，爲「生萬物」和「自此以往，巧歷不能得」的臨界點，也就是說，「三」爲有限之極，又爲無限之始，其爲萬物生化之關鍵，是顯然的。而《周易》六十四卦的基礎是八卦，八卦取奇畫爲陽，取偶畫爲陰；三畫成列爲一基本卦。而三畫取義：一畫開天，在天成象；下一畫爲地，在地成形；中一畫爲人，人爲萬物之靈。《易・乾》孔穎達《正義》曰：「必三畫以象三才，寫天地雷風水火山澤之象，乃謂之卦也。」所以八卦的原理乃是合天、地、人「三才」以包舉萬象。八卦重而爲六十四卦，成六畫卦，其意義也正同三畫卦。《易傳・繫辭下》說得明確：「《易》之爲書也，廣大悉備，有天道焉，有人道焉，有地道焉，兼三才而兩之，故六。六者非它也，三才之道也。」總之，《周易》「廣大悉備」，其內容不過三畫所代表的天、地、人，其旨歸乃貫通「三才」，以整合萬象，闡明宇宙人生變易的規律，故稱「天人之學」。在這裡，我們看到數字「三」作爲卦爻三畫之「三」即「三才」之「三」，成爲中國「天人合一」哲學這一最高智慧的基數，具有以有限寓無限、包羅萬象、總括一切的意義，從而在中國人的觀念中有特殊重要的地位，受特別的重視。宋儒邵雍甚至稱「三」爲「易之眞數」，即天地之正數，這裡都不必詳說了。

數字「三」這種帶有神秘的哲學意義滲入中國古代生活的各個方面。例如官以「三公」爲尊，學有三老爲長，倫常以「三綱」打頭，等等。但是，它對中國人生活方式和習俗的廣泛影響，主要是通過落實爲禮的度數而實現的。這一點從上古卜筮之法可以看出。《禮記・曲禮上》：「卜筮不過三。」孔穎達疏：「卜筮不過三者，王肅云：『禮以三爲成也，上旬，中旬，下旬，三卜筮不吉，則不舉也。』」這裡「三（次）」成爲卜筮求吉的限度。但是從疏引王肅的話可知，「卜筮不過三」乃「禮以三爲成」的一個體現，《春秋公羊傳》僖公 31 年也記曰「三卜，禮也；四卜，非禮也」。所以「禮以三爲成」應是周禮的制度。而這裡的「三」，其前身就是易卦「三才」的「三」，與《禮記・樂記》所說「禮者，天地之序也」正相合。總之，禮本天地之序，由「三才」思想制禮之度數「以三爲成」，然後才有「卜筮不過三」及種種以「三」爲度之禮數。這一點王肅或有更直接的根據，而我們從《周禮》等書的記載也可以確信。例如《周禮》特多「三揖三辭」「三揖三讓」「三請三進」「三獻」「三饗」等語，《禮記》中「三辭三讓」之類話更不勝枚舉，還有《論語・泰伯》稱泰伯「三以天下讓」等等，率以「三」爲禮之度數，都可以證明周禮本「天地之序」「以三爲成」是一個通則。

「禮以三爲成」作爲禮數的制度，在周代很嚴格，茲結合「先主遂詣亮，凡三往，乃見」的問題，就往來授受的方面舉數例如下。以上臨下，「三命」「三往」爲限。《尚書・周書》：「我惟時其教告之，我惟時其戰要囚之，至於再，至於三。乃有不用我降爾命，我乃其大罰殛之。」這是天子三命不從，則知其必不受命而殺之；又《韓非子・外儲說右上》：「太公望東封於齊。海上有賢者狂矞，太公望聞之往請焉，三卻馬於門，而狂矞不報見也。太公望誅之。」這是諸侯三請不見，則知其必不爲我用而殺之。又《呂氏春秋・難一》：「齊桓公時，有處士小臣稷，桓公三往而弗得見……五往乃得見之。或曰：『桓公不知仁義。』」這就是說，諸侯求賢，三往不得見，則應知其不愛己而不必再往。以下事上，以「三諫」爲限。《禮記・曲禮下》：「爲人臣之禮不顯諫，三諫而不聽則逃之；子之事親也，三諫而不聽，則號泣而隨之。」此誠如《荀子・禮論》論三年之喪所說：「三年之喪，人道之至文者也，夫是之爲至隆……三年事之猶未足也，直無由進之耳。」總之，「禮以三爲成」，「三」是標準，也是極限，過或不及，對於交往的雙方，均爲失禮，甚至導致嚴重後果。

春秋以後，「禮崩樂壞」，「禮以三爲成」的傳統自然隨之削弱；但是秦漢以降，禮教不斷被重整以延續，「禮以三爲成」的許多規則，仍在實際生活中保持了下來，例如三跪九叩，山呼萬歲，酒過三巡等等，就很明顯是「禮以三爲成」的傳習。而「禮以三爲成」的實質，就是一件事情可以重複做到三次，但是不能超過三次；三次不成，則不必做第四次。這在客觀上就成了「事不過三」。所以春秋以降，實際生活中「禮以三爲成」的傳統，更多的是積澱爲「事不過三」的意識支配人的行動。《左傳》莊公十年，曹劌曰：「一鼓作氣，再而衰，三而竭。」就是「事不過三」的顯例。「事不過三」可能是從「筮不過三」音轉而來，然而它最後的根據仍是「禮以三爲成」。明白了這點，結合前舉數例，也就容易理解「先主遂詣亮，凡三往，乃見」的道理了。劉備與王肅同時稍早，曾師事同郡經學家九江太守盧植，自然知道「禮以三爲成」之數，還可以認爲他熟悉上述那些「三往」「五往」一類故事——《三國志通俗演義》正是這樣寫的，所以他請諸葛亮出山，能「三往」，「三往」而後申足尊賢之禮；諸葛亮則待其「三往」，禮成而見，自是賢者身份。劉備當然希望一往、二往即見，但諸葛亮必不使如此。毛宗崗評曰：「孔明決不如此容易見也。」然而劉備既已「三往」，諸葛亮有出山之意，則必見。所以一般說來，「三往乃見」，不可多亦不可少，少則禮不至，多亦不必要。禮數如此，「三往」不見，大約劉備也不會再去，結果對於雙方都至少是一個不快。總之，「三顧茅廬」根據史實，但是史實的社會根源是「禮以三爲成」的傳統。同樣，「三讓徐州」雖然是虛構的，但是虛構爲「三」讓，也是受了「禮以三爲成」觀念的支配所致。如果說它還有一個具體的模擬對象，則好像應該是《論語》等書所載泰伯「三以天下讓」的古傳。當然，「三復情節」成爲中國古代小說的一種模式，還有它形式美的原因，但是中國古代以「三復」爲美的藝術觀念的形成，也主要是「禮以三爲成」的古代生活孕育的結果，最終仍然是由於古人對數字「三」的特殊理解，結論是一樣的。

如上所述，「禮以三爲成」既是周秦以來中國人生活的一種法則和習慣，《史記・留侯世家》載張良爲黃石老人三次進履的故事，雖在史書，實乃太史公「好奇」之筆，已明顯是三復情節的雛形。後世「近史而悠謬」的一類雜史傳小說中，更是或明或暗有了「三復情節」的故事。如「顏駟三世不遇」（《漢武故事》），「年少未可婚冠」（《西京雜記》），都極爲近似，但均極簡略，小說性較弱，可以不計。漢魏六朝小說眞正意義上的」三復情節」，見於葛洪《神仙傳》中的《左慈》。這篇仙傳故事的前半寫左慈三次戲弄曹操，曹操無可奈何，基本上合於我們所說」三復情節」的標準。但也很明顯，它的運用是不夠自覺的。

自唐人始有意爲小說，技巧也達到成熟，從而第一次出現自覺運用「三復情節」的作品，這就是牛僧孺《玄怪錄》中的《杜子春》。這篇小說寫杜子春得老人三次贈款，才愧感發憤，治家成功，而且在行文中借杜子春之口說「獨此叟三給我」，點出了「三復」的特徵，表明了自覺運用這一模式的意識。但是眞正奠定並發揚這一模式的是《三國志平話》，它寫了並且有圖目標明的「三復情節」就有「張飛三出小沛」和「三顧孔明」；寫了而未曾標題明確的還有「曹操勘吉平」等。這些情節雖然還比較簡略，但是已經可以看出，當時說話人有意運用「三復情節」加強說話藝術的魅力。不過，使「說三分」的這些「三復情節」成爲經典之作，乃是羅貫中《三國志通俗演義》的成功創造。《三國志通俗演義》在平話原有「三復情節」的基礎上作了調整和加強，把這一情節模式發揮到淋漓盡致。此後《三遂平妖傳》《水滸》《西遊》《列國志傳》、「三言二拍」、《女仙外史》《醒世姻緣傳》《好逑傳》《歧路燈》《紅樓夢》等等，諸書明裏暗裏運用這一情節者不勝枚舉，蔚爲大觀。但是清乾隆以後小說運用這一模式的現象就少見了，這大約與近代中國社會生活、文學風習的急劇變化不無關係。

（原載《文學遺產》1997 年第 1 期）

中國古代小說「三復情節」的流變及其美學特點

中國古代小說多有從形式上看來，經過三次重複才能完成的情節，著名的如「劉玄德三顧茅廬」「宋公明三打祝家莊」「孫行者三調芭蕉扇」，等等。這種情節的特點是同一施動人向同一對象作三次重複的動作，取得預期效果，因而筆者稱之爲「三復情節」。

「三復情節」源於中國先民對數字「三」的特殊認識。世界各古老民族一般在很早就都有了「數」的知識，並且至少有古希臘羅馬的畢達哥拉斯學派和中國先秦的數術家曾嘗試用「數」的觀念來把握世界。在中國，儒家六經之首的《周易》稱「萬物之數」(《繫辭傳》)，則萬物莫不有「數」；又說：「天數二十有五，地數三十，凡天地之數五十有五。此所以成變化而行鬼神也。」即是說萬物變化莫不由「數」。由此產生「數術」，通曉用「數」之「術」，就能掌握了其規律。《漢書・律曆志》:「伏羲畫八卦，由數起。」《周易》設卦成象，「參天兩地而倚數」，就是一種「與天地準，故能彌綸天地之道」「廣矣大矣」「至矣」之「數術」，故有「宇宙代數學」之稱。易數之中，「三」有多種意義和特殊地位。它除了是八卦成象的基礎數（三爻成卦）之外，還代表天、地、人「三才」，爲「三才」之數。在實際生活中，「三才」被理解爲崇高和囊括一切的概念。從而作爲「三才」之數，「三」逐漸演爲極限的象徵，成爲中國人多方面行動原則的一個定數。即以先秦人最重的卜筮而言，《易・蒙》曰:「初筮告，再三瀆，瀆則不告。」就是說卜筮只有第一次是靈驗的，第二次、第三次就不行了。又，《穀梁傳》僖公三十一年:「四告，非禮也。」

關於卜筮的這個思想在《禮記·曲禮上》簡括爲「卜筮不過三」，鄭玄注：「求吉不過三。」孔穎達疏：「卜筮不過三者，王肅云：『禮以三爲成也。』」「禮以三爲成」就是說「三」爲成禮之數，過或不及都是非禮的行爲。而中國古代社會是一個禮教的社會，無往而不有禮數，所以「筮不過三」「禮以三爲成」實行的結果就是「事不過三」。「事不過三」即是周秦以來中國人生活中一個重要而突出的習慣法則，它表現了中國人處事原則性與靈活性相統一的作風。先秦典籍中例證頗多，不妨只從《左傳》舉出三個來：《僖公二十三年》：公子重耳對曰：「晉楚治兵，遇於中原，其辟君三舍。若不獲命，其左執鞭弭、右屬櫜鞬，以與君周旋。」《宣公十五年》：「鄭人囚而獻諸楚，楚子厚賂之，使反其言，不許，三而許之。」《襄公二十二年》：「他日朝，與申叔豫言。弗應而退。從之，入於人中。又從之，遂歸。退朝，見之，曰：『子三困我於朝，吾懼，不敢不見。』」總之，中國人「禮以三爲成」——「事不過三」的文化傳統，也就是一件事可以做三次，並且最多做到三次的觀念與習慣，乃是中國小說「三復情節」的生活淵源。

作爲「禮以三爲成」——「事不過三」民族傳統的反映，漢代以來「近史而悠謬」的一類雜史傳小說中，就或明或暗有了近似「三復情節」的故事，如「顏駟三世不遇」（《漢武故事》），「年少未可婚冠」（《西京雜記》），但均極簡略，小說性較弱，可以不計。稍後六朝小說中帶有「三復情節」特徵的作品，還有《幽明錄》「新鬼覓食」和《續齊諧記》「陽羨書生」。這兩個故事都很優美，但是前一個寫新鬼三往覓食，三次去了三個人家；後一個寫三次吐人，卻不出於同一人之口，所以這兩個故事只是各具「三復情節」的一個或兩個方面，都還不是完整意義的」三復情節」。漢魏六朝小說眞正意義上的」三復情節」，見於葛洪《神仙傳》中的《左慈》。這篇仙傳故事的前半寫左慈三次戲弄曹操，曹操無可奈何，基本上合於我們所說「三復情節」的標準。這個故事後來被羅貫中採入《三國志通俗演義》。但在《神仙傳》中，這個故事還未經文字點明「三復情節」的特點，這也許可以說明，漢魏六朝小說家運用這一模式還是不自覺的。

唐人始有意爲小說，技巧也達到很高的程度，於是乃有了自覺運用三復情節的作品，這就是牛僧孺《玄怪錄》中的《杜子春》（一說出《續玄怪錄》）。對於《杜子春》的故事，向來研究者只注意它的後半來源於佛籍《大唐西域記》的一面，卻未見人注意到它的前半乃是中國人創造的一種比較典型的「三復情節」。小說的前半寫杜子春「嗜酒邪遊，資產蕩盡」，先後兩次得老人贈以鉅款而揮霍之，第三次得老人贈款，才愧感發憤，治家成功。小說中杜子春已說到「獨此叟三給我」，點出了「三復」的特徵，至明代《三言》演爲《杜子春三入長安》，進一步從題目上把這一特徵揭明了。因此，《杜子春》應是今見最早典型的三復情節故事。宋代羅燁《醉翁談錄》公案類有《三現身》一目，當即《警世通言》卷十三《三現身包龍圖斷冤》所本，應是宋代說話中具」三復情節」的故事，可惜失傳。此外，三國故事中「三顧草廬」等「三復情節」，在宋代「說三分」中也應該形成了，但是，我們能見到的有關文字材料，卻是晚至元代的《三國志平話》。

在中國通俗小說中，《三國志平話》奠定了「三復情節」的模式。它寫了並且有圖目標明的「三復情節」就有「張飛三出小沛」和「三顧孔明」；寫了而未曾標題明確的還有「曹操勘吉平」等。這些情節雖然還比較簡略，但是已經可以看出，當時說話人在有意運用「三復」的手法加強說話藝術的魅力。不過，使「說三分」的這些「三復情節」成爲經典之作，乃是羅貫中《三國志通俗演義》的成功創造。《三國志通俗演義》在平話原有「三復情節」的基礎上作了調整和加強：「三復情節」通過有關則的標題被突出了，如卷三第三則「陶恭祖三讓徐州」，卷五第六則「曹孟德三勘吉平」，卷八第三則「劉玄德三顧茅廬」，卷十二第二則「諸葛亮三氣周瑜」。雖然平話中有過的「張飛三出小沛」不見了，但是「三復情節」在全書的地位得到了加強。至毛本《三國演義》則去「曹孟德三勘吉平」，增「荊州城公子三求計」。至於故事的委曲，描寫的充分，讀者盡知，無須贅說。顯然，羅貫中意識到了「三復情節」模式的美學價值，才如此自覺地下大力氣，把由《三國志平話》草創的這類情節發揮到淋漓盡致。

《三國志通俗演義》把」三復情節」的運用推到成熟，明清小說模倣這一形式的，筆者就粗略檢得，表列如下：

書　目	卷回	回（卷）目	書　目	卷回	回（卷）目
三國志通俗演義	3	陶恭祖三讓徐州	水滸傳	30	施恩三入死牢
	5	曹孟德三勘吉平		50	宋公明三打祝家莊
	8	劉玄德三顧茅廬		80	宋江三敗高太尉
	12	諸葛亮三氣周瑜	西遊記	27	屍魔三戲唐三藏

繡榻野史	上	金氏三戰皆北		61	孫行者三調芭蕉扇
三遂平妖傳	10	蛋和尚三盜袁公法	三寶太監西洋記	27	張天師三戰大仙
	34	劉彥威三敗貝州城		31	姜金定三施妙計
飛劍記	10	呂純陽三醉岳陽		62	陳堂三戰西海蛟
南遊華光傳	4	華光三下酆都	封神演義	72	廣成子三謁碧遊宮
警世通言	3	王安石三難蘇學士	春秋列國志傳	5	晉升先軫三氣子玉
	13	三現身包龍圖斷冤	醒世恒言	11	蘇小妹三難新郎
	18	老門生三世報恩		37	杜子春三入長安
拍案驚奇	23	江陵郡三拆仙書	二刻拍案驚奇	37	三救厄海神顯靈
達摩出身傳燈傳		達摩三授慧可	掃鬼敦倫東渡記	62	道古三施降怪法
續西遊記	69	悟空三誘看經鶴	十二樓		失新歡三遭叱辱
梁武帝西來演義	20	拼莊墓三築淮山堰	女仙外史	6	嫖柳妓三戰脫元陽
	37	梁主三捨身同泰寺		78	呂軍師三敗誘蠻酋
劉進忠三春夢	2	劉總兵三番賑濟		94	燕庶子三敗走河間
醒世姻緣傳	93	嶧山神三番顯聖	說唐演義全傳	26	因劫牢三攪楊林
說唐後傳	23	贈令箭三次投軍	金石緣	19	慕原夫三偷不就
紅樓夢	40	金鴛鴦三宣牙牌令	反唐演義	62	薛剛三祭鐵丘墳
征西說唐三傳	21	寶同三困鎖陽城	飛龍全傳	36	三折挫義服韓通
	30	三擒三放薛丁山	海遊記	25	擒降將三破鐵甕山
	35	程咬金三請樊梨花	嶺南逸史	9	三請兵激怒督府
	77	薛剛三掃鐵丘墳	粉妝樓全傳	8	玉面虎三氣沈廷芳
瑤華傳	3	三請明師特地來	蕩寇志	84	苟恒三讓猿臂寨
飛跎全傳	24	飛跎子三進簸箕陣		110	陳希眞三打兗州
爭春園	35	三進開封索寶劍		124	汶河渡三戰黑旋風
善惡全圖	25	湯經略三鬧李府	三續施公案	44	黃天霸三進薛家窩
五續施公案	38	次夜戰三打殷家堡	六續施公案	14	求勇士三顧萬家莊
七續施公案	8	細推詩句三解冤情	九續施公案	35	賀人傑三入殷家堡
	30	盜御馬三進連環套	全續施公案	18	黃天霸三探齊星樓
三王造反	26	李昌賴三設奇計	忠孝勇烈奇女傳	8	木蘭山天祿三祈嗣
綠牡丹	48	鮑自安三次捉淫		17	木蘭三敗番兵
雲中雁三鬧太平莊	51	小英雄三鬧太平莊		32	木蘭三上陳情表

鋒劍春秋	19	白猿三盜裝仙盒	忠烈全傳	42	交趾國三次進取
	53	海潮三動鎖仙樓	宋太祖三下南唐	12	硬拒戰三陣卻配
繡雲閣	13	查良緣三請月老	龍圖耳錄	105	三探重霄玉堂遭害
	28	白鹿洞雪中三顧	一層樓（蒙文）	30	白老寡三進賁侯府
金臺全傳	4	蛋和尚三盜天書	青史演義（蒙文）	4	依山要隘三報深仇
繪芳錄	8	平海寇羽報連三捷		12	可恥的伊拉固三次放毒克魯倫河
呂純陽三戲白牡丹	15	呂純陽默認三戲			
三俠五義	3	隱逸村狐狸三報恩	續小五義	88	三盜魚腥劍大盜起身
	33	美英雄三試顏杳散	永慶升平前傳	81	倭侯爺三探峨嵋山
彭公案	37	楊香武三盜玉杯	再續彭公案	65	眾英雄三打連環寨
	94	眾英雄三探畫春園	七續彭公案	24	報弟仇三探紅桃山
續獨生女英雄傳	21	問迷津三閱仙東	七劍十三俠	27	徐鳴振三次上金山
仙俠五花劍	10	白素雲三探臥虎營		65	徐鳴皋三探寧王府
海上繁華夢	35	賭龜三賣葉蓁蓁		101	運籌帷幄三次驕兵

以上共 67 部 97 次，應當還有遺漏。此外，不曾有回目標明而實際暗用這一模式的也還不少。例如《醒世姻緣傳》第 45 回《薛素姐酒醉疏防，狄希陳乘機取鼎》，寫狄希陳新婚之夜被薛素姐兩拒於房外，第三次才得與新娘同房〔註 1〕；《好逑傳》寫過公子強娶水冰心爲妻，三次用計，都被水冰心挫敗；《歧路燈》寫烏龜三上碧草軒勾引譚紹聞赴賭；《紅樓夢》寫劉姥姥三次進榮國府〔註 2〕，等等。也有於細微處大量運用三復情節的，如《水滸傳》第 22 回《景陽崗武松打虎》說村酒「卻比老酒的滋味」爲「三碗不過崗」，後又有第 28 回《武松醉打蔣門神》寫武松「無三不過望」閒閒相對；還有第十一回

〔註 1〕這一回敘事中說到「狄希陳等他不來同吃，心裏有了那薛三娘子的錦囊」，「錦囊」當是從《三國演義》寫趙雲保護劉備東吳招親，諸葛亮送給趙雲三個錦囊的故事而來，這可以加強本回描寫是暗用「三復情節」的判斷。

〔註 2〕《紅樓夢》第六回回目標有「劉姥姥一進榮國府」，甲戌本脂評曰：「此回借劉嫗，卻是寫阿鳳正傳，並非泛文，且伏二進、三進及巧姐歸著。」但二進、三進沒有標目，今本「巧姐歸著」即高鶚續第 113 回「懺宿冤鳳姐託村嫗」，實際已是第四進。不過，從「一進」的標目及脂評透露的情況，曹雪芹原著應是「三進」，「巧姐歸著」只是「三進」的餘波，所以仍然應當看作是暗用「三復情節」模式。

《汴京城楊志賣刀》寫牛二逼楊志驗證寶刀三件好處……，諸如此類，別種書中大約亦不難找到。總之由元明至清末，無論長篇短篇、世情、神魔、英雄傳奇、俠義公案等各體各類，中國通俗小說對「三復情節」模式的運用普遍深入而且持久。大略而言，最初是歷史演義、英雄傳奇用之較多，而愈到後來則幾乎成了俠義公案類小說的專利，像《施公案》及其續書的不厭其繁，簡直就是拿這一模式用作把小說做得長而又長的戲法。

各書運用三復情節的方式有不同。有的一部書不憚反覆運用，有的甚至直接出現於書名。有的只在一回書中，多數作三回書出現（這種情況上表只標出了第 3 回）。有的是接連三回書，也有的三回書中間插入其他情節隔斷如評點家所謂「横雲斷山」者，從而各種不同運用的三復情節的長度、跨度和張弛的程度各有不同，其意義也自不同。大凡作一回或者作接連三回者妙在三復情節本身，插入其他情節間斷者有調節敘事節奏的作用。《三國演義》第 56 回毛評曰：「三顧茅廬之文，妙在一連寫去；三氣周瑜之文，妙在斷續敘來……參差入妙。」此外似乎有時還可以起到局部或一定程度上加強組織結構的作用，如《紅樓夢》中劉姥姥三進榮國府；甚至有用作全部的框架的，如《雲中雁三鬧太平莊》《宋太祖三下南唐》。這最後一種情況比較少見，一般並用前幾種方式的較爲成功，而最成功的正就是中國章回小說打頭的《三國志通俗演義》，後來這一方面總體上沒有超過它的。後世各書運用這一模式也不同樣成功。不過具體到一部書中，這一模式的運用一般都使其描寫增色，從而受到讀者的歡迎。這只要對照同是《三國志通俗演義》創造得最好的「六出（祁山）」「七擒（孟獲）」一類更爲繁複的情節樣式後世並未成爲一種模式，就可以知道；同時也就知道，一個算不上很成功的「三復情節」，也可以有相當的藝術魅力，因而較其他形式「重複」有更多存在的理由，——「三復」最好，這眞正是文學上的一個奇觀。

這應當是有原因的。竊以爲根本原因有四：

首先，「三復情節」本是古代中國人獨特的思維方式和生活習俗的創造，自然而然地合乎其審美心理和習慣。十七八世紀之交英國經驗主義哲學家休謨認爲：對象各部分之間的某種「秩序和結構適宜於使心靈感到快樂和滿足」，這就是美的特徵之一；休謨又說，「由於內心體系的本來構造，某些形式或性質就能產生快感」〔註 3〕。根據這個道理，由於前述三復情節的文化淵

〔註 3〕轉引自朱光潛《西方美學史》，人民文學出版社 1980 年版，第 227 頁。

源，對於古代中國人說來，」三復情節」模式正就是具有「美的特徵」「能產生快感」的形式，而具有了獨特的美學價值。

其次，「三復情節」合乎美的比例和尺度。亞里斯多德《詩學》認爲：「一個有生命的東西或是任何由各部分組成的整體，如果要顯得美，就不僅要在各部分的安排上見出一種秩序，而且還須有一定的體積大小，因爲美就在於體積大小和秩序。一個太小的動物不能美，因爲小到無須轉睛去看時，就無法把它看清楚；一個太大的東西，例如一千里長的動物，也不能美，因爲一眼看不到邊，就看不出它的統一和完整。同理，戲劇的情節也應有一定長度，最好是可以讓記憶力把它作爲整體來掌握。」〔註 4〕顯然，與定數「三」的絕對量度相聯繫，「三復情節」最合乎審美在「體積大小和秩序」上要求。它既不太大，又不太小，對於讀者來說，正是有一定長度，又便於「讓記憶力把它作爲整體來掌握」的那種美感形式。《三國演義》中「三顧茅廬」「三氣周瑜」，比較「六出祁山」「七擒孟獲」「九伐中原」更膾炙人口的事實，正可以證明「三復情節」形式美的這種優越性。

第三，「三復情節」合乎寓變化於整齊，統雜多於單一的美學理想。「三復情節」寫一件事重複做三次而成功，一般情況下，故事主要在兩個人物（或方面）之間展開，有頭、有身、有尾，相對獨立，具有單純和整一的特點；而在高明的作家筆下，情節內部每一重複的內容都有變化深入，使一個可能是很簡單的情節得以寬展、延長而局面不可預擬，如金聖歎評《水滸傳》曰：「三打祝家，變出三樣奇格，知其才大如海」。從而以「三復」單純整一的形式，寓變化雜多的內容，引起閱讀的興趣。十七八世紀之交英國美學家哈奇生認爲：「寓變化於整齊的觀照對象，比起不規則的對象較易被人更清晰地認出和記住。」〔註 5〕三復情節正合乎這一美學原理。

第四，一般情況下，三復情節的發展表現爲進展→阻塞——進展→阻塞——進展→完成的三段式形態。與上述三點相聯繫，這種螺旋上升的三段完成模式，強化了矛盾雙方的對立，合比例而又有節奏地把故事推向高潮，在把情節可能有的戲劇性發揮到極致的同時，抑而更張地加強了讀者的期待心理即企盼結局的情緒，並最後使讀者得到滿足。從接受美學的角度看，這種處理情節的手法推遲了高潮的到來，使讀者期待的心弦繃到最緊而又未至於

〔註 4〕《西方美學史》，第 90 頁。
〔註 5〕《西方美學史》，第 224 頁。

濫用讀者的耐心，在讀者急不可待的頂點，恰到好處地呈現結局，無疑是敘事藝術的一個妙著。這正如築堤遏流，築到可以承受的極限突然放開，才能造成水流渲泄的最壯觀的場面。

總之，正如「黃金分割」是幾何圖形最美的比例，「三復情節」是古代小說（其實戲曲等敘事文學都是如此）情節設計最合乎中國人審美理想的造型，同時合乎普遍的美學原理。它植根於中華民族早期的認知方式和美感體驗，既有中華民族精神文明的特殊性，也有人類審美意識的普遍性。它一旦形成，就具有了一定的穩定性，成為中國古代千餘年間小說廣泛應用的情節模式，一個具體而鮮明的民族特色。

但是，人類不斷進步，社會不斷發展，任何民族的基本生活狀況進而它的思維和表達方式、審美趣味都會有所改變，從而美的具體形式也只能是變動不居的。因此，「三復情節」模式作為一定時期和範圍內社會生活和文學的產物，作為中國古代週期緩慢的農業文明的一朵小花，也不可能永久地生生不已。所以近代以來，隨著我國社會的變革，工業文明的成長，生活的色調更加多變，節奏逐漸加快，「禮以三為成」「事不過三」等等舊有生活方式及隨之產生的認知與審美習慣，都有了一定根本性的改變，小說創作中」三復情節」模式，也就逐漸失去其產生和存在的條件。因而現在看來，「三復情節」只是作為古代突出的文學現象，作為不可重複的典範，仍具有不朽的藝術魅力。對於作家來說，自然也還會有一定可資借鑒的經驗。

（原載《齊魯學刊》1997 年第 5 期）

「天人合一」與古代小說的三點式布局
——以《三國演義》爲例

「天人合一」被譽爲中國古代最高的智慧。這個思想的內涵古來有各種解釋，近今最受注意的是把它看作關於人與自然和諧相處關係的說明。這顯然是受到了世界工業化進程的負面影響帶來人們對環保問題的重視促使而生的感悟。但是，當我們重提這一思想時，不應把它的意義僅僅局限於物質的層面，還可以向自然與人之內在統一的方面作深入的考察。

自然與人的內在統一不僅表現爲物質的種種屬性，而且表現爲存在和運動的形式。《老子》二十五章依次論人、地、天、道之關聯云：「人法地，地法天，天法道，道法自然。」實是說人與地、天有共同遵循的自然之道，不過人對於道的體認和實踐要通過地與天，也就是通過今天所說的自然界才能達到。這種得道的境界就是「天人合一」。司馬遷曰「究天人之際」，就是尋求人與自然的內在統一的聯繫。這至少不完全是追求漢儒神秘的「天人感應」，而包括了尋求上述人與自然存在和運動形式上的統一性。

人與自然的內在統一性，在古人已有大量的體察和發明。這表現爲許多以自然爲「法」的對人事的說明，茲舉兩例：如「數」是自然界最普遍的聯繫之一，而作爲物的計量度的「數」也應用於人事，如「說一不二」「事不過三」「四分五裂」「七嘴八舌」「九死一生」「十全十美」……；又如「形勢」本指地理高下平險之狀，《荀子・強國》曰：「其固塞險，形勢便，山川林谷美，天材之利多，是形勝也。」後轉而指人事之盛衰，《三國志・吳志・孫權傳》：「是時曹公新得（劉）表眾，形勢甚盛。」又指行軍之陣勢。前一個例子表明人事之量度與自然之「數」的統一，後一個例子顯示人事之狀與自然之「形」即「象」的同構。而「數」與「形」是數學的根本問題，文學作爲社會生活包括人化自然的反映，必然體現這種客觀存在的統一關係。關於前一例即「數」在文學中的體現，筆者曾有《古代數字「三」的觀念與小說的三復情節》〔註 1〕等文闡明拙見，這裡說後一例即「形」即「象」影響於文學創作的情況。

自然之形即象的存在方式，大致是指自然物的形狀、大小和相互的位置關係，有關的學問即數學分支之一的幾何學。如同杜貴晨對古代小說「三復情節」的研究溯源到古代「數」的觀念，這裡對古代小說情節布局與自然形象關係的探討則要從古代的幾何學加以說明。換句話說，古人對物之形象的瞭解和把握產生了幾何學，而幾何學在應用於研究物之形象形狀、大小和相互間位置關係的同時，也以轉移應用於對人事的理解，並進一步反映於文學作品特別是古代小說（其實戲曲等其他敘事文學也是如此）。這肯定是一個複雜而廣泛的課題，需要說明的問題很多，但這裡筆者感興趣又自以爲有所見識的，是古代小說情節的「三點式布局」。

中國古代小說情節的「三點式布局」是說故事的設計以三方爲限，其中兩方爲布局的主構，一方爲輔肋，三方相互牽制，形成共生共滅的三角態勢。這方面的典型是《三國演義》。從大的帶有結構性的情節布局看，《三國演義》寫三國在各自具有獨立性的同時，又與兩方都發生關係，成爲蜀、魏之爭的牽制因素，自然形成三點式情節布局。

這一布局模式在《三國演義》全書結構上的優越性是很明顯的，誠如章培恒、駱玉明主編《中國文學史》所說：「由三方鼎立而彼此間組合分化、勾心鬥角所形成的關係，較之雙方對峙（如南北朝）或多方混戰（如戰國），有一種恰到好處的複雜性，能夠充分而又清楚地顯現政治作爲利益鬥爭的手段的實際情狀。」〔註 2〕

《三國演義》總體構思上能有這樣布局，一方面由於歷史給定的框架，另一方面也是作者天才發現和有意突出的結果。陳翔華曰：「羅貫中在創作構思上的顯著特點還在於緊緊抓住諸葛亮的隆中對決策，以此立爲《三國志演

〔註 1〕杜貴晨《古代數字「三」的觀念與小說的三復情節》，《文學遺產》1997 年第 1 期。收入本卷。

〔註 2〕章培恒、駱玉明主編《中國文學史》，復旦大學出版社 1996 年版，第 178 頁。

義》整部小說的主腦，使這一關鍵性情節成爲是貫穿全書的中心，『其餘枝節，皆從此而生』……《三國演義》諸本也都必須在則（回）目上，突出隆中決策在整個故事中的特殊重大作用，以體現羅貫中的創作本意。羅貫中的這一藝術構思，顯然是對《三國志平話》以及前代其他三國故事的重大突破和發展。」〔註3〕。

《三國演義》有意識地運用三點式布局設計情節，更多地表現於書中完全虛構的部分，如「王司徒巧使連環記」導致的董卓、貂蟬、呂布之間的糾葛，關羽辭曹以後、華容道放曹以前隱然存在的關、劉、曹間暫時的微妙聯繫，赤壁之戰中諸葛亮、周瑜、曹操三者間相互利用或敵對等等，都是極精彩的三點式布局的情節。包括其總體構思在內，《三國演義》中這類情節的三點（國或人）缺一不可，三方的共同存在構成故事的寬展與延長，任何一方的毀滅或失敗退出，都導致故事高潮的過去甚至全書的終結。

「三點式布局」是《三國演義》在小說史上的一個創造。《三國演義》以前未見有這種形式，以後則幾乎成爲章回小說情節設計的一種模式。比較突出的，如《西遊記》中悟空、八戒與唐僧在共同對敵的過程中有時形成這種矛盾關係，如「三打白骨精」時；《水滸傳》中楊雄、石秀與潘巧雲的矛盾；《金瓶梅》中其初武大郎、潘金蓮與西門慶，後來西門慶與潘金蓮、李瓶兒，《紅樓夢》中寶、釵、黛，《歧路燈》中譚紹聞、王中、夏逢若等等，都屬此種模式。才子佳人小說則可以說是濫用了這種模式，曹雪芹在《紅樓夢》中說它「假擬出男女二人姓名，又必旁出一小人其間撥亂」，也就是才子、佳人、小人的三點式布局了。

不同作品運用這一模式的情況各異，有表現爲局部性的，而大都貫串全書。同時，在不降低作品藝術水準的前提下，這些特定的組合中，任何一方都不可或缺；任何一方的藝術生命都以另外兩方的存在爲前提；三方既成「鼎立」之勢，又在情節的發展中不斷調整相互的關係，把情節推向高潮，直到由於一方的毀滅或退出而結束故事的高潮甚至全書。例如《三國演義》寫諸葛亮死後，《紅樓夢》中林黛玉死後，才子佳人小說中「小人」被揭露後……故事的高潮就過去了，全書也很快結束。從而造成中國古代小說往往是前半部寫得好，一到後來就鬆懈的所謂「半部」現象。

〔註 3〕《中國古代小說百科全書》，中國大百科全書出版社 1993 年版，第 433～434 頁。

古代小說的三點式布局最早出現於《三國演義》，不排除三國歷史給定事實的規定與啓發，但根本上還是中國傳統文化的滋養。其中起決定作用的文化因子，應是古人對自然之象三點位置關係的認識。

相傳大禹鑄鼎，三足兩耳。鼎用三足，所謂「三足鼎立」，實際是應用「三點成面」即經過不在一條直線上的任意三點，可以作一個平面，並且只能作一個平面的公理，和利用了不在同一直線上的三點間的線段圍成的封閉圖形即三角形所具有的穩定性的特點。《三國演義》通過「隆中對策」所確定的據蜀、聯吳、抗魏並寫三面的總體構思，就是要通過「三足鼎立」的描寫突現主題，其實際的內在根據或者說形式上的美學基礎應當就是三點成面和三角形穩定性的公理。

這些公理在小說藝術上的應用：「可以作一個平面」，在文學的意義上就是說有戲，或說易於情節的展開；「只能作一個平面」，在文學的意義上就是說故事集中於三點的矛盾和鬥爭；「穩定性」，在文學的意義上就是說牽一方而動全局，並且只要三方共同存在，情節就能保持發展和高漲，反之就是高潮的過去以至故事的結束。這三個特點，奠定小說情節「恰到好處的複雜性」的基礎。

如果說「三足鼎立」的幾何學實踐給了古代小說「三點式布局」直接的啓發，那麼賦予這種布局形式以哲學意義的還是「天人合一」的思想。「天人合一」字面講天、人二者關係，實際「人法地，地法天」，是人、地、天三者的互動，由此產生《周易》的「三才」思想，官制中的「三公」之設，日常習俗的「一人爲私，二人爲蔽，三人爲公」等等的規則。進一步就是文學中的「三點式布局」。「三點式布局」與「天人合一」思想的聯繫，在《三國演義》的描寫中有明確的顯示。《定三分隆中決策》：

> （諸葛亮）言罷，命童子取出畫一軸，掛於中堂，指謂玄德曰：「此西川五十四州之圖也。將軍欲成霸業，北讓曹操占天時，南讓孫權佔地利，將軍可占人和。先取荊州爲家，後即取西川，以成鼎足之勢，然後可圖中原也。」

這是「鼎足之勢」上升到的「天人之際」的說明，實際就是把「三國演義」定位在天時、地利、人和三者的相互對立與依存。因此，「天人合一」是《三國演義》布局的哲學依據，也是後世古典小說「三點式布局」思想之源。

「三點式布局」根據於「天人合一」的哲學觀念，也如同「天人合一」

內部天、地、人處於不同等地位一樣，「三點式布局」內部三方形象、大小及相互間位置關係實際也不相同，往往表現爲兩極爲主構的對立及其滲透或中介的動態的組合。例如《三國演義》中魏、蜀、吳的關係，在蜀、魏對立中吳國本質上是搖擺不定的，在大多數情況下只是蜀國爭取的對象，是蜀、魏兩極之外的第三者。很明顯，沒有這個第三者，或者多至第四者、第五者，都不能使情節達至「恰到好處的複雜性」。《三國演義》的成功的關鍵之一，正在於找到並堅持貫徹了這樣一種布局形式。

但是，對「三點式布局」的「三點」不可機械看待。在這種布局形式中，兩極一般只能是固定的兩個或兩方，作爲滲透或中介的第三點則可以有兩種、三種甚至更多種情況。問題只在於，作家在確定了矛盾對立的兩極之後，把任何其他的情況都作爲兩極的滲透或中介、也就是「三點」之一的第三者對待，就不會有布局散亂的毛病。

因此，「三點式布局」模式在得以正確把握和靈活運用的情況下，對於小說的創作有普遍意義。它的實質是一點爲中心，兩極爲主線，第三點爲參照。參照乃所以反作用於兩極。有參照，兩極以至三點之成面才有變化。《老子》曰：「道生一，一生二，二生三，三生萬物。」「三點式布局」邏輯上就是這種動態的開放性的組合。作爲小說結構藝術的一種形式，它是有永久生命力的。

後記：本文寫成後，曾在當年於陝西漢中師範學院召開的全國《三國演義》學術研討會上宣讀，並在該校中文系學生參加的學術報告會演講（1997年11月3日），內容又曾由會議簡報發佈，但一直未正式刊出，文中有關「三點式布局」的認識後來也另概括爲「三極建構」。但本文仍有獨立的價值，今收載於此，以資讀者參考。

二〇〇五年七月一日

（原載《數理批評與小說考論》，齊魯書社2006年版）

下編　作品研究

《三國演義》等七部小說敘事的「二八定律」——一個學術上的好奇與冒險

一、關於「二八定律」

「二八定律」是關於社會財富佔有不平衡的理論。又名「二八法則」「80/20法則」「不平衡原則」等。「二八定律」的發現者是意大利經濟學家維弗雷多·帕累托（又譯巴萊特），所以也稱「帕累托法則（定律）」。1897年，帕累托在對19世紀英國人的財富和收益模式的調查取樣中，發現由全社會生產的大部分財富流向了少數人手中，造成社會上約爲20%的人佔有80%的社會財富，也就是說80%的人只佔有20%的社會財富。他的這一發現後來被約瑟夫·朱蘭和其他人先後概括爲「二八定律」、帕累托法則、20/80或80/20法則等，並進一步發現不僅是英國和經濟領域，其他國家和經濟領域以外的其他領域也普遍存在這種微妙的「二八」即「80/20」或「20/80」的不平衡關係，進而擴大了「二八定律」應用的範圍。

「二八定律」的本質是在人類社會各個領域都存在「關鍵的少數，次要的多數」原則，從而社會問題的解決要更重視「關鍵的少數」之作用。這一思想在中國的傳統文化中似無直接相關的論述，但是，《孟子·離婁上》載「孟子曰：『爲政不難，不得罪於巨室。巨室之所慕，一國慕之；一國之所慕，天下慕之；故沛然德教溢乎四海。』」雖然不是討論管理學上的「二八定律」，但是其所體現正是「二八定律」應用於管理學之「關鍵的少數」原則。

「二八定律」有很大的普遍性，但是「二八」並非數學意義上精確的比例。在無論哪一領域裏「二八定律」的表現正好是「二八」的概率都是極小的，絕大多數被認爲符合於「二八定律」的現象都是較「二八」之比大或小了一點，唯是總體看來「二八」之比具有數學上的穩定性，恰到好處地表達了「關鍵的少數，次要的多數」的原則。因此，「二八定律」自 19 世紀末被揭示以來，逐漸爲越來越多的學者所檢驗認證和接受，在人類社會廣泛的領域裏得到應用，成爲認識與掌控各種不平衡關係的重要理論。

「二八定律」大約自二十多年前引入中國。從中國知網（CNKI）查到我國最早應用這一理論的是張仲梁題爲《二八律和文獻計量學的三個定律》一文。雖然至今以題含「二八定律」或「二八法則」的學術論文不過 300 餘篇，但是應用這一理論的範圍卻已十分廣泛，舉凡經濟學、社會學、管理學、圖書館學、醫療健康等領域的研究中都有所應用，近幾年更是與後起的「長尾理論」一併成爲 EMBA、MBA 等主流商管教育的重要內容。

但是，「二八定律」至今未見推廣應用於傳統文化與文學研究。包括中國古代章回小說的研究在內，似乎還沒有任何文學研究論著引入「二八定律」的探討。這當然不是什麼奇怪的現象，相反看來極爲正常。在文學創作——文本的領域裏，也還有如帕累托所說社會財富佔有之不平衡那樣的規律性嗎？不是太不可思議了嗎？所以，雖然本文擬引入「二八定律」解釋《三國演義》等七部著名或比較著名的古典小說敘事前後分界的現象，也並非由於完全的自信，而還部分的是一個學術上的好奇與冒險。讀者若以爲過於標新立異，則恕我有一點點狂狷可也。

同時，本文還要事先聲明的是，本文所擬引入「二八定律」解惑的對象既限於《三國演義》等七部小說敘事前後分界現象，就並無把「二八定律」的應用推廣到全部古典小說進而文學敘事研究更廣大領域的意思。換言之，本文僅就個人閱讀所見《三國演義》等七部章回小說敘事前後分界似有合於「二八定律」的現象及其相互間的聯繫以就事論事，意在表明即使在古典小說敘事藝術的領域裏，「二八定律」也是一個偶而可見的現象。這也就是說，古典小說敘事藝術也偶而可以從「二八定律」得到解釋。至於古典小說和文學敘事以外的其他領域是否也有應用「二八定律」的可能，還有待更廣泛的考察與深入的研究。

然而，以筆者的文章多年來極少有被認眞批評過的榮幸，這一次的顧慮也許仍屬於多餘，還是盡快就七部小說的範圍內試作「二八定律」現象從「個別」到「一般」的探討吧。

二、七部小說敘事「二八定律」表現述略

這裡所指《三國演義》等七部小說的另外六部，依次是《水滸傳》《西遊記》《金瓶梅》《醒世姻緣傳》《紅樓夢》《歧路燈》。其各自敘事前後分界線似有合於「二八定律」的表現述略如下。

（一）《三國演義》

是書一百二十回。學者皆知其一反陳壽《三國志》的「帝魏寇蜀」而「擁劉反曹」，所以敘事雖以曹（操）、劉（備）之爭爲主線，但是有關主線發展的敘寫，卻是以劉爲主，以曹爲賓。從而有關劉備及其蜀漢政權命運的描寫是《三國演義》敘事前後界限的眞正體現。由此著眼《三國演義》有關劉備及其蜀漢政權命運的描寫，最值得關注的當然首先是劉備，其次是諸葛亮。全書之中無論劉備或諸葛亮，以其各自的命運爲敘事關鍵的描寫固然不止一處，如「三顧草廬」和「秋風五丈原」等都是，但是都無如第八十五回《劉先主遺詔託孤兒，諸葛亮安居平五路》寫劉備伐吳遭猇亭之敗，病危於白帝城，臨終託孤於諸葛亮一回書最爲關鍵。毛宗崗於這一回前著評曰：

> 高祖斬白帝子而創業，光武起白水村而中興，先主入白帝城而託孤，二帝始於白，一帝終於白，正合李意白字之義。自桃園至此，可謂一大結局矣。然先主之事自此終，孔明之事又將自此始也。前之取西川、定漢中，從草廬三顧中來。後之七擒孟獲、六出祁山，從白帝託孤中來。故此一篇，在前幅則爲煞尾，在後幅則又爲引頭耳。〔註1〕

上引毛評「高祖斬白帝子而創業」至「正合李意白字之義」除了顯示其會牽合爲說之外，其判斷顯然不足爲訓。但是，接下的來對此一回在全書敘事中地位與作用的解讀就很值得注意了。他先是論人物命運與全書的敘事，一是說「自桃園至此，可謂一大結局矣」，也就是「先主之事自此終」二是說「孔明之事又將自此始也」。這兩點的意思合起來，就是說《三國演義》以蜀漢之事爲敘事主線分爲前後兩截，前半截以劉備爲主，至此回結；後半截以諸葛亮爲主，至此回始。後又論事說「前之取西川、定漢中，從草廬三顧中來。後之七擒孟獲、六出祁山，從白帝託孤中來」，也就是說前後兩個半截的關鍵

〔註1〕陳曦鍾等輯校，羅貫中《三國演義彙評本》，北京大學出版社 1986 年版，第 1030 頁。

都在劉備對諸葛亮的信任與倚重。但畢竟前後的情況不同，前者是劉備以禮義求輔，後者是諸葛亮忠信報主。從而無論以人或以事論，這一回書都應該被視爲《三國演義》敘蜀漢事也就是其主線前後兩端最合理的分界。所以，毛評以前、後半截爲前、後幅，說「故此一篇（按即此回），在前幅則爲煞尾，在後幅則又爲引頭耳」數語，以此回爲《三國演義》敘事前、後兩截之分界線，完全是實事求是的判斷。而以此回爲分界線的《三國演義》敘事前後幅回數之比則爲「85/35」。其比值雖然較「80/20」略高一些，但也庶幾近之矣。

（二）《水滸傳》

是書有一百二十回本、一百回本和七十回本。這裡以學者比較公認接近原作面貌的一百回本進行討論。是書自開篇寫因爲「洪太尉誤走妖魔」而入世流落各地的宋江等一百零八人，由於各自不同的機緣而先後匯聚梁山，自覺或被動地依隨宋江「借得山東煙水寨，來買鳳城春色」〔註2〕，後乃被招安下山「護國安民」的「忠義」故事。故事的發展雖然可以分爲多個階段，然而如果依上引毛宗崗評《三國演義》的前、後幅論，則無疑是以「宋公明全夥」的「上梁山」和「下梁山」爲眞正根本性的分界。儘管這個分界是逐步形成的，但是最具標誌性的敘事當即第八十三回《梁山泊分金大買市，宋公明全夥受招安》。這一回敘事在前幅的八十二回爲「宋公明全夥」中人單獨或呼朋引類以「上梁山」並據梁山以待「招安」的「煞尾」，在後幅的一十七回則爲這「全夥」人馬的「下梁山」及其下梁山後「一槍一刀博得個封妻蔭子，久後青史上留得一個好名」之歸宿的「引首」。但是，這一回敘事畢竟是「下梁山」，所以其作爲前幅之「煞尾」的意義遠不及作爲後幅之「引首」的作用更爲積極和明顯。從而我們可以認爲，百回本《水滸傳》敘事前、後幅章回數之比爲「82/18」。

（三）《西遊記》

是書一百回。其敘事雖然實際以孫悟空的命運爲主線，但在一定程度上也還是沿用了唐僧「西天取經」的傳統敘事格局。至少在第八回取經之事經佛祖最早提出以後，有關唐僧取經的故事便貌似逐漸地排擠和代替孫悟空的主線地位直到「五眾歸眞」，終於在相當大的程度上消解了全書開篇以孫悟空出世和「大鬧天宮」等情節爲引首，所造成孫悟空故事爲全書敘事主線的看

〔註2〕〔元〕施耐庵、羅貫中《水滸傳》，人民文學出版社1984年版，第998頁。

似不眞實的現象，而保持了一般讀者以《西遊記》仍爲寫唐僧取經之「西遊記」的認知。這應該不是百回本《西遊記》作者的初衷。但是，作者也的確以唐僧取經爲全書敘事的中心而有敘事節奏上的特別安排。這除了開篇以後每七回自爲一敘事單元之外，還在此基礎上似又有看來合於「二八定律」的設置。那就是從唐僧取經隊伍的形成看，第十四回收了孫悟空、第十五回收了小白龍、第十九回收了豬八戒，至第二十二回《八戒大戰流沙河，木叉奉法收悟淨》，也就是第三個七回書以後收了深沙神，才「五行攢簇」，使菩提祖師對取經「攢簇五行顚倒用，功完隨作佛和仙」（第二回）的預言有了可靠的基礎。所以第二十二回寫收沙僧事畢，作者乃有詩云：

> 五行匹配合天眞，認得從前舊主人。
> 煉己立基爲妙用，辨明邪正見原因。
> 金來歸性還同類，木去求情共復淪。
> 二土全功成寂寞，調和水火沒纖塵。〔註3〕

這首詩等於爲唐僧等五眾歷盡坎坷的匯聚於取經之事作一總結。其在全書敘事的意義誠如清人黃周星於本回前所評曰：

> 流沙河畔收悟淨，則四象合矣，五行攢簇矣。此一部《西遊》之小團圓也。到後來五聖成眞，方是大團圓。然設無此廿二回之小團圓，顧安得有一百回之大團圓乎？〔註4〕

由此可以認爲，以上引毛評《三國演義》前、後幅之論，此回書大體上正是《西遊記》前幅寫「取經」緣起和全面完成籌備之「煞尾」，又是後幅寫西遊自唐僧上路至此乃全面啓程之「引首」。因此，如果上引黃周星之評和本文的這一分析可以成立，則《西遊記》敘事前、後幅章回數之比爲「22/78」。

（四）《金瓶梅》

是書一百回。其敘西門慶發跡變泰、縱慾無度以至暴亡的命運及其一家的盛衰，至第七十八回《林太太鴛幃再戰，如意兒莖露獨嘗》張竹坡批評已經指出：

> 此回特特提筆寫一重和元年正月初一，爲上下一部大手眼，故極力描寫諸色人等一番也。〔註5〕

〔註 3〕〔明〕吳承恩《西遊記》，李卓吾、黃周星評，山東文藝出版社 1996 年版，第 275 頁。

〔註 4〕《西遊記》，第 265 頁。

〔註 5〕黃霖《金瓶梅資料彙編》，中華書局 1987 年版，第 203 頁。

繼而第七十九回《西門慶貪欲喪命，吳月娘失偶生兒》張竹坡又評曰：

> 此回乃一部大書之眼也。看他自上文重和元年正月初一寫至此，一日一日，寫至初十，今又寫至看燈。夫看燈夜，樓上嘻笑，固金蓮、瓶兒皆在獅子街也。今必仍寫至此時此地，見報應之一絲不爽。〔註6〕

上引張竹坡評「此回乃一部大書之眼」，實是以第七十九回爲全書敘事前、後兩幅的分界線。《金瓶梅》第七十九回寫西門慶之死，從此一家命運急轉直下，由盛而衰，是稍能瞻前顧後的讀者都不難發現的事實。從而上引張竹坡以之爲《金瓶梅》前、後幅之分界線固然是正確的，但也不過是道出了《金瓶梅》閱讀的一個常識。那麼，我們說《金瓶梅》敘事前、後幅回數之比爲「79/21」，就可以是不假思索的結論了。

（五）《醒世姻緣傳》

是書一百回。其前二十二回寫晁源、計氏夫婦、妾小珍哥與仙狐等一干人物的前世非禮亂爲，結下奪命之冤，並先後死去；後七十八回寫晁源、仙狐等後世分別投胎爲狄希陳、寄姐、珍珠、薛素姐等，各施手段報前世的冤仇。這部書所寫全書主要人物的兩世之分，顯然也就是全書敘事的前、後幅之分，其回數之比也極爲顯然地是「78/22」。

（六）《紅樓夢》

是書一百二十回。其敘事寫「賈、史、王、薛」四大家族，以賈府爲主；寫賈氏寧、榮二府，以榮府爲主；寫榮府以寶（玉）、（寶）釵、黛（玉）三角之「情」爲主；寫寶、釵、黛三角之「情」以「二玉」即寶、黛爲主；寫寶、黛之情至「情極」（第二十一回脂評）而滅，標誌性事件當推第九十八回《苦絳珠魂歸離恨天，病神瑛淚灑相思地》所寫黛死釵嫁，爲「夢」斷「紅樓」無可逆之轉折。準此，則《紅樓夢》敘事前、後幅回數之比亦甚明顯，即「98/22」。

（七）《歧路燈》

是書一百零八回，寫「五世鄉宦」之家的獨生子譚紹聞浪子回頭、家業重興故事。譚紹聞的失足墮落和改過自新，固然有社會影響和他本人修爲上的原因，但家庭中起了關鍵作用的是在他的父親去世後母親王氏糊塗不明的

〔註6〕《金瓶梅資料彙編》，第203頁。

溺愛。所以，小說寫譚紹聞的改邪歸正與家道重光，也就是全書敘事盛而衰之後衰而復興的轉折，也要從王氏艱辛備嘗後的幡然悔悟寫起，即第八十二回《王象藎主僕誼重，巫翠姐夫婦情乖》開篇曰：

> 次日正是清明佳節，家家插柳。王氏坐在堂樓，紹聞請安已畢，王氏便叫王象藎來樓上說話。這王象藎怎肯怠慢，急上堂樓，站在門邊。王氏道：「前話一句兒休提。只是當下哩過不得。王中，你是個正經老誠人，打算事體是最細的。如今咱家是該怎麼的辦法呢？你一家三口兒，都回來罷。」王象藎道：「論咱家的日子，是過的跌倒了，原難翻身。但小的時常獨自想來，咱家是有根柢人家……大相公聽著，如今日子，原是自己跌倒，不算遲也算遲了；若立一個不磨的志氣，那個坑坎跌倒由那個坑坎爬起，算遲了也算不遲。」王氏道：「王中，你這話我信……眞是你大爺是好人。爭乃大相公不遵他的教訓，也吃虧我見兒子太親。誰知是慣壞坑了他。連我今日也坑了。王中你只管設法子，說長就長，說短就短，隨你怎的說我都依，不怕大相公不依。」這正是：無藥可醫後悔病，急而求之莫相推。〔註 7〕

雖然後來譚紹聞的改悔以至譚宅的復興還靠了其他種種外部的機緣，但是上引王氏與王中這一番推心置腹的交談後痛下決心，卻是譚家絕地新生的最大轉機。因此，依上引毛評《三國演義》前、後幅之說，這一最大轉機的出現在《歧路燈》的前 82 回即前幅敘譚紹聞由好而壞、家道由盛而衰爲「煞尾」，在《歧路燈》的後 26 回即後幅則爲譚紹聞浪子回頭家道復興的「引首」。從而《歧路燈》敘事前後幅回數之比爲「82/26」。

三、七部小說敘事「二八定律」現象論析

以上所述《三國演義》等七部小說前、後幅回數不平衡之比例關係表示如下：

三國演義	水滸傳	西遊記	金瓶梅	醒世姻緣傳	歧路燈	紅樓夢
85／35	82／18	22／78	79／21	78／22	82／26	98／22

從上表可以概見，以《金瓶梅》敘事前後幅章回數之比最接近「80/20」

〔註 7〕李綠園《歧路燈》下冊，欒星校注，中州書畫社 1980 年版，第 786～787 頁。

之比例為基準上溯《三國演義》和下探及《紅樓夢》，雖然可以見得漸行漸遠，但是在不能也不必求統計學意義上之精確的前提下，包括《三國演義》《紅樓夢》在內，這七部小說前、後幅章回數不平衡之比約為「80／20」或 20／80，而符合於前述帕累托所發現並為世界諸多領域研究者所廣泛認可的「二八定律」。這一現象不是值得古典小說研究者深思的嗎？

又以中西地域之懸隔，「二八定律」之被發現上距中國七部小說成書數百年之久遠，章回小說創作前、後幅之分界與社會人口財富佔有不平衡現象一出於個人創作之自由隨意而一出於社會自然的運轉，這二者的關係豈非風馬牛之不相及？卻在這七部實即幾乎全部中國古代章回小說名著前、後幅的敘事都合於一位西方哲人所發現的「二八定律」，豈不是人類文化與文學上的一個奇蹟！而面對這一奇蹟，讀者對本文作為一個學術上的好奇與冒險可能有更多的寬容與諒解了吧！

以筆者多年觀察才發現中國古典小說中僅有此七部文本合於「二八定律」論，這固然可說是一個真正的奇蹟。但是，若以這七部小說文本所有「二八定律」各自的表現論，卻又有某些共同特點和一定規律性可尋。

一是七部小說之中，《水滸傳》《西遊記》《金瓶梅》《醒世姻緣傳》四種均一百回，其前後幅回數之比都在量度近乎精確的意義上合於「二八定律」。由此推想，這四部小說在敘事分回後先相承的聯繫上，應該不徒為了沿襲百回之數的表面一致性，而是在百回內部結構的安排上，也還各自獨具匠心，有著不少後先模擬而又有創新的變化。從而如同筆者所論「三復情節」「三極建構」〔註 8〕、「反模倣」〔註 9〕等，事實上形成了以這四部小說為代表的中國古代章回小說敘事的「二八定律」現象。作為這一現象的始作俑者，《水滸傳》無論作者有意無意都在接近嚴格的意義上是古典小說創作「二八定律」的首創之作。後來《西遊記》等三部合於「二八定律」的表現，則很有可能是受到了其前作、最早是《水滸傳》的影響。

二是七部小說之中，大略而言《三國演義》《水滸傳》《歧路燈》《紅樓夢》分別寫三國、梁山或各自一家之興（盛）亡（衰）。又各百回或一百二十回的

〔註 8〕杜貴晨《中國古代文學的重數傳統與數理美——兼及中國古代文學數理批評》，《中國社會科學》2002 年第 4 期。已收入本卷。

〔註 9〕杜貴晨《〈紅樓夢〉是〈金瓶梅〉之「反模倣」和「倒影」論》，《求是學刊》2014 年第 4 期。已收入本集第五卷。

規模，開篇以大部分篇幅寫興（盛），剩餘少部分篇幅寫亡（衰），從而不同程度地合於「二八定律」之數即「80／20」;《西遊記》與《醒世姻緣傳》均百回，各寫因果，開篇均以少部分篇幅寫「因」，其後大部分篇幅寫「果」。從而這兩部小說雖與《三國演義》等都合於「二八定律」，但數値正相顚倒爲「20／80」。但是無論如何，上述七部小說敘事的實際均合於「二八定律」關鍵少數決定的原則，即作爲「二」即「20」的部分即「亡（衰）」爲「興（盛）」之結穴，或作爲「因」的部分爲「果」之起始或根由。

三是七部小說敘事合於「二八定律」的共同基礎，是所敘事各爲一個前後一體並相對單純和統一的過程，前後有上述「興（盛）亡（衰）」或「因果」的線性邏輯關係。從而作者構思中不得不有前、後幅的考量和兩幅分界線的斟酌，進而實際操作中極有可能與「二八定律」不謀而合。所以，包括上論《水滸傳》等四部最接近於「二八定律」的情形在內，七部書的作者都不會是有了「二八定律」的意識，而後才有其創作上合於「二八定律」的寫法。更可能的原因是上述寫「興（盛）亡（衰）」或「因果」題旨的要求和章回小說創作的特殊規律以及具體情勢使然。若《儒林外史》作者吳敬梓，雖然「有《水滸》《金瓶梅》之筆之才」〔註 10〕，創作中「用筆實不離《水滸》《金瓶梅》」〔註 11〕，但是筆者從《儒林外史》文本尚不能分析出「二八定律」的體現。這就如《孟子・離婁下》所說：「禹、稷、顏子易地則皆然。」《三國演義》等七部小說敘事之合於「二八定律」，也正如「二八定律」在多個其他領域的存在，都不必或不僅是作者個人主觀有意識的追求，而更多由於所表達生活內在規律的引導，基本上屬於不期然而然。也就因此，筆者暫時能夠舉出的文本敘事前、後幅之比合於「二八定律」的古典小說只有旨在寫「興（盛）亡（衰）」或「因果」的《三國演義》等七部，實在說不得多，也說不得少，而是古典小說發展的一個必然。

四是七部小說之中，至少《三國演義》《西遊記》《金瓶梅》等三部在符合「二八定律」的同時，又有敘事「中點」的設置，以體現各自敘事「執中」的意圖〔註 12〕。加以《三國演義》《西遊記》等書中連綿不斷之如「三顧草廬」

〔註 10〕朱一玄、劉毓忱《儒林外史資料彙編》，南開大學出版社 1998 年版，第 255 頁。

〔註 11〕《儒林外史資料彙編》，第 293 頁。

〔註 12〕杜貴晨《章回小說敘事「中點」模式述論——〈三國演義〉等四部小說的一個共同藝術特徵》，《學術研究》2015 年第 8 期。已收入本卷。

「三打祝家莊」「七擒孟獲」「九伐中原」「八十一難」等複沓情節的設置，筆者就更加堅信自己多年前以中國古代文學特別是章回小說有「倚數編纂」傳統的判斷〔註 13〕。這一傳統的表現形式多樣，更多變化，而已經揭蔽發明者尚少。現在看「二八定律」的發現，不僅跨時空地暗合了西方學人的哲思，而且爲中國古代小說「倚數編纂」傳統揭蔽了一個新的樣式，並再一次證明了筆者所提出「文學數理批評理論」〔註 14〕的合理性及其應用的廣闊前景。

總之，《三國演義》等七部小說合於「二八定律」的事實表明，「二八定律」縱然不能全面應用於中國古典小說以至全部文學的研究，但在局部的探討中未必不可一試；既然於《三國演義》等七部小說敘事前、後分界線的探討能有此一試，那麼在文學更廣泛的研究中也至少可以想一想有無應用「二八定律」之可能；筆者絕無鼓勵文學研究可以想入非非甚至與狼共舞的企圖，但是總以爲學者最大的失敗不是嘗試創新而無結果，而是缺乏好奇心並畫地爲牢。

（原載《甘肅社會科學》2015 年第 6 期）

〔註 13〕杜貴晨《中國古代文學的重數傳統與數理美——兼及中國古代文學數理批評》，《中國社會科學》2002 年第 4 期。已收入本卷。

〔註 14〕蘇文清、熊英《「三生萬物」與〈哈利·波特·三兄弟的傳說〉——兼論杜貴晨先生的文學數理批評》，《廣州大學學報（社會科學版）》2012 年第 4 期。

章回小說敘事「中點」模式述論——《三國演義》等四部小說的一個藝術特徵

《說文解字》曰：「中，內也。」段注：「……然則中者，別於外之辭也，別於偏之辭也。」「中」的本義是居「內」而不「偏」。這在平面與立體是指中心，在直、曲或弧形的線段是指其兩端間距離相等之位置即中點。「中」的地位使「中心」與「中點」是其所對應範圍內取得平衡的唯一支撐，從而是外力掌控的關鍵。而「中」之義自古為聖賢、學者所重。《尚書·大禹謨》曰：「人心惟危，道心惟微，惟精惟一，允執厥中。」《周易·乾文言》曰：「大哉乾乎，剛健中正。」《臨卦·六五》：「象曰：大君之宜，行中之謂也。」《禮記·中庸》曰：「中也者，天下之大本也。」又載孔子曰：「君子而時中。」宋朱熹《中庸章句序》曰：「君子時中，則執中之謂也。」因此之故，「執中」不僅是古代儒家，同時是華夏民族共同崇尚的基本理念和行事原則之一。這一理念與原則必然影響、滲透到文學創作。中國古代某些章回小說，於全書敘事線索匠心獨運，有「中點」情節的安排和精心描寫，以為全書敘事之中間大鎖鑰，並寄其小說結撰謹行「執中」之道的用心。筆者即以《三國演義》《西遊記》《金瓶梅》《林蘭香》四部小說（以下或簡稱「四部小說」）的「執中」設置與「中點」描寫為例，探討中國古典章回小說敘事的「中點」模式。

一、四部小說「中點」述略

（一）《三國演義》之「曹操夢日」

羅貫中《三國志通俗演義》傳世較具代表性的版本，一般認為是明嘉靖壬午本《三國志通俗演義》。而清初以降最流行的是毛綸、毛宗崗父子評改的

《三國志演義》，俗稱「毛本」。明嘉靖壬午本《三國志通俗演義》二十四卷二百四十則，毛本六十卷則是承前人合壬午本相鄰的兩則爲一回共一百二十回。從而這兩個版本雖有分則與分回的不同，但是兩本居中的位置一致，在前者爲第十二卷之末或第十三卷之首，在後者爲第六十回之末或第六十一回之首，在這一共同的居中之位置上，兩本的情節完全一致。因此毛本對其中心情節的評點可原封不動地移作壬午本中心情節之評。毛宗崗於第六十一回回前評曰：

前卷與後卷皆敘玄德入川之事，而此卷忽然放下西川更敘荊州，放下荊州更敘孫權，復因孫權夾敘曹操。蓋阿斗爲西川四十餘年之帝，則取西川爲劉氏大關目，奪阿斗亦劉氏大關目也。至於遷秣陵應王氣，爲孫氏僭號之由；稱魏公加九錫，爲曹氏僭號之本。而曹操夢日，孫權致書，互相畏忌，又鼎足三分一大關目也。以此三大關目，爲此書半部中之眼。又妙在西川與荊州分作兩邊寫，曹操與孫權合在一處寫，敘事用筆之精，直與腐史不相上下。〔註 1〕

毛宗崗評以第六十一回描寫內容上有「三大關目，爲此書半部中之眼」，於揭示第六十一回爲全書敘事中分和轉折的關鍵誠是正確的見解。但是，即使以毛氏所論簡單說來，「三大關目」也應是指劉備入川、孫權遷秣陵和曹操稱魏公，但毛氏似乎自己也搞糊塗了，把「曹操夢日，孫權致書，互相畏忌」也算在了「三大關目」之中。其實，以「關目」論，「孫權致書」並不足以當之。反而「曹操夢日」是眞正的「三大關目」象徵性的概括，在更高層次上「爲此書半部中之眼」。《三國志通俗演義》卷之十三第二則《曹操興兵下江南》所寫云：

且說曹操大軍至濡須……就濡須口排開軍陣……卻被吳兵劫入大寨。殺至天明，曹兵退五十餘里，卻才收軍，下定寨柵。操心中鬱悶……伏几而臥，忽聞潮聲洶湧，如萬馬爭奔之狀。曹操急視之，見大江中推起一輪紅日，光華射目，天上兩輪太陽對照。忽然江心推起紅日，拽拽飛來，墜於寨前山中，其聲如雷。倏然驚覺，在帳做了一夢。帳前軍報道午時。曹操教備馬，引五十餘騎，徑奔出寨，猶如夢中所見落日山邊。正看之間，忽見一簇人馬，當先一人，渾

〔註 1〕陳曦鍾、宋祥瑞、魯玉川輯校《三國演義彙評本》（上冊），北京大學出版社 1986 年版，第 752 頁。

身金盔金甲。操視之，乃是孫權……操還營，自思：「孫權非等閒人物。紅日之應，久後必爲帝王。」操心中有退兵之意……進退未決。忽報東吳有使齎書到。拆開觀之……看畢，大笑曰：「孫權不欺我也。」遂賞使者令回。操令軍退……回許昌去訖。〔註2〕

我們看上引一段文字寫曹操夢日正當全書敘事之半即其「中點」，又其醒來正當「帳前軍報道午時」也就是當白晝之半的「中點」，就不難窺見作者欲以此回「三大關目」爲全書敘事「執中」的意圖。唯是在筆者看來，懸浮於「三大關目」之上並爲其象徵的「曹操夢日」才眞正是「此書半部中之眼」。讀者倘能諒解此一情節有涉夢驗的荒誕因素在古代作者、讀者十分正常，就應該認可羅貫中《三國志通俗演義》敘事「執中」的描寫，確實是一個成功的藝術創造。

（二）《西遊記》之通天河「老黿」

這裡先要說明的是《西遊記》之「中」有異於上述《三國演義》篇幅與敘事同步之「中」。《西遊記》一百回〔註3〕，以全書章回論其「中點」應該在第五十或五十一回，但以敘事論就有所不然。按《西遊記》敘事與《三國演義》等一線到底的進展不同，即其「西遊」作爲一個完整的故事是有去有回，百回敘事中包括了「西遊」和「回東」以及「五眾」了斷塵緣後歸眞的「回西」三個過程。但是，「西遊」敘事的重心在自東向西的單程，所以這部分內容佔了全書一百回的前九十八回，而「回東」與「回西」僅第九十九和第一百共兩回書而已。這最後的兩回書雖然也是《西遊記》敘事首尾完整必不可少的文字，但是就唐僧等「西遊」乃直達「西天」取得「眞經」的具體目標而言，其所敘已屬餘事。這也就是說，《西遊記》寫「西遊」之事，第一至第九十八回從「西遊」隊伍的形成到所歷「十萬八千里」途程才是正傳，而「回東」與「回西」的兩回雖在《西遊記》百回之數，卻不便於包括在敘事「中點」描寫考量的範圍。換言之，以包括「回東」與「回西」內容在內的全部《西遊記》而論，敘事中並不可能有本文所謂「中點」的存在。而《西遊記》敘事中若不作「執中」的描寫則已，有意而作則只能就前九十八回的「正傳」而設。作者也正是作了這樣的處理，《西遊記》前九十八回書中縫之前一回的

〔註2〕〔元〕羅貫中《三國志通俗演義》，上海古籍出版社1984年版，第590～593頁。

〔註3〕〔明〕吳承恩《西遊記》，李卓吾、黃周星評，山東文藝出版社1996年版。

第四十九回所寫「老黿」，雖然至第九十九回還又一現身，但其在本回的首次出現，正是《西遊記》敘「西遊」之事「執中」的「中點」。何以見得？

首先，已如上述，這一回書所寫通天河「老黿」的故事，雖然未居全書篇幅之半，卻居於《西遊記》敘「西遊」的九十八回書之正中的位置，而且適爲從「東土」至「西天」的「西遊」單程「十萬八千里」全部途程之半〔註4〕，有關描寫正好獲得了《西遊記》正傳敘事「執中」的地位。

其次，有關「老黿」形象的描寫象徵性地表明《西遊記》所寫唐僧等「五眾」之「西遊」爲「返本還元」之旅，亦《西遊記》「歸眞」之旨，寄託了作者「執中」之意。《西遊記》寫孫悟空等既「棄道從僧」隨唐僧以「西天取經」爲事和最後與唐僧一起「五眾歸眞」成佛，則其題旨千說萬說不過如黃周星評云：「《西遊記》，一成佛之書也。」（第九十八回黃周星評）這是《西遊記》所寫基本的事實。但是，《西遊記》「三教歸一」，總體構思與具體描寫內容大率三教混一，而集中體現於唐僧「五眾」的「成佛」之路，是爲了儒教的「大唐東土」，經由道教「七返還丹」的「金丹大道」（《西遊眞詮》第五十回），而達於佛門「九九歸眞」的「悟空」成佛。

「返本還元」指的是忘了或背棄了本原的人，通過內外的修煉，使其心性得到澄清淨化，回歸原生本來的狀態。其中包括了已經得道之仙佛人物因過失或罪愆被貶謫人世，卻由於一點眞性未泯，能夠幡然悔悟，修心行善，將功折罪，又回復到仙、佛的地位。以此對照《西遊記》所寫唐僧「五眾」，除卻唐僧在見到如來之前還不甚明瞭其前世本爲因過謫世的佛祖弟子「金蟬子」，此番取經可以將功贖過以回復其本位之外，其他孫悟空等四徒卻早就明白自己「棄道從僧」以護持唐僧取經是「將功折罪」，即孫悟空所謂「借門路修功，幸成了正果」（第九十八回）。從而唐僧「五眾」的取經之旅都是「返本還元」。作爲「西天取經」之旨，「返本還元」在《西遊記》得到充分的強調。書中除多次直接引用外，還以各種方式不止一次特筆提點，如第三十六回《心猿正處諸緣伏，劈破傍門見月明》寫唐僧吟詩有句云：「今宵靜玩來山寺，何日相同返故園？」孫悟空答曰：「我等若能溫養二八，九九成功，那時

〔註4〕這裡需要說明的是，就「東土」至「西天」的距離說，第四十七回就已經寫唐僧等至「通天河」似已完成了「西遊」行程的一半，但是依小說寫僅通天河之闊就有「八百里」，即使不說俗以「河中心爲界」，也只能是唐僧等開始眞正渡河了，才可以說是完成了「西遊」直達「西天」之半程的跋涉，故本文以第四十九回有關「老黿」的描寫爲「執中」。

節，見佛容易，返故田亦易也。」《西遊眞詮》評曰：「可見非金丹成功，萬難見佛面、返故園也。『返故園』，即返本還元之義，不可以思鄉淺窺闡發。」而且因爲全書以孫悟空爲中心人物之故，書中又以「還元」爲「歸根」，定第一回的題目爲「靈根育孕源流出，心性修持大道生」，第九十九回的題目則曰「九九數完魔滅盡，三三行滿道歸根」，以首尾照應，明示全書敘事中心是孫悟空從「靈根」出來又「歸（靈）根」的過程，即《西遊眞詮》第二十六回評所提示：「豈非返本還元、歸根覆命之明驗？」

總之，正如《西遊記》第九十九回詩句云「幸喜還元遇老黿」，作爲《西遊記》「正傳」即其「還元」之旅的「中點」，「老黿」才是《西遊記》「西遊」主要過程「半部中之眼」，乃作者敘事「執中」用意的鮮明象徵。

（三）《金瓶梅》之西門慶「試藥」

《金瓶梅詞話》一百回〔註 5〕，以章回論全書之中縫爲第五十回與第五十一回之間，其實際描寫的中點則是第五十回寫西門慶「試藥」。按《金瓶梅》寫西門慶，自第一回至第四十九回以一個「七七」之數的篇幅將西門慶財色雙收發跡變泰的過程推至高潮，同時也寫了西門慶因縱慾過度而身體感覺日漸乏力，以至於天從人願般地有了顯然涉神異之跡的胡僧送來「老君煉就，王母傳方」的「一枝藥」（第四十九回）。筆者曾著文討論此藥在《金瓶梅》敘事中的作用，認爲「『胡僧藥』間接或直接致李瓶兒、西門慶先後死，官哥亦間接死於此藥，是決定西門慶及其一家落敗命運的關鍵之物」，「『胡僧藥』雖然自第四十九回始出，至第七十九回西門慶死即罄，只在全書偏後半部的前三十回中有具體描寫，卻承前啓後，是故事進入高潮並發生逆轉的關鍵」〔註 6〕。但是現在看來又很顯然的是，「胡僧藥」作爲《金瓶梅》敘事逆轉之關鍵，其實際發力並不始於第四十九回，而是第五十回所寫西門慶與王六兒、李瓶兒的「試藥」。正是西門慶「試藥」開啓了其走向縱慾暴亡的不歸之路及其一家命運由盛而衰的轉折，而西門慶「試藥」情節也就成爲了《金瓶梅》敘事的「中點」。更具體有以下兩點證據。

〔註 5〕〔明〕蘭陵笑笑生《金瓶梅詞話》，梅節校訂，陳詔、黃霖注釋，香港夢梅館 1993 年版。

〔註 6〕杜貴晨《試說中國古代小說以「物」寫「人」傳統的形成與發展——以「緊箍兒」「胡僧藥」與「冷香丸」爲例》，《河北學刊》2012 年第 3 期。已收入本集第五卷。

一是「胡僧藥」得名在此回。「胡僧藥」雖在第四十九回末已由胡僧施與西門慶，但是除了尚未正式派用之外，有關此藥的稱名在此回中也還沒有出現，這在作者應該不是無意的安排。因爲進入第五十回以後，不僅首次有了「胡僧藥」之稱，而且包括本回三次稱「胡僧藥」在內，接下另有第五十一回二次，第五十二、六十九、七十八、七十九四回各一次，共九次提及「胡僧藥」之名，可見作者對此藥之稱名乃有意留待第五十回當全書之半西門慶第一次試用才鄭重推出，並接連九次稱名以示此藥助推西門慶之死的作用。這樣的安排應能顯示作者敘事重「胡僧藥」而更重「胡僧藥」之用即「試藥」，從而不是第四十九回的胡僧「施藥」，而是第五十回的西門慶「試藥」才是《金瓶梅》全書敘事「執中」的「中點」。

二是西門慶「試藥」是使《金瓶梅》敘事達至高潮並發生逆轉的關鍵。雖然第五十回寫西門慶「試藥」當下只見其「暢美」，似與後來西門慶之死無大關係，但是書中「此後斷續每特筆寫此藥，有第五十一回（與潘金蓮）、第五十二回（與李桂姐）、第五十九回（與鄭愛月兒）、第六十一回（與潘金蓮），第六十七回（與如意兒），第六十九回（與林氏），第七十八回（與林氏、來爵兒媳婦），第七十九回（與王六兒、潘金蓮）等，總計九回書中寫西門慶有十次服用『胡僧藥』，包括西門慶九次自服和最後一次潘金蓮給他一服三粒的過量服用，以致其脫陽而死，實以結西門慶一案」〔註 7〕。這樣一個使西門慶加速度地墮入地獄之勢的形成，就正是始於第五十回的「試藥」。這一點張竹坡評說得很清楚：「文字至五十回已一半矣。看他於四十九回內，即安一梵僧施藥，蓋爲死瓶兒、西門之根。」「此回特寫王六兒與瓶兒試藥起，蓋爲瓶兒伏病死之由，亦爲西門伏死於王六兒之由也。瓶兒之死，伏於試藥，不知官哥之死，亦伏於此。」〔註 8〕這就是說，《金瓶梅》第四十九回寫胡僧「施藥」只是「爲死瓶兒、西門之根」，而第五十回寫西門慶「試藥」才是瓶兒、西門乃至官哥死由之「伏」。「伏」即潛伏，這裡指三人死機已萌而未發之狀。從而此回所寫「試藥」成爲《金瓶梅》敘西門慶及其一家命運必將發生逆轉的關鍵。事實上正是圍繞西門慶「試藥」，第五十回於敘西門慶「試藥」的過程中或同時，已屢有暗示其人其家以後的命

〔註 7〕杜貴晨《試說中國古代小說以「物」寫「人」傳統的形成與發展——以「緊箍兒」「胡僧藥」與「冷香丸」爲例》，《河北學刊》2012 年第 3 期。已收入本集第五卷。

〔註 8〕黃霖編《金瓶梅資料彙編》，中華書局 1987 年版，第 164～165 頁。

運，如李瓶兒有「我到明日死了」的預感，吳月娘也得了「王姑子把整治的頭男衣胞並薛姑子的藥」，只要「晚夕與官人同床一次，就是胎氣」，以及「單表」了後來代西門慶而爲一家之主的奴才玳安等，多方顯示此回敘事當全書之半而西門慶及其一家命運盛極而衰之發生逆轉的特徵。張竹坡又評曰：「故前五十回，漸漸熱出來。此後五十回，又漸漸冷將去。而於上四十九回插入，卻於此回特爲玳安一描寫生面，特特爲一百回對照也。不然，作者用此閒筆爲玳安敘家常乎？」〔註9〕這裡論及前、後「五十回」和「一半」，並揭示前、後五十回「漸漸熱出來」與「又漸漸冷將去」的對比等，都頗中肯綮。但是，其未能明說西門慶「試藥」的描寫才是由「熱」轉「冷」發生的關鍵，則與揭示《金瓶梅》敘事「中點」擦肩而過，是一個遺憾。

（四）《林蘭香》之燕夢卿「割指」

《林蘭香》六十四回〔註10〕，準於《周易》六十四別卦之數。其「中點」布置在第三十二回《溫柔鄉里疏良朋，冷淡場中顯淑女》。這一回書繼第三十一回寫燕夢卿夢中代夫赴死之後，仍被丈夫耿朗有意疏遠，無由親近。而耿朗則因「酒色過度，精神散耗，感冒風寒，一臥不起……醫藥無效，氣息奄奄」，百醫罔效。夢卿救夫心切，毅然斷指入藥，使耿朗沉屙頓起，轉危爲安。而夢卿因此得病，且又懷孕，深慮「恐繼後有人，而此身莫保。則後來之保護孩提，綿我血脈，皆惟春娘是賴」，乃囑咐春畹將來之事。而時當宣德五年除夕，翌年元日，「群僕稱賀，耿朗人朝……這一來有分教，天上麒麟，降作人間騏驥。閨中翡翠，變成海內鸞鳳」，等等。寄旅散人於上述敘事中夾評曰：「收此一回，且收上半部。此書前三十二回爲一開，後三十二回爲一合，看則自知。」此評揭明《林蘭香》敘事有前後各「一半」，爲「一開一合」的特點，但是他沒有注意到此書敘事「開——合」的關鍵也就是全書敘事的「中點」是燕夢卿「割指」療夫的描寫。然則何以見得此一描寫就是《林蘭香》敘事的「中點」呢？答案是除了這一描寫在篇幅與敘事位置的正中之外，還有以下兩方面的根據。一是燕夢卿割指療夫使全書敘事中心人物的耿朗和燕夢卿命運發生根本性轉變，即耿朗因夢卿「斷指」而生，夢卿因斷指療夫致病，後並終於不治而死。二是寫夢卿斷指療夫後接敘的夢卿懷孕，雖然本身與前事無關，但夢卿因「斷指」而致病並自知不久於人世，不得已而託付春

〔註 9〕《金瓶梅資料彙編》，第 164～165 頁。
〔註10〕〔清〕隨緣下士《林蘭香》，春風文藝出版社 1985 年版。

畹將來撫養照顧兒子的安排，卻是夢卿「斷指」一事的延伸，屬「中點」有關下半部情節走向之描寫的內容。這一部分內容直貫全書下半部描寫，無疑也標誌了耿、燕二人及其家族命運的重大轉變。

二、四部小說「中點」描寫之同異

四部小說「中點」的同異也就是它們之間的聯繫與區別，表現在彼此的相似與各有所創新。相似中存在傳統繼承中可能的借鑒，創新則顯示繼承傳統中某些應有的變化，共同體現著章回小說敘事「中點」手法的藝術生命力。

四部小說「中點」之同，除了最明顯的各為「居中」並起「中心」作用外，另有如下四個較為突出的方面。

第一，作為「中點」設計與描寫的基礎，四部小說敘事都可以而且適合被作者處理為一個必有逆轉的過程。這一過程在《三國演義》為合（漢朝）——分（三國）——合（晉朝），在《西遊記》為唐僧五眾「返本」以為「還元」之目標由晦而顯，在《金瓶梅》為寫西門慶及其一家由「熱」而「冷」或曰由「盛」而「衰」，在《林蘭香》為寫耿朗及其一家由盛而衰和衰而復振等。這些過程雖在各自具體處不能無異，但明顯的共性是在價值意義上後者對前者作了徹底的否定，從而就表現的合理性而言，最有可能達至循環往復無欠無餘之效果的，就是使這一敘事過程依「分——合」「晦——顯」「盛——衰」等分為前後相等的兩個半部，從而引出敘事有與「頭」「尾」呼應之「中點」的描寫，造成敘事走向前後逆轉的效果。否則，除了《紅樓夢》的未經曹雪芹一手完成而不便具論之外，他如《水滸傳》等更多小說敘事，雖然在理論上也可以有「中點」的描寫，但是由於各自為書題材與宗旨的種種不同，或作者本來就見不及此，從而它們或有別樣敘事節奏的布置，卻未見其有「中點」描寫的表現，以至於本文所能夠討論「中點」描寫的僅此四部而已。

第二，四部小說的「中點」描寫各有關乎主題的象徵意義。如「曹操夢日」除寫其夢於魏、吳大戰僵持之某日「午時」象徵全書至此已是「中點」之外，其夢日而有三——三日並照無疑即全書敘事中心魏、蜀、吳三國將興的象徵；通天河「老黿」的描寫以老黿之還歸「水黿之第」和負渡唐僧等過通天河，暗寓唐僧等的西天取經同時是他們自身「修心」以「還元」之旨；西門慶「試藥」作為其由一般的縱淫傷身一轉而走上縱慾暴亡之路的開始，其實突出了《金瓶梅》寫性的主題；燕夢卿「割指」入藥果然救其夫耿朗一命，情節雖屬不經，但燕夢卿之「指」實象徵其形象之旨，突出了「蘭」即燕夢卿在《林蘭香》一書寫耿家諸婦的中心地位，爲家有賢妻而不知愛重的耿朗之輩說法。總之，四部小說的「中點」既是各自前後情節自然生發的一環，又不同程度地有象徵點題的意義，非尋常情節可以比擬，故有命名爲「中點」並特別揭出和探討的必要。

第三，四部小說的「中點」描寫具後先模倣之跡。除《西遊記》以敘事主要過程計爲「中點」描寫的情形另作別論之外，《三國演義》《金瓶梅》《林蘭香》之「中點」在文本中的取位，各爲該書全部章回「中縫」之內側一回，或不是偶然。至於《金瓶梅》與《林蘭香》兩書「中點」描寫之事象則顯見有密切的關聯。如《金瓶梅》第五十回寫西門慶「試藥」由王六兒至李瓶兒，後者有預言「我到明日死了」云云，對比《林蘭香》寫「割指」入藥同樣是「藥」，而燕夢卿於「割指」之後也一樣慮及「此身莫保」；又《金瓶梅》寫吳月娘得助孕之藥和《林蘭香》寫燕夢卿道出自己懷有了身孕等，則除了「胡僧藥」與「割指」爲藥等細處的不同之外，其他如丈夫服藥、妻子（或妾）慮死或有關於懷孕的大略，幾乎如出一轍，後先相承之跡甚爲明顯。

第四，四部小說的「中點」在使各自文本「一分爲二」的同時，也成爲全書「倚數編撰」〔註11〕的基礎。如「曹操夢日」既使《三國演義》文本「一分爲二」，又以其寫所夢之日有三象徵漢朝將分裂爲魏、蜀、吳國，而應於《周易》所謂天、地、人「三才」關係的「三極之道」（《繫辭上》）。事實上《三國演義》寫諸葛亮「隆中對」以「天時」「地利」「人和」分謂曹、孫、劉三家，也正是以「三國」之互動比於「三極之道」。在此基礎之上，乃有「三顧茅廬」「三氣周瑜」「六出祁山」「七擒孟獲」「九伐中原」等各種「倚數編撰」的情節組合。《西遊記》以「中點」分全書前九十八回爲兩個「七七」之數，完成從「東土」至「西天」全部「西遊」即修道成仙的途程，又於第九十九回以補足「八十一難」和「八天」之數，使「九九數完魔滅盡，三三行滿道歸根」，即「五眾」由仙而進階成佛的終極結果。可見通天河「老黿」作爲「西遊」的「中點」，同時是《西遊記》寫道、釋修煉「七返九還」之數理的重要一環。《金瓶梅》雖然設西門慶「試藥」於第五十回爲全書敘事的「中點」，但是若僅以西門慶一生論，則其得「胡僧藥」於第四十九回爲「七七」之數，而暴死於第七十九回爲有「七」

〔註11〕杜貴晨《中國古代文學的重數傳統與數理美——兼及中國古代文學數理批評》，《中國社會科學》2002年第4期。已收入本卷。

而又有「九」之數。「九」爲老陽，陽極而陰，則爲西門慶必死和其一家必然衰敗之數。由此可見，《金瓶梅》之「中點」亦如《三國演義》《西遊記》之「中點」，在各自文本中均非孤立的存在，而同爲諸書創作「倚數編撰」傳統的一個表現。至於《林蘭香》「中點」在一書之數理中的地位與作用則更爲特異，需要聯繫《周易》相關卦理才可以得到說明。《林蘭香》章回的設置倚《周易》別卦六十四之數，其「中點」在第三十二回，數位當《周易》別卦之第三十二的恒卦（震上巽下）。王振復《周易精讀》於此卦名下注曰：「『恒，久也』，夫婦『久於其道也』。」〔註 12〕馬振彪《周易學說》則云：「《象》贊九二能久中……爲恒卦之主。」〔註 13〕分別注意到恒卦關乎夫婦之道和以「久中」爲主之義理。由此可知比較《三國演義》等其他三書，《林蘭香》以「中點」在第三十二回的布置更與其全書數理機制密切無間。

四部小說「中點」之異或曰後繼者的變化創新則體現於以下三個方面。

第一，從「中點」的取位看，四部之中《三國演義》《金瓶梅》《林蘭香》三書皆取全書中縫之側某回，前後並無大的變化，實是由於三書敘一大事體之始終，如大江東去，一泄千里，不能不就其全部而取中位；但《西遊記》之敘事已如上述，是「西遊」之事爲主占前九十八回書，而最後的兩回屬「西遊」之後事，所以沒有並且不可能依全部書之章回，而只能就其敘「西遊」一路向西過程之前九十八回取中位於第四十九回之末，從而其「中點」之設勢必有異於《三國演義》等三書，是謂不得不有之變化或曰創新。這種或變或不變或部分變化的情況均不可一概而論其高下優劣，而應該看到是在高明作者爲之，都不過是創作中之事所必至，理有必然而已。

第二，四部小說之「中點」各爲象徵的意義不同。「曹操夢日」象徵「三國鼎立」之勢將成，其用在預告未來；通天河「老黿」象徵《西遊記》「還元」之旨，其用在揭明當下；西門慶「試藥」與《林蘭香》燕夢卿「割指」，二者雖後先模倣，但是前者以促官哥乃至李瓶兒和西門慶之死，後者以救耿朗之生和導致燕夢卿之死，其爲用竟完全相反，是知《林蘭香》對《金瓶梅》之模倣爲對象的反面，筆者以爲似可稱之爲「反模倣」。如此等等都深度表明四部「中點」之設雖相沿而有共同的模式特點，但後先之間並非簡單因襲或機械的偷套，而是有所師承中又有不同程度的匠心獨運，此正是古代章回小說

〔註 12〕王振復《周易精讀》，復旦大學出版社 2008 年版，第 172 頁。
〔註 13〕馬振彪遺著，張善文整理《周易學說》，花城出版社 2002 年版，第 326 頁。

「中點」手法作爲一種模式的藝術生命力之所在。

第三，四部小說之「中點」各爲一書敘事之逆轉的意義亦有不同。「曹操夢日」所關前半爲漢朝一分爲三國，後半爲三國合一於晉之由「分」而「合」的逆轉極爲明顯，而可以不必具論。但是，《西遊記》之「中點」通天河「老黿」所示逆轉的意義，卻需深究乃見。按《西遊記》第四十九回寫老黿「爬上河崖。眾人近前觀看，有四丈圍圓的一個大白蓋」，「白蓋」作爲比喻實透露有關「老黿」描寫之深意。據辭書查考「白蓋」之稱至晚起於西漢，原謂白色的車篷，亦指白篷的車。後世佛家多用指出行或高座上張如傘或覆蓋於受法人頭上的法物，以示莊嚴。如《佛本行經集》載「童子（引者按指佛）生已，身放光明，障蔽日月。上界諸天，持其白蓋，眞金爲柄，大如車輪，住虛空中」云云即是。這裡又是以如「大白蓋」者爲筏以渡「通天河」，則更是合以彰顯唐僧等此番渡河在修行有關鍵性意義。又「黿」諧「原」，即「本」，即「元」。合此諸義，則如上「中點」以「老黿」爲「大白蓋」以渡「通天河」的描寫，實有意謂唐僧五眾之取經至此之前不過各自贖其前愆，至此「十萬八千里」之半途得通天河「老黿」負渡，才眞正由「返本」而進階至「還元」的學佛境界。我們看此一回書中，作爲「三悟」（悟空、悟能、悟淨）之師父的唐僧被囚於「水黿之第」的「石匣」，「似人間一口石棺材之樣」，就可以知道出生即爲「江流兒」之肉體凡胎的「俗人」唐僧，至此又於「水厄」中「死」了一次，卻又得救活了過來，豈非生死已了？又寫觀音菩薩出行施救，「不坐蓮臺，不妝飾」，「手提一個紫竹籃兒出林」，是個「未梳妝的菩薩」，也是以法相示「五眾」明悟取經爲「返本還元」之意。總之，如黃宗周評「過此以往，江流水厄將終」所示，此一回書通過並圍繞通天河「老黿」的描寫點明了唐僧等「西遊」之將功贖罪和「修眞悟道」之途，至此以後而別開新生面，是一大層進之轉折，在「歸眞」的意義上亦可以說是逆轉。至於《金瓶梅》《林蘭香》兩書，雖後先相承都是寫盛衰的，但是二者敘事的取向相反：「試藥」所成爲盛極而衰，「割指」所成乃衰而復振。總之，四部小說各自「中點」的布置，既在各自本文中非孤立的存在，又相互間不免有形式上的聯繫與內容本質上的區別。

三、章回小說敘事「中點」模式的意義

四部小說敘事「中點」描寫的意義，除各有自己的特點之外，綜合看已經構成章回小說敘事的一個被有限應用的特殊模式，具有敘事藝術與美學上

若干特殊的意義。

第一，使「中位」凸出造就全書敘事「執中」之象，體現了中國先民以「中」為美的思想觀念。前引《尚書》曰「允執厥中」不僅是實踐理性的判斷，而且具美學的意義。這一點可見於《周易》的發揮：「君子黃中通理，正位居體，美在其中，而暢於四支，發於事業，美之至也。」（《坤・文言》）「黃中通理」，程《傳》曰：「黃中，『文在中』也。」由此可見，我國先民自上古即已發現「執中」可致「文在中」之美。「中點」描寫使敘事「執中」之象得到突出，從而在中國人看來無疑是一種美的表現。儘管這不應該導致作家創作和讀者閱讀必要刻舟求劍尋求「中點」，但是畢竟在應有可有之處以繪「執中」之象是在中國人看來合乎美的一種創造。這也就是讀者若熟視無睹則已，而一旦發現如本文所論《三國演義》等諸書之「中點」或更進一步有所賞鑒，則大概都會由衷地感到某種愉悅，有所謂「正位居體，美在其中……美之至也」的感覺也是很自然的吧。

第二，有「中分」之效使全書敘事有前後平衡美。「中點」於全書敘事篇幅與事體進程的作用，首在使後者整體在被等分為二的同時具有了合二而一的形態。其前後對稱，比簡單的渾一增加出一種平衡美，容易引起或加強讀者對文本敘事前後顧瞻的興趣，進而通過前後情節的對比推進對敘事總體意象乃至一書宗旨的深入把握。例如明清評點家於四部小說雖無「中點」之論，但各自就相關描寫處「半部」效應的評點，大概就不單純由於閱讀至篇幅或敘事的半途，而還因為此間有作者特筆描寫之「中點」的提示或感染，使其能有此種前後顧瞻，作出有關全書總體敘事意象的思考與評論。

第三，使敘事走向逆轉形成結構的往復美。文貴曲致，而曲折之極致是逆轉，逆轉之極致是往復，往復之效則產生一種循環之美。「中點」描寫即以其平地波瀾的曲折——逆轉——往復之效造就全書敘事有如日出日沒、潮漲潮落之終歸於原點的循環美。如作為象徵，「曹操夢日」所體現《三國演義》敘三國一而三、三而一的「分——合」之致，通天河「老黿」所標示唐僧五眾之「西遊」的「還元」之致，西門慶「試藥」所關係其本人及其一家的「盛——衰」以及燕夢卿「斷指」療夫所關耿朗及其一家命運的「衰——盛」之機等，都以「中點」描寫的逆轉之力激為對前半敘事徹底否定的往復效果，使敘事在形式的總體上具有了「折中」逆轉的往復之美。《周易》曰「一陰一陽之謂道」，《老子》曰「無平不陂，無往不復」，這些古人關於事物發展規律的認識，在章回小說敘事的「中點」模式中得到了甚爲集中和生動的體現。

第四，合於「太極生兩儀」或曰「一生二」之道，爲全書敘事數理機制的綱領。《周易》曰：「是故《易》有太極，是生兩儀。兩儀生四象。四象生八卦。八卦定吉凶，吉凶生大業。」(《繫辭上》)《老子》曰：「道生一，一生二，二生三，三生萬物。」兩者所擬宇宙發展的數理模式趨向雖異，但後世學者卻多合二者之初始，以「太極」爲「一」，「兩儀」即「二」，視「太極生兩儀」與「道生一，一生二」同爲《周易》所謂「一陰一陽之謂道」之義。那麼無論其後來的發展是「兩儀生四象」還是「二生三，三生萬物」云云，「一分爲二」作爲道之初分，都是後來萬象生發的基礎與綱領。以此而論章回小說的「中點」描寫，其等分一書爲前後兩個「半部」的作用，也就是作者設爲全書敘事數理機制的基礎與綱領，其他種種數理的表現就都在「中點」描寫數理的架構之內，統帥之下。從而「中點」也就成爲把握此一部書數理機制的最佳入口。如四部小說各有筆者所謂「三復情節」「三事話語」「三極建構」「七復」甚至「九復」情節，以及「七七」「九九」等數的運用等，〔註 14〕各在微觀或中觀的層面上錯綜通變，既絡繹不絕，又立體網通，若無頭緒。其實不然，若能從「中點」之等分入手，則顯而易見全書描寫所倚之種種數理，無不基於這個體現了「一生二」或「太極生兩儀」的數理結構之上，進而對全書數理機制有全面準確的把握。

第五，是中國古代敘事藝術爲西方所無的一個的亮點。與西方大多數小說敘事無段落性標題相比，我們不妨承認中國古代小說分章回標題是一種「綴段性」敘事，但這不完全是相對於西方小說的一個缺陷，而是中國古代歷史文化所自然產生出來的具有獨創性的民族特色〔註 15〕。這一獨創性手法發生在《三國志通俗演義》的作者羅貫中筆下或爲偶然，但其在《西遊記》《金瓶梅》《林蘭香》諸作敘事中的後先承衍和變化出新卻更像是一個必然，由此形成章回小說的「中點」藝術則是中國敘事藝術爲西方小說所無的一個的亮點。

（原載《學術研究》2015 年第 8 期）

〔註 14〕見杜貴晨《數理批評與小說考論》有關文章，齊魯書社 2006 年版。均已收入本卷。

〔註 15〕「綴段性」是早期西方漢學家所認爲中國古代小說缺乏「結構」的最致命弱點，浦安迪爲中國小說的這一特點作了最早也是迄今最有力的辯護。見蒲安迪《中國敘事學》，北京大學出版社 1996 年版，第 55～62 頁。

「五世而斬」與古代小說敘事——從《水滸傳》到乾隆小說的「五世敘事」模式

一、引言

「五世而斬」出自《孟子・離婁下》，曰：「君子之澤五世而斬，小人之澤五世而斬。」本意是說無論君子、小人，其對家族後世的影響必然呈遞減規律，至第五世也就該絕滅了。這是孟子時代考察家族文化遺傳興衰歷史的一個重要看法，深受後世儒者乃至今人的重視。古今流行「富不過三代」的說法，理論上可能就由「五世而斬」說變異而來。所以，「五世而斬」是一句古話，卻在今天也不失某種現實意義。從而古代文學因「五世而斬」形成的「五世敘事」，也是值得關注和研究的現象。

「五世敘事」是指文學寫一姓王朝或名門望族之興衰必要上溯其五世的做法。這一做法的社會性遠源或起於我國古時歷代相沿和至今仍實際傳承的父系血緣宗法制度。在這種社會制度下，敬天尊祖，守先待後，成爲無論天子庶民，尤其是作爲家庭嫡長子的每一位男性的首要責任。《孟子・離婁上》所謂「不孝有三，無後爲大」，本質上就是講男性爲家庭以至家族傳宗接代負首要的責任。這種傳承向來不變的是以父子相繼爲一世，或說三十年爲一世，近今則多稱爲一代。而人生苦短，代際能相接見的一般只如顧炎武所說：「凡人祖孫相見，其得至於五世者，鮮矣。壽至八九十而後可以見曾孫之子，百有餘年而曾孫之子之子亦可以見也。人之壽以百年爲限，故服至五世而窮。」

〔註1〕所以，《禮記・喪服小記》稱「有五世而遷之宗」，《孔子家語・本性解》稱周有「五世親盡，別爲公族」之制。而《孟子》所謂「五世而斬」就是基於「五世親盡」對家族文化傳承規律的一個判斷。這一規律絕難破解或擺脫，對於古代一姓王朝或世家大族來說不啻是一個魔咒，甚至有今人稱之爲定律。「五世敘事」就是這一魔咒或定律在古代小說中的反映。

從今存文獻看，「五世敘事」濫觴於先秦史傳文學，如《左傳・莊公二十二年》有「五世其昌，並於正卿」之說。至漢代《史記》《漢書》敘事繼之，而有更多關注和運用。如《史記・封禪書》：「祖己曰：『修德。』武丁從之，位以永寧。後五世，帝武乙慢神而震死。」《史記・晉世家》：「自唐叔至靖侯五世，無其年數。」《史記・吳太伯世家》：「自太伯作吳，五世而武王克殷。」《史記・留侯世家》：「留侯張良者……爲韓報仇，以大父父五世相韓故。」《漢書・地理志下》：「宋自微子……至景公滅曹，滅曹後五世亦爲齊、楚、魏所滅。」如此等等，雖在史傳不過修飾傳主之餘事，但很可能是後世小說敘事溯及「五世」寫法的淵源。

我國自兩漢經學和史學幾乎同時興盛，小說受到二者強烈的影響，在漸以被賦予「野史」或「史之餘」特點的同時，也大量採擇化用圖解儒家的學說或觀念。而至元明清章回小說出現，在主要是涉及一姓王朝或一個世家名族之興衰題材的一類小說敘事中，注重家世的史的觀念與《孟子》「五世而斬」之說在作家的創作中不謀而合，便有了關於該一姓王朝或一個世家名族敘事以「五世」爲度的做法。具體說來就是從該王朝或家族的高祖輩說起，依次敘及曾、祖、父、子輩，以父或子輩也就是第四代或第五代人物故事爲全書的中心。這種寫一姓王朝或一個世家名族之興衰必要上溯「五世」的做法，相比於古今中外小說多是僅就人物自身繪形繪色的情況，顯然是一個特別的文學現象，因名之曰「五世敘事」。

我國古代章回小說敘事中「五世」一詞的用例固然不少，但是被作爲敘事的成分乃至文本要素而稱得起「五世敘事」的運用較少，有之也都不曾受到過讀者專家應有的重視，當然也就未見全面系統的討論。但是，我國古代章回小說「五世敘事」的現象也並非是個別的，據筆者粗略考察，至少有《水滸傳》《歧路燈》《紅樓夢》《綠野仙蹤》《野叟曝言》等數種程度不同可稱得

〔註1〕〔清〕顧炎武著，黃汝成集釋，秦克誠點校《日知錄集釋》，嶽麓書社 1994 年版，第 198～199 頁。

上有「五世敘事」的藝術表現，構成一個頗具特色的文學現象，值得給予一定的關注和適當的討論。《水滸傳》等諸作「五世敘事」值得關注與討論的原因，一在於諸作都是我國古代重要或比較重要的長篇說部，數百年來讀者甚眾，至今發揮著強大的藝術影響力；二在於除《水滸傳》約成書元末或元明之際以外，《紅樓夢》等四種均集中在清乾隆年間，從而本文所謂「五世敘事」的現象，實際只是於元末或元明之際由《水滸傳》創始，而至清乾隆中《歧路燈》《紅樓夢》等諸作與之隔代相望，群起傚仿，暫顯於一時。乾隆小說「五世敘事」這一似乎「井噴」的表現也是一個值得玩味的文學現象。

二、《水滸傳》為「五世敘事」創始

關於《水滸傳》之為「五世敘事」，這裡擬以百回本的明容與堂刻本為考察對象。該本書前有《引首》，《引首》於一詞一詩之後，由「五代殘唐」說到宋太祖趙匡胤生有異兆，後來發跡變泰，「一條杆棒等身齊，打四百座軍州都姓趙」，建立了宋朝，先後傳位太宗、眞宗，至仁宗朝「天下太平，五穀豐登，萬民樂業，道不拾遺，戶不夜閉……一連三九二十七年，號為『三登之世』。那時百姓受了些快樂，誰料到樂極生悲。嘉祐三年上春間，天下瘟疫盛行……文武百官商議……早朝奏聞天子，專要祈禱禳謝瘟疫。不因此事，如何一十六員天罡下凡世，七十二座地煞降在人間，轟動宋國乾坤，鬧遍趙家社稷」，然後結以「有詩為證」云云。〔註 2〕《引首》後才是全書一百回的目錄以及正傳。〔註 3〕

筆者一向認為，一書的體制倘若非同一般，那麼其獨特處一定是作者別有用心。《水滸傳》文本「《引首》——目錄——正傳」的編排就是如此。這先要繞一步說，《水滸傳》有上述《引首》實相當於宋元話本之「入話」，而自第一回《張天師祈禳瘟疫 洪太尉誤走妖魔》起才是全書的「正傳」。但是，有清三百年流行的是金聖歎評改本。這個本子不僅「腰斬」了《水滸》，而且在全書開頭的部分也大做了手腳，即分《引首》開篇詩以為弁首，把餘後部分與原第一回合為《楔子》，以下接以百回本第二回為第一回並以次推延。金

〔註 2〕〔元〕施耐庵、羅貫中《諸名家先生批評忠義水滸傳》，李永祐點校，中華書局 1997 年版，第 1～3 頁。

〔註 3〕今整理本為方便讀者閱讀改為目錄、《引首》接第一回的順序。但容與堂本置《引首》於目錄之前，顯然強調《引首》的獨立性，同時也就強調了正傳故事包括敘事時間自為起訖的完整性，有助於該書「五世敘事」特點的確認。

本《水滸》的流行遮蔽了原百回本「《引首》——目錄——正傳」編排的特點，進而影響了讀者由這一特點對作者所寄寓用心的發現。至於近世讀者雖然多能讀到百回本了，卻又由於庸俗化階級理論的社會歷史的批評，在以《水滸傳》所寫宋江三十六人故事乃「英雄傳奇」並於史有據的同時，也往往因爲對「英雄」的偏愛而忽略了《引首》至第一回「祈禳瘟疫」和「誤走妖魔」故事作爲全書正傳敘事框架的結構意義；進而也就忽略了《水滸傳》全部文本敘事時間的跨度，並不限於歷史上宋江故事實際發生的「大宋宣和」年間，而是僅僅《引首》即已上溯趙宋之初，下至北宋第四代皇帝仁宗嘉祐年間「三登之世」的「嘉祐三年」，乃爲「樂極悲生」。這在實際上已是歷敘了北宋前後百年四朝由興盛向衰落的轉折。此後才列出目錄，分出章回，繼以全書正傳第一回的開篇。這個非同尋常的文本編排不僅把《水滸傳》正傳所敘宋江故事置於全部北宋歷史「樂極悲生」即天道循環之反轉的背景之上，而且以目錄的隔斷突出了作者正傳所敘以宋江故事所標誌的北宋盛極而衰之事，乃自爲起訖的意圖。這一編排的意圖是使全書既是合《引首》與正傳以觀北宋九朝盛衰之概，又突出了《引首》之後《水滸傳》主要是由正傳以見仁宗朝以至徽宗宣和年間由盛而衰之轉折。作者擬於正史，「欲以究天人之際，通古今之變，成一家之言」（司馬遷《報任少卿書》）之意，乃由此而顯。至於讀者既由《引首》而思及北宋開國至仁宗朝盛極而見「樂極悲生」之兆，又中經目錄爲一隔頓後重啓閱讀，則有第一回開篇於「詩曰」一首之後以「話說大宋仁宗天子在位」云云提起，才是《水滸傳》正傳敘事實際開端的感覺。這裡正傳敘事時間終始的跨度，就是本文當下關注的焦點。

《水滸傳》正傳敘事以仁宗（1023～1063）朝置頂爲故事緣起，下距歷史上宋江起事的徽宗宣和（1119～1125）年間有五十餘年，顯然不是由於歷史上仁宗朝政與後來宋江之事眞的有什麼實際聯繫。事實上若從歷史上可能的聯繫出發考慮，《水滸傳》正傳敘事應是於仁宗朝以後無論從哪一朝開始都更容易捏合牽扯。而作者卻不前不後，必要以仁宗朝爲斷，這就使我們不能不懷疑是作者的一個出於特殊考慮的安排。因爲接下來第二回起首承上敘「誤走妖魔」餘事已畢，乃曰：

> 後來仁宗天子在位共四十二年晏駕，無有太子，傳位濮安懿王允讓之子，太祖皇帝的孫，立帝號曰英宗。在位四年，傳位於太子神宗天子。在位一十八年，傳位與太子哲宗皇帝登基。那時天下盡

皆太平，四方無事。

再接下來就是敘浮浪子弟高俅因「踢得兩腳好氣球」受寵於端王，和端王即位爲徽宗而高俅發跡變泰，貴爲太尉，迫害王進等，漸次拉開水滸故事的大幕。這裡讀者不難由上引一節文字看到，此前從仁宗、英宗、神宗到哲宗四朝之事，雖僅一帶而過，但至水滸故事發生的宋徽宗一朝，恰好就是「五世」。這不能不使我們認爲，這個在宋徽宗之前與列朝同是無關水滸故事的仁宗之世，被作爲《水滸傳》寫北宋盛衰的轉折點，同時是《引首》與正傳敘事的間隔或黏連之點，也就是正傳「五世敘事」的起點。換言之，《水滸傳》敘事《引首》與正傳鏈接的「大宋仁宗天子在位」，是作者作爲北宋盛衰之轉折和形成正傳「五世敘事」框架而精心設置的時間點。

總之，《水滸傳》敘宋江等百零八人故事源流，雖本歷史上宋江史事與傳說，但是作者對這一歷史題材的藝術敘事時間的處置分兩層出落：一是從《引首》開始的全書看，總體是把它放在了自太祖開國至徽宗宣和年間幾乎整個北宋九朝（末代欽宗僅在位一年）歷史的背景之上，以見趙宋一代之興衰；二是從《引首》與正傳第一回敘事的銜接看，以仁宗朝「樂極悲生」之盛極而衰的「嘉祐三年」爲節點，帶下歷敘英宗、神宗、哲宗三朝，至於徽宗宣和年間，乃爲敘事描寫的時空中心，形成《水滸傳》正傳「五世敘事」的心理框架。這無疑是《水滸傳》作者敘事藝術的一個創造。因爲很明顯，如果《水滸傳》作者僅是爲了一般地「究天人之際，察古今之變」，那麼他自宋太祖起歷敘七朝直至徽宗宣和年間爲之正傳也就罷了，卻爲何又要有什麼「引首」先敘宋初四朝至仁宗「嘉祐三年」？而且歷史上哪裏有什麼「嘉祐三年上春間，天下瘟疫盛行」？所以作者必要虛構仁宗嘉祐三年有「祈禳瘟疫」「誤走妖魔」之事，無非是爲了把水滸故事溯源自徽宗朝以上五世的仁宗一朝，以演義《孟子》「五世而斬」之說，成本文所謂的「五世敘事」。

三、《歧路燈》《紅樓夢》等諸作的擬用

《水滸傳》正傳「五世敘事」的「五世」，對於該書敘事中心的宋江故事來說，除了使讀者可以想像爲給了「妖魔」轉世爲宋江等百零八人的成長期之外，主要的作用恐怕還是以「五世」的形式配合「誤走妖魔」爲正傳寫宋江故事建立起一個「天人合一」的因果關係框架，而歷時性看則有了爲宋江故事向「天數」溯源的意義。從而《水滸傳》中本文所謂「五世敘事」的應

用，也就不可能不是在全書的開篇，一般來說就是作者創作一書開筆部分的文字。這是「五世敘事」性質所決定的，以致後世模倣者們也都沒有大的改變。因此，本文論述清乾隆朝諸作的模倣，也大體按照諸作開筆先後的順序，即《歧路燈》《紅樓夢》《綠野仙蹤》《野叟曝言》的次第，對各自師法《水滸傳》「五世敘事」之跡論說如下。

（一）《歧路燈》。據欒星編《李綠園年譜》，《歧路燈》開筆約在乾隆十三年（1748）。〔註 4〕其開篇第一回《念先澤千里伸孝思 慮後裔一掌寓慈情》首敘主人公家世：

> 這話出於何處？出於河南省開封府祥符縣蕭牆街。這人姓譚，祖上原是江南丹徒人。宣德年間有個進士，叫譚永言，做了河南靈寶知縣，不幸卒於官署，公子幼小，不能扶柩歸里……即葬靈寶公於西門外一個大寺之後……譚姓遂寄籍開祥……這公子取名一字叫譚孚……孚生葵向。葵向生誦。誦生一子，名喚譚忠弼，表字孝移，別號介軒。忠弼以上四世，俱是書香相繼，列名膠庠……自幼娶周孝廉女兒，未及一年物故。後又續弦於王秀才家……到了四十歲上，王氏又生一子，乳名叫端福兒……〔註 5〕

端福兒即《歧路燈》的主人公譚紹聞。自譚孚「寄籍開祥」爲譚氏祥符始祖，以下至譚紹聞正是五世。而且爲了突出譚紹聞爲第五代的世次，作者於敘其父譚忠弼字孝移之後，特加一句總說「忠弼以上四世」。《歧路燈》作者有意以「五世敘事」寫譚家興衰，於此可見一斑。至於全書不止三番五次強調譚宅是「一家極有根柢人家」，也都是從開篇「五世敘事」來。而《歧路燈》「五世敘事」更重要的作用，是因寫譚宅的五世而自然及於譚氏丹徒族人之子譚紹衣，這就方便爲後來譚紹聞改過向善重振家聲埋伏下了一個能夠提攜他的人，是全書故事大開大闔的關鍵之一。由此可見《歧路燈》的「五世敘事」雖然很可能與作者對《水滸傳》的暗相學習模倣有很大關係，但是除了已經完全擺脫了《水滸傳》「五世敘事」所負載「誤走妖魔」之類的神話內涵與色彩，而更合於世俗所謂「忠厚傳家遠，詩書處世長」的齊家之道之外，還在與全書總體結構的關合上有了更多的加強。這無疑是小說藝術上的一個進步。

〔註 4〕〔清〕李綠園《歧路燈》，欒星校注，中州書畫社 1980 年版，第 52 頁。
〔註 5〕《歧路燈》，第 1 頁。

（二）《紅樓夢》。紅學界一般認爲，曹雪芹《紅樓夢》未完稿，其絕筆時間據甲戌本脂批「壬午除夕，書未成，芹爲淚盡而逝」，〔註6〕（第1回）應即乾隆二十七年壬午（1762）。而由書中脂評《凡例》云「十年辛苦不尋常」，可推得曹雪芹《紅樓夢》開筆時間約在乾隆十七年（1752），晚於《歧路燈》約四年之久。

《紅樓夢》寫所謂「四大家族」重在賈府，於賈府又重在榮宅，於榮宅又重在賈寶玉一人。但是以賈寶玉爲中心人物，書中敘賈府世系仍並寧、榮二府一起追溯。第二回《賈夫人仙逝揚州城 冷子興演說榮國府》敘寫「子興歎道：『正說的是這兩門呢。待我告訴你。』」先說寧府：

> 當日寧國公……生了四個兒子……寧公死後，賈代化襲了官，也養了兩個兒子。長名賈敷，至八九歲上便死了，只剩了次子賈敬襲了官，如今一味好道，只愛燒丹煉汞，餘者一概不在心上。幸而早年留下一子，名喚賈珍，因他父親一心想作神仙，把官倒讓他襲了。他父親又不肯回原籍來，只在都中城外和道士們胡羼。這位珍爺倒生了一個兒子，今年才十六歲，名叫賈蓉。（第2回）

以上引文所述寧國公自然是第一代，所以至「賈代化襲了官」句下甲戌本脂硯齋側批曰「第二代」，於「賈敬襲了官」下甲戌側批曰「第三代」，於「名喚賈珍」下甲戌側批曰「第四代」，於「名叫賈蓉」甲戌側批曰「至蓉五代」。後說榮府：

> 自榮公死後，長子賈代善襲了官，娶的也是金陵世勳史侯家的小姐爲妻，生了兩個兒子：長子賈赦，次子賈政……這政老爹的夫人王氏，頭胎生的公子，名喚賈珠，十四歲進學，不到二十歲就娶了妻生了子，一病死了……不想後來又生一位公子……取名叫作寶玉。（第2回）

以上引文所述榮國公自然也是第一代，所以至「賈代善襲了官」句下甲戌本脂硯齋側批曰「第二代」，於「長子賈赦，次子賈政」下甲戌側批曰「第三代」。接下說賈政的長子賈珠也就是第四代，他雖然早死，但「不到二十歲就娶了妻生了子」，所以句下甲戌側批曰「此即賈蘭也。至蘭第五代」。幾經曲折，然後才出「不想後來又生一位公子……取名叫作寶玉」。

〔註6〕〔清〕曹雪芹、高鶚著，脂硯齋評《紅樓夢》，山東文藝出版社 1993 年版。本文以下引本書均據此本，說明或括注回數。

脂硯齋於以上敘事總評曰：「正是寧、榮二處支譜。」但這裡還應該指出的是，雖然作爲全書中心人物的賈寶玉居於賈府第四代，但書中敘賈府譜系首尾已是五世，所以也屬本文所說的「五世敘事」。

《紅樓夢》作者於「五世敘事」似不厭其繁，除了敘「寧、榮二處支譜」的五世之外，接下第二回敘林黛玉出身，也說到林氏家族的五世：「原來這林如海之祖，曾襲過列侯，今到如海，業經五世……命中無子……只有嫡妻賈氏，生得一女，乳名黛玉，年方五歲。」（第 2 回）這林家眞正是「五世而斬」的了。

由上述《紅樓夢》於賈府及林家敘事先後及於五世看，可信作者曹雪芹敘寶、黛家世乃有意爲「五世敘事」。其藝術上的用心，則在於爲全書敘事中心的賈寶玉故事設以背景，著爲鋪墊，並引出警幻仙子述寧榮二公託付警戒賈寶玉之意曰：

> 偶遇寧、榮二公之靈，囑吾云：「吾家自國朝定鼎以來，功名奕世，富貴傳流，雖歷百年，奈運終數盡，不可挽回者。故遺之子孫雖多，竟無一個可以繼業者。其中惟嫡孫寶玉一人，稟性乖張，生性怪譎，雖聰明靈慧，略可望成；無奈吾家運數合終，恐無人規引入正。幸仙姑偶來，萬望先以情慾聲色等事警其癡頑，或能使彼跳出迷人圈子，然後入於正路，亦吾兄弟之幸矣。」如此囑吾，故發慈心，引彼至此。先以彼家上中下三等女子之終身冊籍，令彼熟玩，尚未覺悟。故引彼再至此處，令其再歷飲饌聲色之幻，或冀將來一悟，亦未可知也。（第 5 回）

然後甲戌側批云：「一段敘出寧、榮二公，足見作者深意。」這也就是說寧、榮二公之意也就是作者深意。由上引寧、榮二公所云，可知二公分別作爲賈家東、西二府的五世祖所慮，正是要自己身後所遺之家族能夠打破「五世而斬」的魔咒，避開「五世而斬」的厄運。這就使「五世敘事」不能不成爲《紅樓夢》寫賈寶玉故事不可或缺的背景或鋪墊，同時也使小說具有了反思與憑弔百年望族「盛席華筵終散場」之悲劇命運的內涵。又按據上引寧、榮二公所稱「吾家……乃運終數盡」，又「無奈吾家運數合終」，因此請於警幻仙姑警寶玉之「癡頑」，以爲家族能夠「繼業」之人。書中先是寫警幻仙姑從二公之請警醒寶玉的努力不能成功，而後又寫寶玉於人世間歷經情幻，終於打破情關出家，從而寧、榮二公以爲「略可望成」的賈寶玉也未能繼業。此乃以人力挽回「天數」，結果自然是如《三國志通俗演義》卷終詩所謂「天數茫茫不可逃」，人力不可能回天。由此可見，《紅樓夢》之大結局必然是賈府徹底衰敗，「落了片白茫茫大地眞乾淨」。而程本《紅樓夢》後四十回擬爲「蘭桂齊芳」，明顯與寧、榮二公所論不合，從而不會是原作者曹雪芹手筆。此說雖然不關本文宗旨，但也只有如此理解，方可見《紅樓夢》一書實在也是一部欲破「五世而斬」魔咒卻終於無可奈何的「淚筆」（脂評語），或者說是關於賈府「五世而斬」命運的一首無盡的哀歌。

（三）《綠野仙蹤》。卷首有作者李百川友人侯定超、陶家鶴各爲序，一署「乾隆二十七年」，一署「乾隆二十九年」，因知作者李百川爲乾隆中期人。又李百川《自序》是書於乾隆二十七年壬午（1762）「苟且告完」，又云其初創於「癸酉……冬十一月，就醫揚州……草創三十回」。〔註 7〕乾隆十八年癸酉爲 1753 年，這就是說，李百川於是年冬十一月開始並寫成了《綠野仙蹤》的前三十回。這比《歧路燈》開筆晚了大約五年，而與《紅樓夢》的開筆幾乎同時或至多晚了一年。

《綠野仙蹤》第一回《陸主管輔孤忠幼主 冷於冰下第產麟兒》於「詞曰」一首後寫道：

> 且說明朝嘉靖年間，直隸廣平府成安縣有一紳士，姓冷名松，字後凋。其高祖冷謙，深明道術……發家，遂成富户。他父冷時雪，棄醫就學，得進士第，仕至太常寺正卿，生冷松兄妹二人……冷松接續書香，由舉人選授山東青州府昌樂縣知縣，歷任六年，大有清正之名。只因他賦性古樸，不徇情面，同寅們多厭惡他，當面都稱他爲冷老先生，不敢以同寅待他，背間卻不叫他冷松，卻叫他是冷冰。他聽得冷冰二字，甚是得意。後因與本管知府不合，兩下互揭起來，俱各削職回籍。這年他妻子吳氏方生下一子……起個官名，叫做冷於冰。〔註 8〕

如此平淡無奇的開篇，必不能立即引人入勝，作者是否意識得到，固然無可考證。但有一點似可以相信，就是在作者看來，《綠野仙蹤》敘冷於冰一家，如此上溯其高、曾、祖、父，然後引出全書主人公冷於冰本人，乃事屬必然，

〔註 7〕〔清〕李百川《綠野仙蹤》（上冊），李國慶點校，中華書局 2001 年版，第 1 頁。

〔註 8〕《綠野仙蹤》（上冊），第 3 頁。

理有必至。否則，他應該可以想到並且不難避開如此平庸的開篇。這也就是說，李百川寫《綠野仙蹤》縱然不一定自覺運用本文所說的「五世敘事」，但是在他學養與知識的引導下也不由自主地走向了「五世敘事」一途。但是由於畢竟不是出於完全的自覺，所以與《水滸傳》《歧路燈》《紅樓夢》不同，《綠野仙蹤》實在只是述及冷於冰一家的五世，而並沒有眞正使冷家五世的歷史成爲全書敘事的要素，直到構造推動情節發展的作用，視爲僅具「五世敘事」之跡可也。

（四）《野叟曝言》。夏敬渠《野叟曝言》之成書，趙景深《〈野叟曝言〉的作者夏二銘年譜》據《夏氏宗譜》定夏敬渠生於康熙四十四年（1705），「疑此書成於七十以後」。〔註 9〕夏敬渠 70 歲當乾隆四十年（1775），也就是《野叟曝言》的成書不早於 1775 年。但臺灣學者王瓊玲認爲「保守的推斷，……夏敬渠六十八歲時已完稿」，〔註 10〕也就是不晚於乾隆三十八年（1773）。可見兩說差距較大，今折衷而言，《野叟曝言》開筆或在乾隆三十九年（1774）前後，晚《歧路燈》二十餘年。

《野叟曝言》第一回《三首詩寫書門大意 十觥酒賀聖教功臣》介紹主人公文素臣家世出身云：

> 這文素臣名白，是蘇州府吳江縣人，忠孝傳家。高曾祖考俱列縉紳。父親道昌，名繼洙，敦倫勵行，穎識博學，由進士出身，官至廣東學道，年止三十，卒於任所。夫人水氏……生子二：長名眞，字古心；素臣其仲子也。〔註 11〕

以上引文於文素臣父親以上三世雖僅一語帶過，但是包括其父一輩在內，所敘至主人公文素臣也是五世。雖然《野叟曝言》於文氏五世的敘述也如《綠野仙蹤》中僅具迹象，但是也不能不說這部小說與「五世敘事」有了眞正的關係。

總之，自乾隆十三年（1748）至乾隆三十九年（1774）的二十餘年間，先後有《歧路燈》《紅樓夢》《綠野仙蹤》《野叟曝言》四部重要的或比較重要的章回小說開筆運用「五世敘事」或帶有「五世敘事」的痕跡。這一文學現象產生時間上的密集，使從那時書籍傳播相對較慢的情況來看，不大可能是

〔註 9〕趙景深《中國小說叢考》，齊魯書社 1983 年版，第 445 頁。

〔註 10〕王瓊玲《夏敬渠著作考論》，《海峽兩岸夏敬渠、屠紳與中國古代才學小說學術研討會論文集》（江陰），2009 年，第 66 頁。

〔註 11〕〔清〕夏敬渠撰《野叟曝言》，人民文學出版社 2006 年版，第 3 頁。

諸作之間先後仿傚的結果。而且無論上述乾隆諸作間有無先後追摹的情形，我們可以肯定諸作者都讀過《水滸傳》，而且入清後最爲流行的金聖歎評改本《水滸傳》的《楔子》也大體就是合容與堂本《引首》與第一回的文本，所以最大的可能是各自所受都來自《水滸傳》正傳部分「五世敘事」的影響。這也就是說，由《水滸傳》所首創的小說「五世敘事」手法，至乾隆年間《歧路燈》《紅樓夢》等諸作不約而同地模擬發揚，而可以稱得上我國古代小說的一種敘事模式，或者說「俗套」了。

四、幾點思考

元明至清乾隆間小說敘事言及「五世」者頗多，但如上述《水滸傳》等諸作不同程度爲「五世敘事」的作品則不多。而且即使題材爲一姓王朝或世家名族興衰之事的章回小說，也不盡有「五世敘事」的應用，如歷朝的演義和寫一家之盛衰的《林蘭香》等，就都不曾有涉及「五世而斬」的描寫。這既證明了所謂「五世而斬」影響小說出現的「五世敘事」，只是在一個有限範圍內應用的模式，同時也襯托出《水滸傳》等諸作的「五世敘事」，乃是作者在可有可無之間的一個有意的選擇，是完全明確地作爲一種特殊的敘事模式看待並應用的。這種應用前後的變化也很明顯，即《水滸傳》是就北宋王朝興衰而設，至清乾隆間諸作的仿傚，就一變而統爲一家之盛衰。《水滸傳》等諸作「五世敘事」的不同應用與前後變化進一步引發我們對這一現象作歷史與美學之合理性的思考。

第一，「五世」觀念本是人生常態的反映，格式化爲以「五世而斬」爲中心內容的儒家禮教的教條，進而成爲部分史傳以至古代某些章回小說敘事的尺度乃至「俗套」，實質是小說家把握生活、處理題材的一個模式。這一小說敘事模式的形成表明，生活條件與方式決定人們看待世界的觀念，而世界觀決定文學家處理題材的思路與手法；「五世敘事」是我國古代小說藝術一個雖然不夠普遍，卻較爲突出的民族特點，是儒家血緣宗法制度和禮教觀念影響古代小說創作的一個生動例證。

第二，一如人生苦短，「五世親盡」實爲人之自然生命的局限和無奈，「五世而斬」所蘊含的是人生在世對家國命運不能永遠存續的憂患意識，「五世敘事」則是這種意識在古代小說創作中的深刻反映，也唯有有心人才能夠寫得出和體會得到。因此，《水滸傳》等諸作「五世敘事」在各自文本雖然不盡占顯要突出的地位，並且都從來不爲研究者所重，但是倘若讀者或評論家能體會到人生短暫以至「五世親盡」的無奈和家國「五世而斬」——今謂之「『五世而斬』定律」——的憂患，必能深味諸作「五世敘事」悲天憫人的家國情懷和良苦用心，而有助於求索會通文本之旨。如《水滸傳》敘事之必及於「九朝八帝」和仁宗以下五世，豈不有些「古宋遺民」之思嗎？《周易・繫辭傳》曰：「作《易》者，其有憂患乎？」我等於諸作「五世敘事」，也當作如是觀。其意欲努力打破「五世而斬」定律之魔咒乎？

第三，自《水滸傳》首創「五世敘事」以寫北宋王朝，整個明代及清初小說似都無顯著模倣的表現，以至清乾隆諸作乃轉爲寫家族之「五世敘事」，而如遍地開花。「五世敘事」經歷長期的沈寂而後突然轉變，其原因必然是複雜的。但是，若以《文心雕龍・時序》「興廢繫乎時序，文變染乎世情」而論，則主要恐怕是《水滸傳》以後數百年，唯至清乾隆間儒學經乾嘉「漢學」諸老的提倡更爲復古，而以學問爲小說之風正盛，又適會大清帝國由盛而衰的轉折之時，所以作家們最容易想到和體味「五世而斬」的悲涼，浸淫而群起接受《水滸傳》「五世敘事」的影響，並各自在小說中倣仿之。當然，「五世敘事」只適用於涉及一姓王朝或世家大族興衰題材的作品。所以如《金瓶梅》寫西門慶雖然也及於一家之興衰，但西門慶本市井之徒，起家寒微，未施以「五世敘事」的手法，非作者不能也，是不可爲也。

第四，「五世敘事」手法的藝術本質是以學問爲小說，從而一則表明小說的作者是不同於市井說書人的學者，二則表明作者以此爲小說有對學問人閱讀的期待。《水滸傳》首創「五世敘事」，表明其作者以學問加諸改造話本的企圖，而乾隆間諸作的群起倣仿，則進一步表明以包括經學在內的學問爲小說，已成一時之盛，乃至漸漸發展出所謂「才學小說」一派。這是乾隆間通俗小說學問化或曰雅化的一個迹象。其給予今天讀者的啓發，應該是在把這一時期的章回小說作通俗小說閱讀的同時，也可在一定程度上以「治經」考證態度給予審視，加以研討。筆者曾把這種以「治經」的態度解讀通俗小說的方法概括爲「雅觀『通俗』」。〔註 12〕這個意見是否有些許可取，敬請讀者專家批評。

（原載《學術研究》2014 年第 4 期）

〔註 12〕杜貴晨《試論中國古代小說「雅」觀「通俗」的讀法——以《水滸傳》「黑旋風沂嶺殺四虎」細節爲據》，《東嶽論叢》2012 年第 3 期。

論《水滸傳》「三而一成」的敘事藝術

引　言

上古先民對數的發明和應用，有實用計數的一面，也有作爲抽象概念把握世界的一面。這後一面從計數的實踐中來，其發展即爲「數」的哲學。從「數」的哲學看世界，則小至毫末，大至宇宙，萬事萬物，莫不有「數」，從而通過「數」可以實現對世界的把握。有史幾千年以來，人類對世界的「數」的把握形成一定的法則與傳統。這些法則與傳統因地域種族等的差別而有不同複雜內涵和神秘性。這種內涵和神秘性往往根基於人類各民族對最早產生的若干數字的認識，其中「一」「二」「三」具有特殊地位和最深遠的影響。

這裡單說「三」。據現代人類學家的調查，許多原始民族用於計數的名稱只有「一」和「二」，偶或有「三」〔註 1〕。另從人類一般經驗看，現代幼兒數學啓蒙，一般從「一」到「二」比較容易，到了「三」就會略感困難。這些現象有助於說明，「三」曾經是原始先民使用的最高數字。《莊子・齊物論》說「一與言爲二，二與一爲三，自此以往，巧歷不能得」，以爲「三」以後就「巧歷不能得」，當有人類計數發生之初以「三」爲最高階意識的殘留。這也可以說明，爲什麼《老子》說「道生一，一生二，二生三，三生萬物」的話中，「道」至「三」依次相生，都是加「一」之有限的增量變化，而「三」以下之增量就變爲無限即「生萬物」之理了。這個道理從「道」至「三」依次

〔註 1〕參見葉舒憲、田大憲《中國古代神秘的數字》，社會科學文獻出版社 1998 年，版第 39 頁引 T・丹齊克《數：科學的語言》，列維布留爾則《原始思維》。

相生看即「三」為「數之小終」（《後漢書・袁紹傳》李賢注），從「三」一躍而生「萬物」之變化看又是數之大始；換句話說，在上古歷史的某個階段上，先民意識中的「三」曾為數之有限之極，無限之始，舉「三」而一切「數」俱可包括其中。

這個意識積澱為中華民族傳統文化心理，就是生產、生活中以「三」為成數，事無鉅細，至「三」而成。這在先秦典籍所載各種制度禮儀風俗習慣可以看得出來。《論語・泰伯》：「子曰：興於詩，立於禮，成於樂。」至第三的「樂」而「成」，就體現至「三」而成的道理。《禮記・曲禮上》：「卜筮不過三。」孔穎達疏引王肅云：「禮以三為成。」漢儒董仲舒《春秋繁露・官制象天》則總結為「天以三成之」，又說：「三而一成，天之大經也。」後來司馬遷《史記・律書》也說：「數……成於三。」可知「三而一成」乃中國人文的律度；「三」並且只有「三」才是人為最恰當的度數。《荀子・禮論》論「三年之喪」說：「三年之喪，人道之至文者也，夫是之為至隆……三年，事之猶未足也，直無由進之耳。」這段話從具體的方面道出人為到「三」而不過「三」即「三而一成」的道理，即「三」為有限之極，無限之始，舉「三」而一切「數」俱可包括其中。

作為中國古代人文的律度，「三而一成」滲透或被體現於文學藝術，在小說中發展出某些敘事模式。對此，筆者曾著文有所論述〔註2〕。現在看來可以總結為三個基本的樣式，即三疊敘事、三復情節和三極建構〔註3〕。這在《三國志通俗演義》中已經有了很好的表現，但《水滸傳》對「三而一成」各種敘事模式的運用似更大量和靈活多樣。

《水滸傳》成書在《三國志通俗演義》之後，繼承了前者以「數」定「象」繪製文學圖卷的傳統，又有進一步的發展。金聖歎評改《水滸》首重這一特點。此書《引首》「詞曰」一首後接邵堯夫詩一首〔註4〕，金改本於邵堯夫名下評曰：「一個算數先生。」又「都來十五帝，播亂五十秋」下評曰：「十五、

〔註2〕原注列拙文《古代數字「三」的觀念與小說的「三復」情節》等若干，收入本卷，不贅。

〔註3〕這些概念的提出非有意標新立異，一面是因為沒有外國的或古代的成說可以借用，另一面是因為依靠借用外國或古人理論的研究常常不免削足適履，所以至少在這類外國和古人的著述不曾語及之處，研究者應該而且必須按頭製帽，作出自己的概括。為著創建關於中國古代小說、古代文學的理論，盼這些不成熟的概念能得到專家讀者的認真對待。

〔註4〕本文引《水滸傳》除有特別說明者外，均據人民文學出版社1983年排印本。

五十，顛倒大衍河圖中宮二數，便妙。」又「陳摶處士」名下評曰：「又一個算數先生。兩位先生胸中，算定有六六三十六，重之七十二座矣。」又「一連三九二十七年，號爲三登之世」下評曰：「筆意都從康節、希竇兩先生來。」更於第一回正文開篇「話說大宋仁宗天子在位，嘉祐三年三月三日五更三點，天子駕坐紫宸殿，受百官朝賀」句中「嘉祐三月三日」下點斷評曰：「合成九數，陽極於九，數之窮也。易窮則變，變出一部《水滸傳》來。」邵堯夫（雍）與陳摶都是宋代著名象數學家，《水滸傳》開篇著此二人，又頻以「數」敘事，特別「九」爲「三三」，所以金聖歎評《水滸》，處處說它由「數」而來，特別是由「三」而來。這一點很少被人注意，也很容易被誤解以爲妄說，其實是應該能夠發人深思的。

從中國的人文傳統看，金聖歎說「易窮則變，變出一部《水滸傳》來」，並非信口開河。這裡「易窮則變」即《易・繫辭上》所謂「參伍一變，錯綜其數。通其變，遂成天下之文；極其數，遂定天下之象」。金聖歎的話是說，一部《水滸傳》從「錯綜其數」和「極其數」的變化而來。從《水滸傳》成書實踐看，這當然是唯心的判斷。但是，此書至少《引首》和第一回文本特重「數」和「數術家」，用「數」絡繹不絕，更在「數」中突出「三」，乃是一個事實。而且通觀《水滸傳》之用「數」，即使把「三碗不過岡」「紮縛三層高臺」「馬步三軍」「三隻船上三個人」之類用「三」的話忽略不計，單從有具體描寫之「三而一成」的細節、情節和結構性安排來看，其量大和變化多端並時或帶有關鍵意義，金聖歎評《水滸》從「數」入手，何嘗不有一定的道理！但金聖歎的眼光基本上只是「數術家」而非文藝家的，所以後來評語中僅止於計數，如說潘金蓮對武松「凡叫過三十九遍叔叔」（金改本二十三回夾評），西門慶見潘金蓮「通計三十八笑」之類，並沒有引出科學的結論，當然也就談不上對書中「三」之爲用有切實而深入的說明。這就成了留待後人的課題，卻至今未見有研究者注意。因不揣淺陋，爲之梳理枚舉有關材料，述論如下。

一、三疊敘事

三疊敘事指接連作三個或三面並標明爲三者的敘議或描寫。這一手法可溯源於先秦兩漢典籍，如《周易・繫辭下》：「子曰：『君子安其身而後動，易其心而後語，定其交而後求。君子修此三者，故全也。」《論語・泰伯》：「君子所貴乎道者三，……」以及《史記》之「約法三章」等等。在小說中也早有《三國志平話》關雲長與曹操「約三事」的描寫，至《水滸傳》而屢見不鮮，變化多端。以內容分大致有以下幾種情況：

（一）三個條件

這有時是矛盾鬥爭中占主動一方脅迫對方做「三件事」，如第二十回《宋江怒殺閻婆惜》寫閻婆惜拿了宋江的招文袋：

> 婆惜道：「……這封書，老娘牢牢地收著。若要饒你時，只依我三件事罷！」宋江道：「休說三件事，便是三十件事也依你。」婆惜道：「只怕依不得。」宋江道：「當行即行。敢問那三件事？」閻婆惜道：「第一件，你可今日將原典我的文書來還我，再寫一紙，任從我改嫁張三，並不敢再來爭執的文書。」宋江道：「這個依得。」婆惜道：「第二件，我頭上帶的，身上穿的，家裏使用的，雖都是你辦的，也委一紙文書，不許你日後來討。」宋江道：「這個也依得。」閻婆惜道：「只怕你第三件依不得。」宋江道：「我已兩件都依你，緣何這件依不得？」婆惜道：「有那梁山泊晁蓋送與你的一百金子，快把來與我，我便饒你這一聲天字第一號官司，還你這招文袋裏的款狀。」

閻婆惜提出的第一、第二件事照應前回情節；但宋江並沒有收那一百兩金子，又另外拿不出，而婆惜決不退讓。所以這第三件事把宋江逼到絕路而至於「殺惜」，故事也就到了高潮，並引出後面的故事。這「三件事」明顯有承前啓後的作用。又如第二十八回至第二十九回，寫「武松醉打蔣門神」：

> 打得蔣門神在地下叫饒。武松喝道：『若要我饒你性命，只要依我三件事。』」……武松道：『第一件，要你便離了快活林……』，蔣門神應道：『依得，依得。』武松道：『第二件……與施恩陪話。』蔣門神道：『小人也依得。』武松道：『第三件，……連夜回鄉去，不許你在孟州住。……你依得麼？』蔣門神連聲應道：『依得，依得，蔣忠都依。」

這裡武松接連提出的「三件事」都照應前回情節，而蔣門神也三應「依得」，使武松之「醉打」痛快淋漓，把故事推至高潮，故事作爲「武十回」的一大段落幾乎題無剩義；唯蔣忠尚在，還可有後事留作下文分解。

其他「三件事」的細節描寫似乎專用於李逵形象的塑造，並且都是李逵請求下山幹事時發生。一是第四十二至四十三回寫李逵要求下山搬取老母：

> 宋江道：「兄弟，你不要焦躁。既是要去取娘，只依我三件事，便放你去。」李逵道：「你且說那三件事？」……宋江道：「……第一件，徑回，不可吃酒。第二件，因你性急，誰肯和你同去？你只自悄悄地取了娘便來。第三件，你使的那兩把板斧，休要帶去，路上小心在意，早去早回。」

這三件事針對李逵性情而設，並爲下文伏筆，金聖歎所謂「怕事卻生事，省事偏多事」，故事的發展便搖曳生姿。

二是第六十一回《吳用智賺玉麒麟》，寫吳用下山，要找「一個粗心大膽的伴當」，李逵毛遂自薦後：

> 吳用道：「你若依的我三件事，便帶你去；若依不的，只在寨中坐地。」李逵道：「莫說三件，便是三十件也依你！」吳用道：「第一件，你的酒性如烈火，自今日去便斷了酒，回來你卻開；第二件，於路上做道童打扮，隨著我，我但叫你，不要違拗；第三件最難，你從明日爲始，並不要說話，只做啞子一般。依的這三件，便帶你去。」

這三件事也是針對李逵性情而設，具體內容除斷酒外因後來情節的需要作了變化。依金聖歎之見，這是既「以李逵之醜喧動員外」，又「如此，方得一片筆墨入於盧員外正傳去」。其實，這「三件事」的限制也使李逵的性格激射出異樣光彩，爲「盧員外正傳」平添諧趣。

三是第七十四回寫燕青赴泰安尋任原相撲，李逵私自下山做燕青的幫手：

> 燕青道：「……你依的我三件事，便和你同去。」李逵道：「依得。」燕青道：「從今路上和你前後各自走，一腳到客店裏，入得店門，你便自不要出來。這是第一件了。第二件，到得廟上客店裏，你只推病，把被包了頭臉，假做打齁睡，便不要做聲。第三件，當日廟上，你挨在稠人中看跤時，不要大驚小怪。大哥，你依得麼？」李逵道：「有甚難處！都依你便了。」

這三件事也爲李逵性情而設，卻是文章先要顯燕青手段，後來轉入李逵大鬧廟會和喬坐衙的預先安排。

如果筆者檢索無誤，寫李逵「三件事」的「三疊敘事」只有上述三次。

這三次以「三件事」寫李逵，一面看是金聖歎評《讀第五才子書法》所謂的「正犯法」，作者才大如海，「故意把題目犯了，卻有本事出落得無一點一畫相借，以爲快樂是也。眞是渾身都是方法」。另一面看也是「三而一成」，儘管我們不能肯定這是不是作書人有意爲之。

（二）三個原因

這是《水滸傳》三疊敘事又一重要形式，用於對故事情節發展作出解釋。如第一回《洪太尉誤走妖魔》寫洪太尉使人打開伏魔殿，見一石碑，上鑿有「遇洪而開」四個眞字，書中論曰：

> 卻不是一來天罡星合當出世，二來宋朝必顯忠良，三來湊巧遇著洪信。豈不是天數！

又，第六回《魯智深火燒瓦罐寺》寫魯智深大戰崔道成和丘道人，氣力不加：

> 智深一來肚裏無食，二來走了許多路途，三者當不的他兩個生力，只得賣個破綻，拖了禪杖便走。

又，第二十六回《武松鬥殺西門慶》寫西門慶之死：

> 那西門慶一者冤魂纏定，二乃天理難容，三來怎當武松勇力。（金評：又向百忙中擠下三句來。）只見頭在下，腳在上，倒撞落在當街心裏去了。

這類三疊敘事的運用，爲故事的進一步發展渲染氣氛或鋪路造橋，使筆致細密，文理深到；而它對將要發生的故事原因作出的解釋，也起到對聽眾、讀者接受心理的預熱和引導疏通作用。

《水滸傳》「三個原因」式的三疊敘事頗多，其他如第三十四回《霹靂火夜走瓦礫場》寫秦明戰敗被俘，「肚裏尋思」不得不留在梁山入夥，以及入夥後自薦能說服黃信投降梁山，都各有三個理由；第六十三回寫王太守稟梁中書姑存石秀等二人性命說：「……若將這兩個一時殺壞，誠恐寇兵臨城，一者無兵解救，二者朝廷見怪，三乃百姓驚慌，城中擾亂，深爲未便。」第七十一回《忠義堂石碣受天文》宋江欲建羅天大醮還「三大願」：「一則祈保眾兄弟身心安樂；二則唯願朝廷早降恩光，……三則上薦晁天王早生仙界，世世生生，再得相見。」第七十三回寫梁山泊拿得「一夥牛子」，自道去東京看任原相撲：「小人等因這個人來，一者燒香，二乃爲看任原本事，三來也要偷學他幾路好棒。」等等，都講三重理由或目的。此外，第十二回《汴京城楊志賣刀》寫楊志回答牛二如何叫做寶刀的三件「好處」，第五十三回寫戴宗向羅眞人講李逵也有三件「小好處」，第六十八回寫宋江謙讓盧俊義爲山寨之主，自言「有三件不如員外處」，等等，也大致可歸於這類三疊敘事。

這類三疊敘事中，「三個原因」或由作者出面，或由書中人物說出，使故事敘述或情節描繪原原本本，加強了藝術眞實性，有時還啓發下文，如第十二回、第七十三回之例。當然，這類細節也有個別是說到「四「的，如第七十二回寫燕青在東京探望李師師，自託「如今伏侍個山東客人，有的是家私，說不能盡。他是個燕南、河北第一個有名財主，今來此間做些買賣。一者就賞元宵，二者來京師省親，三者就將貨物在此做買賣，四者要求見娘子一面。」可見其「三而一成」，卻並不死板，乃以「三個原因」的情況爲多而已。

（三）其他

有「三個去處」，如第二十二回《朱仝義釋宋公明》寫宋江準備避難：「宋江道：『小可尋思，有三個安身之處：一是滄州橫海郡小旋風柴進莊上；二乃青州青風寨小李廣花榮處；三者是白虎山孔太公莊上，……』」有「三般手段」，如第二十三回《景陽岡武松打虎》寫罷「三碗不過岡」，又寫：「那大蟲拿人，只是一撲，一掀，一剪，三般提不著時，氣性先自沒了一半。」有「三樣哭」，如第二十五回寫潘金蓮假哭武大：「看官聽說：原來但凡世上婦人哭有三樣哭：有淚有聲謂之哭，有淚無聲謂之泣，無淚有聲謂之號。當下那婦人乾號了半夜。」有「三等人」，如第三十七回寫張青對武松道：「……小人多曾分付渾家道：『三等人不可壞他。第一是雲遊僧道：他又不曾受用過分了，又是出家的人。』……『第二等是江湖上行院妓女之人：他們是衝州撞府，逢場作戲，陪了多少小心得來的錢物，若還結果了他，那廝們你我相傳，去戲臺上說得我等江湖上好漢不英雄。』又分付渾家道：『第三等是各處犯罪流配的人，中間多有好漢在裏頭。切不可壞他。』」有「三項措施」，如第六十二回寫王太守稟梁中書姑存石秀等二人性命，然後建議「一面寫表申奏朝廷；二即奉書呈上蔡太師恩相知道；三著可教本處軍馬出城下寨」。這些地方或爲隨手拈來，便成情趣，如「三般提不著」「三樣哭」；或爲精心設計，使當下情節寬展，又爲下文伏筆，如「三個去處」「三等人」等，都使描寫生色。

《水滸傳》三疊敘事的運用，少量出現於作者敘述議論中，如「三個原因」諸例和婦人「三樣哭」、大蟲拿人「三般提不著」等；大多數發生於對話中之一方所作的解釋。其作用不僅在情節的自然延續，而往往還承上啓下或寫此注彼而富於文學的張力。從而三疊敘事的運用使故事情節更加豐富，發展的脈略更顯合理和清晰。當然，從小說描寫的角度看，某些敘述性三疊敘事說不得是上好文字。但是，《水滸傳》由說書演化而來，說書人要使聽眾入耳就能明白，這種敘述方式就是得體的了。

二、三復情節

三復情節是指一件事重複做三次才能成功的描寫，溯源可以舉出《周易》的「王三錫命」「晝日三接」等語，還可以舉出《左傳·莊公十年》曹劌論戰所說「一鼓作氣，再而衰，三而竭」的話。而小說中較早並最典型的是《三國志通俗演義》所寫「劉玄德三顧茅廬」「諸葛亮三氣周瑜」等；從而很容易想到《水滸傳》中那些回目即已標明的這類情節，如「三打祝家莊」「三敗高太尉」等等，並且一般認爲都從《三國志通俗演義》模倣而來，卻很少有人注意到《水滸傳》還暗藏更多三復情節的運用並有所創新。本文試舉例說明如下。

（一）三請

《水滸傳》中這類情節看似模倣《三國志通俗演義》「三顧茅廬」而來，但是，其所運用的隱蔽和自然靈活，更像是古代「禮以三爲成」的直接體現。突出的表現如第四十二回《還道村受三卷天書，宋公明遇九天玄女》寫宋江被官兵追捕躲進神廚，正苦無路可逃：

> 只見兩個青衣童子，逕到廚邊，舉口道：「小童奉娘娘法旨，請星主說話。」宋江那裡敢做聲答應。（金批：一請。）外面童子又道：「娘娘有請，星主可行。」宋江也不敢答應。（金批：二請。）外面童子又道：「宋星主休得遲疑，娘娘久等。」宋江聽得鶯聲燕語，不是男子之音，便從神椅底下鑽將出來看時，卻是兩個青衣女童，侍立在此床邊。宋江吃了一驚，卻是兩個泥神。（金評：分明聽得三番相請，卻借兩個泥神忽作一跌，寫鬼神便有鬼神氣，眞是奇絕之筆。）只聽的外面又說道：「宋星主，娘娘有請。」宋江分開收帳幔，鑽將出來……

這裡寫有「四請」，但「三請」之下宋江已「從神椅底下鑽將出來」，第四請其實是「更作餘波演漾之」（金聖歎《讀第五才子書法》），所以金聖歎評語也只在「三番相請」處落筆。但是，「三請」一成之後復爲一請，見出作書人有法則而又能變化，「眞是渾身都是方法」。

同屬暗用而用筆靈活的「三請」情節，還有第五十三回《戴宗二取公孫勝，李逵獨劈羅眞人》寫戴宗「二請」之後，公孫勝還要懇請師父羅眞人允許；「李逵獨劈羅眞人」之後，羅眞人應允，其實就是「三請」成功了。而全書結構性關鍵情節之一的招安，據第八十一回回前詩說「三度招安受帝封」，三次下詔而成，也屬「三請」：第一次在七十五回，陳太尉去的，詔書上並無撫恤招諭之言，又兼阮小七偷喝了御酒，造成梁山英雄誤會，因而不成；第二次在八十回，高俅使人把詔書讀破句讀，梁山眾人不服，又不成；第三次在八十二回《梁山泊分金大賣市，宋公明全夥受招安》，是宋江走了李師師、宿太尉門子，求得天子親書降詔，得受招安。這是「禮以三爲成」在全書最重大體現，所以第八十五回又借宋江之口提及「宋天子三番降詔，赦罪招安」。可知《水滸傳》不只多用「三請」的模式，而且能用在全書大轉折處，使具旋轉乾坤之效。

與「三請」近似而情味迥異的，有第七回《豹子頭誤入白虎堂》寫一條大漢賣刀：

> 見一條大漢……手裏拿著一口寶刀，插著個草標兒，立在街上，口裏自言自語說道：「不遇識者，屈沈了我這口寶刀！」林沖也不理會，只顧和智深說著話走。那漢又在背後說道「好口寶刀！可惜不遇識者！」林沖只顧和智深走著，說得入巷。那漢又在背後說道：「偌大一個東京，沒一個識得軍器的！」林沖聽得說，回過頭來。

賣刀人三次放話誘惑，終於引動林沖起意看刀，進而中計。還有第二十回《宋江怒殺閻婆惜》，寫閻婆喚女兒來見宋江：「叫道：『我兒，你心愛的三郎在這裡。』」婆惜下樓復又回去：「婆子又叫道：『我兒，你的三郎在這裡，怎地倒走了去。』」婆惜仍舊不出。閻婆拉宋江上樓：「說道：『押司在這裡。我兒……』」三次相喚而婆惜不出，也是「三請「的變相。另有一種尋人三段式的，即第一回寫洪太尉上山見張天師，先是遇到虎，後是遇到蛇，然後才見到道童——其實就是張天師。這種類似「三請」的情節在《水滸傳》中亦爲數不少，因是暗用又有了變化，更容易爲讀者忽略，故爲之拈出。總之，即使「三請」模式果出於模倣，也已經變化出新甚或有些後來居上了。

（二）三打

《水滸傳》有幾處著於回目的大段落「三打」故事，如「三打祝家莊」「三敗高太尉」。此外，未著明於回目的大段落「三打」尚有「三打大名府」，依次在第六十一回、第六十二回、第六十四回。其他「三打」情節則屬暗用並且一般都較爲短小，如第三回《魯提轄拳打鎮關西》是「三打」：

> （魯達）撲的只一拳，正打在鼻子上，……提起拳頭來就眼框際眉梢只一拳，……又只一拳，太陽上正著……

接下魯達尋思道：「俺只指望痛打這廝一頓，不想三拳眞個打死了他。……」這看起來行文輕鬆隨意，其實讀者若問，爲什麼是「三拳」而不是一拳、兩拳或四拳、五拳……打死了他？那只能說是「三而一成」在習俗上造成的「事不過三」觀念所致，而絕非偶然。

不僅此也，魯智深一生快事也可概括爲「三打」。第五回《小霸王醉入銷金帳，花和尚大鬧桃花村》金聖歎夾評曰：「魯達凡三事，都是婦女身上起。第一是爲了金老女兒，做了和尚。第二既做和尚，又爲劉老女兒。第三爲了林沖娘子，和尚都做不得。然又三處都是酒後，特特寫豪傑親酒遠色，感慨世人不少。」

不僅魯智深有「三打」，林沖亦然。第九回《林沖棒打洪教頭》，寫柴進催促林沖與洪教頭較棒，林沖才放心使出本事——描寫作洪教頭三次搦戰，林沖三次出場，那洪教頭才「撲地倒了」。一場比棒，三次出落，使故事有抑揚，有頓挫，有曲折，好看而不冗長。又第十一回《林沖雪夜上梁山》，寫王倫限林沖三日內取投名狀來，方准在山入夥：

> （林沖）等了一日，並無一個孤單客人經過。林沖悶悶不已。……次日……伏到午時後，一夥客人約有三百餘人，結蹤而過，林沖又不敢動手，讓他過去。……（又）次日……日色明朗，……小校用手指道：「好了，兀的不是一個人來！」……（卻）「又吃他走了！」

但這第三日終於等得一個人來，卻是楊志。金聖歎評曰：「最奇者，如第一日並沒有一個人過；第二日卻有一夥三百餘人過，乃不敢動手；第三日有一個人，卻被走了，必再等一等，方等出一個大漢來，都是特特爲此奇拗之文，不得忽過。」筆者以爲，此文之所以「奇拗」，固然因爲先後事情之大不如林沖心願，但日復一日而必至三日之限滿而仍然不成的「三打」設計，實是成此「奇拗」的構架基礎。而與「三打祝家莊」一類描寫作比較，則可以看出作《水滸》之筆，顛之倒之，俱成文章。

一如寫魯智深、林沖，《水滸傳》凡寫好勇鬥狠之爭，多作三次或三段出落並喜歡連帶許多「三」，字，如第二十九回《武松醉打蔣門神》寫武松向蔣門神妾與酒保「三番尋鬧不出」（金批）；並寫武松大打出手，「先頭三個人，（被扔）在三隻酒缸裏，那裡掙扎得起」；又如第七十四回寫任原設臺相撲，已是「兩年在廟上不曾有對手，今年是第三年了」。燕青上臺後，先有太守兩番勸燕青拿一半利物，「分了這撲」，不與任原爭跤。燕青不聽，才眞正進入相撲。相撲開始，「任原卻待奔他，被燕青去任原左脅下穿將過去；任原性起，急轉身又來拿燕青，被燕青虛躍一躍，又在右脅下鑽過去。大漢轉身終是不便，三換換得腳步亂了。燕青卻搶將入去，……把任原直托起來……攛下獻臺來」。這些地方「三打」模式用筆均極隱蔽，非細心留意不能覺察。

（三）三言之

《水滸傳》敘事於重大事、關鍵語常三復言之，以強化情節，刻畫性格，或渲染氣氛。有時是一個字，如第二十六回寫武松問潘金蓮武大死後之事：

> 武松道：「卻贖誰的藥吃？」那婦人道：「見有藥帖在這裡。」武松道：「卻是誰買棺材？」那婦人道：「央及隔壁王乾娘去買。」武松道：「誰來扛抬出去？」那婦人道：「是本處團頭何九叔。盡是他維持出去。」武松道：「原來恁地。……」

金改本夾評曰：「三句三『誰』字，累累如貫珠。」這三用「誰」字很好地凸現了武松追查兄長死因的決心和辦事機警幹練的作風。

有時是一句話，如第九回《林沖棒打洪教頭》寫「洪教頭先起身道：『來，來，來！和你使一棒看。』」於是眾人一起來到空地上，「洪教頭先脫了衣裳，拽紮起裙子，掣條棒，使個旗鼓，喝道：『來，來，來！』」接下較棒，中間林沖跳出圈子，假說輸了，請去掉披枷。柴進又出二十五兩大銀爲賞。林沖重新出陣，又是「洪教頭喝一聲『來，來，來！』」林沖使棒一來，洪教頭就撲地倒了。又如第四十三回寫李逵取娘，路遇李鬼剪徑，李鬼哀告留其性命：「（李逵）自肚裏尋思道：『我特地歸家來取娘，卻倒殺了一個養娘的人，天地也不容我。罷，罷，饒了這廝性命。』」接下李鬼拜別，李逵又贈送十兩銀子：「自笑道：『這廝卻撞在我手裏。既然他是個孝順的人，必去改業。我若殺了他，天地必不容我。』」金聖歎於此批曰：「再說一遍。」後來李鬼妻子與李鬼密謀害李逵性命：「李逵已聽得了，便道：『叵耐這廝，我倒與了他一個銀子，又饒了性命，他倒又要害我。這個正是天地不容。』」金聖歎於此批曰：「妙絕。凡三言之。」前例洪教頭三喝「來，來，來」，李贄夾評曰：「只叫來來來，氣已泄了。」已看出文筆之與曹劌論戰異曲同工之妙。後例李逵三言「天地不容」一語，則如頰上三毫，洞見人物肺腑，使其「眞人」心性躍然紙上。

有時是說一個人，如第三十二回《錦毛虎義釋宋江》寫王矮虎、燕順、鄭天壽等誤捉了宋江，將動刀取其心肝：

> 宋江歎口氣道：「可惜宋江死在這裡！」……燕順便起身來道：「兀那漢子，你認得宋江？」宋江道：「只我便是宋江。」燕順走近前又問道：「你是那裡的宋江？」宋江答道：「我是濟州鄆城縣做押司的宋江。」燕順道：「你莫不是山東及時雨宋公明，殺了閻婆惜，逃出在江湖上的宋江麼？」宋江道：「你怎得知？我正是宋三郎。」

這裡寫人物對話措語如詩之頂針句法，燕順一連三問「宋江」，驚喜急切之情如畫如見。

有時是一件事，如第三十一回《張都監血濺鴛鴦樓》寫武松殺張都監等十五人，三復強調，金聖歎評曰：「正傳是第一遍，敘述是第二遍，報官是第三遍。看他第一遍之縱橫，第二遍之次第，第三遍之顛倒，無不處處入妙。」

這種種「三言之」的情況，因語境和內容的不同形式每出一變，而共同的都是各在某一點上三復強調，如武松所問之「誰」，李逵所言之「天地不容」，燕順所問之「宋江」，都因三言之而特別的突出，使情節意義、人物性格等得以強化。

（四）其他

有三猜，第二十四回《王婆貪賄說風情》寫西門慶問王婆潘金蓮「間壁這個雌兒（指潘金蓮）是誰家的老小」：

> 王婆道：「大官人怎麼不認得？他老公便是每日縣前賣熟食的。」西門慶道：「莫非是賣棗糕徐三的老婆？」王婆搖手道：「不是，若是他的，正是一對兒。大官人再猜。」西門慶道：「可是銀擔子李二哥的老婆？」王婆搖手道：「若是他的時，也倒是一雙。」西門慶道：「倒敢是花胳膊陸小乙的妻子？」王婆大笑道：「不是。若是他的時，也又是好一對兒。大官人再猜一猜？」西門慶道：「乾娘，我其實猜不著。」

這三猜使潘金蓮所適非人得到突出和強調，以至後來王婆說出潘金蓮是武大郎的老婆，「西門慶聽了，叫起苦來說道：『好塊羊肉，怎地落在狗口裏？』

王婆道：『便是這般苦事。自古道：駿馬卻馱癡漢走，巧妻常伴拙夫眠。月下老偏生要是這般相配。』」

也有三氣，如第四十七回「一打祝家莊」，金評：「極忙中寫李逵三番氣悶事：第一番要做探路，宋江不許；第二番得做先鋒，闊港截住；第三番尋人廝殺，不見一個。」

還有三討錢，第三十六回寫薛永使槍棒賣膏藥就觀眾斂錢，「那漢把盤子掠了一遭，沒一個出錢與他。那漢又道：『看官高抬貴手。』又掠了一遭，眾人都白著眼看，又沒一個出錢賞他。宋江見他惶恐，掠了兩遭，沒人出錢，便叫公人取出五兩銀子來。……」這裡未至三遭而止，但宋江出銀子應就是那漢第三遭的成績了。

《水滸傳》三復情節置於明處的不少，隱形變化暗以用之者更多，還有時如三度招安中穿插了「兩贏童貫」「三敗高俅」等連環三復的情況，更使此書敘事三復情節運用如織，「三而一成」的特色更為鮮明。

三、三極建構

「三極建構」稱名本於《周易》以天、地、人「三極之道」，用指中國古代小說三位一體的敘事模式。但在古代對「三極之道」的理解中，有時「三」為量度，如《左傳‧昭公三十二年》注引服虔曰：「三者，天、地、人之數。」這種情況下「三極建構」所體現的是「三極之道」互補穩定的一面；有時「三」作「參（cān）」，是動詞，表參預、參贊等義，如《荀子‧王制》曰：「故天地生君子，君子者，天地之參也。」這意思是說「君子」即「人」，與「天、地」之互動相參預、參贊而為「三」。在這個意義上，「三極建構」所體現的是「三極之道」矛盾發展的一面。因此，三極建構的實際表現就有了兩種類型：互補穩定型和矛盾發展型。這兩種類型在《水滸傳》總體構思、人物組合和情節設計中都有廣泛的運用和傑出的表現。

《水滸傳》中互補穩定型三極建構主要體現於全書的總體構思和人物組合，其形式大致為三者的並立或三足鼎立。

首先，由於我國古人「天人合一」的觀念和著作「究天人之際，察古今之變」的傳統，《水滸傳》故事雖自歷史記載和傳說、說話而來，但在陸續寫成和加工寫定過程中，此書形成的總體構架實有基於天、地、人「三極之道」的考量。《引言》中陳摶論宋之得天下「正應上合天心，下合地理，中合人和」

的話，透露了此書以「三極之道」理解所寫故事並爲全書思想框架的消息。而且這是有具體表現的，置於第一回作用爲全書「楔子」的那個「張天師祈禳瘟疫，洪太尉誤走妖魔」的荒唐之言，實際包含了作者對《水滸傳》故事的最終的解釋，即天上降下一番災疹，地下生出一群妖魔，人間釀出一場禍亂，是天、地、人「三極之道」運動的結果，即此回書中論說妖魔出世的三個原因後所歸結的「天數」。

表現於正文，在「三極之道」的思想框架下，《水滸傳》中九天玄女、皇帝與宋江等形成布局上大致穩定的三極建構。九天玄女授宋江三卷天書時所傳「法旨」中說：「汝可替天行道，爲主全忠仗義，爲臣輔國安民。去邪歸正。他日功成果滿，作爲上卿。」這實際是代表天意要宋江「暫居水泊」，「借得山東煙水寨，來買鳳城春色」；而宋江形象的意義就是「替天行道」，即體「天」之意，爲宋天子忠臣。從而《水滸傳》故事架構第一步就落實爲九天玄女、皇帝與宋江的三極建構。在這一建構中，代表天意的九天玄女高高在上，遙控宋江與皇帝的對立統一。這雖然是高度象徵和抽象性的，但是書中九天玄女、石碣天書等不止一次的出現，表明作者意圖和實際創作中對這一三極關係的重視。而宋江與皇帝對立的形成又是姦臣蒙蔽「聖聰」的結果，所以《水滸傳》故事發展要解決的具體矛盾是「反貪官」，書中雖不免有對「天子不明」的諷刺，卻一直寄希望於他的「招安」。這就是如世所公論，《水滸傳》的基本傾向是「反貪官不反皇帝」，從而書中水滸英雄與貪官和皇帝又形成具體內容結構上的三極建構。一部《水滸傳》人物事件林林總總，其實都從屬於「天、地、人」——「九天玄女、皇帝、宋江」——「皇帝、貪官、水滸英雄」等不同層次三極建構生成和解體的過程。這雖然是《水滸傳》之爲書隱蔽以至於顯得不夠確切的框架，卻是在其思想藝術的深層次上始終居於支配地位的東西，因而對於認識全書有重要參照價値。包括因爲鄙薄其九天玄女、天書之類描寫爲迷信成份而忽略不計等片面的考察，一切離開這一總體框架的孤立的個別的研究，都不能眞正說明全書的基本思想傾向和藝術建構；而關於《水滸傳》基本思想傾向和藝術特點的一切正確的說明，都可以而且應該與它三極建構的總體框架聯繫起來。

其次，正如九天玄女所授天書是「三卷」，那書也「長五寸，闊三寸，厚三寸」的邏輯一樣，《水滸傳》在其三極建構的總體框架之下，寫山寨義軍或地方勢力團夥林立的狀態也喜好用「三」，形成低一級層次卻更具穩定性的三極建構。如第三十二回說：「那青州地面，所管下有三座惡山：第一便是青風山，第二便是二龍山，第三便是桃花山。這三處都是強人草寇出沒的去處。黃信卻自誇要捉盡三山人馬，因此喚作鎮三山。」第三十六回寫宋江刺配江州途中揭陽嶺、揭陽鎮、潯陽江三處地各有主，稱「三霸」；第四十六回寫杜興道：「此間獨龍岡前面，有三座三岡：列著三個村坊：中間是祝家莊，西邊是扈家莊，東邊是李家莊。……這三村結下生死誓願，同其心意……」清風山、對影山人馬隨宋江上了梁山，第五十七回乃又稱桃花山、二龍山與白虎山爲「三山」，回目即「三山聚義打青州」，等等。可知書中所寫各種團夥林立的情況多半是三位一體的。

第三，《水滸傳》人物組合也多用三極建構。這可以不包括各種刺配的故事都是事主與隨行公人的「三人行」，可是大聚義前各山寨頭領數值得注意，此據百回本表列如下：

次第	山　名	回	頭　領	人數
1	少華山	2	朱武　陳達　楊春	3
2	桃花山	5	李忠　周通	2
3	梁山泊	11	王倫　杜遷　宋萬	3
4	清風山	32	燕順　王英　鄭天壽	3
5	對影山	35	呂方　郭盛	2
6	黃門山	41	歐鵬　蔣敬　馬麟　陶宗旺	4
7	飲馬川	44	鄧飛　孟康　裴宣	3
8	白虎山	58	孔明　孔亮	2
9	二龍山	58	魯智深　楊志　武松	3
10	芒碭山	59	樊瑞　項充　李袞	3
11	枯樹山	67	鮑旭	1

上表列十一座山寨，頭領一正二副爲三人者有六座，雖只占全部的微弱多數，卻不應當被看作偶然或無意義的。而梁山泊首領凡三變：初爲王倫等三人，「小奪泊」以後是晁蓋、宋江、吳用，盧俊義上山後仍奉祀晁蓋的靈位，實際的頭領是宋江、盧俊義；二龍山頭領也經三變：先是鄧龍，後爲魯智深、楊志所奪並爲山寨之主（第十七回），武松上山後便成「三位頭領」（第五十七回）。至於其他人物組合還有「阮氏三雄」「祝氏三傑」、揭陽「三霸」（揭陽嶺李俊、李立兄弟，揭陽鎮穆弘、穆春兄弟，潯陽江張橫、張順兄弟）等。

這眾多的三人組合應當都是有意的安排，第二十回《梁山泊義士尊晁蓋》有明證。這回書寫林冲殺王倫奪泊之後，推晁蓋爲山寨之主，吳用坐了第二位，又推公孫勝坐第三位。公孫勝推辭，「林冲道：『今番克敵致勝，誰人及得先生良法。正是鼎分三足，缺一不可。先生不必推卻。』公孫勝只得坐了第三位」。可知書中寫各山寨團夥頭領多爲三人的現象實與「鼎分三足」的觀念相關，而「三足鼎立」之象正與「三極之道」契合。第五十七回寫呼延灼歸順梁山，余象斗評曰：「觀延灼言非是不忠於國，實慕三三。」〔註 5〕看來這位書賈兼作家、評點家已經覺察到《水滸傳》人物配置以「三」爲度之奧妙。順便指出，《水滸傳》不僅人物組合多三位一體，而且書中人物的排行稱謂也多用「三」，如宋三郎（江）、張三郎（文遠）、拼命三郎（石秀）、扈三娘、陳三郎、鎭三山（黃信）、河北三絕（盧俊義）等等，嗜「三」之奇，都足耐人尋味。

《水滸傳》中矛盾發展型三極建構主要體現在情節的設計，其原理爲《莊子》所謂「二與一爲三」——「二」因「一」的參入而成「三」，即兩極對立一極用中的相參。

矛盾發展型三極建構是我國古代敘事文學常用的套路。俗語「三個女人一臺戲」，就是這一敘事套路的生動概括，而後世才子佳人小說必於才子佳人外出一小人撥亂其間，和現代鴛鴦蝴蝶派小說「三角戀愛」模式，則是比較典型的小說三極建構情節。這一切早在《水滸傳》中已有絡繹不絕的表現。

《水滸傳》第三十回，寫武松迫使蔣門神置酒與施恩陪話，席間武松自敘平生：

> 酒至數碗，武松開話道：「眾位高鄰，都在這裡：我武松自從陽穀縣殺了人，配在這裡，聞聽得人說道：『快活林這座酒店，原是小施管營造的屋宇等項買賣；被這蔣門神倚勢豪強，公然奪了，白白地佔了他的衣飯。』你眾人休猜道是我的主人，我和他並無干涉。我從來只要打天下這等不明道德的人。我若路見不平，眞乃拔刀相助，我便死了不怕。今日我本待把蔣家這廝，一頓拳腳打死，就除了一害。且看你眾高鄰面上，權寄下這廝一條性命。我今晚便要投外府去。若不離了此間，再撞見我時，景陽岡上大蟲便是模樣。」

〔註 5〕竊以爲「三三」當是指第七十二回宋江樂府詞所謂「六六雁行連八九」即六六三十六，重之七十二之數的生成基數爲「三」，即「三生萬物」之義，待考。

這裡本是蔣門神奪了施恩的酒店，形成對立的兩極；武松路見不平，拔刀相助，參預其間，從而形成「三生萬物」狀矛盾發展型的三極建構。類似故事情節，還可舉出武松殺嫂和鬥殺西門慶，武松十字坡遇張青夫妻；魯智深爲金翠蓮父女拳打鎮關西，爲劉太公的女兒打周通；林沖爲晁蓋等殺王倫；石秀爲楊雄捉姦等等，故事雖各有不同，「二與一爲三」的三極建構原理卻是一致的。

這些情節都屬全書中最好的片斷，其三極建構的情節設計使故事峰回路轉，頓起生機。這裡，沒有兩極的矛盾不會有故事，單是兩極矛盾而沒有第三極參預，則不會有故事的發展；從而凡有二人糾葛，必出第三人參預其中以成局——三點成面，形成《水滸》情節設計三極建構的模式。最典型的莫如第九回魯智深野豬林救林沖一節描寫：

> 話說當時薛霸雙手舉起棍來，望林沖腦袋上便劈下來。說時遲，那時快，薛霸的棍恰舉起來，只見松樹背後雷鳴也似一聲，那條禪杖飛將來，把這水火棍一隔，丟去九霄雲外，跳出一個胖大和尚來，喝道：「灑家在林子裏聽你多時！」……林沖方才閃開眼看時，認得是魯智深。

這裡魯智深的彷彿從天而降，使故事的發展陡然轉折，絕地逢生。而許多情況下似隨意的布置，如第二十四回西門慶勾搭上潘金蓮一節描寫：

> 當下二人雲雨才罷，正欲各整衣襟，只見王婆推開房門入來，說道：「你兩個做得好事！

金聖歎於此句作眉評曰：「王婆衝奸又作一篇小文讀。」「衝奸」的故事構架即「二與一爲三」。金聖歎雖然大言「易窮則變……變出一部《水滸傳》」，卻還沒有感覺出「王婆衝奸」的設計實乃基於「三」之妙用的三極建構之法。

餘　論

綜上所述，《水滸傳》「三而一成」敘事是一個大量而又多樣化的存在，並且這種種用「三」的敘事手段往往交叉錯雜，如林沖棒打洪教頭中「三打」與「三言之」間錯而出，武松殺嫂和鬥殺西門慶的三極建構中有「三問」……。而更多的是「三而一成」手法與其他有「數」之用語、情節的交錯，如「三阮撞籌」與「七星聚義」爲一回（第十五回），「三卷天書」與「九天玄女」

相對（第四十二回），「連環計」與「三打祝家莊」（第五十回）、「大興三路兵」與「擺佈連環馬」（第五十五回）相映，以及前述「三度招安」中穿插「兩贏童貫」與「三敗高太尉」，又「十分光」中有「三十八笑」等等，眞所謂「參伍一變，錯綜其數。通其變，遂成天下之文」。但在《水滸傳》的以「數」定「象」中，「三而一成」明顯是最大量、最突出和最多姿多彩的現象。雖然這一現象比較集中於第八十回之前，但是不嫌誇張地仍然可以說，它構成了《水滸傳》「三而一成」爲中心的數字化敘事系統。這當然是極具比喻性的說法，很難說它作爲「系統」有多麼完整、縝密，但我們說它好像是一個系統應該是可以的。這成爲《水滸傳》藝術一大突出特點，中國小說敘事藝術一大奇觀。

如上述《水滸傳》人物配置中眾多的三人組合應當都是有意的安排，進一步「三而一成」成爲我們所謂的《水滸傳》「數字化敘事系統」的中心，也不是偶然的現象。這可以從第二十八回《武松醉打蔣門神》寫「三碗不過望」得到證明：

> 武松道：「我和你出得城去，只要還我無三不過望。」施恩道：「兄長，如何是無三不過望？小弟不省其意。」武松笑道：「我說與你。你要打蔣門神時，出得城去，但遇著一個酒店便請我吃三碗酒，若無三碗時，便不過望子去。這個喚作無三不過望。」

這裡，武松的解釋固然是情節的需要，但同時透露這一情節描寫正是作者要賣弄「三」的學問。所以李贄眉評曰：「這學問語句從三碗不過岡來，卻會變用。」金聖歎夾批曰：「此等好句法，恰好從三碗不過岡脫化出來，前後掩映絕倒。」都看出《水滸傳》作者筆下有意錯綜「三」數，顛倒「三碗不過岡」。不過，李贄、金聖歎均未深究。其實以此類推，《水滸傳》其他絡繹不絕、交錯如織的「三而一成」的敘事現象，何嘗不是有意的妙筆生花；更推而廣之，我們所謂「好像是一個系統」的「《水滸傳》『三而一成』爲中心的數字化敘事系統」，又豈能完全是作者的無心插柳！

所以，回到本文的題目，《水滸傳》「三而一成」的敘事藝術確實是一個值得深思玩味的文學現象。其意義因具體情況的不同而不同，但概括地說，除一般加強藝術的生動性眞實性之外，突出的作用是「三」從有限之極、無限之始哲學高度，賦予了「三而一成」敘事以藝術的張力；這種張力適應著中國古代「以三爲成」生活習俗造就的審美心理，從而滿足了聽聞與閱讀的期待，進而說書人——聽眾或作者——讀者約定俗成，使「三而一成」積澱爲中國古代小說極具思想和藝術價值的一個傳統。如果說《三國志通俗演義》標誌了這一小說藝術傳統的眞正確立，那麼《水滸傳》大量而變化多端的運用則是這一傳統進一步成熟和發展的突出表現。但是，儘管這一傳統在後來的小說如《西遊記》《金瓶梅，乃至《儒林外史》《紅樓夢》等書中得以繼承並有新異的表現，但明清評點家似沒有人眞正從藝術規律的角度注意它；進入現代社會以後，特別是近年關於中國敘事學的研究已經有一定的發展，卻還是未見有人研究它，至於有深入的探討，還更待將來罷。

關於中國古代小說敘事「三而一成」的藝術，筆者雖然已多次著文期有所發明，但本文對《水滸傳》的這項研究仍還是初步的嘗試。因此，在希望本文得到專家學者指正的同時，更希望其所關注的中國古代小說「三而一成」的敘事學民族特點能引起專家學者的關注，有更多更好的成果問世。或可由此入手，引出關於中國古代小說敘事理論的更多更好的發明，逐步從慣常套用外國或中國古代文論以研究古代小說的圈子裏跳出來，建立起關於中國古代小說的有本民族特點當代的理論。

（原載《明清小說研究》2001 年第 3 期）

論「一個男人與六個女人」的敘事模式——中國「情色」敘事自古及今的一個數理傳統

引　言

在中國古代文學中，所謂「情色」敘事，是指以「情」與「色」為題材的文學敘事。雖然在今人看來，「情」「色」組詞義偏於「色」，但在古代作家筆下，如蘭陵笑笑生《金瓶梅詞話》〔註 1〕標榜「單說著『情色』二字」「只愛說這『情色』二字」，卻是「情」「色」並舉，以為「乃一體一用，……情色相生」（第 1 回），書中也確實寫了西門慶對李瓶兒有情的一面。而《紅樓夢》雖作者自道「大旨不過談情」，似有意避「色」不「談」的，但其寫空空道人讀了《石頭記》，仍不免「因空見色，由色生情，傳情入色，自色悟空」（第 1 回），可見《紅樓夢》中「色」作為「情」與「空」的媒介，仍不能缺位，從而書中未嘗不有「雲雨」的描寫（第 6 回）。總之，如同生活中「情」「色」一體有很大的必然性，在中國古代文學特別是小說敘事中更是普遍現象。這使我們有理由從古代的理解，把以寫「色」為主的《金瓶梅》與寫「情」為主的《紅樓夢》統一視為「情色」敘事類作品，把「情色」敘事看作中國小說源遠流長的一大傳統。

這一傳統主要存在於元明以降「才子佳人」「狹邪」「世情」或「家庭」

〔註 1〕〔明〕蘭陵笑笑生《金瓶梅詞話》，本文引以下此書簡稱《金瓶梅》，說明或括注回數。

一類題材小說的書寫中。在這類書寫中，情色往往是人物建構、情節安排的主要線索。這無疑是文學研究值得關注的現象。但是，我國自有文學研究以來，一如「情色」在生活中爲與「淫穢」的同義詞不便公開議論，學者們也較多從社會學的立場，習慣於「婚姻」「愛情」或上述題材類型諸概念的運用，極少提及幾乎是普遍貫徹其中的「情色」敘事。即使有所涉及，也不免持一種鄙薄或曖昧的態度，難得展開正面深入的討論。這固然可以理解，卻不能視爲理所當然。因爲人之作爲生命體，誠如《老子》言：「吾所以有大患，爲我有身。」而我「身」之需要，根本不過兩端，即《孟子》引告子所說：「食色，性也。」從而「色」即「情色」的問題，實相當於人生的「半壁江山」，怎麼可以忽略呢？學術包括文學的研究當然也不可以熟視無睹，置之不理。特別當今社會日益開明的時代，文學批評與時俱進，更應該以嚴肅認眞的態度，積極面對作家所抒寫人生的這「半壁江山」，展開應有的討論。此本文所以作者一。

至於就中國文學情色敘事探討其數理傳統，則是因爲筆者既就所見中外文學創作與作品的實際，概括提出「文學數理批評」的理論〔註2〕，近幾年來，就一直爲與此相關的思考所困，從而於日常的閱讀與瀏覽中，杯弓蛇影，對文學特別是敘事文學作品中數字的用法，就往往會疑神疑鬼起來。於是有近年先後問世的兩種以「情色」爲招牌的書，引起了我的注意與思考。這兩種書，一是先由網絡連載，後又紙本出版的齊法海著《無處牽手》。該書「簡介」說「本書講述了一個男人與六個女人的感情糾葛」〔註3〕；二是署名靈秀的《李眞秘密檔案：李眞與六個女人》〔註4〕。前者爲小說，後者當屬紀實文學。雖虛實有別，但二者於其所敘事，都以「一個男人與六個女人」的故事相標榜，則是一樣的。這是否偶合？又是否各有其對「一個男人」與「六個女人」之比例數的特殊理解，還很難說，可以不說；但是，其有意以此「一個男人與六個女人」的情色故事內容建構爲書籍賣點的用心，是路人皆知，不足爲奇的。但是，値得注意的是在這賣點之中，上述幾乎同時出現的兩書，共同標榜爲「一個男人與六個女人」的故事，表明其寫人敘事的一大特點，都是以男「一」與女「六」之數爲人物配置的比例之度。這在過去我也會以爲無須

〔註 2〕杜貴晨《中國古代文學的「倚數」傳統與數理美——兼及中國古代文學的數理批評》，《中國社會科學》2002 年第 4 期。已收入本卷。

〔註 3〕齊法海《無處牽手》，時代文藝出版社 2004 年版。

〔註 4〕靈秀《李眞秘密檔案：李眞與六個女人》，華夏出版社 2006 年版。

深究，但是，如今從文學「倚數」(《周易・說卦》) 結撰的傳統看來，就不免視其爲深切數理，意味豐富，淵源有自的一種敘事模式了，值得探討。此本文所以作者二。

中國情色敘事「一個男人與六個女人」模式的淵源，不是從一般生活與藝術上可以考量的問題，而是出於中國文學以至哲學上悠久深刻的數理傳統。

首先，很明顯，從人類實際生活上看，這一模式並無兩性關係上的科學性。這是因爲自古及今，國人兩性關係，一方面除了上古有從天子、公卿直到庶人妃嬪妻妾數量級差的規定和後世只有皇帝才有的后妃制度外，官民即使妻妾成群，也並沒有群之數量上的講究，尤其是未見以妻妾之數六相尙的習俗〔註5〕；另一方面，如果是《紅樓夢》中王熙鳳所罵的賈璉那種「沒臉的男人」，搞女人如「喂不飽的狗」(第67回)，也並不會以六個之數爲滿足的。即使「單說著情色二字」的《金瓶梅》，寫西門慶的妻妾確爲六個之數，也還是寫了他宅外有更多的「性夥伴」。因此，可以認爲，《金瓶梅》寫西門慶妻妾六個之數，只是作者故意爲之設定（詳後），並非出自西門慶形象自身性格命運的必要需求。

其次，同樣明顯的是，從小說藝術上看，這一模式也沒有敘事上更爲合理與方便的需要。這就是說，任何一個情色故事，雖然並非不可以是一男六女的建構，卻都不一定是一男六女。事實上中國古代小說戲曲，寫一男雙美、四美或五美等各種組合的情況都有，一男六女的組合只是其中一種，爲例也不是很多，可知其並非很方便流行的套子。而且按照魯迅論「三國底事情，不像五代那樣紛亂；又不像楚、漢那樣簡單；恰是不簡、不繁，適於作小說」〔註6〕，後來胡適也同意並作了進一步論述〔註7〕之說法的邏輯，反而「一個男人與六個女人」的兩性糾葛，正是有過於「五代那樣的紛亂」，很不適合於作小說的。因此，「一個男人與六個女人」的比例數度，能夠成爲我國「情色」敘事自古及今的一大模式，並非基於現實生活中兩性關係的實際，也不是一般小說敘事藝術上的需要，而應該有另外的原因。

〔註5〕《禮記・昏禮》:「古者天子后立六宮、三夫人、九嬪、二十七世婦、八十一御妻，以聽天下之內治，以明章婦順，故天下內和而家理。」《禮記・曲禮下》:「天子有后，有夫人，有世婦，有嬪，有妻，有妾。公侯有夫人，有世婦，有妻，有妾。」

〔註6〕魯迅《中國小說史略》，人民文學出版社1973年版，第290頁。

〔註7〕胡適《中國章回小說考證》，安徽教育出版社1999年版，第283～284頁。

這個原因就是「一」與「六」的比例數度，正好符合了中國人自古積澱形成的集體無意識中「倚數」編纂中的一個傳統。我國自上古結繩記事，因素而生八卦，形成文獻——文學文本「倚數」編纂的傳統。這個傳統表現爲，文本的纂集總要依據或符合某種數理。如《春秋》編年，《詩》稱「三百」，《孟子》《莊子》《易傳》等原本都是「七篇」之類。後世相沿，至詩文集、章回小說卷回達十以上之數者多爲偶數，章回小說名著多百回和百二十回結構等，都是筆者所謂「倚數」編纂的表現〔註 8〕。這種傳統影響到小說寫人敘事，就有一種筆者所謂的「『七子』模式」〔註 9〕，即七個人物爲一組合的群體形象。

現在看來，「『七子』模式」的淵源於我國歷史可以追溯到上古的七星崇拜，「建安七子」、明代「前七子」「後七子」等；於文章表述可以追溯到《論語》載「作者七人矣」（《憲問》），《鬻子》載商湯有「七大夫佐以治天下」等；於小說可以追溯到無名氏《大唐三藏取經詩話》寫唐僧已是「師行七人」，羅貫中《三國志通俗演義》卷之一《曹操起兵伐董卓》寫曹操招募義兵，先後有樂進，夏侯惇、淵兄弟，曹仁、洪兄弟，李典等六人來投，與曹操足成「七人」之數；卷之五《青梅煮酒論英雄》寫國舅董承受獻帝衣帶詔，欲暗結「十義」，以共除曹操，已有六人，至劉備書狀爲第七人，僅成「作者七人」之局；還有《水滸傳》寫「七星聚義」等。但在本人以往的思考中，還主要是注意了百回本《西遊記》中如「七大聖」「七小聖」「七仙女」「七個蜘蛛精」等等的組合。

這種組合有兩種形態：一是七位一體型，如「七仙女」和「七個蜘蛛精」，雖然理論上都有分化對立的可能，但書中有關描寫展現的，卻只是其一體並存的未分化狀態；二是對立統一型，即七位一體卻以「七子」內部分裂敵對狀態出現的，理論上可有若干不同的組合，卻基本上只有兩種樣式：一是如楊二郎「降服六怪」而與之結爲「梅山七聖」即「七小聖」的由對立而統一的樣式；二是孫悟空先在花果山與牛魔王等結爲「七大聖」，皈依佛教後以與牛魔王之爭爲標誌，所形成「一」悟空與其他「六聖」即「六魔」的由統一而對立的樣式。這兩種樣式的共同特點，是以「一」者爲主，與他「六」者

〔註 8〕《中國古代文學的「倚數」傳統與數理美——兼及中國古代文學的數理批評》。
〔註 9〕杜貴晨《〈西遊記〉的「七子」模式》，《福建師範大學學報》2005 年第 5 期。已收入本卷。

構成數量上「一」與「六」的比例之度；其相異之處，是在「七小聖」的樣式中，楊二郎「一」聖戰勝了「六」怪而共同爲「聖」。在「七大聖」的樣式中，孫悟空「一」聖戰勝了「六魔」，只是進一步確證了自己爲「聖」。

《西遊記》中「七大聖」樣式還通過第十四回《心猿歸正，六賊無蹤》寫悟空掃蕩「六賊」，以及第五十八回《二心攪亂大乾坤 一體難修眞寂滅》寫悟空打死「六耳」獼猴怪，達至三復運用，凸顯了作者對此一樣式藝術功用與價値的重視。這一樣式也確實受到後世小說的追摹傚仿，即拙文在主要是討論《西遊記》的「『七子』模式」的同時，也已經留意並指出了「後來《金瓶梅》寫西門慶一夫與吳月娘等六妻妾、《林蘭香》寫耿朗亦有六個妻妾〔註10〕，就是由此引發而來的」〔註11〕。當時雖這樣說過，但並無深考。後來又以爲這應該只是古人的事，與當今一夫一妻制時代人們的關係已過於寥遠，更不再放在心上。然而不料今天的中國的確是古代中國的發展，許多方面仍有驚人的相似，以至於如今「一個男人與六個女人」的敘事模式，竟又再施粉墨，新妝登場！（這一現象也許近現代文學史上也曾有之，筆者孤陋寡聞而已。）便想到如今讀者，不知者或以爲是未曾有過的時髦，實際上卻只是《西遊記》「七大聖」樣式翻爲蘭陵笑笑生寫西門慶一夫與其六妻妾風月的俗套。這裡以「俗套」論，不是要貶低今天的作者，而是藉以說明其一種「舊瓶裝新酒」的特點，進而追溯其「舊」爲怎樣一種情況。

（一）從《西遊記》到《金瓶梅》

《西遊記》「七子模式」中，在形式和意義上啓發形成《金瓶梅》《林蘭香》等寫「一個男人與六個女人」敘事模式的，是第十四回《心猿歸正，六賊無蹤》所寫孫悟空打死「六個毛賊」的故事。故事是一個象徵：孫悟空爲「心猿」自稱「主人公」，爲「心」之象徵；「六賊」——「一個喚做眼看喜，一個喚做耳聽怒，一個喚做鼻嗅愛，一個喚作舌嘗思，一個喚作意見欲，一個喚作身本憂」，——分別是佛教《心經》所謂「眼、耳、鼻、舌、身、意」等「六欲」之官的象徵。從而這個故事，就以孫悟空打死「六個毛賊」，象徵「一心」袪除「六欲」，爲其「歸正」後的第一功。其次，第五十八回又寫悟空即「心猿」打死六耳獼猴怪的故事，也明顯重複強調這一象徵的寓意。

〔註10〕《林蘭香》寫耿朗有五妻：林雲屏、燕夢卿、宣愛娘、任香兒、平彩雲，後有田春畹以及婢爲妾，共六婦。

〔註11〕《中國章回小說考證》，第133頁。

《西遊記》之後承衍孫悟空「一心」掃蕩「六賊」模式，套路最正的是清乾隆中李百川《綠野仙蹤》。是書寫冷於冰修仙，先後度化桃仙客、連城璧、金不換、袁不邪、溫如玉六眾，並以此過程爲全書骨架，可謂此一模式正宗的大用。然而僅此一例，遠不如其影響《金瓶梅》等書成「一個男人與六個女人」敘事模式的顯著而深遠，從而更值得深入討論。

雖然由於文獻有闕，我們無法確定《金瓶梅》的作者是否讀過《西遊記》，並注意到其運用「七子」模式以至「七大聖」樣式和「一」與「六」之數理。但是，一方面作者於當時古已有之的「七子」模式肯定並不陌生；另一方面《西遊記》早於《金瓶梅》問世流行，它的作者有可能讀過並注意到的它的這一特點。同時更重要的是，其一男六女（妻妾）的核心人物群的配置，確與《西遊記》寫孫悟空一個「主人公」與「六個毛賊」或「心猿」與「六耳」對立統一的故事構造，爲同一機杼。所以，雖然《西遊記》中以悟空打死「六賊」標誌「一」陽克服「六」陰，而《金瓶梅》以西門慶死於潘金蓮胯下標誌「六」陰浸滅了「一」陽，二者各自對立的趨向與結局完全相反，但其所倚用卻同是「一」與「六」對立的數理模式。因此，儘管我們已決無可能知道蘭陵笑笑生當年寫作的實際情況到底如何了，但仍然可以肯定，由《金瓶梅》首開其例的「一個男人與六個女人」敘事模式，與《西遊記》寫孫悟空「一心」掃蕩「六賊」的人物組合設計，有數理傳統上的一脈相承的淵源聯繫。

證明《金瓶梅》與《西遊記》有此一種聯繫的根據，還有以下兩點：一是其數如此，即《金瓶梅》寫與西門慶有性關係的女人雖多，但在西門家有妻妾名份的，卻依次只有吳月娘、李嬌兒、孟玉樓、孫雪娥、潘金蓮、李瓶兒六人，即書中常峙節所說「六房嫂子」；二是有特筆強調，即書中在西門慶暴亡的第七十九回之前，於各種不同情景下先後有 6 次提到他的「六房」〔註12〕，似爲提醒讀者眼目，從而《金瓶梅》最重要的評點家張竹坡評肯定是注意到了，他說：「《金瓶》內正經寫六個婦人。」〔註13〕因此可以進一步確認，雖然與《西遊記》中「一」克「六」的結局相反，《金瓶梅》以「一個男人與六個女人」爲全書核心人物群體建構的數度，仍與《西遊記》寫悟空「一」「主人公」與「六賊」爲同一機杼，只不過是從其反面著想而來罷了。

〔註12〕分別在第 21、54、55、56、57、74 回。
〔註13〕黃霖《金瓶梅資料彙編》，中華書局 1987 年版，第 68 頁。

這裡容易引起歧見的，是龐春梅爲書名中鼎足而三的人物之一，又很早就被西門慶收用了，卻到西門慶臨終也沒有升到妾的地位，似乎不是這一模式中人，從而認定這一模式存在的合理性也就可疑。其實不然。按《金瓶梅》用「六」，在寫西門慶妻妾之數「六」的同時，六妻妾的排序就已經使李瓶兒爲「六娘」佔了一個「六」。但李瓶兒早死，所以李瓶兒在世時，春梅的地位正如《水滸傳》「智取生辰綱」所寫白日鼠白勝，應了「北斗上白光」（第 15 回），不在一男六女的「七子」之列；瓶兒死後，西門慶在世時，春梅作爲通房丫頭似妾非妾的存在，實際塡補了「六娘」的空位，仍足西門慶妻妾之數，使接下來的敘述，仍是他「一個男人與六個女人」的故事。

除了從上述《金瓶梅》中特別強調西門慶的「六房」，已略可窺見其採用一男六女模式乃出於作者的故意之外，還可以提出更有力的證明。就是西門慶、潘金蓮故事自《水滸傳》來，但在《水滸傳》中，潘金蓮並無乳名。而《金瓶梅》於其才一出場，就分明增寫了她「排行六姐」（第 1 回），後來又寫吳月娘抬舉她也稱「六姐」。而西門慶對李桂姐褒貶潘金蓮，則稱「這個潘六兒」。乃至於潘金蓮給西門慶的貼子，也自署「愛妾潘六兒拜」（第 12 回）。比較《水滸傳》，《金瓶梅》增寫潘氏爲「六姐」「六兒」，又屢屢給予強調的做法，既未見有何等具體描寫上的必要，就應該主要是爲了顯示潘金蓮雖爲「五娘」，卻也佔了一個「六」字，在「六」陰之數。從而證明作者在人物設置與情節安排上對「六」之爲數的意義，必在其一般描寫實際需要的考慮之外，別有一番用心。

這一特別的用心，就是設潘金蓮爲「六」以標識其爲西門慶最大的剋星。按我國古代數理，「一」爲數之始，在《易》卦又爲陽爻之象，陽數之始；「六」則爲《易》數之「老陰」（《周易正義・上經乾傳卷一》），即陰極之數。從而我們可以知道，《易》數中「一」與「六」的差異，實是一陽與六陰的對立。而《易・復》云：「七日來復。」意謂卦象推移變化，由《乾》之六爻純陽，至《坤》之六爻純陰，每日陰長一爻而陽消一爻，六日而陽爻盡替爲陰爻，至第七日一陰爻推移變而爲陽爻來居卦之上位，謂一陽來復，以成《復》卦。《復》卦象徵陰盡陽復，即「陽極變爲陰，陰極變爲陽」（《周易正義・繫辭上卷七》）之一週期的完成。其關鍵在「六」「七」日之數：止於「六」則不成，至於「七」則成。簡言之是「七」成「六」不成。

「七」成「六」不成，是元明小說早在《金瓶梅》之前就已經形成的數理傳統。例如《三國演義》寫諸葛亮「七擒孟獲」而成功，「六出祁山」即「出身未捷身先死」。而且寫諸葛亮之死，「五丈原諸葛禳星」，「若七日內主燈不滅」，則「壽可增一紀」，至第六日主燈尚明，諸葛亮曾以爲有望，卻不料被魏延入帳「腳步急，竟將主燈撲滅」，終於不治；《西遊記》寫二郎眞君連續七次識破悟空變化，從而大敗之；《古今小說・張道陵七試趙升》寫趙升通過了六次考驗，至第七次未能通過而不得成仙。這些故事情節的設計，或正或反，就都在顯示其寫人敘事暗循《周易》「七日來復」之理，以少陽之數「七」爲成功之機，而以陰極之數「六」爲事敗之徵。

《金瓶梅》作者承此七成六不成的傳統，表現在《金瓶梅》第六十八回寫「鄭月兒賣俏透蜜意」後，送別西門慶時又囑咐說：「我頭裏說的話，爹你在心些，知道了，法不傳六耳。」話中「心」與「六耳」的對立，正是上述《西遊記》第五十八回悟空與六耳獼猴對立的縮略，顯示蘭陵笑笑生深明「六」爲事敗之數的易理。因此，《金瓶梅》用「六」，寫西門慶妻妾之數爲「六」的安排，可信完全出於作者的故意，是沿襲《三國演義》以降元明小說寫人敘事「七」成「六」不成的數理傳統而來。其用心是因「七日來復」義中「一」陽與「六」陰對立之理，取「六」陰之盛，終致「一」陽銷蝕而不成「七日」之數，以合西門慶「一」陽（男）爲諸「六」陰（女）困頓而死之象，表明西門慶之死，乃「天數」如此，不可易也。

然而，這裡還有一個問題是，《周易》之數「天一，地二；天三，地四；天五，地六；天七，地八；天九，地十。」又：「天數二十有五，地數三十，凡天地之數五十有五」（《繫辭上》），爲什麼這裡只以「一」陽象徵「男人」，又「六」陰象徵「女人」，是否筆者牽合湊泊隨意爲之呢？其實不然。按《周易》以「乾道成男，坤道成女」（《繫辭上》），即乾坤、陰陽、男女之說，諸「天地之數」都有作爲「陰陽男女」象徵的可能。但《周易》又認爲：「天下之動，貞夫一者也。」（《繫辭上》），並曰：「婦人貞吉，從一而終也。」（《恒・六五・象》）從而在諸「天地之數」中，「一」作爲乾陽男性的象徵，與「六」以陰極之數作爲坤陰女性的象徵，各具有了無可比擬的優越性。又由於這兩個數之和，恰是「七日來復」之數「七」，從而「一」與「六」分別作爲乾陽男性與坤陰女性之間極度不平衡比例之數的對立，包括在「七」之爲數的變化之中，恰合於「七日來復」之次第。因此，《金瓶梅》能夠襲用《西遊記》「一心（主人公）」與「六賊」對立之數理傳統，不多不少，寫西門慶一男而妻妾有六。

《金瓶梅》於「一」與「六」數理的運用，不僅設「一男」與「六女」的對立，而且於西門慶六妻妾之中有「六娘」李瓶兒之份爲一個「六」之外，又設潘金蓮名「六兒」而不止，還寫了一個與西門慶通姦的女人名叫「王六兒」。這個王六兒是「金」「瓶」二「六」之外不可小覷的人物。她是韓道（諧「撼倒」）國的老婆，自與西門慶成奸之後，「西門慶……替他獅子街石橋東邊使了一百二十兩銀子，買了一所房屋居住」（第 39 回），實已成西門慶的外室。第七十九回寫西門慶暴亡，就是他在外與王六兒縱淫回來，又爲潘金蓮所惑誤服過量春藥所致。這個王六兒作爲最終致西門慶於死地之潘金蓮的先驅，對西門慶的最後「殺傷力」，實與潘金蓮不相上下。應是因此，作者也給她以「六兒」的小名！

這樣一來，《金瓶梅》寫西門慶不僅妻妾合「老陰」之數「六」，而且其中又有李瓶兒爲「六娘」，潘金蓮爲「六兒」，此外還有「王六兒」等三個「老陰」之數，從而因「三多凶」（《周易正義・繫辭下卷八》），又爲「數之小終」（《後漢書・袁紹傳》李賢注）之故，俗云「事不過三」，西門慶就在以三「六」之「陰極」波推浪湧，後先相繼的阻銷與斬伐之下，再無可能有「一陽來復」的轉機了。所以，書中寫他在與六妻妾共同生活的過程中，儘管先曾有「六娘」李瓶兒因他而死〔註 14〕，看似「一」陽有克服「六」陰之機，但因爲仍有兩「六兒」在後，西門慶的命運必然如《左傳》云「再而衰，三而竭」（《莊公十年》），遂有後來西門慶之一「陽」在與潘、王兩「六兒」對立輪番上陣的「性鏖戰」中，「油枯燈盡，髓竭人亡」（第 79 回）。西門慶的結局就與《西遊記》中孫悟空的「一陽來復」掃蕩「六個毛賊」和打死六耳獼猴相反，而是「六兒」所象徵的「六陰」得位，以至西門慶「一陽」不復。

已如上述，對於《金瓶梅》寫西門慶諸婦用「六」，張竹坡早有所覺察，並有密合事理的評論。如在第七回《薛婆婆說娶孟三兒，楊姑娘氣罵張四舅》評曰：

> 至於（宋）蕙蓮原名金蓮，王六兒又重潘六兒，又是作者特特寫出。……是雖有百（宋）金蓮不如一金蓮之潘六兒，又有一後來

〔註 14〕按《金瓶梅詞話》第五十回寫西門慶初得胡僧之藥，先與王六兒縱淫過，興未盡；回家又去李瓶兒房中，值瓶兒經期，力逼其交歡。當時瓶兒推託曾說：「我到明兒死了……」第六十一回寫醫者何老人爲李瓶兒診病說：「這位娘子乃是精沖了血管起，……」

居上之王六兒，……兩金蓮遇而一金蓮死，兩淫婦不並立。兩六兒合而迷六兒者去，兩陰不能當兩斧效立見也。作者所以使蕙蓮必原名金蓮，而六兒後又有一六兒也。

又在第三十三回《陳經濟失鑰罰唱，韓道國縱婦爭風》評曰：

又月娘小產，必於王六兒將出之時，煞有深意。見「六」爲陰數，先有潘六兒在前，後有王六兒在後，重陰凝結，生意盡矣。幸有一陽隱伏，猶可圖來復之機，乃一旦動搖剝盡，不必至喪命一回，而久已知兩「六」之爲禍根。後死兩六兒家，猶證果非結因也。

還在第六十一回《西門慶乘醉燒陰戶，李瓶兒帶病宴重陽》評曰：

夫下一回瓶兒方死，此回宴重陽，乃不起之信也。然先陪寫一燒陰户，且夾寫一潘金蓮之淫，是未寫瓶兒之死機，先已寫西門慶之死機也。何則？西門慶死時，自王六兒家來，以及潘六兒繼之方死，今自王六兒家來，潘六兒繼之，已明明前後對照，豈非死機已伏？

這些評語實際已接近《金瓶梅》寫一書眞正主人公西門慶之命運，在人物配置上貫穿「一」與「六」對立統一之數理。只是他作爲評點家，注意在此書易數之理的具體運用，而沒有從藝術上攝要並說明其爲一種「倚數」編撰的「一個男人與六個女人」的敘事模式罷了。

所以，《金瓶梅》寫西門慶故事用「『七子』模式」，雖然與《西遊記》相近，但與《西遊記》寫取經成功，以「三教歸一」「萬法……歸一」爲旨〔註 15〕，過程中總是或終於是「一」陽戰勝「六」陰的「七日來復」不同，其所作是「六」陰深重浸滅「一」陽使未進於「七日來復」的反面文章。其旨在表明男性對女色過度的追求，置之陰極（「六」）而後快的結果，決不會是「置之死地而後生」，而必然是如西門慶促壽盡於三十三之數的壯歲暴亡！從而《金瓶梅》懲創人心，遏抑人欲的用心，既在於具體的描寫，也在這「一個男人與六個女人」之兩性關係配置的比例之數中體現了出來。

這也就是說，《金瓶梅》人物配置「一」與「六」比例之數的運用，不僅是形式，同時是內容。具體說來，如果說《西遊記》是一部寫孫悟空「借門路修功」，幫助唐僧等祛除「六欲」（以「六賊」爲象徵）、「七情」（以七個蜘

〔註 15〕杜貴晨《〈西遊記〉「歸一」論》，《昆明學院學報》2010 年第 1 期。已收入本卷。

蛛精爲象徵),「修心」遏欲,「鬥戰勝」以「成佛」的書;《金瓶梅》則是一部寫西門慶窮極人欲,以娶納六妻妾特別是與兩「六兒」的縱淫爲象徵,終於爲「六欲」所誤荒淫暴亡的書。這兩部書中,雖然作爲「一」之象徵的主人公的結局悲喜相反,但結局在與「六」的對立中實現之方式的一致表明,其敘事邏輯都基於易數「一」與「六」之理,是我國章回小說「倚數」編撰規律性的一個體現。

(二)從《金瓶梅》到《林蘭香》與《野叟曝言》

「四大奇書」特別是《金瓶梅》一寫成功的影響,使「一個男人與六個女人」的敘事模式漸以流行。最早模倣《金瓶梅》用此一模式的,當推成書於清前期題「隨緣下士編輯」的《林蘭香》。是書八卷六十四回,卷、回數分別用《周易》八卦與六十四卦之卦數,顯示其爲小說章回布局講求數理之正宗與熱忱。因此可以認爲,書中寫主人公耿朗先娶林雲屏爲妻,後娶燕夢卿爲側室,繼納任香兒、宣愛娘、平彩雲爲妾;夢卿死後,又納婢女田春畹爲妾,稱「六娘」,後扶正爲夫人,爲一夫二妻四妾的「六」女之數,自然也非泛設;而且與《金瓶梅》是否直接受到《西遊記》的影響尚難斷定不同,《林蘭香》出《金瓶梅》流行之後,自覺傚仿《三國》《水滸》《西遊》《金瓶梅》,「集四家之奇,以自成爲一家之奇」〔註 16〕,因此可以肯定的是,全書從命名到寫一家及其主人公設計,大略都從模倣《金瓶梅》而來,包括寫耿朗一夫二妻四妾的一男六女之數,也明顯爲一種「倚數」編撰,是《金瓶梅》「一個男人與六個女人」敘事模式的承衍。

但是,《林蘭香》對《金瓶梅》所開創這一敘事模式的傚仿,並非簡單照搬,而是根據其題旨的需要作了某些顯然是重要的變化。這些變化主要表現在書中寫主人公耿朗與發跡變泰的西門慶之唯知淫惡不同,乃出身世宦之家,雖爲人暗弱平庸,卻大處未墮惡趣;其六妻妾中,雖任香兒、平彩雲擅寵希權,忌妒工讒,但未至於淫,而燕夢卿、林雲屏、宣愛娘、田春畹等又都幾乎是女聖賢。所以,《林蘭香》所寫耿朗之憂,不過是一般妻妾不和,而絕無如西門慶的終於死於潘金蓮胯下,遭遇「六」陰「臨門一腳」的危險。從而耿朗死於四十歲不惑之年,固然由於多妻妾之累,卻主要不是因其妻妾的主動,而是由於本來一男難稱六女的自然規律,更由於他本人的好色,長

〔註 16〕 𩇕𩇕子《敘》,隨緣下士編輯《林蘭香》,于植元校點,春風文藝出版社 1985 年版。

期「溺於色，以致促其年」〔註 17〕。這就使《林蘭香》一面「有《金瓶》之粉膩而未及於妖淫」〔註 18〕，另一面與《金瓶梅》把西門慶之死主要歸咎於「六」陰（主要是王、潘兩「六兒」）有別，顯示了任香兒等雖同爲「六」陰深重，卻無如《金瓶梅》之甚，耿朗最後「一」陽不復，雖有「六」陰之過，但更是耿朗「一」陽不剛，自所招致。這就從一般日常生活的層面昭示世之男性，多妻妾不止女眾事多，勞心傷神，還必然如《水滸傳》中宋江所笑王矮虎的「溜骨髓」，因「溺於色，以致促其年」。

《林蘭香》襲用《金瓶梅》「一個男人與六個女人」的模式而能有此變化，原因在它與《金瓶梅》以「單說著情色二字」的「寫淫」以「戒淫」爲主旨不同，警告男性戒色只是其書寫用心之一。作者之意，更多在富貴功名、倫理綱常、生老壽夭、世態炎涼等人生社會的探討，耿朗一夫與六妻妾關係的描寫，也主要在男女居室倫常是非的褒貶，而遠離了性情或情慾的中心。這個結果就是使《林蘭香》作爲「一個男人與六個女人」的故事，很大程度上偏離了「情色」敘事，成了一般家庭——世情倫理的教科書，與《金瓶梅》旨爲制欲而寫欲的風格大異其趣了。

雖然如此，從《金瓶梅》到《林蘭香》的「一個男人與六個女人」模式的敘事，仍然未改警示男性節欲戒色的教化傾向。雖然正如《金瓶梅》中也感歎的：「生我之門死我戶，看得破時忍不過！」此教化欲從人之本性的釋放上劃定分寸，談何容易；又以長篇小說行此教化，雖未嘗不可，但是，無奈這類的書，聖賢肯定是不讀的，而讀者無非俗人，閱讀中理欲爭持之後，總不免有人見「色」而迷，則欲諷反勸，其結果難得不走向作者期望的反面。這就是《金瓶梅》全本至今未能被允許公開流行的原因。但是，畢竟「文章千古事」，誰都不可以一時一事論其是非得失。而且遙想至明末也已近兩千年位尊至「聖人」的孔夫子，生前也僅止於感歎「吾未見好德如好色者矣」（《論語・子罕》），於人之「好色」輕德不無遺憾，卻無可奈何。而笑笑生生當人欲橫流的封建衰世，以一介書生，作爲稗官小說，寄意世人能夠清心寡欲，好色不淫，過有節制的生活，則無論其效果如何，作者之儒者救世勇氣與菩薩願心，都還是值得肯定與同情的。

如果說從《金瓶梅》到《林蘭香》的承衍變化，只是這一模式運用在趨

〔註 17〕《林蘭香叢語》，《林蘭香》。
〔註 18〕𩽻𩽻子《敘》，《林蘭香》。

向上的微調，那麼，至乾隆中《野叟曝言》出來對這一模式的運用，就是從《金瓶梅》的反面模倣，而表現得南轅北轍，背道而馳了。

《野叟曝言》二十卷一百五十四回，夏敬渠撰。是書雖「以小說爲庋學問文章之具」〔註19〕，但其寫主人公文素臣「奮武揆文，天下無雙」的事功，不僅與先後所娶二妻四妾同步，而且除二妻之原配田氏與公主紅豆主內之外，四妾中素娥精醫術，璿姑通算學，湘靈長詩文，天淵擅武藝，各能爲文素臣提供及時有效的輔助，終使其功高蓋世，位極人臣，福壽雙全，子孫滿堂。這樣一來，作爲「一個男人與六個女人」模式的敘事，《野叟曝言》不僅與《林蘭香》寫耿朗一男因多達二妻四妾的「溺於色」而萎亡頗異其趣，更是一反《金瓶梅》「六」陰克服「一」陽使西門慶暴亡的極端，揑造出雖是一男六女，卻陰陽和諧，其樂融融，最終一男不止於無損，更因六女而倍加剛健有爲的情色神話。這大概是《金瓶梅》的作者初創此一模式時萬萬沒有想到的，也使我輩後世讀者，很難不瞠目結舌，大跌眼鏡。

我們看《野叟曝言》作爲「一個男人與六個女人」的故事，六女的組合與《林蘭香》同爲二妻四妾，很難不認爲在這一點上，二者有後先相承的關係，卻無可實證。但是，如果退一步僅從都是寫「一個男人與六個女人」的故事來看，我們說《野叟曝言》模倣《金瓶梅》爲從其反面模倣而來，即反模倣，應更容易取得共識。進一步因其爲反模倣之故，《野叟曝言》寫一男六女故事，無論內容與形式上都成了《金瓶梅》的反調。其意若曰，《金瓶梅》寫西門慶因「六」女而暴亡，並非人生的必然，而是「六」女的不賢，更由於西門慶的不善控馭。倘有文素臣的大德全才，得六美各擅相夫成功的品節才智，則「六」女非止不能剋「一」男，反而綠葉紅花，能在作爲「一」男之內美的同時，爲事功文藝之助。雖然這一對《金瓶梅》的反動近乎「惡搞」，但在作者夏敬渠無疑是極虔誠而且認眞的。只是聯繫到作者一生坎坷，我們不能不疑心這虔誠與認眞的背後，實爲作者的無奈，而全書的理想不過是借小說以畫餅充饑的可笑夢囈。其心癡意妄，想入非非，比較《金瓶梅》寫西門慶一定是三十三歲而死對男人所行的棒喝，不僅有同樣不著邊際之嫌，而且遠不如《金瓶梅》的用心尙有可諒解、同情與肯定之處。

雖然如此，從易數之理看，卻不是《金瓶梅》《林蘭香》，而是《野叟曝言》直承《西遊記》寫悟空「一心」掃蕩「六賊」，正用「七日來復」之義，

〔註19〕《中國小說史略》，第211頁。

凸顯強調了封建男權主義的立場，並與《金瓶梅》等相對，代表了此一模式發展的另一線索和極端。唯是《金瓶梅》「一個男人與六個女人」敘事模式一線的發展，要遠比《野叟曝言》曲折多變，其移步換形的最大成就，竟是千古獨豔的《紅樓夢》！

（三）從《金瓶梅》到《紅樓夢》

《金瓶梅》以「一個男人與六個女人」模式敘事，寫「淫」以戒「淫」，亦即寫「欲」以制「欲」；《紅樓夢》「深得《金瓶》壺奧」〔註 20〕，其演出寫「情」以破「情」，也暗中襲用《金瓶梅》所開創「一個男人與六個女人」的敘事模式。而且比較《林蘭香》《野叟曝言》等，《紅樓夢》可說是更得此一模式之精義。但這要從《紅樓夢》與《金瓶梅》主旨的聯繫上說起。

《紅樓夢》主旨雖眾說紛紜，但筆者以爲，總還應以作者自道「大旨不過談情」（第 1 回）、以情說法爲是〔註 21〕，而正與《金瓶梅》以「欲」制「欲」同一筆仗，爲以「情」破「情」。「太虛幻境」主者爲「警幻仙姑」名以「警幻」之意，亦即在此。而且其所謂「太虛幻境」的天上神仙府，其實是下界「紅塵」即人世的折射。其象徵之義若曰，人世也就是警幻仙姑告賈寶玉趕緊回頭以免墮落其中的「迷津」深處，爲「太虛幻（之）境」。作爲「紅塵」的寫意，「太虛幻境」在「紅塵」中的對應之地，就是以「昌明隆盛之邦，詩禮簪纓之族，花柳繁華之地，富貴溫柔之鄉」之賈府爲象徵的「迷人的圈子」（第 5 回）。而《紅樓夢》寫「太虛幻境」著墨的重心「薄命司」，則對應全書故事中心的賈府「大觀園」。書中贊許「大觀園」爲「天上人間諸景備」之義，不是普通的詞藻形容，而是以此園「最是紅塵中一二等富貴風流之地」（第 1 回）之設，作「富貴場中，溫柔鄉里」的象徵，爲書中二仙師對石頭所說「紅塵中……樂事」（第 1 回）之「大觀」！所以，大觀園的描寫肯定有中國古典園林文化的背景，但決非南京或北京任何一座園林的小說化，而是一個基於創作理念的文學的象徵。其意若曰：人間極樂，止於此境，然亦不過紅樓一夢之「華胥境」（第 5 回）耳！石頭——賈寶玉依定數，奉仙旨，來此「享受幾年」的過程，正是「因空見色，由色生情，傳情入色，自色悟空」（第 1 回）的人間歷劫悟空之夢。此夢中「情」是核心，所以作者自道「其中大旨不過

〔註 20〕歐陽健《還原脂胭齋》，黑龍江教育出版社 2003 年版，第 514 頁。

〔註 21〕杜貴晨《〈紅樓夢〉「大旨談情」論》，《齊魯學刊》1993 年第 6 期。收入本集第五卷。

談情」。而《紅樓夢》之筆如遊龍戲珠，全神貫注，也正在雕鏤這一個「情」字。

《紅樓夢》所寫「情」之中心或極致有兩大類：一是「古今情」（第5回），即第二十八回寫賈寶玉因黛玉「一朝春盡紅顏老，花落人亡兩不知」之句，由人及物「反覆推求」出的人之終極關懷的感傷；二是「風月債」（第5回），即男女之情。《紅樓夢》寫賈寶玉所遭遇「情」的困擾，固然主要來自這兩個方面，但情莫先乎男女，所以，作爲使賈寶玉能以隨心所欲體驗「情」之意義的大觀園中，一面是最初入住大觀園，只有他一個男子與黛（玉）、（寶）釵、迎（春）、探（春）、惜（春）、李（紈）六女各有居處，成「一」與「六」的關係；另一方面，以彼時倫理與《紅樓夢》實際所寫，諸釵中與寶玉有今所謂性與愛情以至婚姻關係的，只能是由於各種不同原因寄居賈府的六個外姓女子，分別是林黛玉（「木石前盟」）、薛寶釵（「金玉良緣」）、史湘雲（「因麒麟伏白首雙星」）、襲人（「釵之副」，「賈寶玉初試雲雨情」）、晴雯（「黛之影」，「癡公子撰芙蓉女兒誄」）、妙玉（「檻外人……遙叩芳辰」）〔註 22〕。這六個女子之於賈寶玉，形式上正如西門慶與他的六個妻妾，構成賈寶玉性與愛情以至婚姻生活的基本對象。而賈寶玉爲「諸豔之貫（冠）」〔註 23〕的情場地位，也正是西門慶作爲「打老婆的班頭」的反面。至於賈寶玉於此六女之外的「愛博而心勞」〔註 24〕，如對金釧、秋紋、芳官、五兒等，也恰是準折了西門慶在外的狂嫖濫淫。這種人物設置上的相似性，使我們可以認爲，《紅樓夢》寫賈寶玉「意淫」爲「天下古今第一淫人」，不過是接續了《金瓶梅》寫西門慶「皮膚濫淫」的前所未有，乃由寫「性」而寫「情」的轉變。因此借徑襲用《金瓶梅》「一個男人與六個女人」的模式，乃於情勢理路，在所必然。

正是由於《紅樓夢》的「大旨」已由《金瓶梅》之寫「色（欲）」轉而寫「情（思）」，所以它用此一「一個男人與六個女人」的敘事模式，雖模擬《金

〔註 22〕 或謂《紅樓夢》寫秦可卿曾與寶玉春風一度，當爲寶玉性夥伴之一，其實不然。秦可卿與寶玉共效雲雨之事是警幻所設幻象，非書中現實描寫。現實描寫中的秦可卿字兼美，爲「釵黛合一」之象。其不僅早已「一朵花插在牛糞上」做了寶玉侄兒賈蓉的妻子，公子無緣，而且早夭，成爲人間美不可兼有之悲劇的象徵，故不得視爲寶玉有性關係的人物。

〔註 23〕 《還原脂胭齋》，第 569 頁。

〔註 24〕 《中國小說史略》，第 199 頁。

瓶梅》而不能不有所變化，並由於作者的天才，變化實多。這種變化的顯然之處，是雜六女於賈府諸釵之中，幾於無跡可求，顯示了曹雪芹奪胎換骨因故生新的藝術創造力。但是，我們絕不能因此而忽略了《紅樓夢》即使在這一點上，也「深得《金瓶》壼奧」的特點。因爲很明顯，一旦從倫理上逐一排除之後，諸（正、副）釵中賈寶玉「情可情」的對象，正是只有這六個女子，豈是偶然！所以，《紅樓夢》寫賈寶玉「意淫」的對象雖多，但究其「談情」描寫的重心，正如張竹坡評「《金瓶》內正經寫六個婦人」，圍繞在賈寶玉這「一個男人」周圍的，也只是林黛玉等「六」個「女兒」。因此，《紅樓夢》的做法與《金瓶梅》相比固然隱蔽，情景又似乎相反，但其主要人物的安排正與《金瓶梅》後先一轍，都爲「一個男人與六個女人」的模式，或至少可以作如是觀。在這個意義上，《紅樓夢》寫賈寶玉出家的眞正原因，從數理上說，也正如《金瓶梅》寫西門慶的死，是「一」陽爲「六」陰所困扼的結果。我們看《紅樓夢》第五回寫太虛幻境有一聯云：「幽微靈秀地，無可奈何天。」脂批於上聯云：「女兒之心，女兒之境。」於下聯云：「兩句盡矣。撰通部大書不難，最難是此等處，可知皆從無可奈何而有。」〔註 25〕恰都是揭出寶玉爲「女兒」即「情」所溺，「愛博而心勞」，應酬無力，然後能有「情極之毒」，「懸崖撒手」〔註 26〕，出家而去。

脂批所謂「情極之毒」，也就是寶玉因無奈「情」之困溺而生反撥的斬除「情根」之心，是全書寫寶玉「自色悟空」的關鍵。這一「毒」心，書中曾一再特筆加以強調。最突出而明顯的是第二十一回寫寶玉續《莊子‧胠篋篇》，直指他與甄寶玉平素共同以爲「比那阿彌陀佛、元始天尊的兩個寶號還更尊榮無對」的「女兒」們，如「（寶）釵、（黛）玉、花（襲人）、麝（月）者，皆張其羅而穴其隧，所以迷眩纏陷天下者也」。這個意思與《金瓶梅》第七十九回「二八佳人體似酥」那首詩所說，實在差不了多少。只不過從全書來看，《金瓶梅》重在寫「色（欲）」，《紅樓夢》重在寫「情（思）」；前者爲戒「皮膚濫淫」，後者主要針對克服「意淫」即情迷罷了。

所以本人早就以爲，《金瓶梅》寫色（欲），《紅樓夢》寫情（思）；《金瓶梅》寫夫妻（妾），《紅樓夢》寫兒女；《金瓶梅》是成人版的《紅樓夢》，《紅樓夢》是青春版的《金瓶梅》；從《金瓶梅》到《紅樓夢》，就其公開表明的

〔註 25〕《還原脂胭齋》，第 484 頁。
〔註 26〕《還原脂胭齋》，第 702 頁。

用心而言，都是要寫出人之不能「克己」，沉迷於「紅塵中……樂事」，特別是「情色」，必然招致的禍害，乃至悲慘的下場。雖然有西門慶由於「色」，賈寶玉由於「情」；西門慶未能迷途知返，而賈寶玉終能「懸崖撒手」的不同，但是，其或以「欲」制「欲」，或以「情」破「情」，終歸於「爲世戒」〔註 27〕的「大旨」，並無二致。這也就是說，《紅樓夢》的「深得《金瓶》壼奧」，不止於情節、人物的模擬變化，更在於「大旨」上由繪「色」而「談情」的接續，並很自然地暗用了從《西遊記》到《金瓶梅》所發展形成的「一個男人與六個女人」的敘事模式。

然而，如上已經提及，這種模式自《金瓶梅》引入「世情」或「家庭」小說一寫成功之後，早在《紅樓夢》之前就有作者發現並步趨模擬了。明清情色敘事作品中，雖然不乏少於「六女」之數的「雙美」「五美」的「佳話」，並且還有如《醒名花》寫湛國英一娶七妻妾，《杏花天》寫封悅生先後與十三女子縱淫並致其中一女雪妙娘身亡，其餘依封悅生爲「十二釵」之過於或大過於「六女」之數的特例〔註 28〕，似乎並無定數的；但是，至少有《林蘭香》寫耿朗一妻五妾和《野叟曝言》寫文素臣二妻四妾〔註 29〕，都合於「一個男人與六個女人」模式。而且《杏花天》有意使雪妙娘提前退場，使封悅生最終所娶從「十三娘」之數減至「十二」，與後來《紅樓夢》的「金陵十二釵」，都爲兩「六」之數，也未必不是基於對《林蘭香》進而《金瓶梅》的模倣。所以，儘管《紅樓夢》對這一模式的運用，只是做了侯寶林先生著名的相聲段子《歪批三國》中所謂的「暗扣」。然而筆者還是大膽把它提出來，作爲其「深得《金瓶》壼奧」的一個表現。

雖然由於筆者所謂的「文學數理批評」尚未被學界許多人所知，本文的分析與結論很可能會使讀者專家感到匪夷所思。但是，從《紅樓夢》又名《金陵十二釵》明用「十二釵」之數，正是兩「六」之和或「二」「六」之積看，一面全書確實有一個貫徹全書的數理機制，另一面「六」女之數理正在其中〔註 30〕。

〔註 27〕〔明〕東吳弄珠客《金瓶梅序》，黃霖《金瓶梅資料彙編》，中華書局 1987 年版。

〔註 28〕與此相反的是《癡婆子傳》，寫女淫男，癡婆子「一夫之外，所私之十有二人」，卻可能是《杏花天》反模倣的對象，爲《紅樓夢》寫「十二釵」的先驅。

〔註 29〕夏敬渠著《野叟曝言》寫主人公文素臣一妻五妾，因此而得享人間之福，與《金瓶梅》不同，乃正合《周易》「一陽來復」之數理，但本質上也是用「一個男人與六人女人」敘事模式，只是取向不同而已。

〔註 30〕其實「十二釵」本指六女。《聊齋誌異．邵女》「後請納金釵十二」句下呂湛恩注引《談苑》：「白居易《贈牛僧孺》詩：『鍾乳三千兩，金釵十二行。』注：

從而《紅樓夢》「因情捉筆」〔註 31〕，「大旨談情」，必透徹刻畫「情」之一字對賈寶玉的眩惑陷溺。在這種情況下，其倚《易》數「一」與「六」之理，反「七日來復」之道，襲用《金瓶梅》「一個男人與六個女人」之模式，就不過是其全書「倚數」結撰之一大用筆罷了，並非什麼特別難以理解的現象。

我們以爲《紅樓夢》暗用「一個男人與六個女人」的模式直接自《金瓶梅》脫胎而來，既有數理傳統上的根據，又可以從二書文本組織得到證明。

從我國古代文學的數理傳統看，《金瓶梅》與《紅樓夢》敘事大關節上所共同遵循的，都有由道教發展出的「七返朱砂返本，九還金液還眞」〔註 32〕即「七返九還」爲過程圓滿的數度。這就是《金瓶梅》寫西門慶之死在第七十九回，《紅樓夢》寫林黛玉之死在第九十八回的原因。具體說，其所在回數不一，自然是由於兩書分別爲百回與百二十回章回多少的不同；但是，前者爲數有「七」有「九」，後者「九十八」爲兩「七七」之和，所以兩書各自寫關係全書高潮的主要人物之死，都在「七」「九」兩數的組合上，卻應該是基於同一數理，即道教「七返九還」之「七」「九」之數上的考慮。

這裡「七」「九」爲「數之理」（劉向：《說苑》卷六《復恩•東閭子嘗富貴而後乞》），也就是這一敘事數度的意義，是其作爲宿命之象徵的同時，在《金瓶梅》還暗含了對西門慶的譴責，若曰自作孽，不可活，即使當「七返九還」之數，也無法挽救西門慶嗜色縱慾、惡貫滿盈的命運；在《紅樓夢》雖然具體描寫中有作者深憫黛玉之死的底色，但至少是其形式的意義，卻與《金瓶梅》中相反，而如《西遊記》同是在第九十八兩個「七七」之數的一回中寫唐僧脫體成仙相近，是對林黛玉「紅塵」中「歷劫」，難數已滿，「魂歸離恨天」的肯定。林黛玉死於第九十八回即兩個「七七四十九」之數章回設置的意義，若曰她經歷「七返」之數，隨神瑛下世「還淚」的「風月債」已畢，終於可以脫卻「情」的羈束，還歸以絳珠仙子的本體。從而《金瓶梅》是世俗的喜劇、宿命的悲劇；相反《紅樓夢》是宿命的喜劇、世俗的悲劇〔註 33〕。

謂六鬟並肩比立，爲釵十二。」後世不知何人錯會，始以指十二個女子，《紅樓夢》乃沿用之。

〔註 31〕〔清〕曹雪芹、高鶚《紅樓夢》，脂胭齋評，山東文藝出版社 1993 年版，第 1 頁。

〔註 32〕〔宋〕張伯端著，王沐淺解《悟眞篇淺解》，中華書局 1990 年版，第 146 頁。

〔註 33〕這一判斷，尤其是後者，正從讀《紅樓夢》往往而生的理智與情緒上的矛盾（如「釵黛優劣」）相副，從而是其正確性的證明。當然，這裡仍須注意到紅學家們大都認爲《紅樓夢》八十回以後爲高鶚所補作的事實，但即使如此，也不過表明高鶚對《紅樓夢》原作數理的運用，確有會心，能自覺接續其眞但是，二者相反美學特徵的藝術效果，卻同一借徑於「七」「九」組回的數理形式，而後者是從前者借鑒學習來的。

又進一步從兩書的人物配置來看，比較《金瓶梅》以潘金蓮、李瓶兒、春梅三女命名，《紅樓夢》又名《金陵十二釵》，書中在冊籍女子分別爲「正釵」「副釵」等等各用「十二」之數，其實不過是《金瓶梅》題名人數增至四倍之法。而無論《金瓶梅》或《紅樓夢》中，「一男」對應的雖然有「六女」，描寫中也面面俱到了，但「六女」最能代表「老陰」即「陰極」的，卻只有一人。

這一人在《金瓶梅》自然是「金」即潘金蓮，在《紅樓夢》則非「紅」即絳珠仙子林黛玉莫屬。因此，在《金瓶梅》用「六」，寫諸「六」卻是以「潘六兒」金蓮爲主，突出的表現是西門慶與諸「六」的「性鏖戰」中，雖然能夠先「斬」六娘李瓶兒（見前腳註，瓶兒因西門慶而死），後與王六兒「戰」個平手，但他的死卻是「再而衰，三而竭」，「油枯燈盡，髓竭人亡」在潘六兒金蓮胯下，並且由此全書進入尾聲；在《紅樓夢》用「六」，雖爲「暗扣」，但其寫「晴（雯）」死之後，賈寶玉卻在「苦絳珠魂歸離天」的同時，因被「忽悠」而違心地娶了薛寶釵，後又終於「情悟」出家，也實際是以黛玉之死，宣告了全書高潮的過去而進入尾聲。至於兩書所寫這個死去的關鍵人物的性別不同，卻是由於預設結局不同的需要，只合於在相反的方向上模倣，也可稱之爲「反模倣」罷了。

我們以林黛玉在《紅樓夢》中具「六女」中「陰極」之最地位的理由，不僅由於書中直寫她的前身絳珠仙子獨享陪侍神瑛侍者下凡的殊榮，而且因爲進入正文，作者還通過對林黛玉生日的安排，暗示了她爲書中「陰極」的代表。

這就是《紅樓夢》第六十二回寫探春歷述諸人生日，唯獨遺忘了黛玉，實爲故意以此特別強調黛玉之生日爲與花襲人同一天即「二月十二」。按舊俗雖多以農曆的二月二或二月十五爲花朝日，但吳地的花朝日卻是農曆的二月十二〔註 34〕，由此可見《紅樓夢》與吳地淵源甚深。花朝日即百花之神的生

脈，而非暗中摸索的偶合。從而《紅樓夢》後四十回的成功，既由於前八十回的奠基在先，又由於高鶚生當曹氏同時稍後不久，易於領會，而且他本人也並非如某些人認爲的那般低能與庸劣，而是有相當不錯的藝術才力，所以能成此後四十回唯一能配前八十回流傳之續章，而不僅是文學史上的幸運。

〔註 34〕〔清〕蔣廷錫等編《歲時薈萃・曆象彙編・歲功典》（上海文藝出版社 1993 影印本）第三十二卷《社日部・花朝匯考》載清長洲縣、嘉定縣、松江府以二月十二日爲花朝。

日。《紅樓夢》中有《葬花吟》，花是女兒的象徵，曹雪芹以唯一與賈寶玉有過「雲雨情」的襲人和寶玉「睡裏夢裏也忘不了」（第 32 回）的「情人」林黛玉生於花朝，實是以二人爲與寶玉有最實際之性或情的關係，爲「六女」之陰中最重，分別爲賈寶玉日常所面對「性」或「情」的集中代表。但《金瓶梅》寫「色」，《紅樓夢》寫「情」，並以「色」不如「情」，所以，不僅「情」是全書「大旨」所在，而且林黛玉之死，能夠比較花襲人獨爲「陰極」之數最重要的象徵。她的爲「情（思）」而死，也就應該如《金瓶梅》中西門慶的因「色（欲）」而死，被安排在「七」「九」等具有轉還意義的回數上，以與其在全書「大旨談情」的敘事中構成大轉折的作用相副，並加強之。

對於《紅樓夢》這部處處設寓的謎一般的書，我們願意相信上述諸「倚數」結撰的設計爲作者有心是一個事實。而這個事實自然會進一步加強我們關於《紅樓夢》倚「一」與「六」之數理，運用「一個男人與六個女人」模式的「暗扣」，是從《金瓶梅》的近乎明用此一模式反模倣而來的認識。換言之，兩者的相似，固然有廣大傳統文化背景上共同的淵源，但前者影響於後者直接的聯繫，卻是更值得注意的事實，有必要特別提出，做一番考論。

結　論

綜上所述論，我們可以得出如下認識：

（一）「一個男人與六個女人」的情色敘事是中國小說自古及今客觀存在的一種文學模式。如上所述論，這一模式自《三國演義》《水滸傳》《西遊記》等書之「七子」模式衍出，至晚從《金瓶梅》開始形成，並經由《林蘭香》等小說的過度，影響到偉大的《紅樓夢》也暗中借脈於它，直達今天的網絡敘事文本等，而生生不息，成爲五百年未嘗中斷的傳統。雖然也如上所舉論，這一模式的應用主要只是在《金瓶梅》《林蘭香》《野叟曝言》《紅樓夢》5 種書中，遠不如筆者所謂「三復情節」〔註 35〕的廣泛，又顯然只是一男與「雙美」「四美」「五美」「七美」等諸多組合中的一種。所以，我們沒有理由把這一模式的作用與意義估計過高。但是，一方面質文代變，能累世承衍應用這一模式的章回小說有 5 種已不算少，另一方面這 5 種書還包括了《金瓶梅》

〔註 35〕杜貴晨《中國古代小說「三復情節」的流變及其美學意義》，《齊魯學刊》1997 年第 5 期，收入本卷。

與《紅樓夢》這兩部中國情色敘事最重要的作品，並在很大程度上影響了兩書的主旨與敘事主線、結構等，所以這一模式在中國小說敘事藝術史上的地位又是不容忽略和低估的。

（二）這一模式是中國歷史文化特別是數理文化傳統的產物。雖然中國先秦曾有七國紛爭六國先後滅於秦的歷史的一幕，頗可以牽強附會爲我們所謂「一個男人與六個女人」敘事模式形象的注腳，但那顯然不是事實，更不是嚴肅學者所樂意接受的。唯是這一模式在中國小說敘事藝術史上的出現與演化，其所形成多樣而一致的故事建構，確有如歷史上秦滅六國縱橫交織、波譎雲詭圖景，不能不令人驚歎生活與藝術在形式上竟能有如此的巧合！而且即使只是把這一模式理解爲「七子模式」的一個分支，是出於對易數「一」與「六」對立統一之理種種可能認識之某種概念化的表現，但就存在與意識、生活與藝術的因果關係而言，仍不能不認爲它是中國歷史文化特別是數理哲學對小說藝術影響的產物。至於這一敘事模式只在明中葉以降至清中葉以來大行其道，除了前代文學數理傳統的影響之外，還因爲經過了宋元以至明初理學對人性的禁錮之後，社會從士紳到市井之民對情色的追逐與思考，成爲了一種潮流，反映到小說敘事，就有了這種從《金瓶梅》「單說著情色二字」到《紅樓夢》「大旨不過談情」之情色敘事的典型模式。

（三）這一模式對小說文本的影響與制約，體現於「一」與「六」作爲比例與尺度決定了文本框架結構、人物配置、情節主線等的安排，有近乎全方位控馭的態勢。具體來說，因其必爲「一個男人與六個女人」之故，所以如同孫悟空在打死六賊的故事中居「主人公」之地位，情色敘事中的「一個男人」必然成爲故事的核心，而「六個女人」就主要是圍繞這「一個男人」而存在的罷了。其結果無論書中寫有多少女人，又無論其寫得如何，這一部書都應該是以探討男人的生活與命運爲主旨的書，所謂「情色敘事」也就成了男人在情色面前接受考驗的故事。例如，《金瓶梅》崇禎說散本改萬曆詞話本第一回「景陽崗武松打虎」爲「西門慶熱結十兄弟」，並改文中「一個好色的婦女，因與了破落戶相通……命染黃泉」，爲「只爲當時有一個人家，……有一個風流子弟」云云，就是看清了原作主要爲男人說法的眞實意圖並加以突出。而《紅樓夢》雖標榜爲「金陵十二釵」，又聲明「爲閨閣昭傳」，但實際上賈寶玉才是「諸豔之貫（冠）」，諸釵不過是陪他下世不可少之人，其命運也只是賈寶玉閱歷情劫的伴奏曲而已，我輩萬不可爲雪芹先生蒙蔽了。

（四）作爲中國傳統數理文化影響下古代小說「七子模式」的一個分支，「一個男人與六個女人」敘事模式根本上賦予了故事以傳統數理哲學——主要是「一」與「六」之數理及其關係的意義。從而故事的意義，根本上應該或至少可以從「一」與「六」之數理關係的建構與解構的角度去理解和把握。例如，《金瓶梅》《林蘭香》的「六」勝於「一」的一男早亡，其意在教男人戒「色」，而《野叟曝言》的「一」因「六」而盛，卻是證明「一」男至極的陽剛可得盡享「六」女陰滋補之豔福，是女「色」之可畏必戒與否，關鍵在男人是否更爲陽剛，有「一」陽勝過「六」陰的特異功能。這裡，其是非得失都可以不論，而由此可見，在無論哪一種情況下，「一」與「六」之數理都決定了故事形式所具獨特的意味。

（五）這一模式的突出存在表明，時至明中葉以後，小說藝術對兩性關係的關懷空前地達到了哲學層次的思考，而古代數理哲學對小說藝術的滲透，已無遠弗屆，無隙不入。即使其所暗用「一」與「六」比例之數隱喻「一陽」與「六陰」對立統一的意義，主要是作者的主觀意識的圖解，於具體描寫中，今天讀者已經很少能夠如張竹坡一類評點家那樣，注意到並瞭解這一模式的存在及其數理，甚至千言萬語還恐怕不能說得明白；但是，作爲一個講述情色故事的俗套，在古代讀書人那裡，特別是對於被視爲九流十家之末之「小道」的小說家，如蘭陵笑笑生和曹雪芹來說，卻很可能只是做小說的一種「百姓日用而不知」（《周易・繫辭上》）的戲法。從而蘭陵笑笑生能順手寫來，曹雪芹以至高鶚也能夠先後會心，繼承變化，翻新出奇。至於今天也有作者因襲這一古老的情色敘事模式，如果出於自覺，並不值得奇怪；倘屬於不自覺地運用，則可以視爲由於文化觀念、文學手法的集體無意識傳承的影響，是中國人歷史——文化發展的自然結果，也不足爲奇。至於今天的讀者對這一類數理現象，如果能夠據其數而知其理，當然最好；反之，知其爲一種悠久的傳統，也就不會有大的誤解了。

這裡，文化傳統的認知與藝術的感悟遠比一般文學的分析更爲得力。因爲儘管語言是人類意識表達的偉大工具，但是，在人類意不盡象的局限中，更有言不盡意的困窘。因此，對於某些精神——藝術現象的理解，特別是對遠去歷史上發生的諸如此類文化現象的理解，萬語千言或不能說得明白，但是，倘閱讀中能潛心於古代作者腔中，揣摩於古代讀者的信仰與感情，便不難豁然開朗，見其眞髓，《六祖壇經》所謂「一悟即至佛地」（法海本《般若品第二》）是也。

《西遊記》數理機制論要——從神秘數字出發的文學批評

《西遊記》〔註1〕自覺「倚數」結撰〔註2〕，形成其文本典型的數理機制，是值得研究的文學現象。

所謂文學的數理機制，是指作家「倚數」結撰形成文本中的「數控」系統，是我國傳統數理邏輯在文獻編纂與文學創作中的貫徹與實現。其在文學作品中的表現，本質上是哲學與小說之詩性的融合。因此，一方面，這種「數」作爲我國傳統數理哲學的概念與邏輯是同一的，但在具體作品中貫徹的程度與表現的方式各有不同；另一方面，文本中的「數」與「象」或「數理」與「形象」實難兩視，也不可分割，但是，作爲理論的分析，我們必須假設其如人體之有經絡筋脈，是可以指認或把握的。因此，文學數理機制研究的基礎工作是在作品的形象體系中發現其所倚之「數」和說明其「倚數」構造的特點。對《西遊記》的研究也應當如此。事實上清人張書紳《新說西遊記總批》早已指出：「觀其……西天十萬八千里，觔斗雲亦十萬八千里，往返十四年五千零四十八日，取經即五千零四十八卷，開卷以天地之數起，結尾以經卷之數終，眞奇想也。」〔註3〕這個「奇想」，就是《西遊記》數理機制的表現，卻只是廬山之一面。其全部內容遠爲龐雜繁複。本文僅就某些基本的方面加以探討，希望引起讀者專家對這一問題的關注。

〔註1〕〔明〕吳承恩《西遊記》，李卓吾、黄周星評，山東文藝出版社 1996 年版。本文無特別説明，引《西遊記》及評點均據此本。

〔註2〕杜貴晨《〈西遊記〉的「倚數」意圖及其與邵雍之學的關係——〈西遊記〉數理批評之一》，《東嶽論叢》2003 年第 5 期。收入本卷。

〔註3〕轉引自劉蔭柏編《西遊記研究資料》，上海古籍出版社 1990 年版，第 574 頁。

一、「一元」終始

《西遊記》數理機制總體取譬「一元」之數。卷首詩述一書之旨，卒章曰：「欲知造化會元功，須看《西遊釋厄傳》。」「造化會元功」本宋儒邵雍《皇極經世書》「元會運世」之說。其說以一世爲三十年，十二世即三百六十年爲一運，三十運即一萬零八百年爲一會，十二會即十二萬九千六百年爲一元。一元即宇宙一次成毀之數。很顯然，這是一種關於宇宙「倚數」演化假想的模式。朱熹曾據此推測邵雍之意，是以一元之中，初之一會天開，次之一會地成，再之一會人生……，天地「一個壞了，又有一個」〔註 4〕。《西遊記》正文開篇「蓋聞天地之數，有十二萬九千六百歲爲一元。將一元分爲十二會，乃子、丑、寅、卯」云云大段文字，就是據朱子的解釋對邵雍此說的演義，其中「天開於子」「地闢於丑」「人生於寅」等語是門人問朱子原文。而其中「譬於大數」一語，爲本書設定了「一元」之數的數理框架。以下全部故事就在這「一元」之內，故爾結末有「還元」（第九十九回）之說。值得注意的是，第七回如來說佛教一劫也是「十二萬九千六百年」，從而《西遊記》中「一元」就是「一劫」，爲「三教歸一」之數。因此，《西遊記》以「蓋聞天地之數」云云開篇，除了體現其爲「倚數」結撰之外，還表明一書敘事，都在「數」中，爲「數」之通變成「象」而已。然而「天地之數」盡於「一元」。所以《西遊記》最重也只能標舉「一元」，「一元」終始也便成爲其數理機制的總體框架。這體現於全書敘述與描寫的若干最重要方面。

首先，《西遊記》開篇描寫擬「一元」肇始之象。全書由卷首詩頷聯「渾沌未分天地亂，茫茫渺渺無人見」二句領起，第二句所寫即「一元」終了而「一元」未生之象，爲天地未分之前「道」之本原的狀態。《西遊記》由此下筆，固然有小說家聳人聽聞之意，但是更出於行文的需要，即由此引出四大部洲→東勝神洲→傲來國→花果山→「那座山正當頂上」云云，突出石猴出世與宇宙大道的聯繫，即回目所謂「靈根孕育源流出，心性修持大道生」。這就使全書開篇敘事有「一元」肇始之意。而「圓」諧「元」，「仙石……內育仙胞，似圓球樣大。因見風，化作一個石猴」（第一回），就成爲「一元」肇始具體的象徵。

其次，《西遊記》正文編次暗倚「一元」終始之數。按《西遊記》全書百

〔註 4〕朱熹《朱子語類》（三），中華書局 1986 年版，第 1155 頁。

回始於一，其百回之數除依據「數者至十而止，書者以十爲終」（《春秋繁露・天地陰陽》）的傳統爲十個「十」回之外，更取義於「九九歸一」之數。《西遊記》甚重「九九」之數，觀音菩薩曾明確說「佛門中九九歸眞」（第九十九回）；又第九十九回回目即「九九數完魔滅盡，三三行滿道歸眞」，「三三行」即「九九數」，而「歸眞」之「眞」即「眞如」。又《五燈會元》卷二《保唐無住禪師》云：「唯有一心，故名眞如。」所以，「眞如」又即「一心」，「歸眞」即歸於「一心」即「歸一」。而《西遊記》之「歸一」是「三教歸一」（第四十七回）、「萬法……歸一」（第八十四回），或「九九歸眞」。表現於章回的敘次，就是「九九歸一」，即因「一」而起，至「九九」而歸於「一百」，即黃周星於書末總評所說：「絕好收場。」又說：「如此方是永脫輪迴，一了百了，不須下回分解，亦不許下回分解矣。」「一了百了」即「歸一」「還元」，爲「一元」終結之象。

最後，《西遊記》敘事取譬「還元」以暗合「一元」終始之義。按「一元」爲「大數」，無可假象籠於筆端，作者乃錯綜「七七」「九九」之數以爲譬喻。「七七」「九九」各是我國古代三教並尊完滿之數。《西遊記》承此傳統，以兩個「七七」之數爲取經人「功成行滿」之度：第一個「七七」之數至第四十九回當西遊半途，第二個「七七」之數至第九十八回就到了西遊的終點靈山。如此「七七」復「七七」之後，「猿熟馬馴方脫殼（按指唐僧脫胎換骨），功成行滿見眞如」，五眾等自以「幸成正果」（第九十八回）。但是，這一「成正果」還只是成（或復）了仙的身份。所以，又有菩薩檢其受難的簿子後說：「聖僧受過八十難，還少一難，不得完成此數」（第九十九回），於是有第九十九回「還補一難者」。這樣，「八十一難」倚「九九」之數，又恰在第九十九回完成，就無論從哪一方面看都是「數完」「行滿」了，從而接下第一百回「五聖成眞」，「一了百了」。「七七」與「九九」的錯綜和先後相續，也就體現此書因道成佛之階，和歷劫「還元」之義。第九十九回有詩說：「幸喜還元遇老黿。」黃周星也評說：「通天河何以遇老黿，還元之義也。」通天河「老黿」先見於第四十九回，後見於第九十九回，就點明此書兼用「七七」「九九」之數以喻「還元」的道理。而「還元」即「還源」，也就是「歸根」，實是照應第一回「靈根孕育源流出」的回目。

總之，《西遊記》敘事雖然不曾以世、運、會之度湊合「一元」之數，但其「譬於大數」，又卷首詩卒章以「欲知」云云自許，第四十七回有「光一元」

之論，結末還有「還元」之說，均爲有意提破「一元」之數爲《西遊記》「倚數」結撰的基礎，讀者不可忽略。

二、「一」以貫之

《老子》稱「道」本「無名」，而「道生一」，「一」即體道之數。又《論語·里仁》載「子曰：『參乎，吾道一以貫之。』」客觀上也包含了「一」爲體道之數的思想。總之，正如《說文》云：「惟初太始，道立於一。」「一」爲數之始，也是「道」的根本之數，乃儒、道共通的認識。而佛教雖爲空宗，但是「空」不可見而見之於「一」，也舉「一」以爲教義之歸。《六祖壇經·般若品第二》云：「說即雖萬般，合理還歸一。」《五燈會元》卷三《五泄靈默禪師》曰：「千聖同源，萬靈歸一。」《西遊記》會通三教，錯綜「天地之數」以爲形象之數理機制，在取譬「一元」之數爲其總體框架之下，也「一」以貫之，特別是把「歸一」作爲一書總綱。如第十七回有詩云「總來歸一法，只是隔邪軀」，第四十七回有云「望你把三教歸一」，第四十九回有詩云「禪法參修歸一體，還丹炮煉伏三家」，第八十四回有詩云「萬法原因歸一體，三乘妙相本來同」，第九十回目云「師獅授受同歸一，盜道纏禪靜九靈」，第九十八回有詩云「六塵不染能歸一，萬劫安然自在行」等等，都以「歸一」相號召，反覆提示「歸一」之「一」爲全書數理機制的中樞。

「一」爲《西遊記》數理機制的中樞，表現於多種象徵。首先，《西遊記》實際是一部「悟空傳」（詳後），其開篇據《老子》「無」中生「有」之義，寫石猴出世即爲「道生一」的象徵，也就是《漢書·敘傳》所謂「元元本本，數始於一」。而第七回有詩說「猿猴道體配人心，心即猿猴意思深」，又揭示石猴即孫悟空是「心猿（諧源）」亦即「人心」的象徵。雖然取經五眾各自有一個不「一」而「歸一」的心路歷程，但是，早在跟隨唐僧取經之前，悟空已經歷了「放心」——→「定心」，而且後來又戴上了緊箍，所以「歸一」較早。第十四回寫悟空初跟了唐僧爲徒，回目即已大書「心猿歸正，六賊無蹤」。第十七回已說「行者心下頓悟」，第十九回又寫烏巢禪師說「他（即悟空）知西天路」，進一步點明悟空爲先覺。後來更隨著故事的發展，悟空逐漸成爲唐僧等「歸一」之精神的導師和榜樣。第三十六回悟空對八戒道：「不必亂談，只管跟著老孫走路。」第八十二回寫悟空對唐僧道「既有眞心往西天取經，老孫帶你去罷」。這一點也得到了沙僧的承認，他曾力勸八戒「只管跟著大哥走」（第八十回）。作者也議論道：「正是那孫大聖護定唐三藏，取經僧全靠美猴王」（第八十二回）。「護定」「全靠」云云，就從取經人中悟空爲「歸一」之象徵而來。

其次，第一回寫悟空之生地花果山，爲「百川會處擎天柱，萬劫無移大地根」，稱「擎天柱」「大地根」，應不僅是說它高峻，也是爲了突出其頂天立地如「｜」的造型，使我們不能不想到「數始於一」之論；又，孫悟空須臾不離的「如意金箍棒」也是「一」的象徵。其稱「棒」即「一」的造型；又本是「一塊天河定底的神珍鐵」（第二回），其稱「定底」也是說它象「一」爲數之始或根本之義；稱「如意」「神珍」云云，則是說它爲一「心」的象徵。正是被賦予了如此豐富的寓意，這根棒儘管「兩頭是兩個金箍」縛住，卻還是能大能小，能長能短，「以一化千千化萬」（第四回），而妙用無窮。其爲「心猿」所用，二者密合無間，貫穿全書，實有相互爲喻，以體「歸一」之義的象徵作用。

第三，《西遊記》「一」以貫之更集中表現於全書所寫爲「歸一」的過程。《西遊記》故事發生的邏輯即書中所謂「心生，種種魔生；心滅，種種魔滅」（第十三回）。這一說法從《六祖壇經・護法品》「心生，則種種法生；心滅，則則種種法滅」脫化而來，中即貫穿「心生」則「多」「心滅」則「一」的數理邏輯。《西遊記》大小情節、全部故事就無不是「心」之「一」而「多」「多」而「一」矛盾對立統一的過程。最典型即第五十八回《二心攪亂大乾坤，一體難修眞寂滅》，這一回故事結束後第五十九回開篇「話表三藏遵菩薩教旨，收了行者，與八戒、沙僧剪斷二心，鎖籠猿馬，同心戮力，趕奔西天」云云，就直接說明上回故事爲「一分爲二」又「合二而一」之「歸一」的過程。而全書百回，爲「九九歸一」，「一了百了」（第一百回黃周星評），則是其全部章回「一」以貫之的體現。

最後，佛祖造經三藏，唐僧等所取爲三藏諸經之「五千四十八卷」之「有字眞經」。然而書中基本上不曾正面提及其爲「有字眞經」，而反覆言其爲「一藏之數」。筆者認爲，其淡化取回東土之「有字眞經」之稱，而突出「一藏之數」，是爲了強調取回東土之經，雖不足三藏，卻是三藏之經「每部中各檢幾卷」而成，此「一藏之數」爲三而一、一而三之數，本質上與三藏之經無異。取經人帶回此「一藏之數」，東土眾生也就有所「歸一」了。

總之，《西遊記》以取經故事爲主，故事以修心「歸一」爲主，「歸一」

以悟空爲主，「花果山」「如意金箍棒」「一藏之數」等，各都是「歸一」之「一」的象徵。「一」是《西遊記》數理機制的中樞，全部西遊故事就因「一」而起，「歸一」而終。邵雍《觀易吟》詩云：「天向一中分造化，人從心上起經綸。」這兩句詩對於理解《西遊記》「一」以貫之的數理特徵有啓發作用。

三、「二」以變之

《周易》曰：「太極……生兩儀，兩儀生四象……」又曰：「一陰一陽之爲道。」（《繫辭傳上》）。「兩儀」與「一陰一陽」各都是「二」。《說文》曰：「二，天地也。」天地生萬物，「二」也就具有了變化成象之根據的數理意義。故宋儒蔡元定云：「象成於二偶。」（《宋史・蔡元定傳》）《西遊記》數理機制的運作也就貫穿了「二偶」成象，即「一分爲二」和「二」以變之的數理。

《西遊記》「歸一」就是不「二」，「一」以貫之即不斷地「一分爲二」又「合二而一」的過程。因此，「一」是《西遊記》數理機制的中樞，卻只是「定底」之數，作爲「二」之生成變化的基礎而存在。所以，沒有「一」也就沒有「二」，但是，只有「二」才是故事情節生成變化的眞正動力。換言之，「一生二」是《西遊記》所有故事的起點，例如石猴出世爲「道生一」，卻「不足爲異」（第一回），也就是說其在「石猴」的階段，與天地相安無事，不會有什麼「故事」。但是，接下來石猴因眾猴「連呼了三聲」而有稱王之想，進而探得水簾洞，以邀眾猴「去住，也省得受老天之氣」，其心中便有天、人之分，就「一分爲二」了。後來「石猴高登王位，將『石』字兒隱了，遂稱美猴王」，乃又陸續有生死之虞，得失之想，榮辱之感，魔道之別，「一心」與「二心」「多心」之爭……，演出全書故事，就是不斷地「一分爲二」又「合二而一」之「二」以變之的過程。第一回寫他「將『石』字兒隱了」與第三回寫「他放下心」各是關鍵：「將『石』字兒隱了」是不「一」，「他放下心」是生「二」，即「心生種種魔生」；上引唐僧等「剪斷二心，……同心戮力」則是「合二而一」，即「心滅種種魔滅」。一部《西遊記》寫唐僧師徒心生、心滅就是一而二、二而一終於「歸一」的過程。其中「一」是常數，「二」是變數。

《西遊記》「二」以變之的數理還表現爲敘事往往有對。這雖在古代文學中常見，但是無如《西遊記》大量而自覺。一是人物對：有「大聖」即有「小聖」，有眞行者即有假行者，有四海龍王即有十殿冥君，有悟空七兄弟即有二郎七兄弟，有伶俐蟲即有精細鬼，有刁鑽古怪即有古怪刁鑽……；二是物象對：有金箍棒即有金剛琢，有火焰山之火即有芭蕉扇，有黃風怪之風即有定風丹，有「有字眞經」即有「無字眞經」……；三是事象對，有陳光蕊爲殷小姐拋繡球所中即有唐僧爲假公主拋繡球所中，有滅法國王之殺萬僧即有寇洪員外之齋萬僧，有陳玄奘出世拋江即有唐三藏之回東淬河……；四是環境對：有水簾洞即有火焰山，有大雷音寺即有小雷音寺，有（大）須彌山即有小須彌山，有七絕山即有無底洞，而「三藏之難，山與水相爲循環」（第五十回黃周星評），等等，其布置都明顯倚用「象成於二偶」之數理。

但是，《西遊記》「二」以變之的「二」更多表現爲「一」與「多」對立，《多心經》即爲此而設。按《多心經》爲「修眞之總經，作佛之會門」，其名爲「佛說多心，即非多心，是名多心」（第十九回黃周星評）之義。「非多心」即是以「一心」祛除「多心」之「二」以變之的過程。書中寫孫悟空大鬧天宮惹禍和取經途中唐僧等八十一難皆「多心」之過，就表明故事的生成發展由於「一」與「多」的對立。而悟空之「多心」由於「放心」，第三回「他（按指悟空）放下心」句下黃周星評說：「篇中忽著『放下心』三字，是一回中大關鍵。蓋心宜存不宜放，一存則魔死道生，一放則魔生道死。」而悟空之「放心」又由於「放」身，所以後來有「五行山下定心猿」，又被戴上「緊箍」。同樣神佛放失的坐騎、小童之類也是因「放」其身而「放」其「心」以爲魔，最後總是由其主人出面「收」了——「收」其身以及其「心」。唐僧之「多心」則緣於執著即心有所住，八十一難幾乎無不是因唐僧俗念縈懷而生，結果總要經歷大戰才能「釋厄」。總之，《西遊記》「心生，則種種魔生；心滅，則種種魔滅」，即「心生」則「多」，「心滅」則「一」。所以，雖然修持之道必至於「不生不滅去來空」即「悟空」才眞「成正果」（第八十四回）。但是，「悟空」必須經由「歸一」之道。所以「心生」與「心滅」的二元對立即「一」與「多」的矛盾，才是推動《西遊記》故事發生和向「悟空」發展的動力。李贄說：「心生種種魔生，心滅種種魔滅。一部《西遊記》，只是如此，別無些子剩卻矣。」（第十三回）實際接觸到了《西遊記》構思一心即道、多心多魔的數理邏輯。

《西遊記》的「一」與「多」又往往表現爲「一」與「六」的對立統一。佛教以「眼耳鼻舌身意」爲「六根」，「六根」不淨便生「六賊」。《多心經》之「非多心」也主要是針對「六賊」。因此，《西遊記》寫唐僧師徒「非多心」而「歸一」之路，就是不斷祛除「六賊」的過程，從而《西遊記》「一」與「多」

的對立之中，「多」之數往往是「六」，因此多有以「一」與「六」對立之數理演出的故事。如第三回寫悟空所結「七弟兄，乃牛魔王、蛟魔王……，連自家美猴王七個」，雖然後來只有牛魔王再出做了悟空的對頭，但其他五弟兄畢竟也是「魔」，故「七弟兄」的結合實即一「心猿」爲六「魔」所困，黃周星評曰：「名爲六王，實六賊也。心既爲六賊所迷，又安得惺惺如故。」第十四回《心猿歸正，六賊無蹤》，寫悟空做了唐僧的徒弟，護法取經，第一天上路就遇到「六賊」——這「六個毛賊」，「一個喚做眼看喜，一個喚做耳聽怒，一個喚做鼻嗅愛，一個喚做舌嘗思，一個喚做意見欲，一個喚做身本憂」，——正是佛教「六根」分別的象徵。而「六根」以「心」爲之主，所以悟空說：「原來是六個毛賊！卻不認得我這出家人是你的主人公，你倒來擋路。把那打劫的珍寶拿出來，我與你作七分兒均分，饒了你罷！」「我與你作七分兒均分」之「我」「你」之數，就是「一」與「六」。所以，這句話等於表明了悟空與「六賊」爲「一」與「六」對立統一的關係。而孫悟空作爲「主人公」即「一心」一出，就「六賊無蹤」了。悟空出山的第一功即打殺「六賊」，當然是一個重要的象徵；而第五十八回悟空與六耳獼猴之戰，結果也是悟空打死了「六耳」，顯示「二心」之爭同樣是「一心」與「六賊」即「一」與「六」之數理的矛盾。此義還通過韻文多次強調，如云「六塵不染能歸一」「洗淨當年六六塵」（第九十八回）之類即是。

《西遊記》的「一」與「多」又往往表現爲眞與假的二元對立，其中「一」爲眞，而「多」爲假。書中寫孫悟空千變萬化，「眞身」（第四回）只有一個，就是明證。而「多」即「多心」，「多心」即罪過。第七十八回寫比丘國王爲妖精蠱惑，合長生之藥，「單用著一千一百一十一個小兒的心肝煎湯服藥」，就是「多心」造孽的象徵。又「多心」即「假心」，第七十九回寫悟空變化唐僧之象，當庭剖腹，「那裡頭就骨都都的滾出一堆心來……」黃周星評說：「皆假心耳。」而「多心」生「假」，第五十八回眞假行者之難，即是「人有二心生禍災」。一部《西遊記》，「二」以變之，可謂淋漓盡致。

總之，「二」是《西遊記》數理機制的又一重要原則和動力，不僅人物、事象的設計布置往往循「二」之數理，而且故事情節的發展變化幾乎無不「二」以變之，特別是貫徹「一」與「多」對立統一之數理。這在小說中是一個創造。

四、「三」以成之

《老子》曰：「三生萬物。」董仲舒《春秋繁露．官制象天》曰：「三而一成，天之大經也。」「天之大經」即無所不在的大道。因此，俗語云「事不過三」。《西遊記》數理機製取譬「一元」終始爲框架、「二」以變之爲驅動，也同樣「三而一成」或曰「三」以成之，爲其敘事比例與節奏最重要的尺度。

筆者曾論「三而一成」在我國文學中的表現，有「三極建構」「三復情節」「三事話語」〔註 5〕、「三變節律」〔註 6〕等多種變相。這些，在《西遊記》中都有極精彩的運用。但是，比較《三國》《水滸》等書，《西遊記》自覺「倚數」編撰，更全面深入運用「三而一成」結構全書和進行文學描寫，因而在「三調芭蕉扇」「屍魔三戲」等等「三而一成」的傳統用法之外，有更多獨創的表現。

首先，《西遊記》的總體構思是「三極建構」。這表現在與本書思想上「三教歸一」相聯繫，其觀念上也「三界」（天、人、地獄）混一，進而結爲神（仙）佛、魔怪、取經人爲全書人物配置的「三極建構」，奠定全部故事的基本架構。《西遊記》本爲宗教的寓言，所寫取經故事起於如來一念，並主要是通過觀音菩薩操縱完成，包括組織取經隊伍沿途給予各種保護和援助。甚至顯然是因爲佛祖的關係，取經人一路還得到神將的護祐，而結果也是佛祖早就安排好的。所以，唐僧等取經不是個人的冒險，而是應佛祖之召在菩薩保護下做事，是代表「東土眾生」爲獲取眞經接受考驗，同時也是取經人各自求救贖和「歸眞」的「歷劫」，即悟空所謂「借門路修功」。因此，單純從形式上看，《西遊記》不是一般的小說，而是一部宗教的寓言，即第十七回菩薩所說：「悟空，妖精、菩薩，總是一念；若論本來，皆是無有。」而「八十一難」不過是一場宗教考驗的儀式。因其爲考驗之故，取經途中的妖魔除某些土生土長者之外，多有與神佛爲親戚或主僕等等的聯繫，或因放失下界，或者竟是佛祖、菩薩故意縱放，爲難於取經之人。如第三十五回的金角、銀角大王本是爲老君看守丹爐的兩個童子，悟空責怪老君「縱放家屬爲邪」，老君乃分辨道：「不干我事，不可錯怪了人。此乃海上菩薩問我借了三次，送他在此託化妖

〔註 5〕杜貴晨《論〈水滸傳〉「三而一成」的敘事藝術》，《明清小說研究》2001 年第 3 期，收入本卷。

〔註 6〕杜貴晨《「三而一成」與魯迅小說的敘事藝術——兼及中國現代文學的數理批評》，《清華大學學報》2003 年第 2 期，收入本卷。

魔，看你師徒可有眞心往西去也。」還有的是神仙變化而爲，如第二十三回「四聖試禪心」，甚至第八十一難是菩薩奉命傳令揭諦「趕上金剛，還生一難者」（第九十九回）。

總之，西天取經不過是佛祖一念所生的戲法，是《神仙傳》「七試趙升」以及唐傳奇《杜子春》失守丹爐的故事的放大。唯是《西遊記》氣魄更大，追求更高，一定要做個「九九成功」而已。但「八十一難」整體仍然是一個宗教考驗的儀式。因此之故，它在構造上就不能不是「一主二僕」的模式，即神佛、妖魔與取經人構成的三角，我們稱之爲「三極建構」的。此一特點決定了觀音菩薩早曾許諾悟空「十分再到那難脫之際，我也親來救你」（第十五回），爲題中應有之義，而「八十一難」有不少由菩薩化解無事，也正是所謂「解鈴還須繫鈴人」。「陋儒不察，妄以此爲《西遊》詬病曰：『《西遊》無多伎倆，每到事急處，惟有請南海菩薩一著耳。』」（第四十九回黃周星評）實因不知此書故事乃取傳統宗教考驗「三極建構」模式之故。

此外，關係全局的「三極建構」還有悟空、八戒、沙僧所成「三足鼎立」之象。作爲唐僧的徒弟，「三公（指行者、八戒、沙僧）皆以悟爲名」（第九十四回黃周星評），又「行者之鬧天宮，八戒之戲嫦娥，皆因蟠桃會，今沙僧打碎玻璃，又因蟠桃會。然則王母之於三悟，其功之首、罪之魁乎」（第二十二回黃周星夾評）。這些似乎偶合的現象也不容不使我們想到「三悟」的安排，至少與「三」之數理相關，還更像是一個隱態的「三極建構」。此外，讀者熟知的「緊箍兒」和「『金』、『緊』、『禁』的咒語三篇」「三根救命的毫毛」等等設計，也局部地發揮了「三極建構」之「三點一線」整合故事的作用。

其次，「三變節律」與「三復情節」是《西遊記》情節發展的基本步驟與節奏。一般認爲，《西遊記》所寫全部故事，依次爲「大鬧天宮」即悟空前傳、取經緣起和「西天取經」即悟空後傳。如以唐僧取經爲故事的中心，這三大塊之間的聯繫，特別是後二者與悟空前傳的聯繫就顯得薄弱甚至牽強。然而這不是觀察《西遊記》正確的方法。我們認爲，《西遊記》故事雖然以唐僧取經爲主，但是中國傳統是文以意爲主。以意觀之，《西遊記》眞正的中心在「歸一」而「悟空」，即因道成佛，證「無」成「空」（詳後）。在這個意義上，《西遊記》眞正的主人公是孫悟空。所謂「取經緣起」部分似與悟空關係甚遠，實際關係很近（詳後），簡言之是爲悟空重出於世和棄道歸佛的製造機會。所以，至少在貫穿始終的意義上，《西遊記》三合一故事的中心人物是孫悟空。

全書即孫悟空由仙石一變成猴、二變成聖、三變成佛的「悟空傳」。這是貫穿全書中心的一個「三變節律」。而唐僧等五眾取得「眞經」的過程，也經歷了以「無字眞經」換爲「有字眞經」，到最後帶回東土的是水濕後合於「天地不全」的「沾破了」之經，也是「三變」以成。

此外，悟空在其第三變成佛的階段中，與唐僧的關係也經過了三離三合：第一次在第十四回，第二次在第二十七回，第三次在第五十六回，然後才得與唐僧等眞正「一心同體」（第三十二回）上靈山。這既是「三復情節」，又具有「三變節律」的意義。同樣，取經的過程即「五聖成眞」之途，也是三乘津筏，象徵經三次超度才成正果：第一次在第十五回收了龍馬，水神渡唐僧等過鷹愁澗，有詩讚曰：「這正是：廣大眞如登彼岸，誠心了性上靈山。」黃周星評曰：「卻是第一番津筏，不可錯過。」第二次在第二十二回收了沙僧，黃周星評爲一部書「小團圓處」，菩薩遣木叉做法船度了流沙，「身登彼岸……師徒們腳踏實地」，句下黃周星評曰：「著眼。」第三次在第九十八回師徒乘無底船過靈山之下凌雲渡，從此成佛，作者贊曰：「此誠所謂廣大智慧，登彼岸無極之法。」則在「三復情節」之中同步完成了取經人（主要是唐僧）由凡而聖而佛的「三變節律」。乃至「徑回東土」又歸西天的過程皆由金剛導引，而特筆寫金剛對唐僧等先後三次分別叫道：「取經的，跟我來！」（第九十八回）「逃走的，跟我來！」（第九十九回）「誦經的，放下經卷，跟我回去也。」黃周星於本句下評曰：「……如此三呼而大事畢矣。」（第一百回）這三呼又分置於第九十八至第一百接連的三回書中，又似與第一回眾猴「連呼了三聲」引起石猴稱王之想遙爲應答。如此等等，不勝枚舉，可知《西遊記》對全書故事的整合、調度，「三」以成之達到何等高妙的程度。

還可指出的是，《西遊記》「三」以成之幾乎至於無「三」不成文的地步。就以第三回爲例：這一回寫悟空龍宮借寶，東海龍王教取出大捍刀，悟空道：「老孫不會使刀，乞另賜一件。」又抬出一捍九股叉，有三千六百斤重，悟空試過道「輕！輕！輕！……再乞另賜一件。」乃又抬出一柄畫杆方天戟，有七千二百斤重，悟空試過道：「也還輕！輕！輕！」三試三「輕！輕！輕！」而後才得「如意金箍棒」。接下又寫借衣服，龍王再三拒絕，而悟空的答覆中分別用了「一客不煩二主」「走三家不如坐一家」「賒三不敵見二」三句俗語，三句中用數都不出一、二、三。乃至書中有許多用「三」的戲筆、特筆，可從第三十三回舉例：

眾怪都不看見，二魔用手指道：「那不是？」那唐僧就在馬上打了一個寒噤，又一指，又打一個寒噤。一連指了三指，他就一連打了三個寒噤，心神不寧道：「徒弟啊，我怎麼打寒噤麼？」

還有同回妖魔遣「三座大山」壓倒悟空，第三十四回悟空「孫行者」「者行孫」「行者孫」的繞舌等，都明顯遵循「三而一成」之度，恣意發揮，如天魔亂舞，何止七十二變！

《西遊記》「三」以成之還表現在對「三三」之數的運用。除回目與夾用詩詞中有意的強調，和「八十一難」爲「九九之數」而以「三三」爲基數之外，還進一步以「三三」爲多項數據設計的基礎，如第三回寫孫悟空在地獄生死簿注號在「魂字一千三百五十號上」，黃周星評曰：「三四一千二，三五一百五，正合三三之數。」而孫悟空的棒重斤數一萬三千五百，恰是上述注號十倍之數。這大概不是偶然的巧合，應當可以說明黃評解「一千三百五」爲「正合三三之數」不是無稽之談，而相應孫悟空之金箍棒的重量也「正合三三之數」。同回「該壽三百四十二歲，善終」句下，黃評又說：「三百者，十個三十也；又加三個十，三個四，恰是三百四十二，亦是三三之數。」其實書中常見的「三十六」「七十二」「三百」「三千」「十萬八千」「八萬四千」「十二萬九千六百」等等，也無不是「三」或「三三」之數的放大，不必贅述。總之，「三而一成」不僅是《西遊記》數理機制制動的度數，而且滲透到細節的描寫、語言的修飾，其用又遠較「一」「二」之數更爲廣泛。

五、「七」以成之

《西遊記》幾乎運用了我國古代所有神秘數字構造其數理機制，難以盡述。但是，除上述一元、一、二、三諸數之外，數字「七」在《西遊記》數理機制中作爲「三」以成之的補充，被賦予特殊重要的作用，值得特別說明。

我國古代因對北斗七星的崇拜而使數字「七」有特殊神秘的意義，從而如《左傳·昭公十年》說「天數以七紀」，《周易》說「七日來復」，進一步影響形成了「七」而一成的文化傳統。這一傳統在文學中的表現，一是著作篇卷常以「七」數爲度，如《孟子》七篇、枚乘《七發》之類作品；二是多有七兄弟、七仙女等人物群類形象；三是形成從《神仙傳》「七試趙升」到《三國演義》「七縱七擒」一類以「七」爲情節度數的模式。這在《西遊記》中都結合「三而一成」等有極好的運用並後來居上。

如前所述，《西遊記》是「大鬧天宮」、取經緣起與「西天取經」三合一的故事。而一般以取經緣起部分爲從第八回至第十二回，誠然是對的。但是，已如上述，若以悟空爲「一」以貫之的中心人物，則從第八回觀音菩薩經五行山下對悟空作了等待取經人的安排，到悟空釋卻五行山之厄，其實應該延伸至第十四回悟空從五行山下出來拜唐僧爲師。這樣，前一個七回（第一至七回）寫悟空由山頂石頭生成又回到山底石頭之下，應當是一個「七日來復」，——此「復」之義，在於悟空之被鎮壓，不過是到了佛祖的掌握之中，並非眞正的「厄」，而是「厄」中蘊有剝極必復之未來成佛的轉機；而後一個七回（第八至十四回）雖然大部沒有明寫悟空，但是，第八回寫如來安排菩薩尋東土取經人時曾說：「自伏乖猿安天之後……料凡間有半千年矣」，因悟空之事說起，到第十四回「心猿歸正」，這七回書敘事雖以唐僧爲主，卻以悟空被鎮壓之事紀年，爲石猴「七日來復」和《孟子》所謂「五百年必有王者興」之數。全書有五十一次說到「五百年」，其中三十四次說到「五百年前」，多半爲悟空自道，可知作者筆在所謂「取經緣起」，而意在石猴之再生，敘事的段落劃分在第一個七回之後，應延至第十四回「心猿歸正」即第二個七回爲又一「七日來復」。加以上述全書章回倚「七七」之數的安排，使我們傾向於認爲，「七」之爲數在《西遊記》布局謀篇之中起了僅次於「三」的建構作用。

此外，《西遊記》人物組合與情節的設計也多有倚「七」之數者，如悟空、二郎神均有「七兄弟」；第七十二至七十三回因「七情迷本」有「七怪」即「七個蜘蛛精」幻化的美女；接下這「七個蜘蛛精」又各有一個相互結拜的兒子即「七般蟲蛭」，被悟空以毫毛變化「七樣鷹」捕食。又有「七絕山」（第六十七回）之類，可不贅述。故事情節擬「七日來復」最顯著者，是第六回寫悟空與二郎神賭變化，悟空依次變爲麻雀兒，大鶿老，魚兒，水蛇，花鴇，土地廟兒，二郎神爺爺；第九回寫漁樵唱和往復七次；第四十九回寫觀音菩薩「口念頌子……念了七遍」；第五十二回寫爲老君看守青牛的小童拾吃仙丹一粒而睡了「七日」，青牛私走下界也是「七日」；第六十回寫芭蕉扇變化之法是「撚著那柄兒上第七縷紅線」念咒；第六十一回寫悟空與牛魔王斗法也是七復變化，等等。至於第四十九回黃周星評「總計八十一難中，其與大士相關會者，不過七處」，可能並不準確。但是，他很早注意到這一情節複沓的形式，並且點出「七處」之數，也使我們頗感興趣。總之，《西遊記》數理機制中「七」之爲數的表現甚多，作用意義甚大，也不可忽略。

六、「〇」（圓圈）之象

中國上古無「〇」（零）之數，而有「〇」（圓圈）之象。「〇」之象曾是「天道圓」的象徵。而先秦道家講「無極」，儒家講「太極」，宋儒周敦頤《太極圖說》則以「無極而太極」，並表示爲圓圈中空即「〇」之象，使儒、道兩家宇宙本源之說合二而一，而「〇」也就成爲儒、道之「道」共同的象徵。同時佛教講生死輪迴、成住壞劫，也是循環之象，故有「法輪」之喻，並以「圓滿」「圓覺」等爲覺悟妙境。所以，「〇」（圓圈）以形法爲數理，也正如「一」，爲會通三教之體「道」的象徵，在《西遊記》中有特殊重要的地位。

《西遊記》對「〇」之象極爲推崇，表現在凡象「〇」之物均法力無邊。書中象「〇」之物多被稱爲「圈」「圈子」或「箍」：一是第六回、第五十二回各一見之太上老君的「金剛琢」，被描繪爲「白森森的圈子」；二是第八回佛祖賜觀音菩薩的「緊箍兒」一樣三個；三是第五十回悟空爲唐僧等所畫一道安身的圈子。其中太上老君之金剛琢，曾經把悟空打倒在地，黃周星評爲「三界中第一神器」（第五十一回），連佛祖也無法可制；而「緊箍兒」一樣三個，分別收服了悟空和另外兩個最厲害的魔頭；即悟空爲唐僧等所畫「圈子」，也如銅牆鐵壁一般，妖怪不敢近它。除此之外，悟空還曾責備唐僧「只因你不信我的圈子，卻教你受別人的圈子」。但是，悟空爲唐僧所畫「圈子」被唐僧自己破壞了，那「別人的圈子」僅爲比喻，並無具象，所以都可以不論。書中真正具有數理意義的是「金剛琢」與「緊箍兒」兩種「〇」（圓圈）之象。

首先，這兩種象「〇」之物看似遊戲之筆，其實都是有來歷的。除卻上所論及會通三教的「圓」即「〇」的啓發之外，有論者認爲「緊箍兒」擬自《大唐新語》載來俊臣所製酷刑「鐵圈籠頭」，可備一說，卻有悖於此書崇佛的傾向，因此還可以商量。筆者以爲，至少老君的「金剛琢」可能源於道教《雲笈七籤》卷一百二《混元皇帝聖紀》所載太上老君所「乘玉衡之車，金剛之輪」之說；而「緊箍兒」應脫化於佛教「金剛圈」之象，《五燈會元》卷十九《楊歧方會禪師》云：

> 室中問僧：「栗棘蓬你作麼生呑？金剛圈你作麼生透？」

又卷二十《育王德光禪師》云：

> 上堂：「聞聲悟道，落二落三。見色明心，錯七錯八。生機一路，猶在半途。且道透金剛圈、呑栗棘蓬底是甚麼人？披蓑側立千峰外，引水澆蔬五老前。」

此佛教禪宗「金剛圈」之喻很可能就是「緊箍兒」的本源。

其次，太上老君之「金剛琢」應是混合儒、道之「無極而太極」之象。它固然有連佛祖也無法可制之神力，但是可以被盜，又能物歸原主，有來有去，顯係不「空」，本質上是道家「無」之象徵。而「緊箍兒」「似一條金線兒模樣，緊緊勒在上面，取不下來，揪不斷，已是生根了」（第十四回），其象已不顯著，而且至第一百回寫悟空頭上之箍「今成佛，自然去矣」，其來也有形有體，而其去卻是「空」無一物，本質上是佛教「空」的象徵。所以，「金剛琢」與「緊箍兒」象「○」雖同，而本性作用大異。「金剛琢」但能作打鬥之器以制其身，不能作最後了斷；而「緊箍兒」卻能「見肉生根」，縛其身以制其心，「管教他入我門來」（第八回）。此即《西遊記》中佛與道高下之徵，與《西遊記》寫玉帝傾天國之兵將，只能與孫悟空打個平手，而如來一到，反掌之易，即把孫悟空壓在五行山下相應，已自表明佛高於道。結末又寫上靈山的路是從「（玉眞）觀宇中堂穿出後門」直上「半天中……靈鷲高峰」（第九十八回），更表明仙道雖貴，卻只是「修持」之初階，因道成佛才是眞正「成正果「的「大道」。從而全書取譬「一元」終始「倚數」的運動，也並非眞正意義上道教的「還元」，而是以道之「無」，確證佛之「空」的「向上一路」（《五燈會元》卷三《盤山寶積禪師》），則「《西遊記》，一成佛之書也」（第九十八回黃周星評）。

綜上所述論，《西遊記》的數理機制的框架取譬於「一元」之數，主體擬《老子》「道生一，一生二，二，生三，三生萬物」之序，表現爲「一」以貫之，「二」以變之和「三」「七」以成之等等。然而這只是其基本的線索，深入看來，以《易經》「天地之數」爲代表的我國古代神秘數字在《西遊記》中幾乎都有所運用。從而《西遊記》的形象體系幾乎是一種「數字化存在」，數理的原則決定了《西遊記》文本的秩序與比例、律度與節奏、微意與機趣，配合並凸顯了全書因道成佛，證「無」成「空」的基本傾向。本文淺嘗輒止。但是，自信不是以「老子曰」之類對《西遊記》的簡單套說，而是「按照本文的要求，以本文應該被閱讀的方式去閱讀本文」〔註7〕的嘗試。因此，也希望得到專家學者認眞的批評與指正。

（原載《山東師範大學學報》2005年第1期）

〔註7〕艾柯等著，柯里尼編《詮釋與過度詮釋》，王宇根譯，三聯書店1997年版，第12頁。

《儒林外史》的三復情節及其意義

筆者曾著文把「三顧茅廬」(《三國演義》)、「三打祝家莊」(《水滸傳》)、「三調芭蕉扇」(《西遊記》)一類小說情節模式稱之爲「三復情節」，並論列明清小說章回標目有「三復情節」的「共66部95次，應當還有遺漏。此外，不曾有回目標明而實際暗用這一模式的也還不少」，然後舉到《醒世姻緣傳》《好逑傳》《歧路燈》《紅樓夢》諸書暗用「三復情節」的例子〔註1〕。名著中當時忽略了《儒林外史》，以爲是個例外。近日重讀，乃知向來習焉不察，此書非但不乏暗用「三復情節」，而且不止一處；某些堪稱經典的描寫片段，正賴「三復情節」的表現而熠熠生輝；另從「三復情節」的角度看，《儒林外史》有的經典性描寫可得新解。特拈出與學人共賞。

第三回《周學道校士拔眞才，胡屠戶行兇鬧捷報》，寫周進升了御史，欽點了廣東學道，自想「我在這裡面吃苦久了，如今自己當權，須要把卷子都要細細看過，不可聽著幕客，屈了眞才。主意定了，到廣東上了任。次日，行香掛牌，先考了兩場生員」，第三場就有范進應試：

> 落後點進來一個童生來，面黃肌瘦，花白鬍鬚，頭上戴一頂破氊帽。廣東雖是地氣溫暖，這時已是十二月上旬，那童生還穿著麻布直裰，凍得乞乞縮縮，接了卷子，下去歸號。周學道看在心裏，封門進去。出來放頭牌的時節，坐在上面，只見那穿麻布的童生上來交卷，那衣服因是朽爛的了，在號裏又扯破了幾塊。周學道看看

〔註1〕見杜貴晨《古代數字「三」的觀念與小說的「三復」情節》《文學遺產》1997年第1期，《中國古代小說「三復情節」的流變及其美學意義》，《齊魯學刊》1997年第5期。均收入本卷。

自己身上，緋袍金帶，何等輝煌。因翻點名冊，問那童生……〔註2〕

這裡范進形象的描寫，意在表現他正如周進當年，「在這裡面吃苦久了」。這引起早就「主意定了」的周進曾是同病而相憐。所以先是「周學道看在心裏」，接著是「周學道看看自己身上」云云，兩番寫他見了范進後感慨平生的心理變化，一次比一次動情。作者藏鋒不露，卻入骨三分，畫出周進「校士」貌似公正，實已於不自覺中摻入私情的隱衷，儘管這與一般官場的徇私不同，甚至是可以觀過知仁的。

應是爲了確認范進是否眞如自己當年一樣「在這裡面吃苦久了」，周進加意問過，范進連現年 54 歲虛報爲 30 歲、考過二十多次都照實說了，並自認連年未取「總因學生文字荒謬」。而周進已有個「看在心裏」的初念，卻道：「這也未必盡然。你且出去，卷子待本道細細看。」如果范進善解人意，當知學道已有個要照應他的念頭橫在心中。但是，小說接下來寫道：

那時天色尚早，並無童生交卷。周學道將范進卷子用心用意看了一遍，心裏不喜，道：「這樣的文字，都說的是些甚麼話！怪不得不進學！」丟過一邊不看了。

這是周進第一次評閱范進的試卷，雖是「用心用意看了」，卻「心裏不喜」，只能「丟過一邊」不取。

但是，這與周進「看在心裏」的初念和親對范進說過他「文字荒謬」是「未必盡然」的意向不合，所以，他當是心有未甘。小說接下寫道：

又坐了一會，還不見一個人來交卷，心裏又想道：「何不把范進的卷子再看一遍？倘有一線之明，也可憐他苦志。」從頭至尾，又看了一遍，覺得有些意思。

還是「可憐他苦志」的念頭使周進有第二次閱范進之卷，竟「覺得有些意思」了。眼見得要「柳暗花明」，「正要再看看，卻有一個童生來交卷」。

這上來交卷的童生是魏好古。小說略作交待之後接寫道：

又取過范進卷子來看，看罷，不覺歎息道：「這樣文字，連我看一兩遍也不能解，直到三遍之後，才曉得是天地間之至文，眞乃一字一珠！可見世上糊塗試官，不知屈煞了多少英才！」忙取筆細細圈點，卷面上加了三圈，即填了第一名。

〔註 2〕〔清〕吳敬梓著，李漢秋輯校《儒林外史（會校會評本）》，上海古籍出版社 1984 年版。本文引此書均據此本，說明或括注回數。

以上周學道拔取范進生員三閱卷的描寫，明是演繹舊時讀書知人「三復乃見作者用心」的套語，但在這裡卻構成不露聲色的諷刺：乍讀之下，好像周進果然是在盡職「校士拔眞才」；而細加尋味，方知使周進閱卷三遍的出發點和動力，並不是爲國家悉心品士，而是他從范進身上看到、想到自己當年淹蹇場屋之苦，「可憐他苦志」。這個同病相憐，與第六回的寫妾生的湯知縣和有妾的府尊，駁了嚴貢生的呈文，迴護已故嚴監生由小妾扶正的夫人趙氏，是同一邏輯。所以張文虎評語有云：「恐怕別人做試官，不肯看第三遍。」當然也有湊巧「又坐了一會，還不見一個人來交卷」的機緣。否則，范進這「英才」多半又被「屈煞了」。這自然是地道的「三復情節」。但是，由於作者用筆深微精細，作許多鋪墊，委曲寫來，匠心不露，讀者唯覺其妙，卻不大想到這妙筆的曲折跌宕，有賴於「三復情節」模式。即清人諸家評點，也未見有人指出過。

同回寫范進中舉喜報到，鄰居去集市上尋他回家：

> 鄰居道：「范相公，快些回去！你恭喜中了舉人，報喜人擠了一屋裏。」范進道是哄他，只裝不聽見，低著頭往前走。鄰居見他不理，走上來，就要奪他手裏的雞。范進道：「你奪我的雞怎的？你又不買。」鄰居道：「你中了舉了，叫你家去打發報子哩。」范進道：「高鄰，你曉得我今日沒有米，要賣這雞去救命，爲甚麼拿這話來混我？我又不同你頑，你自回去罷，莫誤了我賣雞。」鄰居見他不信，劈手把雞奪了，摜在地下，一把拉了回來。報錄人見了道：「好了，新貴人回來了！」

這一節文字寫鄰居一再說他「中了舉」，而范進不信；第三次便動手不動口，拉他回家。這動手不動口，乃是以手代口。所以，實際描寫是鄰居三復相告，而范進到底不信，只待到家看了報帖才信。這裡「三復情節」的運用起到加強范進困窘之狀和絕望心態描寫的作用，使後文范進喜極而瘋如水到渠成。

同回接寫范進看報帖後，喜極而瘋：

> 范進不看便罷，看了一遍，又念了一遍，自己把兩手拍了一下，笑了一聲道：「噫！好了！我中了！」說著往後一交跌倒，牙關咬緊，不省人事。老太太慌了，慌將幾口開水灌了過來。他爬將起來，又拍著手大笑道：「噫！好！我中了！」笑著，不由分說，就往門外飛跑……一直走到集上去了。眾人大眼望小眼，一齊道：「原來新貴人瘋了。」

這裡寫范進「笑了一聲道」「大笑道」「笑著」，三次寫「笑」，加以墮入泥塘而不顧的反常行徑，然後由眾人給他下一個結論：「原來新貴人瘋了。」就寫照傳神，自然貼切地完成了范進由極度壓抑的常態到喜極瘋狂的精神轉變。這同樣是筆者所謂「三復情節」具體而微的表現，於刻畫人物的效果大有作用。試想，如果寫他拍著手一笑跌倒醒來之後，就謂之「瘋了」，固然不合常理；即「又拍著手大笑」之後，若不再一次提及「笑著」，也覺筆力未至於暢達，文氣未至於充足。所以，這裡三寫范進之「笑」及相關動作，畫出其「瘋」態，無過無不及，恰到好處。

第五回《王秀才議立偏房，嚴監生疾終正寢》至第六回《鄉紳發病鬧船家，寡婦含冤控大伯》，所寫嚴監生臨死伸著兩個指頭不肯斷氣的情節，論者一般只注意到它諷刺的效果，卻往往忽略了這效果產生的過程：

> 嚴監生……一聲不倒一聲的，總不得斷氣，還把手從被單裏拿出來，伸著兩個指頭。大侄子走上前來問道：「二叔，你莫不是還有兩個親人不曾見面？」他就把頭搖了兩三搖。二侄子走上前來問道：「二叔，莫不是還有兩筆銀子在那裡，不曾吩咐明白？」他把兩眼睁的溜圓，把頭又狠狠搖了幾搖，越髮指得緊了。奶媽抱著哥子插口道：「老爺想是因兩位舅爺不在跟前，故此記念。」他聽了這話，把眼閉著搖頭，那手只是指著不動。趙氏慌忙揩揩眼淚……走上前道：「爺，只有我知道你的心事。你是爲那燈盞裏點的是兩根燈草……」

這一情節雖然據考襲自前人記載，但經《儒林外史》點化，才堪稱經典。它寫嚴監生彌留之際不改吝嗇本性，顯然因三問之後，才由趙氏說破，而得到了強調。否則，一問而知，便成了俗筆；二問而知，也欠精彩。必三問之後，由趙氏說破，才使情節的反諷意味達到極致。所以，這一情節能成爲古代小說描寫的經典片斷，除所寫將死之嚴監生的兩個指頭與兩根燈草的強烈反差外，基於「三復情節」原理的三問，也起了重要作用。

以上兩回書有四處「三復情節」的用例，頻繁而集中。但是，由於作者能從生活實際出發，第一例作了應有的較長的鋪墊，並輕巧而合理地利用了「天色尚早，並無童生交卷」和「還不見一個人來交卷」等描寫空間。其他三例又幾乎是細節，似信手拈來，絕無《三國演義》「三顧茅廬」一類用法的引人矚目，更不帶模倣前人的痕跡，如山光水影，不顯突兀和累贅，唯見其自然從容，從而讀者渾然不覺。這在中國古代小說「三復情節」發展的歷史上是明顯的進步。

但是，《儒林外史》對「三復情節」的運用還有更進一步創造性的表現。第十四回《蘧公孫書坊送良友，馬秀才山洞遇神仙》，寫馬二先生遊西湖，歷時三天。第一天的描寫最爲精彩。此節文字，讀者向以傳統眼光囫圇來看，大都以爲作者若無安排，順筆直尋，隨意揮灑，不過寫馬二先生西湖上一路遊來，只是渴餓得緊，滿眼吃食之物，而於西湖景致全無會心，等等；或者只以「迂腐」二字概括了事。但是，此節文字卻不可囫圇去看。它寫馬二先生一天遊程，中間「又羨慕了一番」——「又」字其實提醒讀者照應前面的「喉嚨裏咽吐沫」看，因知作者於此節文字用筆實具匠心，內部頗有安排。試以馬二先生不時吃喝起坐爲律，分述如下：

> 馬二先生獨自一個，帶了幾個錢，步出錢塘門，在茶亭裏吃了幾碗茶，到西湖沿上牌樓跟前坐下，見那一船船鄉下婦女來燒香的，都梳著挑鬢頭，也有穿藍的，也有穿青綠衣裳的，年紀小的都穿些紅綢單裙子；也有模樣生的好些的，都是一個大團白臉，兩個大高顴骨，也有許多疤、麻、疥、癩的。一頓飯時，就來了五六船。那些女人後面都跟著自己的漢子，……上了岸，散往各廟裏去了。馬二先生看了一遍，不在意裏。

這是第一段。寫馬二先生剛出門來到西湖之上，並不看那「天下第一個眞山眞水的景致」，而是吃茶、看女人。因爲看得是「鄉下婦女」，「禮不下庶人」，可以放膽去看；又因爲那些婦女模樣平平，裝束土氣，所以能不動心地看，以至於「看了一遍，不在意裏」〔註3〕。

小說接下寫道：

> 起來又走了里把多路，望著湖沿上接連著幾個酒店，掛著透肥的羊肉，……盛著滾熱的蹄子……極大的饅頭，馬二先生沒有錢買了吃，喉嚨裏咽吐沫……只得走進一個麵店，十六個錢吃了一碗麵。肚裏不飽，又走到間壁一個茶室吃了一碗茶，買了兩個錢處片嚼嚼，

〔註 3〕與同回第三天遊西湖的描寫「馬二先生正走著，見茶鋪子裏一個油頭粉面的女人招呼他吃茶。馬二先生別轉頭就走」情景相參觀，可知馬二先生對「鄉下」女人「不在意裏」，對市井女人卻懷有抗拒之心，大約怕污了他的「君子」行。前後聯繫來看，乃知作者寫馬二先生心中有女人，是這一人物形象性格刻畫的一個重要側面。

倒覺得有些滋味。吃完了出來，看見西湖沿上柳陰下繫著兩隻船，那船上女客在那裡換衣裳……，那些跟從的女客，十幾個人，也都換了衣裳。這三位女客，一位跟前一個丫環，手持黑紗團香扇替他遮著日頭，緩步上岸。那頭上珍珠的白光，直射多遠，裙上環佩，叮叮噹噹的響。馬二先生低著頭走了過去，不曾仰視。

這是第二段。寫馬二先生在西湖上「走了里把多路」後，又是吃喝、看女人。這一回看的是馬二先生心所向往之富貴人家的「女客」，單是心豔「富貴」，就有些「在意裏」了，何況客又是「女」的。但對這一類「女客」要講「禮」，當其「緩步上岸」來得且近，就不便看了。同時還大約爲其珠光寶氣所懾，「腰裏帶了幾個錢」的馬二先生不免羞澀，只好「低著頭走了過去，不曾仰視」，似滅了「人欲」，而實際因爲「心豔功名富貴」而感到了比看「鄉下婦女」更大的刺激。

接下插寫馬二先生禮拜宋仁宗的御書，然後寫道：

拜畢起來，照舊在茶桌上坐下。傍邊有個花園，賣茶的人說是布政司房裏的人在此請客，不好進去。那廚房卻在外面，那熱騰騰的燕窩、海參，一碗碗在跟前捧過去，馬二先生又羨慕了一番。出來過了雷峰，……（到了淨慈寺）那些富貴人家的女客，成群逐隊，裏裏外外，來往不絕，都穿的是錦繡衣服，風吹起來，身上的香一陣陣撲人鼻子。馬二先生……只管在人窩子裏撞。女人也不看他，他也不看女人。前前後後跑了一交，又出來坐在那茶亭內……不論好歹，吃了一飽。

這是第三段。仍然是吃喝、看女人。這一回又都是「富貴人家的女客」，所以「女人也不看他，他也不看女人」。「他也不看女人」，是「人窩子裏」離得太近，連「身上的香」都聞到了，於「禮」上更不便看。而以爲更不便看，心中也還不是沒有「女人」，所以也是一種「看」〔註4〕。或者就那「身上的香」一句說，是視覺轉移於嗅覺的一種「看」。至此結束第一天遊程，「馬二先生也倦了，……到了下處關門睡了」。

如上分說，便可清楚看到，本節文字看似撒漫散淡，其實中心突出地再三寫了馬二先生吃喝和看女人，強調了他不免「食色性也」的人欲。這也是

〔註 4〕關於「女人也不看他，他也不看女人」的分析，請與章培恒、駱玉明主編《中國文學史》（復旦大學出版社 1996 年版下冊第 540 頁）的論述相參觀。

暗用「三復情節」的模式。只是作者手法又見高明，比較前述四例用得更爲靈活和不露聲色，可說是入了化境。本節文字從「三復情節」角度看，作者不厭繁複而層層深入的描寫所要顯示的，就不只是馬二先生的迂腐，更畫出了這位講理學的八股文選家，在「食色」面前情不自禁，而又終不能直任性情的困窘相，顯示《孟子》所謂「食色性也」，特別是「男女之際，人之大欲存焉」的普遍性。

這裡，作者用筆更爲深微。他寫馬二先生囊中羞澀，於充口腹之欲能做到的只是吃茶、吃麵，「不論好歹，吃了一飽」，卻絕不能吃好，禁不住望屠門而大嚼，先是「喉嚨裏咽吐沫」，後來「又羨慕了一番」；於性的欲求，卻只限於「看」和不敢看的「看」。而敢不敢「看」和「看」的方式，既因著對象身份不同，又因著距離遠近有異。總之是要保證自己不因「看女人」，尤其是近看那「富貴人家的女客」而有失「君子」風度，在人面前不好看。這樣三復描寫，或虛或實，或正或側或反，都著意在馬二先生「食色」之人性和他窮窘作富貴之想、理欲內搏的靈肉之苦刻畫，從來小說寫人性之深入腠裏，而又舉重若輕，反覆披覽，沒有這樣大手筆，即後來《紅樓夢》中也難得幾見。

這一節文字，從「食色」角度寫馬二先生，舊時評點家似已有所覺察。張文虎於「一船一船鄉下婦女……馬二先生看了一遍」下評曰：「馬二先生實不曾看，休要冤他。」於「……蒸籠上蒸著極大的饅頭」下評曰：「此則馬二先生眼睛裏、心坎裏沒齒不忘。」於三位女客來前之際，「馬二先生低著頭走了過去」下評曰：「可知以前亦不曾看。」於「風吹起來，（女客）身上的香一陣陣的撲人鼻子」下評曰：「此香作者曾聞之，看書者曾聞之，當時馬二先生實未聞之也。」於「女人也不看他，他也不看女人」下評曰：「好看！看書的又看女人，又看馬二先生。」這裡張文虎所謂「不曾看」「亦不曾看」一類都是調侃的反話，是知張文虎對作者欲揭馬二先生心中八股學問無奈饑渴，又眼中不看女人而心中實有女人的諷刺之意有所會心。但是，他沒能總體考察這一節文字用筆技巧，不知其看似順筆寫來，純用白描，不求理路，其實暗設機關，用了「三復情節」模式作了藝術上的強調，有渾若天成之妙；同時，他對於作者用孟子「食色性也」之教以反理學虛僞的用心，也還沒有具體深入的認識。

《儒林外史》中雖然也有「豬八戒吃人參果——全不知滋味」的話（第

六回），但全書並無正面提到《三國演義》等「奇書」的地方。而且迄今爲止的研究表明，一般認爲這部書在題材、構思、藝術手法及語言運用上較少受到「四大奇書」的影響；又，以上《儒林外史》暗用「三復情節」諸例中，鄰居三次告訴而范進不信已經中舉和范進看報帖後三笑而瘋似出於作者無意，諸人三問嚴監生乃有所本。讀者也許因此以爲吳敬梓未必是自覺地應用「三復情節」模式，這可能是往往對《儒林外史》中這一現象有所忽略的根本原因。其實這是一個錯覺。我們看作者寫周進閱卷，一閱再閱之後，插入魏好古之事；馬二先生第一天遊西湖的描寫，一再吃喝和看女人以後，插入禮拜宋仁宗御書之事，誠如閒齋老人評曰：「於閱范進文時，即順手夾出一個魏好古，文字始有波折。」便知這插入他事的寫法，是作者有意隔斷以成文章波折，乃自覺運用「三復情節」；而逆想上述並無隔斷處，也應同樣是有意運用「三復情節」的表現，而非偶合。

這有無隔斷兩種用筆，正是毛宗崗評《三國演義》「三顧茅廬之文，妙在一連寫去；三氣周瑜之文，妙在斷續寫來」之法。但是，《儒林外史》「三復情節」與《三國演義》《水滸傳》諸書有明暗和規模大小的不同，更有具體內容上英雄傳奇、神怪色彩和日常細故的不同，差異頗大。所以，我們既然沒有資料可以實證《儒林外史》「三復情節」的運用主要是繼承和發揚前代小說的傳統，那就應該想到這可能更多地來自中國古代的思想和風俗的影響。

筆者曾經指出，「三復情節」的思想淵源是古代「三才」思想發展爲重數字「三」的觀念，進而發展爲「禮以三爲成」和「事不過三」等習俗影響的結果4。吳敬梓於博覽群經，又「晚年好治經」。《儒林外史》中他寫過范進中舉後報錄的一起三個人，而且一報之後「又是幾匹馬，二報、三報到了」（第三回），蘧公子赴府署與王太守交代「換了三遍茶」（第八回），魯編修請女婿蘧公孫回家「來過三次人了」（第十一回），莊紹光面君三次（第 35 回）、「祭泰伯祠」三獻（第 37 回），都是關於「禮以三爲成」制度的描寫。另外，梅三相公、胡三公子、鄒三、婁三、潘三、唐三痰等等的命名，也顯示作者似乎對「三」之爲用情有獨鍾，就可以知道上述諸例《儒林外史》中「三復情節」的運用，或許不無前代小說「三復情節」模式的影響，而更多地還應當是古代禮數觀念和社會上「事不過三」等重「三」的世俗風習潛移默化的結果。當然，這一切又都最後附麗於吳敬梓化腐朽爲神奇的藝術天才，從而成就《儒林外史》運用「三復情節」的卓越的敘事技巧。

總之，《儒林外史》自覺地暗用「三復情節」是一個客觀的存在，而且不止一端，並能變化出奇，以之構造佳境，深化文心，取得了相當的成功。它在這方面的成功，可以從其運用「三復情節」之處都屬於全書描寫的最佳部分併使之格外增色而得到初步的證明，也可以從它「似花還似非花」（蘇軾《水龍吟・次韻章質夫楊花詞》）的藝術效果得到更進一步的證明。其所深藏作者的藝術匠心隱微，使包括筆者本人在內，以往讀者研究者的忽略已經說不上是多大的缺陷，而只是還欠深入的表現而已。但是，卻生動說明偉大文學名著可以常讀常新。在這個意義上，指出《儒林外史》「三復情節」的運用及其內涵和表現特點，對於進一步深入理解這部名著會有些微幫助；在期待引起更具洞察力和更爲周到細緻的思想藝術探討的同時，筆者自以爲關於儒林外史》的這一發現，使中國古代小說「三復情節」模式的普遍性獲得了新的證明，也使「三復情節」概念對於中國古代小說敘事藝術研究的理論意義得到了加強。這後一點對於總結中國古代小說藝術的民族特點，建立有中國特色的關於中國古代文學的理論也應當能有所幫助，故拈出此義，以就正於方家。文中用例未必全面，還可能偶有近於時賢所論者未一一注出，非敢掠美，請諒我讀書未遍可也。

本文草成之明日 2001 年元旦，已當吳敬梓誕辰三百週年，謹以此對這位「偉大而永久」的小說家表示誠摯的紀念。

（原載《殷都學刊》2002 年第 1 期）

「三而一成」與魯迅小說的敘事藝術
——兼及中國現代文學的數理批評

引　言

我國研究古代神秘數字的論著頗有一些，其中不乏涉及數與古典文學關係的論述，卻爲研究重心所限，往往不能深入；而專題研究數與古典文學關係的論著則極少見。鑒於此，筆者自 1997 年陸續撰文，從數字「三」在中國古代的廣泛應用到形成「三而一成」的傳統，影響中國古典小說形成三事話語、三復情節、三變節律、三極建構等敘事模式入手，論及中國古典文學重數、用數的傳統，提出在繼續從「象」——形象出發的研究的同時，開展從「數」作考察的古代文學的數理批評〔註 1〕。今因擴展及於中國現代文學的研究，仍有必要對拙擬若干概念作一總括的介紹。

「三而一成」是漢儒概括先秦人文的一個基本律度。《老子》曰：「道生一，一生二，二生三，三生萬物。」「三生萬物」意謂萬物至「三」而生成，「三」爲萬物生成之度數。《論語．子路》：「子曰：『苟有用我者，期月而已可也，三年有成。』」「期月」即一年，也是從「一」開始，至「三」而成。《禮記．曲禮上》：「卜筮不過三。」孔穎達疏引王肅云：「禮以三爲成。」《史記．律書》也說：「數……成於三。」總之，「三」爲成數——「事不過三」是華

〔註 1〕有關拙文先後發表於國內各學術期刊，近收入拙著《傳統文化與古典小說》，河北大學出版社 2001 年 7 月第 1 版。另有《中國古典文學的重數傳統與數理美》，載《中國社會科學》2002 年第 4 期，該文對中國古典文學的數理批評作了初步的闡釋。已收入本卷。

夏文化一個悠久而廣大的傳統，故漢儒董仲舒《春秋繁露》概括說：「三而一成，天之大經也，以此爲天制。」（《官制象天》）

董氏以「三而一成」爲天之大道的神學傾向固不足論，但其「遭漢承秦滅學之後……令後學者有所統一」（《漢書・董仲舒列傳》），「三而一成」至少說明了我國古代尚「三」傳統的基本特徵，在影響後世這一傳統更加深入的同時，也指示後學瞭解與把握古代人文結構度數的一大門徑，當然包括對文學的研究。而一如我們在古代文學中所見，現代文學也有受這一傳統影響的表現，突出的代表是魯迅小說，其用「數」尚「三」的習慣與古典一脈相承，並有明顯變化與自覺創新。

這裡先要說到魯迅小說對數字的鍾情與敏感，其例俯拾皆是，如《風波》的「九斤老太」「七斤」「六斤」「趙七爺」「八一嫂」「十八個銅釘的飯碗」之類〔註2〕，可能是就作者家鄉風俗的寫實；但如《幸福的家庭》寫「恐怕將來也就是五五二十五，九九八十一！……而且兩隻眼睛陰淒淒的……」《阿Q正傳》之「阿Q十分得意的笑……酒店裏的人也九分得意的笑」，及「宣統三年九月十四日……三更四點」等用數字的場合，卻顯然是有意用數字造成某種情趣或別有寓意。從後者想到《水滸傳》開篇「話說大宋仁宗天子在位，嘉祐三年三月三日五更三點，天子駕坐紫宸殿，受百官朝賀」〔註3〕的話，應該不是硬要把風馬牛扯在一起。

進一步就可以指出，魯迅小說運用數字最突出的特徵是「三而一成」。僅以寫時間爲例，其標明爲「三」的就有：《頭髮的故事》：「然而這剪辮病傳染了；第三天，師範學堂的學生忽然也剪下了六條辮子……」一定是「三天」和「六條」——六是三的倍數；《風波》寫七斤嫂說爲七斤沒了辮子「整整哭了三天」；《端午節》寫銀行已經關門「休息三天」；《祝福》寫「我第二天起得很遲，午飯之後，出去看了幾個本家和朋友；第三天也照樣」，祥林嫂在魯四老爺家試工「第三天就定局」；《出關》寫「一過就是三個月。老子仍舊毫無動靜的坐著，好像一段呆木頭」；《風波》寫趙七爺的竹布長衫「三年來只穿過兩次……現在是第三次了」，七斤「從他的祖父到他，三代不捏鋤頭柄

〔註2〕本文引魯迅小說《吶喊》據《魯迅全集》（1），《彷徨》《故事新編》據《魯迅全集》（2），人民文學出版社1981年版，說明或括注篇名，不另注。

〔註3〕陳曦鍾，侯忠義，魯玉川輯校《水滸傳會評本》，北京大學出版社1981年版，第41頁。

了」;《阿 Q 正傳》寫阿 Q 說自己與趙太爺是本家,「細細的排起來他比秀才還長三輩呢」;《鑄劍》寫楚王臣下「商議打撈(楚王頭顱的)辦法。約略費去了煮熟三頓小米的工夫」,等等,凡涉及時間大都以「三天」「三月」「三年」等爲量度。諸如此類,本文的目的就是揭示魯迅小說敘事「三而一成」的若干主要方面並作簡略的分析。

一、三事話語

「三事」話語指接連作三個或三面的敘述模式。這一敘述手法可溯源於先秦兩漢典籍,如《周易・繫辭傳》:「子曰:『君子安其身而後動,易其心而後語,定其交而後求。君子修此三者,故全也。」《論語・泰伯》:「君子所貴乎道者三……」以及《史記》之「約法三章」等等皆是。在小說中也早有《三國志平話》關雲長與曹操「約三事」〔註 4〕的描寫,而《水滸傳》寫李逵每下山,有關的人總要他「依我三件事」(第 41 回)。魯迅小說中也有這一模式的突出表現,形態各異,有以下幾種情況。

其一是一件事分三面說,如《阿 Q 正傳》寫阿 Q 因爲「戀愛」的事爲未莊人所避忌,「覺得世上有些古怪……其一,酒店不肯賒欠了;其二,管土谷祠的老頭子說些廢話,似乎叫他走;其三,……確乎有許多日,沒有一個人來叫他做短工。」同篇寫「阿 Q……沒有固定的職業,只給人家做短工,割麥便割麥,舂米便舂米,撐船便撐船」。這「古怪」或「做短工」的事肯定不止三件,而只說三件。又如《兔和貓》:

> 我於是記起舊事來,先前我住在會館裏,清早起身只見大槐樹下一片散亂的鴿子毛,這明明是膏於鷹吻了……我又曾路過西四牌樓,看見一匹小狗被馬車軋得快死,待回來時,什麼也不見了……夏夜,窗外面,常聽到蒼蠅的悠長的吱吱的叫聲,這一定是給蠅虎咬住了……

對於這類「造物……將生命造得太濫,毀得太濫了」的「舊事」,魯迅舉了三個——鴿子、小狗、蠅。總之,三等於多,「三而一成」,舉三件或三個就夠了。

其二是一群人分三種類型,如《祝福》:「只有四嬸,因爲後來雇用的女

〔註 4〕鍾兆華校注《元刊全相平話五種校注》,巴蜀書社 1989 年版,第 416~417 頁。

工，大抵非懶即饞，或者饞而且懶。」把四嬸先前所雇女工分爲三類：懶的，饞的，懶而且饞的。類此還有《故鄉》寫「來客也不少，有送行的，有拿東西的，有送行兼拿東西的」。又如《頭髮的故事》：

> 多少故人的臉，都浮在我眼前。幾個少年辛苦奔走了十多年，暗地裏一顆彈丸要了他的性命；幾個少年一擊不中，在監牢裏身受一個多月的苦刑；幾個少年懷著遠志，忽然蹤影全無，連屍首也不知那裡去了。

故人生死千秋，不能細述，而不多不少分爲三種：遭暗殺的，受牢獄之苦的，失蹤的。《端午節》寫「散坐在講堂裏的二十多個聽講者，有的悵然了，或者是以爲這話對；有的勃然了，大約是以爲侮辱了神聖的青年；有的幾個卻對他微笑了，大約以爲這是他替自己辯解……」此「二十多個聽講者」也分爲三種：「悵然」的，「勃然」的，「對他微笑」的。這裡一分爲三，一面是概括言之，一面還是三等於多，舉三種一切就在其中了。

其三是一種認識或念頭分三面說。如《阿 Q 正傳》：

> 他的學說是：凡尼姑，一定與和尚私通；一個女人在外面走，一定想引誘野男人；一男一女在那裡講話，一定要有勾當了。爲懲治他們起見，所以他往往怒目而視，或者大聲說幾句「誅心」話，或者在冷僻處，便從後面擲一塊小石頭。

這裡，「他的學說」先是對三種人分別抱有的成見，後是對這三種人分別「懲治」的手段，總之「事不過三」。

其四是一件事之成敗有三個條件或三種原因，如《阿 Q 正傳》寫趙太爺家夜裏不准掌燈，只有兩個例外：「其一，是趙太爺未進秀才的時候，准其點燈讀文章；其二，便是阿 Q 來做短工的時候，准其點燈舂米」，後來因爲趙太太要買阿 Q 從城裏帶來的貨，「新闢了第三種的例外：這晚上也姑且特准點油燈」。《孤獨者》寫魏連殳母喪，族人「大概商定三大條件，要他必行。一是穿白，二是跪拜，三是請和尚道士做法事」。而《采薇》寫道：

> 他以爲那兩個傢夥是談不來詩歌的。第一，是窮：謀生之不暇，怎麼做得出好詩？第二，是「有所爲」，失了詩的「敦厚」；第三，是有議論，失了詩的「溫柔」。尤其可議的是他們的品格，通體都是矛盾。

雖然「尤其可議」云云應當就是第四，但其不敘爲第四，正見出作者敘事以「三」爲度的習慣。又如《社戲》寫外祖母和母親不放心「我」夜間隨小朋友乘船去看社戲，「在這遲疑之中，雙喜可又看出底細來了，便又大聲的說道：『我寫包票！船又大；迅哥兒向來不亂跑；我們又都是識水性的！』」「船又大」以下三句就都是勸長輩放心的理由。

「三事話語」多數情況下爲「一分爲三」，其間一與三的關係，或爲三證一，如其一、其二諸例；或爲三解一，如其三、其四之例，作用都在使事之狀況更加具體或情理更加透徹。筆者嘗以爲中國人傳統上論事一分爲二，處事一分爲三，在這裡也得到了生動的體現。

二、三復情節

「三復」情節是指敘述做一件事要重複三次才能成功的模式，溯源可以舉出《周易》的「王三錫命」「晝日三接」，還可以舉出《左傳・莊公十年》「齊人三鼓」，以及《史記・留侯世家》載張良三爲老父納履之事。而小說中較早和典型的是「三顧草廬」「三打祝家莊」之類。魯迅小說爲短篇，其三復情節只能格外簡潔，並且無論標明爲「三」或者暗用的，都做到幾乎滅跡刮痕，淡化到讀者不易覺察卻實際有強化描寫的效果。

以敘述語言造就三復情節意境而標明爲「三」的，如《風波》寫「七斤嫂吃完三碗飯」；《阿Q正傳》寫「他（假洋鬼子）的老婆跳了三回井」，阿Q與小D鬥毆，互相抓了辮子，「阿Q進三步，小D便退三步，都站著；小D進三步，阿Q便退三步，又都站著」；《奔月》寫后羿射月，月亮「毫無損傷」，「他前進三步，月亮便退三步；他退三步，月亮卻又照數前進了」；《祝福》寫「這時我已知道自己也還完全是一個愚人，什麼躊躕，什麼計劃，都擋不住三句問」；《非攻》寫墨子與公輸班比試攻守，墨子攻「到第三回」就勝了，等等。這些雖都止於「三碗」「三回」或「三步」的敘述，並未展開具體描寫，卻實際已經造成三復情節的朦朧意境。

不曾標明而具體運用三復情節的，如《孔乙己》寫「我」在店裏「活潑不得；只有孔乙己到店，才可以笑幾聲」，接下兩寫「店內外充滿了快活的空氣」，又寫「於是這一群孩子都在笑聲裏走散了」，三復寫孔乙己的「使人快活」，接下一收曰「孔乙己是這樣地使人快活，可是沒有他，別人也便這麼過」，轉入下文。又如《藥》寫華老栓從妻子手裏接了買人血饅頭的錢，「抖抖的裝入衣袋，又在外面按了兩下」；接近行刑處，老栓「按一按衣袋，硬硬的還在」；

至劊子手要他「一手交錢，一手交貨」，「老栓慌忙摸出洋錢，抖抖的想交給他……」，三寫老栓按摸洋錢。而《阿Q正傳》第九章《大團圓》寫阿Q之入獄至死共三次進出「柵欄門」，從第二次進了柵欄門，他就陸續產生如下想法：「他以爲人生天地之間，大約本來有時要抓進抓出，有時要在紙上畫圓圈的……」「他意思之間，似乎覺得人生天地間，大約本來有時也未免要殺頭的」，「他不過以爲人生天地間，大約本來有時也未免要遊街要示眾罷了」，——這就是阿Q的「三思」或「三省吾身」了罷，而又在他三次進出「柵欄門」之間，章法上成「三」裏套「三」的樣式。類此還有《長明燈》寫闊亭等三人回答四爺的話：

> 「那自然！」三個人異口同音地說。……「那不能！」三個人異口同音地說。……「那自然！」三個人異口同音地說。四爺沉默了。三個人交互看著別人的臉。

雖然這裡「三復」強調的重點是「三個人異口同聲地說」這一句敘述的話，但「三個人」三次「異口同音地說」著一律是表示贊同四爺的話，也成爲「三」裏套「三」的樣式。這在魯迅似隨時手拈出，但其暗循「三復」數理，眞正入了化境。

以細節描寫造就三復情節的，如《端午節》寫方玄綽賒了蓮花白酒來喝過，點上煙，「從桌上抓起一本《嘗試集》來，躺在床上就要看」，卻被太太說話打斷了；接下與太太說話間，他「這手便去翻開《嘗試集》」，卻又被太太的話打斷；一番爭論之後，「他又要看《嘗試集》了」——此一次未及動作的具體描寫，而直到篇末，「方玄綽也沒有說完話，將腰一伸，咿咿嗚嗚的就念《嘗試集》」，是「嘗試」三次動手才得眞正進入念《嘗試集》。又如《藥》寫夏瑜墳上的烏鴉，從夏瑜母親的眼中看出——「他四面一看，只見一隻烏鴉，站在一株沒有葉的樹上」——並禱告烏鴉能有靈驗，但是，「那烏鴉也在筆直的樹枝間，縮著頭，鐵鑄一般站著」，但在篇末，「只見那烏鴉張開兩翅，一挫身，直向著遠處的天空，箭也似的飛去了」，三寫烏鴉，給小說增加了不祥的氣氛，更襯托出夏大媽哀哀無告的悲愁。

以人物語言描寫造就三復情節的，如《藥》寫夏瑜臨刑說「阿義可憐」，世俗不解，先是「『……瘋話，簡直是發了瘋了。』花白鬍子恍然大悟的說」，繼而「『發了瘋了。』二十多歲的人也恍然大悟的說」，插入康大叔對小栓最後說「包好」隔斷，接下是「『瘋了。』駝背五少爺點著頭說」，——三人異口同聲地先後說夏瑜「瘋了」。又如《祝福》寫祭祀時四嬸嫌祥林嫂「傷風敗俗……不乾不淨」，「一切飯菜只好自己做」，先是「『祥林嫂，你放著罷！我來擺。』四嬸慌忙的說」，繼而「『祥林嫂，你放著罷！，我來拿。』四嬸又慌忙的說」，最後祥林嫂捐過門檻，冬至祭祖的時節，「他便坦然的去拿酒杯和筷子。『你放著罷，祥林嫂！』四嬸慌忙大聲說」。三復寫四嬸阻止祥林嫂接觸祭器禮品，中間還穿插了祥林嫂講述兒子被狼吃掉的故事，三次說「我眞傻，眞的」，也誠然「三」裏套「三」。更典型的還應當推《阿 Q 正傳》寫阿 Q「革命」了，趙太爺拿他另眼相看：

> 「老 Q，」趙太爺怯怯的迎著低聲的叫。
>
> 「鏘鏘，」阿 Q 料不到他的名字會和「老」字聯結起來，以爲是一句別的話，與他無干，只是唱。「得，鏘，鏘令鏘，鏘！」
>
> 「老 Q。」
>
> 「悔不該……」
>
> 「阿 Q！」秀才只得直呼其名了。
>
> 阿 Q 這才站住，歪著頭問道，「什麼？」
>
> 「老 Q，……現在……」趙太爺卻又沒有話，「現在……發財麼？」
>
> 「發財？自然。要什麼就是什麼……」
>
> 「阿……Q 哥，像我們這樣……」

這段對話中，趙太爺三稱「老 Q」，是在兩稱「老 Q」之後以「阿 Q」隔斷，三稱「老 Q」之後又有「阿……Q 哥」以餘波蕩漾。這種三復「老 Q」的語言描寫形式前無古人，同時和以後的人也好像都沒有用過。

上述三種情況之外，魯迅小說也還有取「三復」之意或可以視爲用三復情節模式構造全篇者，如《社戲》寫「我在倒數上去的二十年中，只看過兩回中國戲」，依次作了回憶，卻又因爲日本人關於中國戲的話憶及兒時所看過的「社戲」，——「社戲」是全篇的中心，卻由前面的兩次看戲引出，從而全篇實際是寫了三次看中國戲，——「三復」看戲成爲全篇的框架。另外，《明天》中寫寡婦單四嫂子守侯她終於夭折的寶兒，總共經過了三個暗夜，在等待過了第一個「明天」後寶兒死去，過了第二個「明天」後寶兒入葬，在第三個「明天」到來之前，單四嫂子只能抱著與寶兒「夢裏見見」的希望，「朦朦朧朧地走入睡鄉」。這裡，三復的暗夜與不復的「明天」構成小說悲劇時序的框架。

三、三變節律

「三變」節律稱名本《論語・子張》：「君子有三變：望之儼然，即之也溫，聽其言也厲。」用指敘事作三層出落、三次轉折或三個不同階段的情況。這樣的例子，於經史中可以舉出《左傳・隱公元年》「鄭伯克段於鄢」，寫鄭莊公聽任胞弟共叔段由「都城過百雉」開始三次升級的悖禮與不義而後一舉剿滅。於小說中可以舉出《西遊記》寫孫悟空爲石生猴、猴稱聖、聖成佛，《紅樓夢》《歧路燈》各寫主人公三次悔悟等等，都於敘事之中作三階段、三頓挫或三轉折，使文勢跌宕起伏，一波三折。

魯迅小說也較多運用「三變」節律，深得其妙。最簡短的如《祝福》寫「我」與「四叔」見面：「一見面是寒喧，寒喧之後說我『胖了』，說我『胖了』之後即大罵其新黨。」這本可作對話寫，卻單敘「四叔」所說，作三層出落：「寒喧」——「說我『胖了』」——「大罵其新黨」。以此顯示「一個講理學的老監生」對「我」虛與委蛇的態度和他頑固的「遺民」心理。又如《阿Q正傳》寫未莊的「改革」是「將辮子盤在頂上的逐漸增加起來了……最先自然是茂才公，其次便是趙司晨和趙白眼，後來是阿Q」，作三層出落。而寫阿Q對吳媽的「戀愛」最爲典型：

> 吳媽，是趙太爺家裏唯一的女僕……和阿Q談閒天：
>
> 「太太兩天沒有吃飯哩，因爲老爺要買一個小的……」
>
> 「女人……吳媽……這小孤孀……」阿Q想。
>
> 「我們的少奶奶是八月裏要生孩子了……」
>
> 「女人……」阿Q想。
>
> 阿Q放下煙管，站了起來。
>
> 「我們的少奶奶……」吳媽還嘮叨說。
>
> 「我和你困覺，我和你困覺！」阿Q忽然搶上去，對伊跪下了。

這裡，隨吳媽之見諸文字的話語由長到短作三階遞降，相應寫「阿Q想」——「阿Q想」並「放下煙管，站了起來」——「『我和你困覺，我和你困覺！』阿Q忽然搶上去，對伊跪下了」，由想到做作三階提升，寫出阿Q性意識的發動三變而至於狂惑的積聚、增長、爆發過程，節律甚爲明顯，而讀者往往不覺，實在是由於作者用筆習慣如自然。如吳媽嘮叨之語由長到短的遞降，未必吳媽嘮叨越說越少，而是由於阿 Q 的意識由專心聽吳媽的話三轉至於只關注吳媽這個「女人」的規律使然。這裡，三變的描寫其實只是阿 Q 心理——性心理——人性態勢變化的自然律度，讀者在這樣的地方也很容易只睹性情，不見文字。

《一件小事》的主體部分也作三層出落：在車夫掛倒老女人之後，從「我」的眼中，結合了「我」對車夫的勸阻和怨嗔：一寫「伊伏在地上，車夫便也立住腳」，再寫「車夫毫不理會，——或者並沒有聽到，——卻放下車子，扶那老女人慢慢起來……」第三就寫到「車夫聽了這老女人的話，卻毫不躊躇」，扶她到巡警分駐所去結束。這「一件小事」的描寫，因插入「我」的「說」和「想」，形成三復頓挫和對比，「車夫」的形象就在移步換形中因「我」的襯托「剎時高大了，而且愈走愈大」了。而與上述寫阿 Q 向吳媽求愛的三變比較，卻又有文學的再現與表現的不同。

一種意義的表達或一個情節段落經三次轉折完成的，前者如《祝福》:「我因爲常見些但願不如所料，以爲未必竟如所料的事，卻每每恰如所料的起來，所以很恐怕這事也一律。」這裡所說其實只是一句「怕如所料」，但是舉過去的經驗作三次轉折出之，便加強了這「恐怕」之「怕」的心情。後者如《阿 Q 正傳》寫趙太爺不許阿 Q 姓趙一段文字：

> 太爺一見，滿臉濺朱，喝道：
>
> 「阿 Q，你這渾小子！你說我是你的本家麼？」
>
> 阿 Q 不開口。
>
> 趙太爺愈看愈生氣了，搶進幾步說:「你敢胡說！我怎麼會有你這樣的本家？你姓趙麼？」
>
> 阿 Q 不開口，想往後退了；趙太爺跳過去，給了他一個嘴巴。
>
> 「你怎麼會姓趙！——你那裡配姓趙！」

這裡寫對於趙太爺所問，阿 Q 兩緘其口，相應是趙太爺問了再問，然後是自己作答——「你那裡配姓趙！」全部描寫也作三層出落；而三層出落中，趙太爺所問，第一問是阿 Q 可曾說過「姓趙」？第二問是阿 Q 是否確實姓趙？接下來變問爲答——「你怎麼會姓趙！——你那裡配姓趙」，才是趙太爺本意。這裡，趙太爺之心思經三次轉折才和盤托出，更輔以趙太爺的「滿臉濺朱」「愈看愈生氣了，搶進幾步」及最後「跳過去……」等動作描寫，便在這易於平鋪直敘的地方生出頓挫，成爲一波三折的妙筆。但它同樣容易爲讀者忽略的原因，是三變節律在這裡循了趙太爺一問再問而「阿 Q 不開口」和「往後退了」時心理所受刺激加重的變化，描寫中呈現由趙太爺內心發怒到動手打人的三級跳躍，最大限度地接近了自然之象，從而淡化了文字之跡。

《社戲》中也有類似筆墨，如寫「我」十一二歲時某次住在外祖母家等待看戲，初是定不到船，只好「今天就算了」，——「我急得要哭」，是第一折；第二天晚飯後雙喜等想到了八叔的航船，「然而外祖母又怕都是孩子們，不可靠；母親又說是若叫大人一同去，他們白天全有工作，要他熬夜，是不合情理的」，是第二折；但「在這遲疑之中，雙喜可又看出底細來了，便又大聲的說道：『我寫包票……』，外祖母和母親也相信，便不再駁回，都微笑了。我們便立刻一哄的出了門」，是第三折——三變而成一情節故事的結束。

總之，魯迅小說引人入勝，很大程度上是靠了敘事的委曲與機趣，其中三變節律的運用起了很大作用。

四、三極建構

「三極」建構稱名本於《周易》以天、地、人爲「三極之道」，筆者用指古代文學三位一體的敘事模式。其基本特點是人物設計以三方爲限，形成兩方爲主構，第三方爲中介的動態組合。其在原理上是一分爲二，操作上是一分爲三。我國古人深明三極建構之道，先秦「兔死狗烹，鳥盡弓藏」之喻就暗藏此玄機，而《史記・淮陰侯列傳》寫蒯通等勸韓信自立與劉、項「參分天下，鼎足而居，其勢莫敢先動」，也正是參用三極建構之理。小說中三極建構模式最典型爲《三國演義》，其次才子佳人小說中才子、佳人與撥亂其中的小人也構成此種關係。魯迅雖然對明季才子佳人小說模式頗有微詞〔註 6〕，但在創作中仍未免受有此類三極建構模式影響。

首先，魯迅小說寫人或物多三個一組。如《阿 Q 正傳》寫「對面挺直站著趙白眼和三個閒人」，——「閒人」似一定要「三個」；《長明燈》寫與

〔註 6〕魯迅《中國小說的歷史的變遷》：「那些書（本文作者按指才子佳人小說）的文章也沒有一部好。」《中國小說史略》，人民文學出版社 1973 年版，第 300 頁。

四爺對話是「三個人異口同音地說」;《傷逝》寫涓生給自由之友總編「三封信」;而《孤獨者》中「我」寫給魏連殳的也是「三封信」,同篇魏連殳死後爲他送葬的則是「三個親人」;《在酒樓上》寫呂緯甫說:「我先是兩個學生,一個讀《詩經》,一個讀《孟子》。新近又添了一個,女的,讀《女兒經》。」一定要湊夠三個學生,還要讀三種書;《阿Q正傳》寫阿Q「待三個蘿蔔吃完時,他已經打定了進城的主意了」。《奔月》中的羿有「三個使女」,地方有「三個飯館」,他以「三隻箭」射月,有意「使箭到時分成三點,有三個傷」,等等。

其次,魯迅小說不乏以「三極」結構全篇之例,如《孔乙己》的中心人物自然是孔乙己,而一切從「我」的眼中看出,所以形式上與孔乙己「對立」的是「我」,「掌櫃」和「所有喝酒的人」以及「孩子們」,便構成第三極,他們對孔乙己的不時的嘲弄推動故事的發展,並且由「我」把它「攝錄」下來。而在《一件小事》中,中心人物自然是「車夫」,那「老女人」與他「對立」,「我」則作爲第三者參與其中,結果成爲「車夫」高大形象的襯托。《祝福》的故事稍微複雜一些,但這個故事可以約簡爲祥林嫂一方,魯四老爺一家及一切有意無意地加害於祥林嫂的人物爲一方,而「我」作爲知情並一定程度上的參與者介於二者之間。總之,這都是我們可以稱之爲「三極建構」的樣式,它以隨時變化的「三角」構造,給了故事以作者敘述與讀者接受恰到好處的複雜形態。另外,彭博女士還指出《狂人日記》「這部小說中,作者巧妙地安置了三條視線:『余』所代表的庸眾及『大哥』所代表的封建勢力的執行者的視線;狂人的視線;先覺者的視線」〔註7〕。筆者不能肯定這與拙說「三極建構」是否就是一回事,卻也是與「三」相關的一種建構,將引起進一步關心的興趣。

與上述「三事話語」「三復情節」「三變節律」基本上是自覺的大量運用不同,沒有迹象表明本節所舉三極建構諸例是作者有意的安排。但是,魯迅曾長期與「第三種人」戰鬥,又作爲短篇小說大師,深知「在一夫一妻制的國度裏,一個以上的佳人共愛一個才子便要發生極大的糾紛」〔註8〕,則在戀愛以外的故事的構造上,也該知道「第三種人」的意義,從而有時要用他來發生某種「糾紛」罷。

〔註7〕彭博《魯迅小說——絕望與希望的結構對比》,學林出版社2001年版,第64頁。
〔註8〕《中國小說史略》,第300頁。

餘論

綜上所述，「三而一成」是魯迅小說敘事的一大特徵，而存在於它敘述與描寫中或明或暗大量運用數字以爲度數的總體表現之中。「三而一成」之外，魯迅小說也常用其他數度，除了本文開篇就已經提到的「九斤老太」之類明標以數的，也還有大量暗以用數的情況，從而明暗相映，「錯綜其數」(《周易·繫辭上》)，敘事形態變化多端，五光十色。如《阿 Q 正傳》:「然而他又很鄙薄城裏人」一節，先後作「他想：這是錯的，可笑」，「他想：這也是錯的，可笑」云云，而並不固執到「三復」。又，《藥》寫劊子手康大叔對老栓一則說「這是包好……你想，趁熱的拿來，趁熱的吃下。」二則說：「包好，包好！這樣的趁熱吃下……什麼癆病都包好！」，三則曰：「包好，包好！」直到最後，還是說：「包好！小栓——你不要這麼咳。包好！」又是四復的流程；類此還有《孔乙己》寫孔乙己欠了店裏十九個錢是四復提及，《明天》中說單四嫂子是一個「粗笨女人」，《風波》中九斤老太說「一代不如一代」則是五復言之，而並不限於「三復」。其他「三事話語」「三變節律」等也有不拘格套的表現。總之，魯迅小說承中國古典文學的數理傳統，既「三而一成」，又「錯綜其數」，形成現代文學史上以傳統數理原則結構小說的獨特敘事景觀。

而在另一方面，魯迅小說敘事又對傳統數理原則的運用作大膽的革新。例如在一篇之內循各種數度敘述與描寫的大量與經常，遠過於任何古代短篇的作品。而結合多種數字的運用突出「三而一成」手法，更是魯迅小說的創造。如《風波》寫七斤對「皇帝坐了龍庭了」念念不置，依次寫他「慢慢地抬起頭來，歎一口氣說『皇帝坐了龍庭了。』……『皇帝坐了龍庭了。』七斤說。……皇帝坐了龍庭沒有呢？……我想皇帝一定是不坐龍庭了。……我想，不坐了罷。」其種種複沓筆法的運用，若不經意，而處處精工；若無所謂，而筆筆見意。其意則或正或反，如施之祥林嫂、夏大媽、單四嫂子者，顯然爲加強哀矜同情之意，愈顯人物善良與境地之悲慘；而施之趙太爺、阿 Q、康大叔等人的，則往往造成反諷，愈顯人物內心之庸劣或行爲之可笑可憎。但有時可能只是作者的一點「油滑」(《故事新編·序言》)，如上引「阿 Q 進三步，小 D 便退三步，都站著；小 D 進三步，阿 Q 便退三步，又都站著」之類，並無更多的意思。

魯迅自幼就讀於三味書屋，爲父親買藥早就知道名醫的藥引曾用到「經霜三年的甘蔗」(《吶喊·自序》)，中年編有《三閒集》「尚以射仿吾也」，他的小說也還遭到過三個「冷靜」的「並不算好批判」〔註9〕。這些大約都能引起、加強或至少表示魯迅對「三」之爲度數的注意。但是，若論魯迅小說大量用數特別是「三而一成」的突出表現，則應該植根於他的舊學基礎，最直接是得力於他對古小說的整理、研究和借鑒。如他早在 1909 年 6 月至 1911 年底就輯有《古小說鈎沉》，而其第一篇小說《狂人日記》便寫於 1918 年 4 月，我們看《狂人日記》一則曰「我明白了。這是他們娘家老子教的！」再則曰：「這一定是他娘老子先教的。還怕已經教給兒子了……」對照《古小說鈎沉》「有新死鬼」條結末說新鬼「此後恒作怪，友鬼之教也」的話〔註10〕，就可以知道上引《狂人日記》諸語正由他所熟悉的古小說化出。而就是「有新死鬼」條，寫新死鬼受友鬼之教，兩次往人家索食而不得，第三次就成功了。這個「三復」又「三變」的情節設計，必不會不引起魯迅的注意。而自 1920 年魯迅開始在大學講小說史，其間輯有《小說舊聞鈔》，1923 年出版《中國小說史略》，1927 至 1928 年編選出版《唐宋傳奇集》，在小說創作之前後又與之同步，魯迅所涉獵研究的古典小說中用數結撰敘事模式的種種表現，無疑是其作品中包括「三而一成」在內各種重數、用數敘事模式與藝術手法的主要來源。在現代文學史上，這樣因古典傳統的影響而重數、用數的作家應該不限於魯迅一人；換言之，與古代文學研究密切相關，現代文學的數理批評是能夠成立和深入開展的一項工作。

（原載《清華大學學報》2003 年第 2 期）

〔註 9〕《魯迅全集》(4)，人民文學出版社 1981 年版，第 6 頁。
〔註 10〕魯迅校錄《古小說鈎沉》，齊魯書社 1997 年版，第 204 頁。

「流浪漢小說鼻祖」《小癩子》敘事的「七」律結構——對楊絳先生「深入求解」的響應

有「西班牙文學經典，流浪漢小說鼻祖」之稱的西班牙佚名小說《小癩子》，原名《托美思河的小拉撒路》，由著名文學家、翻譯家楊絳先生譯爲中文〔註1〕，幾十年來深受我國讀者喜愛。但是，正如譯者在《介紹〈小癩子〉》一文中所指出：「我翻譯的西班牙名著《小癩子》經過修改和重譯，先後出過五六版。我偶而也曾聽到讀者說：『《小癩子》，我讀過，頂好玩兒的。』這正合作者《前言》裏的話：『就算他（讀者）不求甚解，也可以消閒解悶。』至於怎樣深入求解，我國讀者似乎不大在意。」並且說：「我作爲譯者，始終沒把這本體積不大的經典鄭重向讀者介紹，顯然是沒有盡責。」〔註2〕這後面的話是先生的謙遜，更是先生寫作《介紹〈小癩子〉》一文的引言。而先生的《介紹〈小癩子〉》一文，正是一篇全面研究《小癩子》的力作。發表近30年來，仍是一篇未能被全面超越的力作。從而先生所期望對《小癩子》的「深入求解」仍沒有大的收穫。筆者不敏，又不是外國文學特別是西班牙文學的專業研究者，但是，感於《小癩子》的《前言》中引普里尼歐所說「一本書不論多糟，總有些好處」的勸導，和「著作很不容易；下了一番工夫，總希望心力沒有白費——倒不是要弄幾個錢，卻是指望有人閱讀，而且書中若有妙處，還能贏得讚賞」云云對讀者的期待，自覺既然早就購藏並不止一遍閱讀了這

〔註1〕〔西班牙〕佚名著《小癩子》，楊絳譯，上海譯文出版社1978年版。
〔註2〕楊絳《介紹〈小癩子〉》，《讀書》1984年第6期。

部飲譽世界的小說名著，那麼對之下一番分析評價的工夫，那怕結果只相當於對微博的點贊，也無論爲人爲己都是一個義不容辭的責任。何況筆者長期致力古典文學研究，有所謂「文學數理批評」的思考與提倡，正是從這部書的閱讀發現了它敘事藝術上一個讀者大都熟視無睹的「妙處」，即其敘事以「七」爲度數的「七」律結構特點，並認爲值得向讀者推薦，所以撰作此文，那怕高不能成爲對楊絳先生「深入求解」的一個響應，低也可以算作一個普通讀者從這部書受益的交代。

一、關於小說敘事的「七」律結構

雖然筆者知道一味標新立異不是好的學風，也知道學術研究最好使用同行共識的概念以便於交流，但是針對新對象的研究卻總是倒逼著學者創製提出新的概念。這裡討論小說敘事的所謂「『七』律結構」，就是筆者不得不又杜撰的一個關於小說文本篇幅組合與情節結構的新的概念。其具體所指就是小說篇幅作七個部分，或一個完整故事的情節作七個段落安排的以「七」爲度的現象。這也就是說，「七律」結構是小說敘事段落以「七」爲度數的規律性表現。

小說敘事的「七」律結構雖爲筆者杜撰，但也並非完全的「大膽假設」，而是基於一定事實的理論創設。筆者早在討論同樣是杜撰的「文學數理批評」時曾說：

> 儘管本文「文學數理批評」的提法爲自我作古，但是，在對中國文學的考察和參考西方古近代學者論述的基礎上，筆者相信「文學數理批評」在古今中外文學中都有充分根據，是完全可以成立的一種認識。〔補說：當代捷克和斯洛伐克人現定居法國的世界最偉大的小說家之一米蘭·昆德拉在《小說的藝術》一書中答克里斯蒂安·薩爾蒙問他「幾乎所有小說，除了一部，全是分成七個部分」時說，「（有七個部分）不是出於我對什麼神奇數字的迷信，也不出於理性的計算，而是一種來自深層的、無意識的、無法理解的必然要求，一種形式上的原型，我沒有辦法避免。我的小說是建立在數字七基礎上的同樣結構的不同變異」，他說對於自己作品的這種「數學秩序」或曰「數學結構」，「多虧看了一位捷克文學評論家的文章《論〈玩笑〉的幾何結構》我才發現」（米蘭·昆德拉《小說的藝術》，上海

> 譯文出版社 2004 年版第 106～108 頁)。這一事實說明，至今「數學秩序」或「數學結構」在西方文學創作中仍然是一個突出的存在，並不乏有關的數理批評。〔註 3〕

米蘭・昆德拉小說的文本大都「分成七個部分」，這有他的作品和他提到的研究文章爲證，這裡已不需要更多的論述。因此，無論如何看待上引文字中米蘭・昆德拉關於「數學秩序」或曰「數學結構」的深一步概括的說法，都不能否認其所根據的事實，就是「七」之爲數在米蘭・昆德拉小說中是一個敘事結構的律度。這就可以證明，「『七』律結構」雖爲本文所首次概括提出，卻不是憑空的杜撰，而是有西方小說一定量經典文本的事實和基於這一事實的小說敘事所謂「數學秩序」或曰「數學結構」理論爲根據的一個新的概念。這一概念既然從某些小說敘事的事實中來，當然也就可以用爲其他小說——這裡當然是說《小癩子》一書敘事結構的討論了。

關於《小癩子》敘事是否「七」律結構及其熟讀討論，理論上應該有《小癩子一書全部的七章或至少是多數章敘事文本的共同證明。但是，今譯本《小癩子》雖保存有全部七章的名目，正文卻實已不全。其中第四章《癩子跟了一位墨西德會的修士，有何遭遇》只有二百餘字，如譯者注說「因爲干犯了教會當局，幾乎全部刪去了」；第五章《癩子伺候一個兜銷免罪符的人，跟隨他的種種經歷》，雖然看來篇幅相對完整，但是文字大約僅及第一、二、三各章的一半或更少一些，而且本章的結尾「長話短說，我（小癩子）跟這第五個主人四個月，也吃足苦頭」，與之前只寫了小癩子見證兜銷免罪符的人與公差合夥騙人而他並沒有吃什麼苦的情節不符，所以也有可能是被刪節或修改過的；第六章《癩子投靠一位駐堂神父，有何經歷》也只有幾百個字，雖不知什麼原因篇幅如此之短，但是可信其已經不是原本的規模；至於第七章《癩子跟了一個公差，所遭遇的事情》卻與第一章有一個共同點，即題目所標內容只不過開頭幾句話的敘述，而大部分篇幅都用來寫癩子娶了一位神父的姘婦以及他與老婆和神父三個人之間的故事，他終於因此而「苦盡甘來」，過上了「富裕」的生活。所以有關《小癩子》各章敘事是否「分成七個部分」即「七」律結構的驗證，筆者先須十分遺憾地聲明，已不可能從這本書全部七章，而只能通過對現存各章的名目和文字基本完整可靠的第一、二、三諸章正文的分析探討，並由此作進一步的推測，來得出一個相對可信的結論了。

〔註 3〕杜貴晨《數理批評與小說考論》，齊魯書社 2006 年版，第 37 頁。

二、《小癩子》敘事「『七』律結構」的表現

《小癩子》敘事的「『七』律結構」，最重要也最鮮明的表現就是全書七章的篇幅安排。但是，與米蘭·昆德拉作品的大都「分成七個部分」不同，《小癩子》作爲一位不知名作者的唯一存世小說如果僅止於全書分爲七章的這個表面的現象，那就可能只是一個偶然，而不是什麼「『七』律結構」的特點了。因此，雖然筆者對此書「『七』律結構」特點的認知正是始於它全書「分成七個部分」的表面現象，但是最終確信其如此，卻是因爲進一步發現其各章敘事也大都可以並且很可能就是「分成七個部分」。何以見得？試對第一、二、三章文本的實際進行考察。

第一章《癩子自敘身世，他父母是何許人》的標題所指內容只是本章敘事的一個文字不多的引子。本章故事的中心是癩子被母親交給一個「瞎子」做「領路」的隨從，「瞎子」並沒有如他起初承諾的那樣把癩子「當兒子，不當傭人」，而是一開始就給癩子一個下馬威，後來更挖空心思地使癩子大吃苦頭，當然也受到了癩子機智巧妙的報復性反抗，直到癩子終於棄「瞎子」而去。雖然本章所寫這一老一少坑蒙戲弄爾虞我詐故事的情節與細節充滿機趣，但是，如同全書七章的大框架，本章順乎時序移步換形的直線性敘事結構並不足爲奇。因爲作爲主人公自敘其市井江湖漂泊生涯的「流浪漢」故事，似乎最好也最方便的就是如此一步一步娓娓道來。從而也如同這部書能夠成爲「流浪漢小說鼻祖」，表面上本章敘事的技巧不過理固如此，事所必然，也還是不足爲奇。這也就是說，《小癩子》全書包括本章敘事的「妙處」並不在故事本身，而在於故事的敘述早於米蘭·昆德拉 500 多年前就採用了「建立在數字七基礎上的……結構」，形成了後世米蘭·昆德拉所稱「作品的這種『數學秩序』或曰『數學結構』」。

但是，與《小癩子》全書明確標題「分成七個部分」的情況不同，本章以及第二、三等章是一種連綿的敘事。其敘事「分成七個部分」的綴段性特點，原作各章中都沒有小標題的指示，而是一種需要讀者分析才見的暗扣。因此，關於各章「『七』律結構」特點的討論，先要明確的是把一章敘事「分成七個部分」的原則。這在本章來說，筆者據其敘事的實際認爲，一是並不包括上述作爲本章敘事引子的「癩子自敘身世，他父母是何許人」的描寫部分，而只看它寫癩子與「瞎子」鬥智鬥法篇幅的情節；二是情節發展的段落性區分以所憑藉主要物象的轉移變換爲準。根據這兩個原則，第一章《癩子

自敘身世，他父母是何許人》的敘事可分爲以下段落：

1、「瞎子」賺癩子以頭撞石牛；

2、癩子不甘挨餓，偷食「瞎子」封鎖在麻袋裏的麵包；

3、癩子偷摸並剋扣「瞎子」念經賺來的錢；

4、癩子先後用麥杆吮吸和給「瞎子」的酒壺打孔接飲，偷喝壺中的酒，被「瞎子」發現，用酒壺砸傷了癩子的嘴臉；

5、癩子與「瞎子」共吃葡萄，癩子作弊搶吃，被「瞎子」發現；

6、癩子用蘿蔔調包偷吃香腸，被「瞎子」發現；

7、癩子賺「瞎子」跳過河去，結果撞到石柱上幾乎半死。癩子稱心如意，從此逃離了「瞎子」。

如果本文上述劃分段落的原則合理而又劃分得取捨有當的話，那麼也就不難認可上列第一章敘事如同全書「分成七個部分」的事實。而且我們看這「七個部分」的內容，還可以發現第一個部分「瞎子」賺癩子碰了石牛，與第七個部分癩子賺「瞎子」碰了石柱遙遙相對，簡直就如「一飲一啄，皆有定數」的因果報應！豈非受了傳統上以「七」數爲圓滿意義的啓發使然！

第二章《癩子做教士的傭人，經歷了種種事》的敘事主要圍繞教士收藏麵包的箱子展開，依癩子與教士「攻」「守」過程的階段性分也是七段：

1、癩子做教士的傭人，耐不過飢餓，找銅匠配了鑰匙，打開了教士的箱子偷吃麵包；

2、教士見少了麵包，以爲箱子有破洞鑽進了老鼠，用釘子、木片把箱子的小窟窿補好；

3、癩子又用刀子把箱子鑽出窟窿偷吃了麵包，教士仍以爲老鼠作孽，再次修補了箱子而無補於事；

4、教士用捕鼠的籠子放在箱子裏捕鼠，卻並捕鼠的餌料和麵包都被癩子偷吃；

5、教士聽了鄰居的話，又懷疑有蛇偷吃了捕鼠的餌料，準備了棍子，夜裏稍有聲響就拿棍打那箱子；

6、教士聽說蛇常鑽進嬰兒的搖籃取暖，以爲會鑽進癩子的草鋪或衣服裏，夜裏把癩子「連人帶草都翻過來」，仍白費力氣；

7、癩子口裏含著鑰匙睡覺，被教士誤以爲他身邊有蛇，用棍子打傷了癩子，卻發現了癩子偷開箱子的鑰匙，因此趕走了他。

由此可見，第二章敘事不僅「分成七個部分」，而且其敘述始於「鑰匙」，終於「鑰匙」，前後照應，豈非也是受了傳統上以「七」數爲圓滿意義的啓發使然！

第三章《癩子伺候一位侍從，在他那裡的遭遇》的敘事也主要是圍繞兩個人怎樣解決吃喝的需求展開，並且也是或可以是「分成七個部分」：

1、癩子一大早遇上並做了侍從的傭人，跟隨侍從過菜市場，卻沒有「採辦伙食」，只好挨餓；

2、癩子跟隨侍從到了住處，侍從自說「早上吃了點兒東西就整天不吃了」，所以中午癩子繼續挨餓；

3、癩子拿出自己懷裏藏的麵包吃，卻被侍從分吃了許多；

4、癩子討飯得到了「一塊熟牛蹄和一些煮熟的腸子肚子」，可憐侍從挨餓，「把牛蹄子和兩三塊最白的麵包」給他，他「吃得津津有味，把每一塊小骨頭都啃得精光，比狗啃得還光」。就這樣癩子靠討飯養活侍從，有時爲了「帶些吃的給他充饑，往往只好自己挨餓」，「過了十天八天」；

5、「那年小麥歉收，市政府決議……外來的化子一概驅逐出城」，癩子靠「製帽子的紡紗女人」接濟度日，餓得半死，而侍從「八天沒吃一口東西」，卻「爲了見鬼的所謂體面，還拿著一根麥桔到門口去剔牙」；

6、「忽有一天」，侍從「得了一個瑞爾」，要癩子去市場買東西回來吃。癩子出門卻遇上了抬死屍的教士等一夥人，以爲要去他們的住處，嚇得跑回來關門。結果「那天吃得雖好……卻沒有一點胃口」，癩子的生活「沒有一番歡樂不帶憂懼」；

7、侍從對癩子講了一番關於保持「體面」的大道理和自己本可以做一個「體面」的人，卻一直沒「有這機緣」的牢騷之後，卻在房子和床的主人來討租金的時候謊稱「要到市上去兑一個雙金元」，然後「一去不返」，害得癩子代他應付公差和證人。

由此可見，第三章敘事也不僅「分成七個部分」，而且始於寫癩子的這第三位主人的出現是「可巧有個侍從路過」，他的離去也是託以「到市上去」云云，就「一去不返」了。侍從的忽然而來，忽然而去，也似為前後的照應，豈非也是作者受了傳統上以「七」數為圓滿意義的啓發使然！

總之，從今本《小癩子》存世完整的第一、二、三章文本敘事考察，可見其一如全書分為七章，各章敘事的段落也是或者可以合理地認為是「分成七個部分」。如果可以由此推想，其他被刪節的各章原本敘事也應該都是或大都如是，那麼《小癩子》一書敘事就從全部到各章兩個不同的層面上都具有了「建立在數字七基礎上的……結構」，是一部具有「數學秩序」或曰「數學結構」的「七」律結構小說。儘管這一推斷並無法得到徹底的證實，但是邏輯的根據使筆者堅信其正是如此。

三、《小癩子》敘事「『七』律結構」的淵源和意義

以上對《小癩子》第一、二、三章敘事「七」律結構的分析認定共同指向於這一結構特點，是體現了作者對「七」之為數圓滿意義的追求，而把一章書敘事「分成七個部分」。但是，深入具體來看，卻還有更深刻的淵源和更廣泛的意義。

《小癩子》敘事「『七』律結構」的深刻淵源，首先是作者思想上對西方文化中數理哲學的關注。這不僅從書中第二章寫癩子說過「但願上帝罰你倒楣九次」和第七章寫兜銷免罪符的人發誓有「陷到七七四十九尺深的地底下去」那樣用數字作形容的話，顯示著作者對數特別是「九」和「七」之數理確有思想上的關注，更是由於這部書不僅正是「分成七個部分」，而且其第一、二、三章也確實或至少可以看作由「分成七個部分」的段落組成，而與全部的七分狀態同一和渾融。因此，即使由於《小癩子》作者無考和今本殘缺等原因，我們無法確證這種情況一定是作者出於對「七」之為數特殊偏愛的有意安排，但是，至少讀者有理由做出這種安排應該出於作者之故意的推斷。

這個理由就是，「七」既是世界性神秘數字，更是西方文化中神秘數字之最。從世界範圍來看，自然界天上有七星，地球分七大洲，人有「七竅」，彩虹有七種顏色，甚至女性的生理期也一般為七天；而人世間基督教的《聖經》說，上帝用七天造了萬物，所以每周為七天。上帝在第七天造了男人亞當，又取出亞當的第七根肋骨造了女人夏娃。有七名天使墮落被稱為撒旦，分別代表「七宗罪」。相對於「七宗罪」，還有「七德行」等等；中國的經典《易

經》中說「七日來復」（《復卦》）、「七日得」（《震卦》），《尚書・舜典》中說：「在璇璣玉衡，以齊七政。」《論語・憲問》載：「子曰：『作者七人矣。』」佛經中則說佛祖出生就能行走，向東、南、西、北各走了七步，步步生蓮花。如此等等，可知「七」之爲數的神秘性乃東西方世界多種文化所公認，任何文化的創製都不大可能故意迴避數字「七」神秘性的一面。尤其小說家雜學旁收，更不會放棄「七」作爲神秘數字的意義在創作中的利用與發揮。因此，我們毫不懷疑《小癩子》敘事「七」律結構形成的深刻根源，就是這種彌漫世界而在基督教文化中尤被推崇的數字「七」的神秘觀念。只是這種觀念已經內化幾乎成爲作者文學創造的一種本能，所以才有上引米蘭・昆德拉所說：「（有七個部分）不是出於我對什麼神奇數字的迷信，也不出於理性的計算，而是一種來自深層的、無意識的、無法理解的必然要求，一種形式上的原型，我沒有辦法避免。」以今例古，想來《小癩子》的作者在自己所「建立在數字七基礎上的……結構」面前的感覺，雖然不會也如米蘭・昆德拉所說「多虧看了一位捷克文學評論家的文章《論〈玩笑〉的幾何結構》我才發現」，但也一定如米蘭・昆德拉那樣以爲並非自己的故意而爲，而是創作中的「沒有辦法避免」。這同時也就是向來研究者對《小癩子》敘事「七」律結構的「妙處」熟視無睹和需要筆者從「文學數理批評」理論出發才可能提出討論的問題。而由此證明楊絳先生關於《小癩子》研究要「深入求解」的提示，是何等必要而又及時啊！

從世界歷史與文學文獻的廣大範圍看，《小癩子》敘事「七」律結構的「妙處」既有多元共生的普遍性，又有其獨樹一幟的特殊性。從普遍性的角度來看，中國古人用心編纂的浩如煙海的書籍文獻中，早在戰國就成書的《易傳》《孟子》的結撰，就已經建立了「七篇」一部的傳統〔註4〕；而且從短篇小說中的應用來看，中國早在晉代葛洪的《神仙傳》中就已經有了張道陵「七試趙升」的「七」律結構敘事。從而《小癩子》敘事的「七」律結構，即使在小說中也算不上首創。但是，作爲一部雖體積不大卻被賦予長篇架構的小說，《小癩子》全本以至於各章敘事結構度數的應用，都「建立在數字七基礎上的……結構」，卻在西方是米蘭・昆德拉小說的先驅，在世界文學中也很可能是第一次。而且作爲產生於西班牙文學中的「流浪漢小說鼻祖」，《小癩子》

〔註 4〕《易傳》本爲七種，因《彖傳》《象傳》《繫辭》各分上、下，所以與《文言傳》《說卦傳》《序卦傳》《雜卦傳》並稱十篇，又稱「十翼」。

敘事「七」律結構的形成應該與中國和其他地域文化沒有關係或不直接相關，而僅僅並且直接是受了基督教文化的影響，是基督教文化有關「七」爲一週期之數等神秘意義的作用，影響《小癩子》敘事有了本文所謂「七」律結構的創造。

本文以上僅是憑了筆者粗淺的閱讀和竊以爲自得的所謂「文學數理批評」理論的觀照，寫下對《小癩子》敘事結構的一點看法。近幾十年來，以楊絳先生爲代表的對《小癩子》一書的研究論文已經爲數不少。本文欲別闢蹊徑，卻不一定不是走火入魔，貽笑大方。這就眞的要請讀者專家匡正，特別是如果有幸得楊絳老先生看到的話，能夠不吝賜教了。

（原載《福州大學學報》2015 年第 5 期）